非洲文学研究丛书 ｜ 朱振武 主编

国家出版基金项目
NATIONAL PUBLICATION FOUNDATION

古尔纳小说流散书写研究

A Study of Diasporic Writings by Abdulrazak Gurnah

朱振武　袁俊卿　李阳　著

西南大学出版社
国家一级出版社 全国百佳图书出版单位

图书在版编目（CIP）数据

古尔纳小说流散书写研究 / 朱振武, 袁俊卿, 李阳
著. -- 重庆：西南大学出版社, 2024.6
（非洲文学研究丛书 / 朱振武主编）
ISBN 978-7-5697-2114-0

Ⅰ.①古… Ⅱ.①朱… ②袁… ③李… Ⅲ.①古尔纳
－小说研究 Ⅳ.①I561.074

中国国家版本馆CIP数据核字(2023)第242340号

非洲文学研究丛书　朱振武　主编

古尔纳小说流散书写研究
GUERNA XIAOSHUO LIUSAN SHUXIE YANJIU
朱振武 袁俊卿 李阳　著

出 品 人：张发钧
总 策 划：卢　旭　闫青华
执行策划：何雨婷
责任编辑：何雨婷
责任校对：王玉竹
特约编辑：陆雪霞　汤佳钰
装帧设计：万墨轩图书 | 吴天喆　彭佳欣　张瑷俪
出版发行：西南大学出版社
　　　　　重庆市北碚区天生路2号　　邮编：400715
　　　　　市场营销部电话：023-68868624
印　　刷：重庆升光电力印务有限公司
成品尺寸：170㎜×240㎜
印　　张：22.5
字　　数：400千字
版　　次：2024年6月　第1版
印　　次：2024年6月　第1次印刷
书　　号：ISBN 978-7-5697-2114-0

定　　价：88.00元

国家社会科学基金重大项目"非洲英语文学史"阶段成果

"非洲文学研究丛书" 顾问委员会

（按音序排列）

"非洲文学研究丛书"专家委员会

（按音序排列）

丛书主编简介

　　朱振武，博士（后），中国资深翻译家，中国作家协会会员；上海市二级教授，外国文学文化与翻译博士生导师，博士后合作导师，上海师范大学外国文学研究中心主任，比较文学与世界文学国家重点学科带头人；上海市"世界文学多样性与文明互鉴"创新团队负责人。主持国家社科基金重大项目、重点项目十几项，项目成果获得国家出版基金资助。在《中国社会科学》《文学评论》《外国文学评论》《文史哲》《中国翻译》《人民日报》等重要报刊上发表文章400多篇，出版著作（含英文）和译著50多种。多次获得省部级奖项。

　　主要社会兼职有（中国）中外语言文化比较学会小说研究专业委员会会长和中非语言文化比较专业委员会副会长、中国外国文学学会副秘书长暨教学研究会副会长、上海国际文化学会副会长、上海市外国文学学会副会长兼翻译专业委员会主任等几十种。

■ **朱振武**

简介同前页面。

■ **袁俊卿**

博士，上海师范大学比较文学与世界文学国家重点学科副教授，上海市"世界文学多样性与文明互鉴"创新团队成员，（中国）中外语言文化比较学会小说研究专业委员会理事，在《中国社会科学》《外国文学评论》《当代外国文学》《国外文学》《人文杂志》等重要期刊发表论文多篇，论文曾被人大复印报刊资料全文转载；主持国家社科基金青年项目和上海市哲学社会科学规划课题各1项，获得上海市教学成果一等奖（集体），博士学位论文《非洲英语流散文学中的主体性重构》获得2022年国家社科基金优秀博士论文出版项目立项（22FYB046）；主要研究非洲文学文化、流散诗学、翻译史和中外文学关系。

■ **李 阳**

复旦大学外国语言文学学院博士后，（中国）中外语言文化比较学会小说研究专业委员会学生秘书处成员，在《外国文学》《外国语文》等重要期刊发表论文多篇，论文曾被人大复印报刊资料全文转载；曾获博士研究生国家奖学金；参与国家社科基金重大项目"非洲英语文学史"和上海市哲学社会科学规划课题1项，获得2022年度上海师范大学高水平地方高校建设一流研究生教育项目之"博士研究生拔尖人才培育项目"；主要研究非洲英语文学与文化、中非文学关系。

总序：揭示世界文学多样性　构建中国非洲文学学

2021 年的诺贝尔文学奖似乎又爆了一个冷门，坦桑尼亚裔作家阿卜杜勒拉扎克·古尔纳获此殊荣。授奖辞说，之所以授奖给他，是"鉴于他对殖民主义的影响，以及对文化与大陆之间的鸿沟中难民的命运的毫不妥协且富有同情心的洞察"[①]。古尔纳真的是冷门作家吗？还是我们对非洲文学的关注点抑或考察和接受方式出了问题？

一、形成独立的审美判断

英语文学在过去一个多世纪里始终势头强劲。从起初英国文学的"一枝独秀"，到美国文学崛起后的"花开两朵"，到澳大利亚、加拿大、爱尔兰、印度、南非、肯尼亚、尼日利亚、津巴布韦、索马里、坦桑尼亚和加勒比海地区等多个国家和地区英语文学遍地开花的"众声喧哗"，到沃莱·索因卡、纳丁·戈迪默、德里克·沃尔科特、维迪亚达·苏莱普拉萨德·奈保尔、J. M. 库切、爱丽丝·门罗，再到现在的阿卜杜勒拉扎克·古尔纳等"非主流"作家，特别是非洲作家相继获

[①] Swedish Academy, "Abdulrazak Gurnah—Facts", *The Nobel Prize*, October 7, 2021, https://www.nobelprize.org/prizes/literature/2021/gurnah/facts/.

得诺贝尔文学奖等国际重要奖项[①]，英语文学似乎出现了"喧宾夺主"的势头。事实上，"二战"以后，作为"非主流"文学重要组成部分的非洲文学逐渐呈现出蓬勃发展的态势，涌现出一大批优秀的作家作品，在世界文坛产生了广泛影响。但对此我们却很少关注，相关研究也很不足，其中一个重要原因就是我们较多跟随西方人的价值和审美判断，而具有自主意识的文学评判和审美洞见却相对较少，且对世界文学批评的自觉和自信也相对缺乏。

非洲文学，当然指的是非洲人创作的文学，但流散到其他国家和地区的第一代非洲人对非洲的书写也应该归入非洲文学。也就是说，一部作品是否是非洲文学，关键看其是否具有"非洲性"，也就是看其是否具有对非洲历史、文化和价值观的认同和对在非洲生活、工作等经历的深层眷恋。非洲文学因非洲各国独立之后民主政治建设中的诸多问题而发展出多种文学主题，而"非洲性"亦在去殖民的历史转向中，成为"非洲流散者"（African Diaspora）和"黑色大西洋"（Black Atlantic）等非洲领域或区域共同体的文化认同标识，并在当前的全球化语境中呈现出流散特质，即一种生成于西方文化与非洲文化之间的异质文化张力。

非洲文学的最大特征就在于其流散性表征，从一定意义上讲，整个非洲文学都是流散文学。[②]非洲文学实际上存在多种不同的定义和表达，例如非洲本土文学、西方建构的非洲文学及其他国家和地区所理解的非洲文学。中国的非洲文学也在"其他"范畴内，这是由一段时间内的失语现象造成的，也与学界对世界文学的理解有关。从严格意义上讲，当下学界认定的"世界文学"并不是真正的世界文学，因此也就缺少文学多样性。尽管世界文学本身是多样性的，但我们现在所了解的世界文学其实是缺少多样性的世界文学，因为真正的文学多样性被所谓的西方主

[①] 古尔纳之前 6 位获得诺贝尔文学奖的非洲作家依次是作家阿尔贝·加缪，尼日利亚作家沃莱·索因卡，埃及作家纳吉布·马哈福兹，南非作家纳丁·戈迪默、J. M. 库切和作家多丽丝·莱辛，分别于 1957 年、1986 年、1988 年、1991 年、2003 年和 2007 年获得诺贝尔文学奖。

[②] 详见朱振武、袁俊卿：《流散文学的时代表征及其世界意义——以非洲英语文学为例》，《中国社会科学》，2019 年第 7 期。作者从流散视角对非洲文学从诗学层面进行了学理阐释，将非洲文学特别是非洲英语文学分为异邦流散、本土流散和殖民流散三大类型，并从文学的发生、发展、表征、影响和意义进行多维论述。

流文化或者说是强势文化压制和遮蔽了。因此，许多非西方文化无法进入世界各国和各地区的关注视野。

二、实现真正的文明互鉴

当下的世界文学不具备应有的多样性。从歌德提出所谓的世界文学，到如今西方人眼中的世界文学，甚至我们学界所接受和认知的世界文学，实际上都不是世界文学的全貌，不是世界文学的本来面目，而是西方人建构出来的以西方几个大国为主，兼顾其他国家和地区某个文学侧面和诺贝尔文学奖得主的所谓"世界文学"，因此也就不能实现真正意义上的文明互鉴。

文学是文化最重要的载体之一。文学是人学，它以"人"为中心。文学由人所创造，人又深受时代、地理、习俗等因素的影响，所以说，"文变染乎世情，兴废系乎时序"①。文学作品囊括了丰富多彩的政治、经济、文化、历史、地理、习俗和心理等多种元素，不同民族、不同国家、不同区域和不同时代的作家作品更是蔚为大观。但这种多样性并不能在当下的"世界文学"中得到完整呈现。因此，重建世界文学新秩序和新版图，充分体现世界文学多样性，是当务之急。

很长时间里，在我国和不少其他国家，世界文学的批评模式主体上还是根据西方人的思维方式和学理建构的，缺少自主意识。因此，我们必须立足中国文学文化立场，打破西方话语模式、批评窠臼和认识阈限，建构中国学者自己的文学观和文化观，绘制世界文化新版图，建立世界文学新体系，实现真正意义上的文明互鉴。与此同时，创造中国自己的批评话语和理论体系，为真正的世界文化多样性的实现和文学文化共同体的构建做出贡献。

在中国开展非洲文学研究具有英美文学研究无法取代的价值和意义，更有利于我们均衡吸纳国外优秀文化。非洲文学本就是世界文化的重要组成部分，现已

---

① 《文心雕龙》，王志彬译注，北京：中华书局，2012年，第511页。

引起各国文化界和文学界的广泛关注，我国也应尽快加强对非洲文学的研究。非洲文学虽深受英美文学影响，但在主题探究、行文风格、叙事方式和美学观念等方面却展示出鲜明的异质性和差异性，呈现出与英美文学交相辉映的景象，因此具有世界文学意义。非洲文学是透视非洲国家历史文化原貌和进程，反射其当下及未来的一面镜子，研究非洲文学对深入了解非洲国家的政治、历史和文化等具有深远意义。另外，站在中国学者的立场上，以中国学人的视角探讨非洲文学的肇始、发展、流变及谱系，探讨其总体文化表征与美学内涵，对反观我国当代文学文化和促进我国文学文化的发展繁荣具有特殊意义。

三、厘清三种文学关系

汲取其他国家和地区文学文化的养分，对繁荣我国文学文化，对"一带一路"倡议下人类命运共同体的建设也具有重要意义。我们进行非洲文学研究时，应厘清主流文学与非主流文学的关系、单一文学与多元文学的关系及第一世界文学与第三世界文学的关系。

第一，厘清主流文学与非主流文学的关系。近年来，我国的外国文学研究重心已经从以英美文学为主、德法日俄等国文学为辅的"主流"文学，在一定程度上转向了澳大利亚、加拿大、新西兰等国文学，特别是非洲文学等"非主流"文学。这种转向绝非偶然，而是历史的必然，是新时代大形势使然。它标志着非主流文学文化及其相关研究的崛起，预示着在不远的将来，"非主流"文学文化或将成为主流。非洲作家流派众多，作品丰富多彩，不能忽略这样大体量的文学存在，或只是聚焦西方人认可的少数几个作家。同中国文学一样，非洲文学在一段时间里也被看作"非主流"文学，这显然是受到了其他因素的左右。

第二，厘清单一文学与多元文学的关系。世界文学文化丰富多彩，但长期以来的欧洲中心和美国标准使我们的眼前呈现出单一的文学文化景象，使我们的研究重心、价值判断和研究方法都趋于单向和单一。我们受制于他者的眼光，成了传声筒，患上了失语症。我们有时有意或无意地忽略了文学存在的多元化和多样性这个事实。非洲文学研究同中国文学走向世界的意义一样，都是为了打破国际上单一和固化的刻板状态，重新绘制世界文学版图，呈现世界文学多元化和多样性的真实样貌。

对于非洲作家古尔纳获得诺贝尔文学奖，许多人认为这是英国移民文学的繁盛，认为古尔纳同约瑟夫·康拉德、维迪亚达·苏莱普拉萨德·奈保尔、萨尔曼·拉什迪以及石黑一雄这几位英国移民作家[①]一样，都"曾经生活在'帝国'的边缘，爱上英国文学并成为当代英语文学多样性的杰出代表"[②]，因而不能算是非洲作家。这话最多是部分正确。我们一定要看到，非洲现代文学的诞生与发展跟西方殖民历史密不可分，非洲文化也因殖民活动而散播世界各地。移民散居早已因奴隶贸易、留学报国和政治避难等历史因素成为非洲文学的重要题材。我们认为，评判是否为非洲文学的核心标准应该是其作品是否具有"非洲性"，是否具有对非洲人民的深沉热爱、对殖民问题的深刻揭示、对非洲文化的深刻认同、对非洲人民的深切同情以及对未来生活的美好憧憬。所以，古尔纳仍属于非洲作家。

的确，非洲文学较早进入西方学者视野，在英美等国家有着较为丰硕的研究成果。我国的非洲文学研究虽然起步较晚，然而势头比较强劲。有一个重要的问题应该引起重视，那就是我们的非洲文学研究不能像其他外国文学的研究，尤其是英美德法等所谓主流国家文学的研究一样，从文本选材到理论依据和研究方法，甚至到价值判断和审美情趣，都以西方学者为依据。这种做法严重缺少研究者的主体意识，因此无法在较高层面与国际学界对话，也就在很大程度上失去了外国文学研究的意义和作用。

第三，厘清第一世界文学与第三世界文学的关系。如果说英美文学是第一世界文学，欧洲其他国家的文学和亚洲的日本文学是第二世界文学的话，那么包括中国文学和非洲文学乃至其他地区文学在内的文学则可被视为第三世界文学。这一划

---

① 康拉德 1857 年出生于波兰，1886 年加入英国国籍，20 多岁才能流利地讲英语，而立之年后才开始用英语写作；奈保尔 1932 年出生于特立尼达和多巴哥的一个印度家庭，1955 年定居英国并开始英语文学创作，2001 年获诺贝尔文学奖；拉什迪 1947 年出生于印度孟买，14 岁赴英国求学，后定居英国并开始英语文学创作，获 1981 年布克奖；石黑一雄 1954 年出生于日本，5 岁时随父母移居英国，1982 年取得英国国籍，获 1989 年布克奖和 2017 年诺贝尔文学奖。

② 陆建德：《殖民·难民·移民：关于古尔纳的关键词》，《中国社会科学报》，2021 年 11 月 11 日，第 6 版。

分对我们正确认识文学现象、文学理论和文学思潮及其背后的深层思想文化因素，制定研究目标和相应研究策略，保持清醒判断和理性思考，都具有十分重要的意义。

第四，我们应该认清非洲文学研究的现状，认识到我们中国非洲文学研究者的使命。实际上，现在呈现给我们的非洲文学，首先是西方特别是英美世界眼中的非洲文学，其次是部分非洲学者和作家呈现的非洲文学。而中国学者所呈现出来的非洲文学，则是在接受和研究了西方学者和非洲学者成果之后建构出来的非洲文学，这与真正的非洲文学相去甚远，我们在对非洲文学的认知和认同上还存在很多问题。比如，我们的非洲文学研究不应是剑桥或牛津、哈佛或哥伦比亚等某个大学的相关研究的翻版，不应是转述殖民话语，不应是总结归纳西方现有成果，也不应致力于为西方学者的研究做注释、做注解。

我们认为，中国的非洲文学研究者应展开田野调查，爬梳一手资料，深入非洲本土，接触非洲本土学者和作家，深入非洲文化腠理，植根于非洲文学文本，从而重新确立研究目标和审美标准，建构非洲文学的坐标系，揭示其世界文学文化价值，进而体现中国学者独到的眼光和发现；我国的非洲文学研究应以中国文学文化为出发点，以世界文学文化为参照，进行跨文化、跨学科、跨空间和跨视阈的学理思考，积极开展国际学术对话和交流。世上的事物千差万别，这是客观情形，也是自然规律。世界文学也是如此。要维护世界文明多样性，要正确进行文明学习借鉴。故而，我们要以开放的精神、包容的心态、平视的眼光和命运共同体格局重新审视和观照非洲文学及其文化价值。而这些，正是我们所追求的目标，所奉行的研究策略。

四、尊重世界文学多样性

中国文学和世界上的"非主流"文学，特别是非洲文学一样，在相当长的时间里被非主流化，处在世界文学文化的边缘地带。中国长期以来是世界上人口最多的国家，没有中国文学的世界文学无论如何都不能算是真正的世界文学。中国文学文化走进并融入世界文学文化，将使世界文学成为名副其实的世界文学。非洲文学亦然。

中国文化自古推崇多元一体，主张尊重和接纳不同文明，并因其海纳百川而生生不息。"君子和而不同"①，"物之不齐，物之情也"②，"万物并育而不相害，道并行而不相悖"③。"和"是多样性的统一；"同"是同一、同质，是相同事物的叠加。和而不同，尊重不同文明的多样性，是中国文化一以贯之的传统。在新的国际形势下，我国提出以"和"的文化理念对待世界文明的四条基本原则，即维护世界文明多样性，尊重各国各民族文明，正确进行文明学习借鉴，科学对待传统文化。毕竟，"文明因交流而多彩，文明因互鉴而丰富"④。共栖共生，互相借鉴，共同发展，和而不同，相向而行，是现在世界文学文化发展的正确理念。2022 年 4 月 9 日，大会主场设在北京的首届中非文明对话大会以线上线下相结合的方式举行，共同探讨"文明交流互鉴推动构建新时代中非命运共同体"，体现了新的历史时期世界文明交流互鉴、和谐共生的迫切需求。

英语文学在很长一段时间里被窄化为英美文学，非洲基本被视为文学的"不毛之地"。这显然是一种严重的误解。非洲文学有其独特的文化意蕴和美学表征，具有重要的研究价值，对其他国家和地区的文学也具有重要借鉴意义。在非洲这块拥有 3000 多万平方公里、人口约 14 亿的土地上产生的文学作品无论如何都不应被忽视。坦桑尼亚作家阿卜杜勒拉扎克·古尔纳获得诺贝尔文学奖，绝不是说诺贝尔文学奖又一次爆冷，倒可以说是诺贝尔文学奖评委向世界文学的多样性又迈近了一步，向真正的文明互鉴又迈近了一大步。

五、"非洲文学研究丛书"简介

"非洲文学研究丛书"首先推出非洲文学研究著作十部。丛书以英语文学为主，兼顾法语、葡萄牙语和阿拉伯语等其他语种文学。基于地理的划分，并从被殖民历

---

① 《论语·大学·中庸》，陈晓芬、徐儒宗译注，北京：中华书局，2018 年，第 160 页。

② 《孟子》，方勇译注，北京：中华书局，2018 年，第 97 页。

③ 《论语·大学·中庸》，陈晓芬、徐儒宗译注，北京：中华书局，2018 年，第 352 页。

④ 习近平：《在联合国教科文组织总部的演讲》，《人民日报》，2014 年 3 月 28 日，第 3 版。

史、文化渊源、语言及文学发生发展的情况等方面综合考虑，我们将非洲文学划分为4个区域，即南部非洲文学、西部非洲文学、中部非洲文学及东部和北部非洲文学。"非洲文学研究丛书"包括《南部非洲精选文学作品研究》《南非经典文学作品研究》《西部非洲精选文学作品研究》《西部非洲经典文学作品研究》《东部和北部非洲精选文学作品研究》《东部非洲经典文学作品研究》《中部非洲精选文学作品研究》《博茨瓦纳英语文学进程研究》《古尔纳小说流散书写研究》和《非洲文学名家创作研究》共十部，总字数约380万字。

该套丛书由"经典"和"精选"两大板块组成。"非洲文学研究丛书"中所包含的作家作品，远远不止西方学者所认定的那些，其体量和质量其实远远超出了西方学界的固有判断。其中，"经典"文学板块，包含了学界已经认可的非洲文学作品（包括获得诺贝尔文学奖、布克奖、龚古尔奖等文学奖项的作品）。而"精选"文学板块，则是由我国首个非洲文学研究国家社科基金重大项目"非洲英语文学史"团队经过田野调查，翻译了大量文本，开展了系统的学术研究之后遴选出来的，体现出中国学者自己的判断和诠释。本丛书的"经典"与"精选"两大板块试图去恢复非洲文学的本来面目，体现出中西非洲文学研究者的研究成果，将有助于中国读者乃至世界读者更全面地了解进而研究非洲文学。

第一部是《南部非洲精选文学作品研究》。南部非洲文学是非洲文学中表现最为突出的区域文学，其中的南非文学历史悠久，体裁、题材最为多样，成就也最高，出现了纳丁·戈迪默、J. M.库切、达蒙·加格特、安德烈·布林克、扎克斯·穆达和阿索尔·富加德等获诺贝尔文学奖、布克奖、英联邦作家奖等国际奖项的著名作家。本书力图展现南部非洲文学的多元化文学写作，涉及南非、莱索托和博茨瓦纳文学中的小说、诗歌、戏剧、文论和纪实文学等多种文学体裁。本书所介绍和研究的作家作品有"南非英语诗歌之父"托马斯·普林格尔的诗歌、南非戏剧大师阿索尔·富加德的戏剧、多栖作家扎克斯·穆达的戏剧和文论、马什·马蓬亚的戏剧、刘易斯·恩科西的文论、安缇耶·科洛戈的纪实文学和伊万·弗拉迪斯拉维克的后现代主义写作等。

第二部是《南非经典文学作品研究》，主要对12位南非经典小说家的作品进行介绍与研究，力图集中展示南非小说深厚的文学传统和丰富的艺术内涵。这

12 位小说家虽然所处社会背景不同、人生境遇各异，但都在对南非社会变革和种族主义问题的主题创作中促进了南非文学独特书写传统的形成和发展。南非小说较为突出的是因种族隔离制度所引发的种族叙事传统。艾斯基亚·姆赫雷雷的《八点晚餐》、安德烈·布林克的《瘟疫之墙》、纳丁·戈迪默的《新生》和达蒙·加格特的《冒名者》等都是此类种族叙事的典范。南非小说还有围绕南非土地归属问题的"农场小说"写作传统，主要体现在南非白人作家身上。奥利芙·施赖纳的《一个非洲农场的故事》和保琳·史密斯的《教区执事》正是这一写作传统支脉的源头，而纳丁·戈迪默、J. M. 库切和达蒙·加格特这 3 位布克奖得主的获奖小说也都承继了南非农场小说的创作传统，关注不同历史时期的南非土地问题。此外，南非小说还形成了革命文学传统。安德烈·布林克的《菲莉达》、彼得·亚伯拉罕的《献给乌多莫的花环》、阿兰·佩顿的《哭泣吧，亲爱的祖国》和所罗门·T. 普拉杰的《姆胡迪》等都在描绘南非种族隔离制度的社会悲剧中表达了强烈的革命斗争意识。

第三部是《西部非洲精选文学作品研究》。西部非洲通常是指处于非洲大陆西部的国家和地区，涵盖大西洋以东、乍得湖以西、撒哈拉沙漠以南、几内亚湾以北非洲地区的 16 个国家和 1 个地区。这一区域大部分处于热带雨林地区，自然环境与气候条件十分相似。19 世纪中叶以降，欧洲殖民者开始渐次在西非建立殖民统治，西非也由此开启了现代化进程，现代意义上的非洲文学也随之萌生。迄今为止，这个地区已诞生了上百位知名作家。受西方殖民统治影响，西非国家的官方语言主要为英语、法语和葡萄牙语，因而受关注最多的文学作品多数以这三种语言写成。本书评介了西部非洲 20 世纪 70 年代至近年出版的重要作品，主要为尼日利亚的英语文学作品，兼及安哥拉的葡萄牙语作品，体裁主要是小说与戏剧。收录的作品包括尼日利亚女性作家的作品，如恩瓦帕的小说《艾弗茹》和《永不再来》，埃梅切塔的小说《在沟里》《新娘彩礼》和《为母之乐》，阿迪契的小说《紫木槿》《半轮黄日》《美国佬》和《绕颈之物》，阿德巴约的小说《留下》，奥耶耶美的小说《遗失翅膀的天使》；还包括非洲第二代优秀戏剧家奥索菲桑的《喧哗与歌声》和《从前有四个强盗》，布克奖得主本·奥克瑞的小说《饥饿的路》，奥比奥玛的小说《钓鱼的男孩》和《卑微者之歌》

以及安哥拉作家阿瓜卢萨的小说《贩卖过去的人》等。本书可为20世纪70年代后西非文学与西非女性文学研究提供借鉴。

第四部是《西部非洲经典文学作品研究》。本书主要收录20世纪初至20世纪70年代西非（加纳、尼日利亚）作家的经典作品（因作者创作的连续性，部分作品出版于70年代），语种主要为英语，体裁有小说、戏剧与散文等。主要包括加纳作家海福德的小说《解放了的埃塞俄比亚》，塞吉的戏剧《糊涂虫》，艾杜的戏剧《幽灵的困境》与阿尔马的小说《美好的尚未诞生》；尼日利亚作家图图奥拉的小说《棕榈酒酒徒》和《我在鬼林中的生活》，现代非洲文学之父阿契贝的小说《瓦解》《再也不得安宁》《神箭》《人民公仆》《荒原蚁丘》以及散文集《非洲的污名》、短篇小说集《战地姑娘》，诺贝尔文学奖获得者索因卡的戏剧《森林之舞》《路》《疯子与专家》《死亡与国王的侍从》以及长篇小说《诠释者》。

第五部是《东部和北部非洲精选文学作品研究》，主要对东部非洲的代表性文学作品进行介绍与研究，涉及梅佳·姆旺吉、伊冯·阿蒂安波·欧沃尔、弗朗西斯·戴维斯·伊姆布格等16位作家的18部作品。这些作品文体各异，其中有10部长篇小说，3部短篇小说，2部戏剧，1部自传，1部纪实文学，1部回忆录。北部非洲的文学创作除了人们熟知的阿拉伯语文学外也有英语文学的创作，如苏丹的莱拉·阿布勒拉、贾迈勒·马哈古卜，埃及的艾赫达夫·苏维夫等，他们都用英语创作，而且出版了不少作品，获得过一些国际奖项，在评论界也有较好的口碑。东部非洲国家通常包括肯尼亚、坦桑尼亚、乌干达、卢旺达、南苏丹、索马里、埃塞俄比亚、厄立特里亚、吉布提、塞舌尔和布隆迪。总体来说，肯尼亚是英语文学大国；坦桑尼亚因古尔纳获得诺贝尔文学奖而异军突起；而乌干达、卢旺达、索马里、南苏丹因内战、种族屠杀等原因，出现很多相关主题的英语文学作品，引起国际社会的关注；乌干达、卢旺达、索马里、南苏丹这些国家的文学作品呈现出两大特点，即鲜明的创伤主题和回忆录式写作；而其他5个东部非洲国家英语文学作品则极少。

第六部是《东部非洲经典文学作品研究》。19世纪，西方列强疯狂瓜分非洲，东非大部分沦为英、德、意、法等国的殖民地或保护地。第二次世界大战前，只有埃塞俄比亚一个独立国家；战后，其余国家相继独立。东部非洲有悠久的本土语言书写传统，有丰富优秀的阿拉伯语文学、斯瓦希里语文学、阿姆哈拉语文学和索马里语文学等，不过随着英语成为独立后多国的官方语言，以及基于英语成为世界通用语言这一事实，在文学创作方面，东部非洲的英语文学表现突出。东部非洲的英语作家和作品较多，在国际上认可度很高，产生了一批国际知名作家，比如恩古吉·瓦·提安哥、纽拉丁·法拉赫和2021年诺贝尔文学奖得主阿卜杜勒拉扎克·古尔纳等。此外，还有大批文学新秀在国际文坛崭露头角，获得凯恩非洲文学奖（Caine Prize for African Writing）等重要奖项。本书涉及的作家有：乔莫·肯雅塔、格雷斯·奥戈特、恩古吉·瓦·提安哥、查尔斯·曼谷亚、大卫·麦鲁、伊冯·阿蒂安波·欧沃尔、奥克特·普比泰克、摩西·伊塞加瓦、萨勒·塞拉西、奈加·梅兹莱基亚、马萨·蒙吉斯特、约翰·鲁辛比、斯科拉斯蒂克·姆卡松加、纽拉丁·法拉赫、宾亚凡加·瓦奈纳。这些作家创作的时间跨度从20世纪一直到21世纪，具有鲜明的历时性特征。本书所选的作品都是他们的代表性著作，能够反映出彼时彼地的时代风貌和时代心理。

第七部是《中部非洲精选文学作品研究》。中部非洲通常指殖民时期英属南部非洲殖民地的中部，包括津巴布韦、马拉维和赞比亚三个国家。这三个紧邻的国家不仅被殖民经历有诸多相似之处，而且地理环境也相似，自古以来各方面的交流也较为频繁，在文学题材、作品主题和创作手法等方面具有较大共性。本书对津巴布韦、马拉维和赞比亚的15部文学作品进行介绍和研究，既有像多丽丝·莱辛、齐齐·丹格仁布格、查尔斯·蒙戈希、萨缪尔·恩塔拉、莱格森·卡伊拉、斯蒂夫·奇蒙博等这样知名作家的经典作品，也有布莱昂尼·希姆、纳姆瓦利·瑟佩尔等新锐作家独具个性的作品，还有约翰·埃佩尔这样难以得到主流文化认可的白人作家的作品。从本书精选的作家作品及其研究中，可以概览中部非洲文学的整体成就、艺术水准、美学特征和伦理价值。

第八部是《博茨瓦纳英语文学进程研究》。本书主要聚焦1885年殖民统治后博茨瓦纳文学的发展演变，立足文学本位，展现其文学自身的特性。从中国学者的视角对文本加以批评诠释，考察了其文学史价值，在分析每一作家个体的同时又融入史学思维，聚合作家整体的文学实践与历史变动，按时间线索梳理博茨

11

瓦纳文学史的内在发展脉络。本书以"现代化"作为博茨瓦纳文学发展的主线，根据现代化的不同程度，划分出博茨瓦纳英语文学发展的五个板块，即"殖民地文学的图景""本土文学的萌芽""文学现代性的发展""传统与现代的冲突"以及"大众文学与历史题材"，并考察各个板块被赋予的历史意义。同时，遴选了贝西·黑德、尤妮蒂·道、巴罗隆·塞卜尼、尼古拉斯·蒙萨拉特、贾旺娃·德玛、亚历山大·麦考尔·史密斯等十余位在博茨瓦纳英语文学史上产生重要影响的作家，将那些深刻反映了博茨瓦纳人的生存境况，对社会发展和人们的思想观念产生了深远影响的文学作品纳入其中，以点带面地梳理了博茨瓦纳文学的现代化进程，勾勒出了博茨瓦纳百年英语文学发展的大致轮廓，帮助读者拓展对博茨瓦纳英语文学及其国家整体概况的认知。博茨瓦纳在历史、文化及文学发展方面可以说是非洲各国的一个缩影，其在文学的现代化进程中表现得尤为突出。这是我们考虑为这个国家的文学单独"作传"的主要原因，也是我们为非洲文学"作史"的一次有益尝试。

第九部是《古尔纳小说流散书写研究》。2021 年，坦桑尼亚作家古尔纳获得诺贝尔文学奖，轰动一时，在全球迅速成为一个文化热点，与其他多位获得大奖的非洲作家一起，使 2021 年成为"非洲文学年"。古尔纳也立刻成为国内研究的焦点，并带动了国内的非洲文学研究。因此，对古尔纳的 10 部长篇小说进行细读细析和系统多维的学术研究就显得非常必要。本书主要聚焦古尔纳的流散作家身份，以"流散主题""流散叙事""流散愿景""流散共同体"4 个专题形式集中探讨了古尔纳的 10 部长篇小说，即《离别的记忆》《朝圣者之路》《多蒂》《天堂》《绝妙的静默》《海边》《遗弃》《最后的礼物》《砾石之心》和《今世来生》，提供了古尔纳作品解读研究的多重路径。本书从难民叙事到殖民书写，从艺术手法到主题思想，从题材来源到跨界影响，从比较视野到深层关怀再到世界文学新格局，对古尔纳的流散书写及其取得巨大成功的深层原因进行了细致揭示。

第十部是《非洲文学名家创作研究》。本书对 31 位非洲著名作家的生平、创作及影响进行追本溯源和考证述评，包含南部非洲、西部非洲、中部非洲、东部和北部非洲的作家及其以英语、法语、阿拉伯语和葡萄牙语等主要语种的文学创作。收入本书的作家包括 7 位获得诺贝尔文学奖的作家，也包括获得布克奖等其他世界著名文学奖项的作家，还包括我们研究后认定的历史上重要的非洲作家和当代的新锐作家。

这套"非洲文学研究丛书"的作者队伍由从事非洲文学研究多年的教授和年富力强的中青年学者组成，都是我国首个非洲文学研究国家社会科学基金重大项目"非洲英语文学史"（项目编号：19ZDA296）的骨干成员和重要成员。国内关于外国文学的研究类丛书不少，但基本上都是以欧洲文学特别是英美文学为主，亚洲文学中的日本文学和印度文学也还较多，其他都相对较少，而非洲文学得到译介和研究的则是少之又少。为了均衡吸纳国外文学文化的精华和精髓，弥补非洲文学译介和评论的严重不足，"非洲英语文学史"的项目组成员惭凫企鹤，不揣浅陋，群策群力，凝神聚力，字斟句酌，锱铢必较，宵衣旰食，孜孜矻矻，黾勉从事，不敢告劳，放弃了多少节假日以及其他休息时间，终于完成了这套"非洲文学研究丛书"。丛书涉及的作品在国内大多没有译本，书中所节选原著的中译文多出自文章作者之手，相关研究资料也都是一手，不少还是第一次挖掘。书稿虽然几经讨论，多次增删，反复勘正，仍恐鲁鱼帝虎，别风淮雨，舛误难免，贻笑方家。诚望各位前辈、各位专家、非洲文学的研究者以及广大读者朋友们，不吝指疵和教诲。

2024 年 2 月

于上海心远斋

序

2021 年 10 月 7 日，阿卜杜勒拉扎克·古尔纳（Abdulrazak Gurnah，1948—）的作品以"鉴于他对殖民主义的影响，以及对文化与大陆之间的鸿沟中难民的命运的毫不妥协且富有同情心的洞察"①获得诺贝尔文学奖，引发全世界关注和讨论。身为一位相对"冷门"的坦桑尼亚裔英籍作家，古尔纳何以打败恩古吉·瓦·提安哥（Ngugi Wa Thiong'O，1938—）、玛格丽特·阿特伍德（Margaret Atwood，1939—）等一众热门作家斩获诺奖？其创作的一系列英语作品究竟魅力何在，又能否真正代表非洲文学，彰显非洲文学的民族性和世界性？这诸多疑问，或许只有走近古尔纳其人其文，理解领悟作者的精神境界和艺术追求，才能出乎其外，寻得问题的答案。

1948 年 12 月 20 日，古尔纳出生于非洲东海岸的桑给巴尔（Zanzibar），剧烈动荡的历史洪流和政权更迭，造成了桑给巴尔文化多元、种族复杂的社会现状，使得生长于此的古尔纳拥有与生俱来的语言天赋和文化优势。年幼的古尔纳接触并阅读了大量的阿拉伯和波斯诗歌，获得了最初的文学启蒙。《古兰经》《一千零一夜》中富有异域情调和宗教意蕴的传奇故事，借由人们的口口相传和艺术加工变得更为瑰丽多姿，激发出古尔纳惊人的艺术想象力和感受力，对其成长产生了深刻影响。1963 年，英国结束了在桑给巴尔的殖民统治，但平静的状态并未持续

---

① Swedish Academy, "Abdulrazak Gurnah—Facts", *The Nobel Prize*, October 7, 2021, https://www.nobelprize.org/prizes/literature/2021/gurnah/facts/.

多久，时任桑给巴尔总统的谢赫·阿贝德·阿马尼·卡鲁姆（Sheikh Abeid Amani Karume）就开始对国内的阿拉伯裔和南亚裔大肆屠杀。1967 年年底，苦于挣扎的古尔纳最终以难民身份踏上了英国国土，开启了未知的求学旅程。古尔纳难以真正融入英国当地的社会和阶级，而初期的拮据生活，又使他敏感倔强的内心饱受折磨。孤独、游离、漂泊，种种复杂情绪郁结于胸，无处诉说，彼时的古尔纳迫切需要寻得一个情绪宣泄的出口。古尔纳显然是幸运的，他努力挣脱命运的漩涡，找到了于他而言最佳的纾解方式——写作。在流亡海外的艰难岁月里，他栖身文学，实现了自我身份的确证，完成了自我的精神自救，并从此一发不可收，从文学教学到文学评论再到文学创作，算得上多点开花，齐头并进。

古尔纳创作的作品数量不多，始终秉持着共同的移民流散主题，但每部作品又有着各自的特色和创新之处，有意避免模式化写作。古尔纳获奖并非偶然，非洲流散作家已形成一股不可小觑的群体性力量，以"非主流"英语文学[①]的姿态冲击着所谓的"主流"文学。2021 年，诺贝尔文学奖、英国布克奖、法国龚古尔奖等各大文学奖项被非洲作家纷纷收入囊中，这既是世界文坛对非洲作家创作的青睐和肯定，同时也说明了西方各界对移民问题及非洲文学的关注与重视。这也给予我们一定启示，对照非洲文学的发展历程，中国本土作家享受着得天独厚的民族文化和历史优势，更应发掘出自身的文学特性，不应亦步亦趋，人云亦云，在保有文学独立性的同时，也能吸纳国外的新潮思想，增强中国文学在国际文坛的话语权，讲好中国故事。

以古尔纳小说为代表的当代非洲文学对殖民历史及其带给非洲人民的身心创伤表现出足够的容忍度和宽容度，也以内涵丰富的"非洲性"表现出对文学共同体、文化共同体和生态共同体以及人类美好未来的期许和希冀。"非洲性"的文学

---

① "非主流"英语文学是与"主流"英语文学相对而言的概念，主要指除英国和美国以外的国家和地区的英语文学。关于"非主流"英语文学这一概念，请参见朱振武：《中国"非主流"英语文学研究的现状与走势》，《外国文学动态》，2012 年第 6 期，第 45 页。

书写告诉我们，一定要构建文学共同体，形成真正的世界文学。需要强调的是，与世界上的"非主流"文学，特别是非洲文学一样，中国文学也在相当长的时间里被非主流化，处在世界文学文化的边缘地带。正如没有非洲文学就不能谈论世界文学，没有世界上人口长期最多的国家——中国的文学，世界文学无论如何都不能算是真正的世界文学。只有让中国文学文化走进并融入世界文学文化，用长期以来被边缘化并处在非主流地位的中国文学去充实世界文学多样性，如此才能使世界文学更加名副其实，实现真正的东西对话。

"非洲性"的文化寓意告诉我们，一定要构建文化共同体，实现真正的文明互鉴。从非洲文学流散属性所孕育的本土性和世界性表达中，学习、借鉴和培育能让我国民族文学走向世界文学的故事主题、语言风格、叙事艺术和美学理念；从非洲文化和世界文化的诗性博弈过程中汲取历史经验，开拓国际视野并丰富世界文学多样性。"非洲性"的社会实践告诉我们，一定要构建生态共同体，秉持可持续发展理念。天道有常，洪水、飓风、地震、海啸等自然灾害已经无数次告诉人们，人类要学会谦卑和敬畏；新冠病毒再一次告诫人们，人类对大自然的控制永远都是相对的。"新冠肺炎疫情告诉我们，人与自然是命运共同体。我们要同心协力……坚持生态文明，增强建设美丽世界动力。"[1] 天人合一，中国古人对天地人、对自然万物的认知再一次被证明是正确的；万物有灵，非洲人民对自然万物的敬重亦是人类理应共同遵循的行为准则。"欲败度，纵败礼，以速戾于厥躬。天作孽，犹可违；自作孽，不可逭。"[2] 在自然万物面前，人类不可毫无节度，必须心存敬畏。只有这样，生态平衡才能根本恢复，应对气候变化的碳达峰、碳中和的"双碳"目标才能实现，人类乃至万物所需的水、空气和土壤才会向好发展。在 2022 年 2 月 4 日北京冬奥会的开幕式致辞中，冬奥组委主席蔡奇提及奥运会的

---

[1] 习近平：《在联合国生物多样性峰会上的讲话》，《人民日报》，2020 年 10 月 1 日，第 3 版。
[2] 孔颖达等撰：《尚书·太甲（中）》，北京：中华书局，1998 年，第 35 页。

魅力"就是跨越差异，促进相互包容和理解"①，国际奥委会主席巴赫也表示"奥运会让我们保留多样性的同时，把我们团结在一起……促进世界和平与人类的相互理解"②。人类能够创立奥林匹克运动会，并在这个体育共同体里友好竞争、和谐共处，当然也能够创立文学文化共同体，并在这个共同体里实现文明互鉴，共同进步，共栖共生，同舟共济，一起向未来。

古尔纳获得诺奖之前，中国出版界对他的作品只有零星的译介，总共也不过两篇短篇小说，评论界也只有两三篇论文。古尔纳获奖后，我国的相关研究立即呈现井喷之势，《文汇报》《文艺报》《生活周刊》《明报》《解放日报》等多家报刊纷纷发表评论文章，从多个角度介绍古尔纳的获奖情况。我国首个非洲文学国家社科基金重大项目"非洲英语文学史"首席专家朱振武在古尔纳获奖后的头两天就接受了十几家报刊的专访，并在《中国社会科学报》发表《揭示世界文学多样性　构建中国非洲文学学》的长文，对古尔纳获奖的多样性世界文化价值和文学意义以及非洲文学的研究方法、理念和路径进行了深入探讨。中国外国文学界在几个月的时间里就涌现出古尔纳研究文章 30 多篇，《文艺理论研究》《外国文学动态研究》《外国文学研究》《山东外语教学》《天津师范大学学报》《燕山大学学报》《外国语文》《外语教学》《人文杂志》《当代外国文学》《广东外语外贸大学学报》《西安外国语大学学报》《外国文学》等多家期刊都设立专栏，从创作主题、艺术特色和接受影响等多个维度对古尔纳的小说创作进行阐释。

本书聚焦古尔纳的流散作家身份，在流散视域下体察古尔纳各个创作时期，以"流散主题""流散叙述""流散愿景""流散共同体"四个专题形式集中探讨古尔纳的十部长篇小说，提供古尔纳作品解读研究的多重路径，以飨国内读者。古尔纳的作品关怀流散的难民群体，聚焦身份建构、精神创伤、文化意识等多个

---

① 蔡奇：《蔡奇在开幕式上的致辞》，《冬奥会刊》，2022 年 2 月 5 日，第 3 版，https://www.bjd.com.cn/zt/2022/huikan/images/20220205/3_00.jpg.
② 巴赫：《巴赫在开幕式上的致辞》，《冬奥会刊》，2022 年 2 月 5 日，第 3 版，https://www.bjd.com.cn/zt/2022/huikan/images/20220205/3_00.jpg.

议题，彰显出原始传统与现代元素的交织与碰撞，承载着重要的非洲社会现象和民族图景，引人深思。相信在诺贝尔文学奖的助推下，古尔纳会被更多读者熟知，以非洲作家的强劲之势，带领非洲文学在世界文学的道路上走得更远。

这部"古尔纳研究"主要是从流散视角出发，对古尔纳的十部长篇小说的创作发生、创作历程、创作手法、作品主题及文化意蕴等问题进行多方解读。

2024 年 2 月

古尔纳长篇小说译名和原名对照

1.《离别的记忆》   *Memory of Departure*, 1987

2.《朝圣者之路》   *Pilgrims Way*, 1988

3.《多蒂》   *Dottie*, 1990

4.《天堂》   *Paradise*, 1994

5.《绝妙的静默》   *Admiring Silence*, 1996

6.《海边》   *By the Sea*, 2001

7.《遗弃》   *Desertion*, 2005

8.《最后的礼物》   *The Last Gift*, 2011

9.《砾石之心》   *Gravel Heart*, 2017

10.《今世来生》   *Afterlives*, 2020

阿卜杜勒拉扎克·古尔纳

Abdulrazak Gurnah, 1948—

目录｜CONTENTS

第一章

古尔纳小说的流散主题

　　古尔纳获得诺贝尔文学奖，一个重要原因就是他始终关注非洲的难民群体，始终从方方面面反映非洲移民的个体问题、社会问题以及身份认同和文化认同等问题。古尔纳 17 岁时为逃离迫害不得不背井离乡，从此居无定所，备受冷眼，饱尝艰辛，虽然后来贵为大学教授，作为流散者的特殊身份和心灵创伤却总是挥之不去。到现在为止，古尔纳共创作了十部长篇小说，从始至终都有对殖民主义及殖民统治给非洲和非洲人民所带来的恶劣影响、深重灾难和不尽创伤的生动描摹和深刻揭示。

　　本章探讨《离别的记忆》中流散者对过去的挥之不去的记忆，《遗弃》中作为殖民者的四重遗弃，《今世来生》中移民们的逃离与坚守，以及《海边》中的身份建构。

第一节 《离别的记忆》作品节选及评析

作品节选

《离别的记忆》
（*Memory of Departure*，1987）

The sea air was good for the pain in my chest. The tide was going out and the fishermen's dugouts lay on their sides in the mud, the outriggers festooned with weed. The sun beat on the green and slimy beach, raising a stench. Beyond the break water, a Port Police launch sped towards the harbour. A ship was coming in.

I knew I would have to go home, because I belonged to them. If I did not return, they would come to seek me. Then they would beat me and love me and remind me of God's words. In and out of the rooms and into the yard they would chase me, beating my flesh.

Never listens to anyone, He's ashamed of us, of his name. Look at the liar now. What could we have done to deserve him?

"He never listens," my grandmother would say, stoking my father's rage.

"Hasn't he had enough?" my mother would protest, hovering on the edges, anxious for her wounded fledgeling. In the end she would withdraw into her room, looking stern. What's the good of that? It was better by the dirty sea, away from chaos and humiliation.

In the distance the ship drew near, carrying its shipload of Greek sailors and Thai rice.

They often told me how weak I was when I was born. My brother Said was born eighteen months before me. He was named after my grandfather, who was some kind of a crook. On the day Said was born, my father got drunk and was found crumpled in a cinema car-park. My grandmother read prayers over the new arrival, asking that God protect him from the evil of other peoplc's cnvy.

When I was born I caused my mother a great deal of pain. My grandmother said someone should be called to read the Koran over me, asking God to keep me alive. They washed me with holy water from Zamzam and wrapped me in cloths inscribed with lines from the Book. They persuaded the Lord to let me live. Three years passed before Zakiya came. Neither Said nor I paid much attention. What's the good of a sister? Said beat me often. He was the elder. He said it was to make me tough. Said had many friends, and when he was six he was already fucking boys. He taught me to chase stray cats and beat them with twisted metal cables. We raided walled gardens to steal fruit. We baited beggars and madmen. Said forced me into fights with other boys, to toughen me up. Often in frustration he would shove me aside to finish off a fight that I was losing. When I went home, cut and bleeding, he would get a beating. *Next time you get into trouble I'll kill you, you bastard. Do you hear me?* my father would tell him as he pounded him. After a while, my grandmother would intervene. My mother would take me out into the yard. Said would sob his heart out in my grandmother's room. Many nights my father did not sleep at home.[①]

海上的空气对我胸口的疼痛有好处。退潮了，渔夫们的船只横七竖八地躺在岸边的淤泥里，船身长满了杂草。阳光照射在绿色黏滑的海滩上，散发出一股恶臭。越过防波堤，一艘港警艇快速驶向港口。一艘船正驶入。

我知道我必须回家，因为我属于他们。如果我不回去，他们会来找我。然后他们会打我，爱我，提醒我真主的话语。他们在房间里进进出出，在院子里追我，打我。*从不听任何人的话，他以我们为耻，以他的名字为耻。看看这个骗子。我们做了什么才有了这样的孩子？*

"他从来不听。"祖母会这样说，这让父亲大为恼怒。

———

① Abdulrazak Gurnah, *Memory of Departure*, New York: Grove Press, 1987, pp. 9-11.

"还不够吗？"母亲会反驳，她在一边徘徊，为她受伤的孩子着急。最后，她会一脸严肃地回到自己的房间。那有什么好处？最好是在肮脏的海边，远离混乱和屈辱。

远处，那艘载着希腊水手和泰国大米的船驶近了。

他们经常告诉我，我出生时是多么虚弱。我哥哥萨义德比我早出生18个月。他是以我祖父的名字命名的。祖父是个骗子。萨义德出生的那天，我父亲喝醉了，被人发现倒在电影院的停车场。我的祖母为这个新生儿念祷文，祈求真主保佑他免受他人嫉妒的伤害。

我出生时，给我的母亲带来了巨大的痛苦。祖母说应该叫人给我念《古兰经》，祈求真主让我活下去。他们用渗渗泉圣水为我洗礼，用写有经文的布把我包起来。他们说服真主让我活下来。3年过去了，桑吉亚才来。萨义德和我都没太在意。有个妹妹有什么用？萨义德经常打我。他比我大。他说那是为了让我坚强。萨义德有很多朋友，他6岁的时候就已经跟别的男孩鬼混了。他教我追逐流浪猫，用扭曲的金属电缆打它们。我们翻过围墙去花园里偷水果。我们引诱乞丐和疯子。他逼我和其他男孩打架，让我坚强起来。他常常懊恼地把我推到一边，帮我结束一场我快要输掉的打斗。当我带着伤口流血回家时，他就会挨打。*下次你再惹麻烦我就杀了你，混蛋。你听到了吗？*父亲一边打他一边吼他。过一会儿，祖母就会介入。妈妈会带我到院子里。萨义德会在我们祖母的房间里哭个半死。很多个夜晚，父亲都不回家。

（谢玉琴/译）

作品评析

《离别的记忆》中无法告别的记忆

引　言

逃离"既是指人类为逃避恶劣的环境而进行的直接的地理迁移，也是指人类采取一定的措施去改变或掩饰一个令人不满的环境"[1]。在文学作品中，逃离是行为上的迁徙和远行，同时也表现为精神上的漂泊、困顿与迷惘。阿卜杜勒拉扎克·古尔纳以其独特的文学魅力斩获了 2021 年的诺贝尔文学奖。迄今为止，古尔纳共创作了十部长篇小说和多部短篇小说。《离别的记忆》(*Memory of Departure*，1987）是其出版的第一部长篇小说，其中呈现出的逃离主题与古尔纳所经历的殖民历史记忆和生命体验密不可分。古尔纳"在写作《离别的记忆》的时候，尝试写出主角对于离开的渴望"[2]，通过描写哈桑（Hassan）满怀希望地离开家乡桑给巴尔岛，再到其无奈归来，展现了处在殖民影响下的主人公流离失所后的复杂的心路历程。

---

[1] 段义孚：《逃避主义》，周尚意、张春梅译，石家庄：河北教育出版社，2005 年，第 37 页。

[2] Claire Chambers, *British Muslim Fictions: Interviews with Contemporary Writers*, Basingstoke: Palgrave Macmillan, 2011, p. 121.

一、渴望逃离的深层原因

家庭作为现代社会的基本单位，承担着社会功能，是社会、国家和历史的缩影，也是观察和理解社会转型、时代变迁的重要中介。《离别的记忆》建构了一个压抑的家庭，以家庭为社会的基本单位控诉桑给巴尔遭遇的殖民历史，是一种现实主义写作。作品以男主人公哈桑为中心，描写了主人公离开其非洲沿海小村的前因后果。哈桑离开的目的一方面是摆脱困扰自己多年的家庭和遭受殖民压迫后风雨飘摇的国家，另一方面是想追求更好的生活。

哈桑渴望离开家乡的一大原因来自家庭带给他的痛苦。小说的情节围绕主人公哈桑压抑的家庭展开。哈桑出生在桑给巴尔岛，在家中排行老二，还有一个哥哥和两个妹妹。在小说中，哈桑和哥哥偷偷花掉了父亲藏在垃圾桶中的钱，于是哥哥被暴虐成性的父亲一顿痛殴。之后，床边的蜡烛引发了火灾。哥哥因为受伤死在了大火中。作为父母的第一个孩子，哥哥被家人视为珍宝。父亲和母亲丝毫没有反思自己的过错，反而将责任推给了5岁的主人公哈桑，因为他当时没有把火扑灭，而是看着哥哥死在眼前。自从哥哥死后，父母开始刻意回避哈桑，避免跟他肢体接触甚至眼神交流。哈桑高烧时，心里想的不是病痛带给自己的折磨，而是他可以因为生病重回母亲的怀抱。只可惜母亲仍然对他有所忌惮，仅仅让哈桑睡在她的床边。而父亲则认为他充满了晦气，是个"谋杀犯"，于是残忍地将哈桑赶出房间。祖母则一向冷酷无情，任由生病的哈桑躺在她冰冷的门前。在主人公的成长过程中，家人无端的指责和殴打使哈桑内心十分痛苦。

母亲遭受着非洲父权制思想的压迫，如同行尸走肉一般麻木地度过每一天。在整部作品中，主人公的母亲甚至没有姓名。作品在开头就刻画了母亲弯腰低头做饭，被柴火熏出眼泪的呆滞形象。30多岁的母亲就已经头发花白，脸上从来没有笑容，总是愁容满面。母亲结婚那天是第一次出门，而且在作品中，她的活动范围一直是家里。她嫁给父亲之前就知道父亲对她不忠，但她选择保持沉默。这种沉默和隐忍并不能使父亲有所收敛，反而使她很快就遭到了家暴。她仍旧没有反抗，只是"默默地退回房间里"，做一只沉默的羔羊。

祖母的内心不仅已经麻木，而且呈现出一种扭曲的态势。在整部作品中，祖母一直待在自己的房间里，基本不会被任何人注意到，是一种可有可无的存在。父亲殴打母亲时，祖母从来不会出面阻止，反而劝说母亲要习惯这样的生活常态。"婚姻本来就是这样的，但是后面就会好起来。"① 每当她看见哈桑勤奋念书，都会对他说一些丧气话，然后发出变态的笑声。这些细节足以说明祖母内心的压抑、麻木和畸形。

处于殖民统治的特殊时期，在非洲父权制和畸形的家庭观念的双重影响下，妹妹桑吉亚（Zakiya）的命运也十分悲惨。桑吉亚原本是天真烂漫的小女孩，却在祖母和母亲的诱导下，走上了卖淫的不归路。桑吉亚想学骑自行车，也希望能在学校里演话剧，但是她的生活被祖母和母亲联手毁灭。她被要求待在家里洗衣做饭，做一些"女人应该做的事"。祖母总是给她讲一些寻找男性伴侣或者结婚的话题，每当桑吉亚想要挣脱祖母的控制时，祖母就会变本加厉，强制她听命自己的训导。终于，桑吉亚在 12 岁时辍学，这时祖母和母亲的脸上露出了满意的笑容。桑吉亚很快走上了卖淫的道路，并且逐渐乐在其中。通过分析母亲、祖母和妹妹的女性形象，可以发现，她们被刻画成男性的私有财产和附属品。在传统非洲父权制文化中，她们生活在一个按照男性观念建立起来的社会中，是没有自我、没有独立思想的客体，而这一现状正是彼时非洲女性面临的共同困境。

哈桑的父亲性情暴虐，是个"冷漠的独裁者"②。他掌握着一家人的"生杀大权"，要求所有人尊重和服从他。他总是夜不归宿，酗酒到天亮，之后回到家，无端殴打母亲。对于文中提到的祖母，父亲也总是无视她，甚至不愿意听她说话。而且，在整部作品中，虽然描写了一些父亲和大女儿桑吉亚之间的联系，但实际上两人没有言语上的对话。此外，作品中也没有描写关于父亲和小女儿萨义达（Saida）之间的任何交流和沟通。从父亲和母亲、祖母、哥哥、妹妹的

---

① Abdulrazak Gurnah, *Memory of Departure*, New York: Grove Press, 1987, p. 21.

② Felicity Hand, "Searching for New Scripts: Gender Roles in *Memory of Departure*", *Critique: Studies in Contemporary Fiction*, 2015, 56 (2), p. 225.

相处状态可以看出父亲浓厚的父权制思想和非洲女性在多重重压下的生活状态。

除了家庭给哈桑带来的痛苦，殖民国家的压迫和奴役也是哈桑决心离开的一个重要原因。"非洲文学是透视非洲国家历史文化原貌和当下及未来进程的一面镜子。"①古尔纳将小说《离别的记忆》的背景置于独立前和独立初期的桑给巴尔。独立前，桑给巴尔民众不仅要遭受"宗主国"英国的奴役与压迫，还要忍受阿拉伯人和印度人的欺凌与践踏。民众渴望独立和自由，然而换来的却是无数次的欺骗和背叛。独立之后，国家现状其实没有太大的变化，其发展依靠各种外援，并且带有各种附加条件。这些附加条件制约着坦桑尼亚的发展，并且消解着国家的主权。所以说，桑给巴尔的独立具有非洲国家的共性，是不彻底的独立。与此同时，民众也仍然处于水深火热之中。独立初期，国家的发展十分坎坷。政府在就业方面实行种族歧视政策，使得阿拉伯人的地位高于当地的非洲人，给民众的生活造成了极大的困扰。"桑给巴尔文化混杂，2000多年来阿拉伯人、波斯人和印度人都在这儿留下了自己的印记，而奴隶贩卖现象也早已存在。"②这些都在作品中有所体现。而此时，主人公意识到"未来必须从其他地方寻求"③。

在古尔纳的作品中，"一个散发着绝望气息的堕落世界，完全取代了希望"④。国家艰难的处境和扭曲的家庭也给哈桑带来了无奈的命运。"在这种情况下，离开并不意味着机会主义者的逃跑，而意味着绝望地离开。"⑤哈桑学的是文学，可是政府扣押了他和其他学生的学位证，因为大部分学生拿到证书都会选择离开，造成当地教育水平下降或者劳动力减少。看着老师们不顾国家的艰难处境，只想在殖民教育下争取个人利益的最大化，哈桑倍感失望。他深刻地意识到国家需要工程师、医生、教师、森林战士和科学家，而文化则正在堕落。在作品中，哈桑

---

① 朱振武：《揭示世界文学多样性 构建中国非洲文学学——从坦桑尼亚作家古尔纳获诺贝尔文学奖说起》，《中国社会科学报》，2021年10月22日，第4版。

② 陆建德：《殖民·难民·移民：关于古尔纳的关键词》，《中国社会科学报》，2021年11月11日，第6版。

③ Abdulrazak Gurnah, *Memory of Departure*, New York: Grove Press, 1987, p. 28.

④ Felicity Hand, "Searching for New Scripts: Gender Roles in *Memory of Departure*", *Critique: Studies in Contemporary Fiction*, 2015, 56 (2), p. 226.

⑤ Debayan Banerjee, "Nation as Setback: Re-reading Abdulrazak Gurnah's *Memory of Departure*", *International Journal of Research and Analytical Reviews*, 2018, 5 (3), p. 874.

十分厌恶文学，甚至痛恨非洲的文化艺术，他觉得在国家的发展过程中应当抛弃这种陈腐的传统。

在这种压抑的环境中，人物会被扭曲。作品中呈现的同性恋就是一种表征。在作品中，父亲因为强奸男童被判刑；哥哥从小就在学校玩同性恋的游戏；主人公哈桑无论在学校中，还是在家附近，都多次受到同性恋者的骚扰。同性恋者的频繁骚扰使得哈桑开始警惕甚至怀疑陌生男人的微笑和善意，因为这样的举动往往伴随着可怕的恶意。作品中有许多关于同性恋的十分隐晦的描写，常常被作者一笔带过。作者虽未点明同性恋出现的原因，但从作品压抑沉重的基调来看，造成同性恋的一个原因可能就是其内心长期受到压抑以致扭曲。

哈桑实际上是带着全家人的希望离开的。他的家人基本都处于一种压抑或者畸形的状态，但是他们深知自己何以如此。其实，父亲的暴虐，母亲、祖母和妹妹的麻木，以及整个家庭的矛盾都源自殖民国家对桑给巴尔的压迫。他们也想逃离这个让人窒息的地方，这时哈桑选择离开使他们看到了希望。在作品中，父亲听说哈桑打算离开，一改往日对他不理不睬的状态，主动提出为他办理"通行证"，还拿出珍藏多年的地图为哈桑指明路线。在父亲心中，哈桑不再是"肮脏的小谋杀犯"①，而是"我勇敢的小天才"②，因为对于全家人来说，哈桑的离开意味着坦桑尼亚人民还没有被殖民国家打倒，更没有屈服。不只是父亲，妹妹桑吉亚也想尽办法帮助哈桑，她虽然沦落风尘，但仍然希望能帮助哈桑顺利离开。母亲也使出浑身解数，为他出谋划策，从没出过远门的母亲一再嘱咐哈桑哪条街有小偷，用什么方式跟叔叔打招呼显得更加礼貌。这个充满隔阂的家庭中鲜少有亲密团结之举，但这种前所未有的家庭关爱对于长时间承受苦痛的哈桑来说，显得极其可笑。

① Abdulrazak Gurnah, *Memory of Departure*, New York: Grove Press, 1987, p. 17.

② Abdulrazak Gurnah, *Memory of Departure*, New York: Grove Press, 1987, p. 55.

二、逃离后的现实重击

在非洲的现实主义文学中，作家们把目光投向当前的国家动态，书写国家面临的社会矛盾乃至政治问题，力争发挥文学的社会功能，因此作家笔下的主人公往往承担着非洲的历史使命。"文学必须反映国家的困扰，服务于创作政治、经济、文化自由的非洲环境的历史使命，因此，在这些作家看来，文学创作变成了一种社会实践，是改变现实、创造未来的社会介入模式。"[①]《离别的记忆》中的哈桑去内罗毕寻找未来，希望为国家寻找出路。然而，现实给了哈桑沉重的打击。无论是依靠走私发家致富的叔叔，还是他拥护西方文化的女儿，都与心怀国家的哈桑背道而驰。"志向远大"的摩西（Moses）也为了苟且偷生做着黑市交易。

摩西构建的"理想国"使得哈桑对未来多了些不切实际的希望。摩西一针见血地分析了当前的国家状况，认为当前国家需要强硬的领导人，而不是依附于英国，并且在国内贪污受贿的腐败分子，这样才能改变国家依靠欧美国家生存的现状。另外，国家的命运依赖知识分子，所以学生只有在学校中发愤图强，才可能改变国家的命运。摩西慷慨激昂的言辞使哈桑惊叹，也给了哈桑一种虚假的幻想。然而，火车上的场景并不像摩西说的那样美好。虽然摩西声称拥有远大理想，但是他没有购买火车票，并且自豪地向哈桑炫耀自己一直逃票的事实。这一荒诞的行为和他口中的理想相比显得极为讽刺，也暗示了下文摩西并没有追求所谓的理想，而是选择苟且偷生的事实。不仅如此，哈桑差点儿被无能的警察当成打晕乘客的罪犯。在这样的环境中，哈桑与摩西的满腔热血显得苍白无力，也预示了哈桑日后"寻找未来"之旅的舛讹。

巨大的物质冲击使得哈桑的自卑心理开始作祟。在作品中，作者通过哈桑的视角大量描写了叔叔豪宅的奢华内景、叔叔和其女儿萨尔玛（Salma）"考究"的

---

① 高文惠：《依附与剥离：后殖民文化语境中的黑非洲英语写作》，北京：中国社会科学出版社，2015年，第85页。

动作和"颇有深意"眼神交换。哈桑刚来时，竭力让自己表现得不像一个来自海滨小镇的乡巴佬，但是当他目睹叔叔宫殿般的豪宅时，不由得弯下了腰。

> 这房间又大又通风。阳光从窗口倾泻进来。白色的墙壁和白色的家具使房间看起来更明亮，更干净。我被这样的舒适和隐私所征服。我在这所房子的其他地方所看到的一切本应使我有所准备，但我做梦也没有想到会睡在这样一个房间里。床藏在角落里，床边放着一个大衣橱。床的对面是一张桌子和一把椅子。窗下的安乐椅上斜倚着一盏台灯。①

从这段文字可以看出，哈桑开始享受叔叔家的奢靡。他爱上了豪宅里洁白柔软的床、精致华丽的瓷器和毕恭毕敬的仆人。在这里，为了使自己"合乎规矩"，他一天换了三次白衬衫，积极向叔叔展现出一个无伤大雅的年轻人形象，不让叔叔感觉出自己此行借钱的目的。看着鞋子上的破洞，他甚至觉得那是一个"伤口"②。他努力寻找自己身上存在的，让叔叔和萨尔玛嘲笑的"缺点"，千方百计去改正。然而，由物质堆积而成的豪宅如同监狱一般使人窒息。无论哈桑如何去迎合叔叔，得到的永远是讥讽和嘲笑。叔叔总是营造一种敌对和拒绝的氛围，使得哈桑迟迟不敢说出此行的目的。不仅如此，叔叔希望哈桑留下来为他工作，依附于他，并且接受他的控制。而这些恰恰与哈桑渴望独立的初衷背道而驰。

奢靡的豪宅中是一个压抑的家庭和一个集夫权与父权于一身的男性形象。叔叔在家中拥有绝对的权威，宛如国王一般，他的一个眼神足以让萨尔玛恐惧地低下头。他让所有人臣服于他，限制萨尔玛的出行，对仆人大呼小叫，甚至逼死妻子。萨尔玛也从不敢反抗，只在父亲允许的范围内活动，顺从父亲暗示的眼神。仆人阿里（Ali）和哈桑的父亲与叔叔如出一辙。白天，阿里面带温和的笑容为主人们服务，晚上就会露出暴虐的本性，殴打妻子。而且，作品中只描写了阿里妻子挨打时发出的惨叫声。她甚至没有姓名，只有一个大概的轮廓："矮个子、圆脸的女人。"③

---

① Abdulrazak Gurnah, *Memory of Departure*, New York: Grove Press, 1987, p. 88.

② Abdulrazak Gurnah, *Memory of Departure*, New York: Grove Press, 1987, p. 93.

③ Abdulrazak Gurnah, *Memory of Departure*, New York: Grove Press, 1987, p. 117.

实际上，叔叔和萨尔玛是西方文化的拥护者。在作品中，叔叔和萨尔玛"完全认可西方文化，抛弃了本土传统"[①]。他们用英语交流，用刀、叉吃饭，讲究西式的用餐礼仪。在叔叔口中，非洲人都是小偷，妨碍他的走私生意。不仅如此，萨尔玛对白人也总是高看一眼，认为有白人在的餐厅就是高级餐厅。而在哈桑看来，加了牛奶和糖的咖啡是一种肮脏的液体。对于哈桑来说，萨尔玛口中所谓的内罗毕最流行的冰激凌宛如"粪便"[②]。从这些细节中，读者能看到哈桑与叔叔及其女儿明显的不同之处，也暗示了哈桑此行注定失败的结局。

事实上，此时的哈桑开始追求个人的独立和尊严。这也是哈桑离开家乡的初衷。哈桑从小备受家人的冷眼与虐待，而且作品中多次强调哈桑已经成年，并且是个"男人"了，这说明他不想继续忍受他人的施舍与压迫。来到富豪叔叔家之后，他一直谨小慎微，但还是要遭受叔叔的摆布。当他再次见到摩西时，摩西并不是在内罗毕大学追求理想的研究生，而是从事非法黑市交易的小混混。这个时候，哈桑没有惊讶，也没有觉得摩西是个骗子，反倒开始理解摩西，甚至想加入摩西的行列，因为对于此时的哈桑来说，摩西从事的黑市交易并不可耻，反而代表了一种独立和尊严。

小说中的女性人物玛莉亚姆（Mariam）也给了哈桑希望。作品中塑造了许多"困在房间里的女人"的形象，唯一一个例外就是玛莉亚姆。作品中玛莉亚姆是一名大学生，自信从容，心怀理想，脸上总是带着微笑。对她来说，艺术品不能用金钱衡量。她敢于指责萨尔玛对物质生活的庸俗追求，对萨尔玛和父亲之间的复杂关系的分析也是一针见血。在送别哈桑离开时，玛莉亚姆安慰他不要被现实打倒，鼓励他继续去"征服世界"[③]。她不是被"困在房间里的女人"，而是一个对未来充满向往，并且出淤泥而不染的勇士。

---

① 朱振武、袁俊卿：《流散文学的时代表征及其世界意义——以非洲英语文学为例》，《中国社会科学》，2019 年第 7 期，第 144 页。

② Abdulrazak Gurnah, *Memory of Departure*, New York: Grove Press, 1987, p. 111.

③ Abdulrazak Gurnah, *Memory of Departure*, New York: Grove Press, 1987, p. 139.

三、被迫回归后的徘徊和挣扎

《离别的记忆》具有自传性，是古尔纳通过回忆追溯过往经历的自传写作，其中的"逃离"指的是主人公哈桑为了寻找自身和国家的未来而离开故乡，是对个体的压抑和殖民压迫的挣扎与反抗，因而，作品也呈现出超越文本的现实意义和文化意蕴。作品中小镇恶劣生存环境的呈现、"大海"的象征意义的转变、"暴虐父亲"的象征意味的建构等，都能使读者清晰地感知哈桑的无奈和绝望，也能更好地理解"逃离"和"记忆"两大主题的深刻含义。

祖母的死亡揭露了家人之间的疏远和隔膜以及桑给巴尔民众生存环境的恶劣。医院里的景象更是令人咋舌：

病房里简直是地狱的景象。墙上满是污垢。窗户对着病房的门，所有的百叶窗都掉了。床铺挤在一起，被狭窄的小巷隔开，里面堆满了壶和袋子。房间里纵横交错地挂着线绳，有些线绳上还挂着蚊帐。病房里满是脓水、腐烂的尸体、呕吐物和脏衣服的气味，还有各种最难闻的恶臭。病态的尸体躺在金属床上。有些人趴在地上看，而大多数人则躺在地上。[1]

医院中破败不堪的景象反映出哈桑及其家人令人窒息的生存状况。而且之后对祖母死亡的描写更是没有夹杂任何感情色彩。由于哈桑及其家人背负了如此多的苦痛和磨难，死亡早已不能在他们破碎的心中激起任何一丝涟漪。经历了祖母的死亡后，他们的生活又回到了常态。父亲依然偷偷溜走，喝酒嫖娼；妹妹桑吉亚继续卖淫，并且决定搬出去和情夫同居；母亲再次回到过去软弱痛苦的状态，脸上总是挂满泪水。

---

[1] Abdulrazak Gurnah, *Memory of Departure*, New York: Grove Press, 1987, p. 150.

哈桑迫于无奈回归故乡桑给巴尔之后，一直在徘徊和挣扎，游离于留下和离开之间。面对处境艰难的国家和令人窒息的家庭，"逃离"是最好的选择。但是哈桑看着受苦受难的家人和正在遭受压迫的桑给巴尔人民，决定留下来改变家乡的现状。尽管目前没有学校，教师的素质也很低，但他还是决定留下来当一名老师。然而，家人们都认为"留下来"等同于自我毁灭，因为"这地方会杀了你"①。母亲十分担心这样污浊的环境会侵蚀哈桑，使他变得和这里的人一样无奈麻木。桑吉亚宁愿自己继续沉沦，也不愿意哥哥做出"留下来"的牺牲。这个时候，父亲也已经失去了希望，不再关心他是否会离开，反而开始嘲笑他会变得像当地人一样，殴打女性。家人对哈桑打算留下来这一做法的一致反对，透露出他们心底对离开的极度渴望和对桑给巴尔现状的失望。

内罗毕的失败之旅让哈桑认清了现实：别处也没有未来。在最后写给萨尔玛的信中，哈桑满怀无奈和悲伤，因为他觉得故乡桑给巴尔充满了绝望和压抑的氛围：无用的陋习和屈服的民众。后来，他成为轮船上的医护人员，每当出航，他就可以暂时逃离家乡。在作品中，主人公"在痛苦之余把那些埋藏在心灵深处的记忆召唤出来，不停地在现在与过去、现实与回忆之间协商，试图找到一种平衡"②。可是，在他短暂逃离家乡的时光中，他看见的是遭受苦难的人民和依旧趾高气扬的白人。哈桑意识到一切都还没改变，一切都无法改变，一切都不会改变。

古尔纳在这部处女作中使用的语言是粗糙的，严厉的，咄咄逼人的，男性化的——几乎缺乏任何技巧，带有后殖民时代早期非洲小说的典型的意象。从作者对"大海"意象的描述中，读者便可以感知哈桑从心怀希望到绝望无奈的心路历程：

它就在这里，我不会改变它。也许这和大海有关。它的荒凉和敌意难以形容。当大海波涛汹涌时，我们的小船在数十亿立方英里的天地间穿梭，仿佛它甚

---

① Abdulrazak Gurnah, *Memory of Departure*, New York: Grove Press, 1987, p. 153.

② 张峰：《游走在中心和边缘之间——阿卜杜勒拉扎克·格尔纳的流散写作概观》，《外国文学动态》，2012年第3期，第13页。

至不是一个存在的碎片。其他时候，大海是那么平静，那么美丽，那么明亮，那么闪烁，那么坚固，那么变幻莫测。我渴望脚下有美好坚实的土地的感觉。[1]

在作品的第一章，每当哈桑内心充满了苦痛，他便会去海边缓解。哈桑内心的痛苦可以随着海风和潮汐退去。但村民认为"大海"是一个"怪物"，深不可测。在作品的最后一章，哈桑眼中的"大海"不再美好，而是荒凉并充满敌意的，哈桑则像是海上微不足道的一叶扁舟。实际上，"大海"在此处象征着哈桑、家人乃至桑给巴尔人民面临的敌人，庞大又无坚不摧。这也意味着哈桑已经深陷无奈和绝望，像家乡的人民一样无法摆脱困境。

作品中哈桑的父亲也极具象征意味，他显然象征着压迫桑给巴尔的殖民国家。独立前，父亲整日喝酒嫖娟，殴打家人，但是独立后父亲在政府工作，拥有一份"体面"的工作。可是他仍然和往日的坏习惯有着千丝万缕的联系，无法与它们撇清关系。父亲的这种形象正如独立之后的桑给巴尔，仍然没有脱离殖民主义带来的影响。作者通过塑造父亲的这种形象，揭露出殖民统治和桑给巴尔不彻底的独立给人民造成了无法治愈的创伤。

小说的题目很好地表现了主题，即主人公哈桑从逃离故乡再到无奈归来的过程。作品中哈桑的多次"逃离"拥有不同的含义，夹杂着作者不同的感情。哈桑的第一次"逃离"是指离开家乡，这个时候哈桑满怀希望与憧憬，去寻找更好的生活。哈桑第二次"逃离"是从富豪叔叔家离开，这次他在雨中狂奔呐喊，此时哈桑内心更多的是愤懑与无奈。此后，哈桑的每一次出海也都是"逃离"，可是哈桑看到的是拥挤嘈杂的城市、走私毒品的富商和生病等死的贫苦民众。

此外，"记忆"也是这部小说的一大核心主题。古尔纳曾在采访中提道："我意识到我的写作来自记忆。那记忆是多么生动，多么汹涌，多么遥远。"[2]《离别的记忆》以回忆的方式进行叙述，真实地反映出主人公哈桑内心的困惑、矛盾、挣扎和痛苦。而且，在这部作品的时间构成中，古尔纳只描写了过去和现在，唯独没

---

[1] Abdulrazak Gurnah, *Memory of Departure*, New York: Grove Press, 1987, p. 159.

[2] Fatma Alloo, "Abdulrazak Gurnah: A Maestro", *Ziff Jour, 2006*, http://www.swahiliweb.net/ziff_journal_3_ files/ziff2006-11, 2021/11/25.

有写未来，这与作品所要表达的"未来无处去找寻"的核心思想相契合。作品也因而呈现出一种无奈与绝望的沉重基调。同时，哈桑的经历伴随着历史的流变，也是对桑给巴尔历史的重述。回忆往往伴随着深刻的认识，也深化了作品的主题。作者通过描写哈桑的回忆，表达出对国家兴衰、社会动荡和家庭矛盾的感慨。

作为古尔纳的第一部作品，《离别的记忆》明显具有强烈的自传性质。"人类的心灵有一种直观的方式，即生存的故事被铭刻在心灵中——也即集体的无意识，以及回忆他们神话般的过去——也即文化记忆。"[①]《离别的记忆》记录了古尔纳的生存故事。古尔纳曾在青年时期为了逃离政府的迫害，离开了桑给巴尔，继而外出求学。《离别的记忆》中，古尔纳以哈桑自喻，使其承载着自己曾经的苦难和希望；作品追溯他的学生时代，以哈桑千方百计逃离故乡去向叔叔借钱留学的故事，来暗示自己曾经遭受过的痛苦经历，也揭露了桑给巴尔处在特殊历史时期的社会的支离破碎、种族歧视和冲突、性别的不平等和压迫等社会问题。

结　语

"现实是历史的延伸，或者说现实是历史的当下部分，回忆历史的目的是为了更好地理解现实，因为现实是众多历史因素聚合的结果。"[②]这话说得很有道理。古尔纳直面社会现实，通过回忆书写，呈现独立前后桑给巴尔的乱象、社会危机和民众的焦虑，以细腻的笔触揭示了桑给巴尔的现实病源。通过围绕"逃离"和"记忆"两大主题，古尔纳深入阐述了萦绕在主人公哈桑记忆中的痛苦和绝望，以青年哈桑出走和回归的经历，以小见大；以哈桑的境遇指向桑给巴尔民众的集体经验、集体命运和集体意识，揭露了殖民主义对桑给巴尔产生的负面影响和民众艰难的生存现状，表达了深刻的现实关怀。

---

① Mohineet Kaur Boparai, *The Fiction of Abdulrazak Gurnah*, Newcastle: Cambridge Scholars Publishing, 2021, p. 2.

② 高文惠：《依附与剥离：后殖民文化语境中的黑非洲英语写作》，北京：中国社会科学出版社，2015年，第100—101页。

第二节 《遗弃》作品节选及评析

作品节选

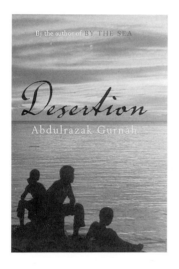

《遗弃》

（*Desertion*，2005）

She did the work in the house as she had always done, but more listlessly and intolerantly now, and part of her congealed into something heavy and sour.

Aunt Mariam came to visit them every few months as she had used to before Azad came. She had kept away in those seven months or so after Rehana's wedding, to give her the time and the space to be happy she said, but after he left on the musim she started coming again, to keep her company and, Rehana suspected, to be on hand in case of a pregnancy. But there was no pregnancy, and as his absence lengthened, she abandoned her probing questions and made reassuring noises when Rehana lamented. It was she in the end who took things in hand. After nearly two years of Azad's disappearance, with Aunt Mariam coming and going every few months, Rehana and Hassanali were still captive to their misery.[1]

There is, as you can see, an I in this story, but it is not a story about me. It is one about all of us, about Farida and Amin and our parents, and about Jamila. It is about how one story contains many and how they belong not to us but are part of the random currents

---

[1] Abdulrazak Gurnah, *Desertion*, New York: Anchor Books, 2006, p. 79.

of our time, and about how stories capture us and entangle us for all time.[①]

　　她依旧像原先一样在房间里工作，只不过现在更加没有耐心，更加无精打采，闷闷不乐的情绪郁结在她的内心。

　　姑妈玛丽亚姆隔几个月来瑞哈娜家拜访一次，就像阿扎德没来瑞哈娜家前一样。瑞哈娜的婚礼之后，姑妈大约有 7 个月的时间没来过，她说要给瑞哈娜享受快乐的时间和空间。然而，阿扎德离开之后，姑妈又决定来陪着瑞哈娜，瑞哈娜猜想姑妈想在她怀孕的时候陪在她身边。但是瑞哈娜并没有怀孕。随着阿扎德离开的时间渐长，瑞哈娜想念阿扎德的时候姑妈不再询问，而是开始安慰瑞哈娜。最后，姑妈把家里的事情都处理妥当。阿扎德已离开将近两年，这段时间里每隔几个月姑妈就会来瑞哈娜家做客一次，但是阿扎德离开的痛苦依然笼罩在瑞哈娜和哈撒纳里的心间。

　　如你所见，这个故事中有一个"我"，但这个故事并不是我的故事。这个故事是大家的故事，其中包括法丽达、阿明、我们的父母和贾米拉。这个故事包含许多的故事，它不属于我们，而是我们这个时代浪潮中的一部分，这些故事始终萦绕在我们的心底。

（卢贞宇 / 译）

---

① Abdulrazak Gurnah, *Desertion*, New York: Anchor Books, 2006, p. 120.

作品评析

《遗弃》中殖民者的四重遗弃

引 言

诺奖委员会认为，古尔纳获奖的本质是"鉴于他对殖民主义的影响，以及对文化与大陆之间的鸿沟中难民的命运的毫不妥协且富有同情心的洞察"[①]。在古尔纳的作品中，作者聚焦于身份认同、社会破碎、种族冲突、性别压迫及历史书写等主题，展现后殖民时代"夹心人"的生存现状以及欧洲殖民对于非洲社会的影响，具有重要的现实意义。[②]作为异邦流散文学的代表作，古尔纳的第七部小说《遗弃》（*Desertion*，2005）中，所有的故事都由非洲人讲述。这部曾入围英联邦作家奖的作品，通过非洲本土人的视角，向我们展现了后殖民时代欧洲殖民对于非洲社会的影响，以及非洲殖民地人民经历的内心情感变化、文化困境和身份认同困境。

小说《遗弃》的第一部分发生在 1899 年的肯尼亚；第二部分发生于 1949 年的桑给巴尔；第三部分则始于 1964 年，地点横跨非洲的桑给巴尔和欧洲的英国。作为故事的叙述者，拉希德（Rashid）以第三人称视角把书中人物之间的故事相串联，讲述了发生在东非和英国几代人之间跨越种族和文化的爱情悲剧。小说中的人物背景横跨了亚、欧、非三个大陆，使得作者拓宽了创作背景，故事也自然而然地被置于全球的背景下，凸显了作者文学创作的广阔视野。作者

[①] Swedish Academy, "Abdulrazak Gurnah—Facts", *The Nobel Prize*, October 7, 2021, https://www.nobelprize. org/prizes/literature/2021/gurnah/facts/.

[②] 郑周明：《融合作家与评论家身份，反思殖民历史与移民问题》，《文学报》，2021 年 10 月 14 日，第 5 版。

描述了几代人之间的故事，时间跨度之大，所囊括的信息量之大，亦有助于我们理解非洲本土家族社区历史和殖民地人民所经历的内心情感变化。"在背井离乡的岁月里，古尔纳时常把思乡之情写成日记，逐渐发展成文学创作，以此记录和探究身为难民、身处异乡的经历和感受。"①小说中的人物拉希德与作者的经历具有相似性，是古尔纳笔下流散人物的代表。作者的思乡之情、身处异乡的经历和感受在文本中都表达得淋漓尽致。在《遗弃》中，人物角色的设置既有典型性又有普遍性，文本创作背景的选取既有本土性又不乏广阔性。这些属于作者的独特元素，带领着我们一起去探索殖民时代殖民地人民的回忆、情感和生存现状。但给我们印象最深的，还是作者在作品中揭示的殖民者的四重遗弃。

一、第一重遗弃：被遗弃的殖民地

19世纪末20世纪初，欧洲殖民国家加快了对非洲的侵略步伐，掀起了新一轮瓜分非洲的热潮。殖民者主要通过武力镇压和签订不平等条约等手段使非洲各地成为自己的"保护地"，从而达到对非洲殖民地的控制。殖民地在殖民者的手中被摧残蹂躏，所以古尔纳的小说《遗弃》着重从殖民地的政治、经济和人民生活状况三个方面向读者展现殖民地被遗弃的形象，并从这三个方面映射出殖民者对殖民地的重大影响。

殖民政策的调整使得殖民者扩大了自己的野心，其试图在殖民地建立政权的想法使得殖民地被遗弃的形象更加凸显。小说中，故事主要发生在东非和英国。当时的东非处于欧洲的殖民统治下，透过殖民地的政治、经济和民众的生活状况，读者可以看到殖民地被殖民者侵略的情况。19世纪末，帝国主义对非洲的瓜分不断加强，英国对非殖民政策进行了调整，主要体现在放弃传统的自由贸易帝国政策，实现了由非正式帝国政策向正式帝国政策的转变。②殖民政策的调整对东非产

---

① 石平萍：《非洲裔异乡人在英国：诺贝尔文学奖得主古尔纳其人其作》，《文艺理论与批评》，2021年第6期，第104页。

② 参见张燕：《19世纪晚期英国对东非殖民政策研究》，广西师范大学硕士学位论文，2016年。

生了重大影响，殖民者扩大在东非的殖民范围，把东非当作一片尚未开发的土地，试图在这里建立自己的政权。

殖民者妄图在非洲建立政权的思想集中反映在殖民地的管理者伯顿（Burton）身上。在《遗弃》第一部分的第四章，殖民地的管理者弗雷德里克（Frederick）、伯顿和学者皮尔斯（Pearce）进行了一场谈话，主要围绕帝国统治在非洲的未来。在伯顿看来，随着欧洲殖民者的入侵，殖民者对非洲的占据范围会越来越大，对非洲百姓的控制也会越来越强。殖民地是殖民者压榨和剥削的大本营。随着殖民地的建立，殖民者在当地的政治、经济和社会等多个方面都起着决定性作用。殖民者甚至威胁殖民地百姓，强迫他们为殖民者工作。因而，伯顿认为非洲在未来很有可能会变成殖民者开拓的另一片新大陆。殖民者仅仅把非洲当作自己掠夺资源和走向强大的工具。伯顿无疑是这样一个残酷无情的殖民者形象的化身，从他身上可以看出殖民者的残忍无情。在此，伯顿的殖民者形象与殖民者对非政策的转变形成了照应。毫无疑问，殖民者给非洲带来的灾难将是毁灭性的。

然而，与伯顿相比，皮尔斯和弗雷德里克的思想就比较具有人道主义精神。古尔纳借助另一位管理者弗雷德里克揭露了欧洲殖民者对非洲侵略的残忍与无情，于是奄奄一息、毫无生气、被遗弃的殖民地形象便展现在读者面前。皮尔斯认为我们或许会在将来某个时间段回顾自己的所作所为，到时就会觉得自己的行为是不道德的，并为自己所做的一切感到羞耻。我们侵入了他们的生活，但是没有给予他们适当的关怀。弗雷德里克的真实想法在他与皮尔斯分享的两句诗中有所体现，即：

Only the wind here hovers and revels

In a round where life seems barren as death.

生机恹然如死亡的一片园地，只有风在这儿徘徊，恣意沉迷。①

---

① Algernon Charles Swinburne, "A Forsaken Garden", *Poetry Foundation*, June 6, 2022, https://www.poetryfoundation.org/poems/45287/a-forsaken-garden.

这首诗让弗雷德里克联想到了自己所处的这片土地。他认为这首诗并不是为了赞颂优美的风景，而是表达一种被遗弃的意象。这首诗出自斯温伯恩（Swinburne，1837—1909）的一部诗集《遗弃的花园》（*A Forsaken Garden*，2005）。在这首诗中，"斯温伯恩将宗教意象、神话和历史意象群、有形意象群和无形意象群等多种意象组合，形成意象系统，利用自己丰富的想象力，构建出一幅阴森恐怖、毫无生机的'冥后花园图'"①。弗雷德里克开始担忧非洲的未来，担忧正在侵略这片大陆的殖民者会将其吞噬殆尽。作者引用诗歌中"遗弃的花园"这一意象点明了殖民地被遗弃的状况，遭受殖民者侵略而毫无生机的殖民地形象在此展露无遗。读者也就不难理解，作者描绘小镇偏僻的地理位置、人民的生活状况都是为了向读者展现殖民地被遗弃的状态。

殖民地经济的落后和人民生活质量的低下是殖民地被遗弃状态的另外一种表达，从侧面反映了殖民者对当地的侵略和掠夺所带来的多方面影响。关于小镇居民经济情况和生活状况的描述，可以从弗雷德里克第一次进入小镇的时候看起。古尔纳用了很多词语描述小镇居民的生活环境，如 derelict（废弃）、collapsed（倒塌）、rotting（腐烂）、squalid（污泥浊水）、foul（肮脏）、stinking（臭气熏天）、reeking（烟雾腾腾），等等。从这些词语中可以感受到作者笔下的小镇是一个基础设施落后、卫生设施奇差、人民生活水平低下的地方。到了拉希德那个时代，我们依然可以看到当地居民的生活水平没有本质上的改变。拉希德的父母都是教师，家在当地属于中产阶级。然而，拉希德家居住的房子是摇摇欲坠的，买一件日常的小礼物对他们家而言也十分奢侈。相较之下，殖民者居住的房子既宽敞又舒适，这与小镇人民的生活水平形成了鲜明的对比。小镇虽然处于殖民者的统治之下，但是当地的经济、基础设施、人民的生活水平并没有得到改善。这与上文中作者描写的殖民者手中荒凉、被遗弃的殖民地状态相呼应。

作者通过对殖民地政治、经济和人民生活状况的描述，把殖民地被遗弃的状况在读者面前展露无遗，揭示了殖民者对殖民地的残酷侵略和掠夺，以及由此给

---

① 朱立华：《拉斐尔前派诗歌的唯美主义诗学特征研究》，天津：南开大学出版社，2013 年，第 156 页。

殖民地人民带来的深远影响。同时，殖民地被遗弃的形象也为殖民地人民所经历的悲惨遭遇奠定了总基调。

二、第二重遗弃：被遗弃的女性

在欧洲殖民者殖民非洲时期，很多殖民地女性面临着跨种族与跨文化的爱情困境。《遗弃》中的瑞哈娜（Rehana）是小镇上一位印度移民的女儿，父母离世后，与弟弟哈撒纳里（Hassanali）相依为命。瑞哈娜的一生两次被爱人遗弃，是经历跨种族与跨文化爱情困境的一位代表。古尔纳将整个时代下的集体经验投射在瑞哈娜的身上，使读者对于故事的理解不再局限于个人经验。因此，古尔纳从时代背景、宗教文化和种族主义三个方面对殖民地女性被遗弃的原因进行了分析。此外，古尔纳通过描写遗弃对女性内心的影响揭示了殖民主义和种族主义对女性内心的伤害。

瑞哈娜被抛弃的命运与小说故事发生的时代背景密不可分。殖民行为不可避免地加速了全球化的进程，且为各个地区之间的交往提供了可能，交往的便利催生了跨种族与跨文化的爱情。"古尔纳的小说描述了独特的东非海岸与印度洋通过旅行、贸易和文化联系在一起的过程。"[①]瑞哈娜的丈夫阿扎德（Azad）就是一个很好的例证。阿扎德因一次偶然的机会到小镇进行贸易活动，遇到了同为商人的哈撒纳里，两人一见如故，聊得十分投机。哈撒纳里经常邀请阿扎德到他家做客。在一次次的吃饭间隙，瑞哈娜与阿扎德情愫暗生，暗自欢喜。瑞哈娜与阿扎德的相遇与殖民时代全球化进程加速的时代背景有关。所有的一切在作者的描述中都是那么自然流畅，冥冥之中似乎一切命中注定，但其实悬念也就这样产生，作品的翻转效果很快也会产生。

这种跨种族和跨文化的爱情起初是喜悦的，但是喜悦的背后也隐藏着遗弃的迹象。一方面是迫于文化的压力。瑞哈娜的弟弟为姐姐的名誉着想急于她的婚

---

① Charné Lavery, "White-washed Minarets and Slimy Gutters: Abdulrazak Gurnah, Narrative Form and Indian Ocean Space", *English Studies in Africa*, 2013, 56 (1), p. 117.

事。在瑞哈娜所处的文化中，她已经到了出嫁的年纪，但始终未觅得良缘。弟弟哈撒纳里一直为姐姐担忧，害怕她因嫁不出去而招来不好的名声。难得的是姐姐瑞哈娜和阿扎德早已萌生情愫，所以，阿扎德的出现对瑞哈娜一家人来说是一件幸事。弟弟哈撒纳里对他们的婚事十分满意，虽然对阿扎德的了解并不全面。另一方面是由于阿扎德是一名航海贸易者，工作场所具有移动性。阿扎德与瑞哈娜结婚之后，并没有一直留在非洲大陆，仍旧出海贸易，这就为他抛弃瑞哈娜提供了条件。"在《遗弃》这部小说中，贸易处于活跃时期，成群的水手和贸易者涌上街头，使得这个宁静的海边小镇充满生机。然而，即便如此，古尔纳认为发生在海滨城市的这种涌入和联结与其说是欢乐的标志，不如说是背叛和遗弃的标志。"①最终，在一次出海贸易中，阿扎德再也没有回来。

　　跨种族与跨文化的爱情往往存在不同种族间的社会等级问题，具有脆弱性和不稳定性。皮尔斯是一名东方学家、历史学家、作家兼冒险家，在沙漠遇险，被瑞哈娜的弟弟哈撒纳里救下。后来皮尔斯登门拜谢，对瑞哈娜一见钟情，两人最后坠入爱河，一起生活。令人叹息的是，皮尔斯最后遗弃了瑞哈娜，回到了自己的故乡。瑞哈娜与皮尔斯的故事恍若古尔纳所称的"帝国浪漫传奇"，这种类型的爱情故事通常讲述一个欧洲人经历了在殖民地的浪漫冒险之后回到祖国，最后以悲剧告终。②这类故事的悲剧性往往与男女主人公不平等的社会阶级具有较大的关联性。皮尔斯是一名博学多才、见多识广的学者，在欧洲和殖民地的社会地位都较高。与此相对，瑞哈娜"在年龄和社会经济地位上都处于弱势，使她在性别权力关系中处于稳定的低地位"③。这种稳定的权力等级，使得瑞哈娜和皮尔斯的爱情具有脆弱性和不稳定性，导致瑞哈娜被抛弃遗忘。

　　瑞哈娜独自承受着被遗弃的伤痛，同时遭受着所处文化的重压，这些都促使了瑞哈娜性格的巨变。瑞哈娜被遗弃之后，很长的一段时间都处在悲伤之中，这对她性格的转变产生了重要影响。小说中有两处可以体现：

① Meg Samuelson, "Abdulrazak Gurnah's Fictions of the Swahili Coast: Littoral Locations and Amphibian Aesthetics", *Social Dynamics*, 2012, 38 (3), p. 503.
② 参见石平萍：《非洲裔异乡人在英国：诺贝尔文学奖得主古尔纳其人其作》，《文艺理论与批评》，2021年第6期，第106页。
③ 赵姗妮：《论电影中的跨种族爱情与种族主义问题》，《电影艺术》，2020年第5期，第46页。

她依旧像原先一样在房间里工作，只不过现在更加没有耐心，更加无精打采，闷闷不乐的情绪都结在她的内心。[1]

阿扎德已离开将近两年，这段时间里每隔几个月姑妈就会来瑞哈娜家做客一次，但是阿扎德离开的痛苦依然笼罩在瑞哈娜和哈撒纳里的心间。[2]

阿扎德的离开给瑞哈娜带来了持久的创伤与痛苦。虽然后来瑞哈娜和弟弟都不再提起这件事，可是瑞哈娜内心的伤痕并未消逝。瑞哈娜为弟弟哈撒纳里把皮尔斯带回家中的事情感到生气，因而她并不待见皮尔斯，用其一贯的冲脾气和言语对待皮尔斯。皮尔斯本想为此感到生气，但发现在这些言语的背后，隐藏的是瑞哈娜曾受过的伤害。遗弃带给瑞哈娜的伤痛是持久而深远的，对她的性格变化产生了较大的影响。

瑞哈娜性格变化的另一个原因是自身所处文化的压力让她变得憎恶自己。被阿扎德抛弃之后，小镇居民关于瑞哈娜的负面评价逐渐增多，使她的处境更是雪上加霜。她内心开始变得坚硬，变得较少在意别人对她的评价。与此同时，瑞哈娜对自己的憎恶之感也逐渐增强。她第二次被皮尔斯抛弃的时候，往日的伤疤再次被揭开，这对她来说又是一段煎熬的时间。瑞哈娜当初选择与皮尔斯在一起时，为了避免小镇居民的议论，移居到了蒙巴萨。当瑞哈娜被皮尔斯抛弃，又不得不回到小镇的时候，她需要鼓起更大的勇气来面对小镇居民的议论和家人的不理解。这次不同的是，瑞哈娜有了一个女儿，为了养活女儿，她需要努力工作，支撑起自己的生活。但是在不友好的社会环境和所处文化的压力中，瑞哈娜的努力最终归于徒劳，她被社会无形的条令、生活的压力和他人的漠视眼光压垮了。最后，瑞哈娜选择和一名水务工程师居住在一起，以饮酒缓解个人内心的痛苦与悲凉。

瑞哈娜所遭遇的遗弃是时代背景和种族主义的共同产物。透过瑞哈娜内心隐藏的伤痛，读者可以看到殖民主义和种族主义对殖民地女性性格和自我认知的影响，即对自己的否定和憎恶。这些伤害对殖民地女性的影响是一生的，是极其沉重的。瑞哈娜只是无数处于创伤中的非洲女性的缩影而已。

---

[1] Abdulrazak Gurnah, *Desertion*, New York: Anchor Books, 2006, p. 79.

[2] Abdulrazak Gurnah, *Desertion*, New York: Anchor Books, 2006, p. 79.

三、第三重遗弃：被遗弃的"夹心人"

从文化和地缘上看，殖民地被夹在文化和地缘裂隙间。这双重的裂隙使经历文化冲突和地缘冲突的殖民地人民被夹在遗弃的两难困境中。在小说《遗弃》中，被夹在遗弃困境中的阿明（Amin）是殖民地被遗弃的"夹心人"的代表。古尔纳从文化和地缘两个角度出发，极富同理心地向读者展现了殖民地人民被夹在文化和地缘裂隙间的痛苦与挣扎。

没错，殖民地被遗弃的"夹心人"阿明就是这样被夹在文化和地缘的裂隙间，承受着遗弃带来的痛苦与挣扎。阿明和哈撒纳里一样，也是印度移民的后裔，在小说中他爱上了瑞哈娜和皮尔斯的外孙女贾米拉（Jamila）。阿明在小镇上是一个做事稳重、值得信赖的人，而贾米拉因其外祖母的影响和自己的离异身份，在小镇上并不受欢迎。两人的恋爱关系被发现时成为小镇流传的谈资。阿明的父母逼迫他和贾米拉切断联系，这让阿明陷入了两难境地。无论选择哪边，对阿明来说都是一种遗弃和痛苦。所以当阿明选择不再见贾米拉时，他觉得自己遗弃了贾米拉，并对此有着深深的愧疚感。和贾米拉分开之后，阿明的内心始终未忘却贾米拉，他一直默默地关注她的动态直到贾米拉不知去向。夹在爱情和亲情之间，阿明无法喘气，因而在其后的一生中都夹杂着难以言说的痛苦。

阿明和贾米拉看似是因阿明父母的反对而被拆散，其实是因文化冲突和地缘冲突。小镇人民生于斯，长于斯，深受当地文化的影响，他们的思想是当地文化的一种反映。而对于接触过欧洲文化的阿明和贾米拉来说，他们的思想中有一部分超脱于当地文化，是西方文化的一种反映。阿明父母的反对，正是这两种文化之间的碰撞。而这两种文化之间的碰撞正是由于殖民地处于地缘冲突之中。

受宗教文化和当地社区文化的影响，人们极其重视家族荣誉。阿明和贾米拉的爱情是对当地人所重视的家族荣誉的一种反叛，这种反叛导致了两种文化之间的冲突。在阿明的父母眼中，贾米拉和阿明的爱情是一件让他们蒙羞的事情，他们为贾米拉的家族历史和她的自身经历而感到羞耻。"这是因为个体对于文化的不顺从是极其令人不悦的，他／她会被认为是可耻的，但是他／她并非独自承受污名，整个家族也会随之蒙羞受辱。"①小镇的人对于贾米拉的偏见是从她外祖母那一代开始的，因为她外祖母对于小镇文化的反叛，使得整个家族也随之受辱。这也使得阿明的父母认为贾米拉和他们不是一个世界的人，甚至觉得阿明是被贾米拉所骗才会做出这么荒唐的事情。因而，阿明的父母为了维护家族的荣誉拆散了一对相爱的恋人。"这些地区的人们往往打着维护荣誉和掩饰羞耻的名号，使女性和年轻人深受其害。"②虽然从表面上看贾米拉是被抛弃的一方，但是结合阿明的后续表现，读者就会发现远不止表面上所看到的那样。相反，阿明一直备受离别之苦、相思之苦和内疚之苦。

阿明一直把痛苦压在心头，他用沉默表达自己的痛苦，用文字来慰藉内心的痛苦。阿明与贾米拉分开之后一直保持沉默，但他将痛苦一直压抑在内心。直到弟弟拉希德和阿明谈起自己的感情时，阿明内心压抑已久的情感才爆发出来。于是，阿明决定告诉弟弟他和贾米拉之间的故事，给弟弟寄去了一本自己写的书。文字对阿明来说是一种慰藉，一种内心的理想主义，一种对生活的热爱。阿明用文字纪念着自己的爱情和亲情，他在文字中所思所想的尽是自己生命中重要的人。结合阿明最后的处境，读者就会发现阿明的现实生活远不如文字中的故事那般鲜活、温暖。母亲去世，弟弟远在国外，姐姐远嫁，贾米拉也不知所踪，自己与父亲相依为命，阿明的内心当然是苦涩的。虽然经历了这些，但阿明还是决定把自己的生活记录下来，以此纪念自己所爱的人。在文字中阿明得到了慰藉。虽然家人无法相见，但在文字中可以遇见家人之间温暖感人的场面；也许现实中阿明和贾米拉无法相见，但是在文字中他们的爱情一直延续着。

殖民者的侵略造成了殖民地被夹在文化和地缘裂隙间的现状，进而导致了殖民地被遗弃的"夹心人"的出现，因而殖民者对殖民地"夹心人"的境遇有

---

① Felicity Hand, "Searching for New Scripts: Gender Roles in *Memory of Departure*", *Critique: Studies in Contemporary Fiction*, 2015, 56 (2), p. 224.

② Godwin Siundu, "Honour and Shame in the Construction of Difference in Abdulrazak Gurnah's Novels", *English Studies in Africa*, 2013, 56 (1), p. 115.

着较大的影响。作者对殖民者给殖民地人民带来的痛苦和挣扎进行了批判，但在批判的同时，也对这些问题进行了富有同理心和人文关怀的探讨，让阿明在文字和亲情中得到安慰。

四、第四重遗弃：被遗弃的身份认同

流散人物在国外的生活中经常会感受到国外文化和本民族文化之间的猛烈冲突，而在文化冲突中流散人物一直都避免不了身份寻求问题。古尔纳通过异邦流散者①拉希德在国外的生活向读者展现了殖民地人民被遗弃的身份认同，并探讨了由此带给殖民地人民的身份困境和身份认知等无法解决的种种问题。

流散人物在国外无奈、痛苦和挣扎的境遇是身份认同被遗弃的一种表现。读书时期，渴望自由的拉希德就希冀逃离故土，去国外学习，最后他如愿以偿。然而，漂泊在外的拉希德始终未在异乡找到归属感。在拉希德的内心，故乡是他的动力源泉，能够给予他深深的慰藉。思乡之情时常萦绕在拉希德的心间，他常常与哥哥通信，知悉家人近况。拉希德写信告诉家人获得博士学位的消息，读到家人的来信后，他大为感动，潸然泪下。拉希德的姐姐法丽达后来成为一名诗人，她在诗中写道"拉希德从未离开我们"。读到这句时，一股暖流涌上拉希德的心间。当父亲告诉拉希德不要再回来的时候，他茫然不知所措，有一种被流放感。家乡政局的动荡让拉希德的归乡希望渺茫，他不得不遗弃自己的家乡。此时，拉希德的被遗弃之感更加沉重，这种被遗弃之感撕裂着拉希德的心扉。拉希德在毫无归属感的国外生活与温暖的家庭回忆之间来往穿梭，向读者展现了流散者的生活境况。流散者，特别像拉希德这样来自非洲的流散者，他们在国外的错位、痛

---

① 异邦流散者：我们把那些唯有产生"地理位置的迁徙"之后，才面临异质文化间的冲突与融合的个人或群体称为"异邦流散者"，主要指移居到第一世界的第三世界人民，或迁移到发达地区的欠发达地区居民，也指具有同等发展水平的国家或地区之间的流动人员。这里的流散是跨越国界（或具有国界性质且具有不同文化的地区）的流散。异邦流散者从一国到他国，从一种文化传统到另一种陌生的文化传统，从而产生一系列的流散症候。（朱振武、袁俊卿：《流散文学的时代表征及其世界意义——以非洲英语文学为例》，《中国社会科学》，2019年第7期，第140页。）

苦挣扎的生活状态将他们被遗弃的身份认同展露在读者面前。

流散者身份认同的被遗弃往往伴随着身份困境问题。拉希德在国外的生活向读者展现了流散人物在异质文化中的身份认同问题。"流散者携带在母国习得的经验、习俗、语言、观念等文化因子来到一个历史传统、文化背景和社会发展迥然相异的国度，必然面临自我身份认同的困境。"①来到新的国度，拉希德尝试着去了解这个国家的文化、习俗和日常生活习惯，极力地想要融进去。但拉希德到了英国之后遭遇了种族歧视和种种不公，发现自己很难融入其中。不管拉希德多么努力，最后却发现在这个远离家乡的国度里，他无法找到归属感。

身份困境问题又影响着流散者对自我身份认同的认知。拉希德对自我身份认同的认知经历了从否定到肯定的过程。但即使如此，殖民者对拉希德身份认同的遗弃始终让他无法在异乡找到归属感。拉希德在英国生活一段时间之后，感受到自己被当地的人们所遗弃，这种被遗弃感一直深深地烙在他的心里。久而久之，拉希德慢慢学会在被周围的人忽略的情况下生活。他逐渐地用当地人的眼光看待自己，开始对自己不满意，厌恶自己，觉得他们这样对待自己理所应当。当时，拉希德对自我身份认同的认知是否定的。

经历了身份认同的困境之后，拉希德也在寻找自我身份认同被遗弃的原因，在探寻的过程中拉希德完成了对自我身份认同的肯定。在拉希德的潜意识中，自己并未做错什么，却遭到了这样不公的待遇，这促使他思考自身的处境。拉希德发现自己从未全面地了解过英国，他所处的英国和课本上了解到的英国相去甚远。在英国的学习和生活经历，让拉希德意识到英国人是怎样看待整个世界，怎样看待第三世界国家的人民的。拉希德也意识到帝国殖民思想是如何影响和控制他们的。殖民者往往把被殖民者放在低位，大力宣扬殖民者的统治地位，让被殖民者臣服于他们。拉希德充分意识到了这些，虽然在异乡仍旧会感到孤独，但内心对于自我身份的认同已经摆脱了之前的否定状态。

流散者由被遗弃的身份认同引发的一系列身份困境问题影响着流散者对自我

---

① 朱振武、袁俊卿：《流散文学的时代表征及其世界意义——以非洲英语文学为例》，《中国社会科学》，2019年第7期，第140页。

身份认同的认知，揭示了殖民者对殖民地人民在异质文化中寻求和建构身份认同的巨大影响。作者也由此批判了殖民者给殖民地人民在异质文化中探索自我身份认同时带来的迷惘、痛苦与挣扎。

结　语

《遗弃》这部作品紧贴时代背景，向读者展现了殖民时代殖民主义对殖民地和殖民地人民的多重影响。作品主要讲述了后殖民时代殖民地人民所经历的凄美爱情故事，但巧妙之处在于讲述悲伤的故事又不失美感和温情，且在遗弃之痛和人情之暖中达到了平衡。此外，作者刻画了许多不同的人物形象，这些人物有着不同的文化背景，有着不同的性格特点，同时又极具典型性。这些元素糅合在一起让整个故事的意蕴更加深远，从而激发读者产生更多的思考。

透过人物所处的背景，读者可以看到殖民地和殖民地人民被置于殖民帝国的霸权下，遭到了殖民者的任意践踏和摆布。作者借殖民者之口把小镇荒凉的状态描写得淋漓尽致。小镇作为故事的发生地，其破败、荒凉、被遗弃的状态奠定了整个故事的凄美基调。作者通过故事中人物的经历和遭遇揭露了殖民主义和殖民者对殖民地人民内心、情感及命运的影响，凸显了作者对于夹在文化和地缘裂隙间难民命运的关切。瑞哈娜是殖民地女性经历跨种族与跨文化爱情困境的代表，作者由此批判了殖民主义和种族主义对殖民地女性所带来的伤害和影响；阿明所经历的具有双重含义的遗弃，向读者展现了被夹在文化和地缘裂隙间殖民地人民被困在两难境地中；拉希德漂泊在外遭到身份认同的遗弃，向读者展现了殖民地人民在异国他乡遭遇遗弃的心路历程。这四重遗弃叠加在一起为读者展现了一幅处在被殖民状态下的非洲人民的生活、情感和命运的凄美图景，让读者透过文本的表层看到殖民主义和种族主义给殖民地人民带来的影响，以及遗弃带来的深重灾难和深远影响。

第三节 《今世来生》作品节选及评析

作品节选

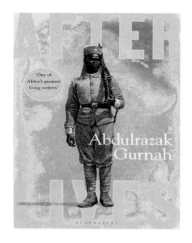

《今世来生》
(*Afterlives*, 2020)

These were contented years for Afiya and Hamza. Their child was well, learned to walk and to speak and seemed to have no blemish. When he was still a baby, Hamza took him to the hospital for the recommended vaccinations and watched diligently over his health. Child deaths were not uncommon but many of the illnesses that took them away were avoidable, as he knew from his time in the schutztruppe which took good care of the health of the askari. In the year of Ilyas's birth, the British were in the early stages of the mandate awarded to them by the League of Nations to administer the old Deutsch-Ostafrika and prepare it for independence. Although not everyone noticed at the time, that last clause was the beginning of the end for European empires, none of which had dreamed hitherto of preparing anyone for independence. The British colonial administration took the mandate responsibility seriously rather than just going through the motions or worse. Perhaps it was just a lucky confluence of responsible administrators, or it was the compliance of the people who were exhausted after the rule of the Germans and their wars and the starvation and diseases which followed, and were now willing to obey without defiance so long as they were left in peace. The British administrators had no fear of guerrillas or bandits in this territory and could get on with the business of colonial administration without resistance from the colonized. Education and public health became their priorities. They made a big effort to inform people about health issues, to train medical assistants and open dispensaries in far-flung parts of the colony. They distributed information leaflets and conducted tours by medical teams to instruct people on malaria prevention and good childcare. Afiya and Hamza listened to this new information and did what they could to protect themselves and their child.[①]

对于阿菲娅和哈姆扎来说，这是令人心满意足的几年。他们的孩子很健康，学会了走路和说话，似乎没有任何缺陷。当他们的孩子伊利亚斯还是婴儿的时候，哈姆扎就带他去医院接种医生推荐的疫苗，并密切关注他的健康。儿童的死亡并不罕见，但是许多夺走婴孩儿生命的疾病是可以避免的，这是哈姆扎在殖民地警备军队负责众多"阿斯卡利"健康时所学习到的。在小伊利亚斯出生的那年，英国依照国际联盟的授权对旧德属东非的管辖统治刚刚开始。尽管当时并不是所有人都注意到这一点，但最后一项条款是欧洲帝国主义终结的开端，迄今为止没有一个帝国主义国家预想任何一位非洲人为国家独立而做准备。英国殖民政府严肃认真地对待这份授权责任，而不是走走过场。大概这只是有幸汇集了一些有责任心的管理者的原因，或者是随着德国人的统治而来的战争、饥饿和疾病折磨之后的筋疲力尽，导致了人民的顺从。只要能够和平，人民愿意毫无反抗地服从。英国的殖民统治者对这片土地上的游击队和土匪并无恐惧之心，反而在没有被殖民者抵抗的情境之下肆无忌惮地继续进行殖民活动。教育和公共卫生问题成为英国人优先考虑的事项。他们极力地向当地人民普及健康知识，培训医疗助理，并在殖民地的偏远地带开设药房，组织宣传、参观医疗机构的活动，还指导人们学习预防疟疾和妥善照料儿童的方法。阿菲娅和哈姆扎学习了新知识，并照做以此保护自己和孩子。

（田金梅 / 译）

---

① Abdulrazak Gurnah, *Afterlives*, New York: Riverhead Books, 2022, pp. 265-266.

作品评析

《今世来生》中的逃离和坚守

引 言

阿卜杜勒拉扎克·古尔纳于2021年10月7日获得诺贝尔文学奖，在世界文坛引起巨大反响。对古尔纳获奖的聚焦点首先是非洲作家再获奖，其次是古尔纳在获奖之前鲜为人知。近年来，古尔纳已得到中国学界关注，除了此前对他的短篇小说有零星翻译外，中国首个非洲文学研究国家社科基金重大项目"非洲英语文学史"也对古尔纳进行了很多研究。中国目前也有多篇学术论文探析古尔纳的文学成就，如石平萍的《非洲裔异乡人在英国：诺贝尔文学奖得主古尔纳其人其作》[1]与周和军的《国外关于阿卜杜勒-拉扎克·古尔纳〈天堂〉的研究述评》[2]等。

古尔纳至今共创作了十部长篇小说，而《今世来生》（*Afterlives*，2020）正好是他的第十部。这部作品采用双线结构，展现了两位主人公在殖民语境中的两种不同选择，以及他们在炮火中和异质文化碰撞下的艰难生存状况。全书共有15章，主人公伊利亚斯（Ilyas）在第二章中出现，第三章至第十四章隐匿在家人和朋友的思念中，直到故事推进到最后一章，他的零碎讯息才被家人们获知，但此时他早已告别人间。另一主人公哈姆扎（Hamza）在第三章中的新兵行军中出场，其经历贯穿整

---

[1] 石平萍：《非洲裔异乡人在英国：诺贝尔文学奖得主古尔纳其人其作》，《文艺理论与批评》，2021年第6期，第103—109页。

[2] 周和军：《国外关于阿卜杜勒-拉扎克·古尔纳〈天堂〉的研究述评》，《天津外国语大学学报》，2022年第1期，第96—101页。

部小说。两个年轻人的故事在小说中平行推进，直到第八章，似乎有了交叉点。哈姆扎经历了艰难的军营生活后回到海边的家乡，而这里正是伊利亚斯启航的地方。伊利亚斯深受文化殖民影响，逃离故乡去往西方，处于异质文化的夹缝中，最终陷入身份危机漩涡；哈姆扎战后回到家乡，积极进行自我定位和身份重构，被爱与信仰所救赎。在殖民语境下面对两种异质文化碰撞时，对于非洲流散群体所做抉择的心理动势和社会认同，古尔纳在《今世来生》中都给予了深刻的揭示和思考。

一、逃离者缘何陷入身份困境

文化殖民是政治殖民和经济殖民在文化领域的延伸和拓展，采取知识与权力的融合，建立理性伪装下的知识霸权，造就"内殖民"陷阱。当西方话语占据主导地位时，非洲土著将处于弱势话语或"失语"状态，本土文化也将被排挤到边缘，及至非洲人流散到异邦，在异质文化龃龉、冲突与融合中，生发出流散者的自我身份认同、边缘化处境、种族歧视和家园找寻等问题。流散作家以此类问题生成阐发，尤以身份困境和边缘化处境为甚。在《今世来生》中，古尔纳借逃离者伊利亚斯的经历书写了文化殖民的霸权性和边缘群体的身份危机。

"文化殖民，是指西方一些发达国家凭借其霸权地位，在资本逻辑的驱使下，通过文化符号系统的强势传播，向'他者'输出自己的思维方式、价值观念、意识形态和宗教信仰。"①《今世来生》中的第一位主人公非洲人伊利亚斯就是一位被殖民者文化彻底同化的悲剧性人物。他幼时由德国农民照料，在教会接受德国式教育，成年后经德国人推荐至东非小镇工作，寻回失散多年的妹妹阿菲娅（Afiya）后，却又义无反顾地加入德国军队，以对抗英国来争夺东非殖民地。读者会因被侵略的非洲土著人参加一方殖民者军队而困惑。古尔纳显然有意在此给读者留下思考空间。德国殖民者除了对东非进行土地占领、劳动力掠夺之外，无形中还对一部分非洲人进行文化渗透，并控制了被殖民者的意识形态，最

---

① 陈曙光、李娟仙：《西方国家如何通过文化殖民掌控他国》，《红旗文稿》，2017年第17期，第23页。

终从心理和精神上将被殖民者彻底同化。西方的主流文化逐渐将殖民地的本土文化边缘化。艾勒克·博埃默（Elleke Boehmer）曾阐述："西方之所以自视优越，正是因为它把殖民地人民看作是没有力量、没有自我意识、没有思考和统治的能力的结果。"①西方殖民者利用文本建构"他者"的方式，与西方的殖民扩张和统治遥相呼应，赛义德（Said）如是说："把'他们的'国家和秩序与'我们'的国家和秩序分开的习惯，滋生出一种积累更多'他们'的苛刻的政治统治，以对'他们'进行统治、研究与管辖。"②伊利亚斯就是这种文化殖民的牺牲品，他在农场接受德国的教育方式和知识体系，形成德国作风和思维，在小镇上穿着体面，像一位绅士，在咖啡馆里与人辩论，大谈特谈德国人的慷慨和蔼。为给德国军队效力，他抛弃稳定的工作和可怜的妹妹，拿生命做赌注奔赴战场。

揭示文化殖民的霸权性和毒害性是众多非裔作家的使命，1993年获得诺贝尔文学奖的美国黑人作家托尼·莫里森（Toni Morrison，1931—2019）在《最蓝的眼睛》（*The Bluest Eye*，1970）中就描写了黑人小姑娘佩科拉（Pecola）的悲惨生活。佩科拉因白人至上的文化价值观的内化而产生扭曲的文化心理，终致迷失自我。在地球村联系日益紧密的今天，"理智地对待全球化和西方文化殖民主义才是处于弱势地位的国家和民族唯一正确的选择"③。

身份困境是处于异质文化中的人们必然面临的问题。《今世来生》中的伊利亚斯深受殖民思想影响，逃离非洲，去往西方后便长时间杳无音信。直到1963年，阿菲娅的儿子小伊利亚斯到达联邦德国深造，才用零星的线索拼凑出伊利亚斯的一生：1917年在玛希瓦之战（the Battle of Mahiwa）中受枪伤；先后被监禁在林迪和蒙巴萨；战争结束后，殖民地警备军队④解散，在船上做服务性质的工作；来到德国，改名为埃利亚斯·埃森（Elias Essen）；因非洲身份申请抚恤金和奖牌被拒

---

① 艾勒克·博埃默：《殖民与后殖民文学》，盛宁、韩敏中译，沈阳：辽宁教育出版社，1998年，第22页。

② 爱德华·W. 赛义德：《赛义德自选集》，谢少波、韩刚等译，北京：中国社会科学出版社，1999年，第247页。

③ 刘海静：《全球化的文化内涵与文化殖民主义》，《理论导刊》，2006年第2期，第80页。

④ 殖民地警备军队（Schutztruppe）于1891至1894年在德属东非、德属喀麦隆及德属西南非洲成立。作为不属于帝国陆军或海军的一个独立分支，警备部队由欧洲人和非洲人共同组成。警备部队的主要任务是以武力征服殖民地并镇压反抗，同时在与另一个殖民力量爆发战争时也不能放弃战斗。

绝；与德国女人结婚并生有三子；加入纳粹党；做歌舞表演者；因违反纳粹种族法规、玷污雅利安女性而被枪决。

"唯有产生'地理位置的徙移'之后才面临异质文化间的冲突与融合的个人或群体称为'异邦流散'。"①伊利亚斯从东非去往德国，面临身份焦虑、边缘化体验和文化混杂等流散问题，他是一位"异邦流散者"，流散者携带着从母国习得的经验来到迥然不同的国度，必然面临着自我身份认同的困境。可以说，身份"是指一个人（群体、阶级、民族、国家等）所具有的独特性、关联性和一致性的某种标志和资质，这种标志和资质既使它的身份与其他身份区别开来，又使它的身份可以归属一个更大的群体身份中"②。伊利亚斯因此在旧身份非洲土著和新身份德国移民的夹缝中艰难生存，即便为德国军队效力，但依旧不被德国人所认可，反而被排除在主流生活之外。伊利亚斯身上流淌的非洲大地血液和浓厚的非洲狂野气息使其深陷自我身份认同危机之中。除了面临身份危机，"在移居国，异邦流散者之前的身份统统失效，不得不进行身份重建"③。伊利亚斯到达德国后，将自己的本土名字伊利亚斯改为欧式名字埃利亚斯·埃森，可以看出他为重建身份所做的努力。伊利亚斯的故土被殖民，故乡的人民被奴役，而他却身在异域，这种无根的漂泊性伴随着国家的流亡与衰变，使其身份变得更加不确定。及至1938年，他因"玷污雅利安女性"的罪名被逮捕，还是深陷在身份危机的漩涡中无法跳脱。欧洲社会在有形或无形中设置了太多种族屏障和阶级屏障。伊利亚斯寻找一位德国女人作为情人，就被扣上"违反种族法规"的帽子而被枪决，可见当时的德国纳粹对身份和种族的界定是何等反人性！

对自我身份认同及种族冲突危机，古尔纳自身亦深有体会。1948年，古尔纳出生于桑给巴尔岛；1963年坦桑尼亚独立后，阿比德·卡鲁米（Abeid Karume）政权发动对阿拉伯裔公民的迫害，大肆屠杀。古尔纳作为受害的少数族群，于

---

① 朱振武：《非洲英语文学的源与流》，上海：上海人民出版社、学林出版社，2019年，第51页。
② 张其学：《文化殖民的主体性反思：对文化殖民主义的批判》，北京：北京师范大学出版社，2017年，第114页。
③ 朱振武、袁俊卿：《流散文学的时代表征及其世界意义——以非洲英语文学为例》，《中国社会科学》，2019年第7期，第141页。

1967年末被迫离开故土，去往英国。恰巧这一年英国保守党议员伊诺克·鲍威尔（Enoch Powell）发表了一场被称为"血河"（rivers of blood）的种族主义演说，该演说援引维吉尔《埃涅阿斯纪》中的一句话"台伯河上泛着鲜血的泡沫"，对大规模移民现象做出批评。古尔纳感到一丝幽暗的恐惧，他说："当发现自己被囚禁在这样一种厌恶之中时，我是多么震惊：眼神、冷笑、言语和手势，新闻报道和电视漫画，老师和同学。"①古尔纳是两种身份夹杂的亲身实践者和种族歧视下的受害者，是被殖民者和流散者。他把自己最真切的感受融入每一部小说，铸进每一位鲜活的人物形象中，用最悲悯的目光审视着生育他的大陆和海岛，守望着这片土地上的人民，深刻洞察和剖析着与"他者"的关联和鸿沟。《今世来生》中的伊利亚斯就是这样一位人物，在古尔纳深切的亲身经历与感受中诞生，深受殖民文化的影响，在殖民文化与本土文化的夹缝中艰难生存，在两种身份之间徘徊游移，最终仍然没有被认可而被处以死刑。古尔纳的其他作品如《天堂》中优素福宗教身份的不确定性、《海边》中萨利赫难民身份的边缘性和《遗弃》中拉希德异国身份的漂泊感，都显然是古尔纳个人身份困境的映射，说这些故事在某种程度上是古尔纳的自传，也不为过。

悲剧性是彼时逃离至西方社会的非洲人的命运基调，"以'回到事物本身'为出发点的现象学方法能够使人直接面向悲剧本身。悲剧性的产生不是来自对客观苦难的被动接受，而是主体意识的意向性行为建构的结果"②。伊利亚斯是殖民文化的牺牲品和两种身份纠缠的"夹心人"，但同时也是勇敢的追求者和世间纯粹之爱的享受者。他受到西方文明的浸染选择逃离非洲故土，前往心中的文明圣地，这是当初甚至当下不少非洲人做出的选择，但在这种选择下必然要面对一系列身份认同、文化冲突和精神家园找寻等问题。及至"非洲各国独立之后，由于独裁政权的镇压、民族或宗教矛盾、边境冲突、内乱等原因，难民问题尤为突出"③，古尔纳借由伊利亚斯的经历引发了读者对非洲移民、难民群体的持续关注和思考。

---

① Abdulrazak Gurnah, "Fear and Loathing", *The Guardian*, May 21, 2001, https://www.theguardian.com/uk/2001/may/22/immigration.immigrationandpublicservices5.

② 瞿欣、邓晓芒：《论现象学视野下的悲剧性》，《人文杂志》，2021年第5期，第71页。

③ 潘蓓英：《非洲难民问题难解之源》，《西非亚洲》，2000年第1期，第33页。

二、坚守中的流散者如何重构身份

流散作家挖掘被集体记忆遗忘的历史，以流散书写隐喻自我身份，凭借全球化视野消解西方霸权，从而建构起合理性的个人身份和民族身份。古尔纳以其独特的非裔视角对非洲土著追求独立和自由的心路历程进行深入探索，不仅剖析非洲人身份认同危机的根源，也揭示其进行身份构建的艰难。古尔纳笔下背负精神创伤的个体用爱与信念抵抗外界侵扰，在异质文化的夹缝中发现自我，重构身份。

延续性的人物和同一性的空间构建起文学大厦，托马斯·哈代的恬静农村"威塞克斯小说"、威廉·福克纳的美国南方"约克纳帕塔法世系"小说，均是在同一空间内叙事。而《今世来生》中哈姆扎可以说是古尔纳另一部作品《天堂》中主人公优素福成长经历的续写。同优素福一样，年幼的哈姆扎被父亲卖给商人抵债，在商人的店铺中充当苦力却没有报酬，由于无法忍受那种"捆绑式""无自由"的生活，选择逃离并加入了殖民地警备军队做一位"阿斯卡利"[①]。《天堂》以优素福意欲加入军队结尾，《今世来生》则以哈姆扎新兵行军开篇，或许这也是古尔纳为本部小说取名为《今世来生》的原因之一。

在跨文化视域下，古尔纳的战争书写以人道主义的立场观照人类隐抑的情感。在第一天早上的视察中，哈姆扎就被中尉军官挑出来做私人服务员。哈姆扎完全依附并听命于军官，这是他身份的转变，由独立的个体变身为军官的所属物。两人关系十分微妙，哈姆扎在军营生活中受到中尉的保护和关爱，侥幸熬过残酷战争，跟着中尉学德语成为他每天的必修课程。他们一起读席勒，夜晚中尉会拥其入睡，受伤后中尉将其送去照顾而非按惯例直接丢进树林，这种爱甚至激起了某些军士的嫉妒。然而这种爱又是畸形与病态的，是战争之下殖民者孤独、挣扎和扭曲心理的积压。古尔纳用这种阴晴不定"高压式"的爱来反映战争带给人们

---

① "阿斯卡利"（askari），指殖民主义统治下的非洲土著民兵（或警察）。

的不可磨灭的创伤，中尉的精神分裂症这一疾病时刻反映着战争给人类留下的深深烙印。古尔纳没有写战争如何残酷，而是从人物的心理、行为等方面更为真切地表现其精神创伤。

生存于异质文化环境中，伴随着一系列文化冲突、身份认同和身份重构等问题，流散作家就这样崭露头角，流散文学也因此涌现和繁荣。20世纪90年代以来，流散文学获得诺贝尔文学奖的情况屡见不鲜，南非作家纳丁·戈迪默（Nadine Gordimer，1991）和美国黑人作家托尼·莫里森（Toni Morrison，1993）的作品凸显"殖民""种族""性别"和"黑人历史"等关键词；德里克·沃尔科特（Derek Walcott，1992）有着复杂的族裔血统，对自我身份定位迷茫，"我，被两种血液所毒害/将转向何方，分裂直至血脉的尽头？"（《星星苹果王国》）。21世纪以来获诺奖的流散者作家更是群星璀璨，英国印度裔作家奈保尔（Naipaul，2001）、南非荷兰裔作家库切（Coetzee，2003）和英国日裔作家石黑一雄（Kazuo Ishiguro，2017）等都对流散者的身份认同异常敏感，摘得诺贝尔文学奖的古尔纳更是如此。这些流散作家在异质文化中流亡，但也从未放弃对重构民族身份和个体身份做出努力。《今世来生》中的哈姆扎就是这样一个在苦难中重生的人物，"幸运女神守护他穿越战争奔向阿菲娅，这世界总是纷纷扰扰，动荡喧闹，但值得庆幸的是，历史的车轮总是驶向前方"①。在中尉的庇护和牧师的照料下，哈姆扎得以生存，没有像伊利亚斯一样移民到欧洲，而是回到儿时成长的地方，守护着非洲故土。当他在这座东非海滨小城的码头下船，走在熟悉又陌生的街道上，看着人来人往各自奔向自己的目的地时，一种恐惧感涌上他的心头。他离开太久了，不知自己身处何地又将去往何方。他假装淡定，混迹人群，漫无目的地游荡其中。虽然哈姆扎回到故土，但他依然迷茫与不知所措，"由于殖民者推广殖民语言、传播基督教、侵吞土地、实行种族隔离和分而治之的殖民政策，非洲原住民在自己的国土上被迫进入一种'流散'的文化语境"②，哈姆扎此时就是一位"本土流散

---

① Abdulrazak Gurnah, *Afterlives*, New York: Riverhead Books, 2022, p. 237.

② 朱振武、袁俊卿：《流散文学的时代表征及其世界意义——以非洲英语文学为例》，《中国社会科学》，2019年第7期，第144页。

者"①。由于找不到童年时所居住的那家商店，他流落街头，饥肠辘辘。受到殖民侵略的东非小镇掺杂太多西方元素，港口被封锁，学校被管控，语言和宗教也受到限制，"非洲意识被欧洲意识所篡改"②，即使没有离开故土，人们也不可避免地成为"流散者"，在两种文化之间挣扎与徘徊。所幸哈姆扎遇到了善良包容的卡利法（Khalifa）和大胆热情的阿菲娅，卡利法给他提供住所和食物，阿菲娅给他最真挚与热烈的爱填补他心灵的空缺，驱散他精神上的阴霾。

古尔纳并没有把大幅的笔墨用在战场描写上，而是着眼于战争之下个体的成长和情感。埃塞俄比亚裔美国作家马萨·蒙吉斯特（Maaza Mengiste）评论说："通过哈姆扎和阿菲娅，古尔纳为信任和爱的恢复性潜力提供了一个窗口。"③作者在叙述历史事件时速度较快，而在勾勒哈姆扎与阿菲娅在逆境中萌生、守护爱情时则娓娓道来，用最细腻的笔触描绘最真实的情感。他们相拥和亲吻，在静谧的夜晚互相分享悲哀的往事；他们彼此陪伴，用爱慢慢治愈创伤。哈姆扎成为优秀的木材工匠，与阿菲娅生养了一个聪颖勇敢的儿子，生活可谓圆满。

记忆书写与身份认同是古尔纳作品叙事中的重要元素，有关创伤经历的记忆挣脱了所有经验的连续性，而经验的连续性是行动能力和身份认同建构的条件。身份认同可以通过记忆重构来疗救，鲜活的文化记忆是文化身份认同的先决条件。哈姆扎与阿菲娅用爱与信念抚慰战争留下的伤口，也"对如何进行身份重建予以了积极回应，即有意识、有体系地进行自我反思"④。当自己的儿子患上怪病时，哈姆扎会自我谴责，"他有一种罪恶之感，认为折磨儿子的痛苦来源于自己在战争中所做之事留下的创伤"⑤。这是哈姆扎心灵的忏悔与救赎，他亲历非人道的战争，深谙战争对人性的摧残与毁灭。战后哈姆扎回到儿时故乡，为找不到幼时所居住的商店而苦恼与疑惑，他询问镇上的人们，最终在卡利法那里找到答案。虽然时

---

① 参见朱振武：《非洲英语文学的源与流》，上海：上海人民出版社、学林出版社，2019 年，第 56 页。

② Elmhirst Sophie, "The Books Interview: Ben Okri", *New Statesman*, 2012, 141 (5099), p. 41.

③ Maaza Mengiste, "*Afterlives* by Abdulrazak Gurnah Review—Living Through Colonialism", *The Guardian*, September 30, 2020.

④ 黄坚、张嘉培：《归属与认同——〈明日此时〉的后殖民主义解读》，《当代戏剧》，2021 年第 3 期，第 36 页。

⑤ Abdulrazak Gurnah, *Afterlives*, New York: Riverhead Books, 2022, p. 284.

过境迁，物是人非，但哈姆扎依旧坚强地寻回自我和重构自我。他努力干好本职工作，悉心照顾家庭，在与他人共同建构伦理关系的过程中完善家庭记忆，并将个体记忆、家庭记忆纳入漫长的历史记忆中，最终重新构建起个人身份。《今世来生》是"对平凡生活非凡的温柔描述"[①]，人们只有携手共渡难关，重构文化记忆和民族身份，才能跨越种族鸿沟与文化隔阂，弥补心底的沟壑，修补留下的伤痕。

古尔纳思考的是非洲人民在重压下如何继续前进和奔向光明，通过书写哈姆扎等人的个体历程，暗示非洲人不能一味逃离故土，而应坚守自身的文化之根。同样，尼日利亚作家奇玛曼达·恩戈兹·阿迪契（Chimamanda Ngozi Adichie，1977— ）的《美国佬》（*Americana*，2013）中的伊菲麦露（Ifemelu）在英美国家被作为异类遭到排挤和驱逐，选择返回尼日利亚，于是在美国时的那种身份焦虑便不复存在。通过书写非裔个体历程，非洲文学作品批判了西方的种族歧视政策，暗示黑人族群才是非裔群体的感情归属和永久家园，表达出了对本土人民建构民族身份的信心。

三、"今世"何以成为"来生"

古尔纳在《今世来生》中为读者展现了两位主人公的两种选择——逃离故土或者坚守故乡。这两种选择无关对错，只是如实反映一种普遍现象，以便激发人类心底良知，促使人类用一种人道主义的眼光对待非裔群体。古尔纳有一种"深感不安"的认识，即"西方正在构建新的、更简单的历史，改变甚至抹杀已经发生的事情"[②]。小说借伊利亚斯的经历揭示非洲移民特别是非洲难民在欧洲不被认同和难以生存的现实状况，体现出这一群体在异乡的错位、迷失与失落；同时书写哈姆扎、卡利法和阿菲娅的个体历程，深刻思考并阐明了非洲本土群体在故乡重构文化身份的追寻方式。

---

① Jane Shilling, "*Afterlives* by Abdularazak Gurnah: Entracing Storytelling and Exquisite Emotional Precision", *Evening Standard*, September 10, 2020, https://www.standard.co.uk/culture/books/abdulrazak-gurnah-afterlives-book-review-a4544426.html.

② Alison Flood, "Nobel Winner Abdulrazak Gurnah Says 'Writing Cannot be Just About Polemics' ", *The Guardian*, December 8, 2021.

古尔纳的系列小说可以说是对由钦努阿·阿契贝（Chinua Achebe，1930—2013）和奇玛曼达·恩戈兹·阿迪契等作家创建的非洲文学辉煌档案的补充。古尔纳在谈到自己的写作时说："要写那些自鸣得意的统治者想要从我们的记忆中抹去的迫害和暴行"，要"拒绝那些鄙视和贬低我们的人的自信总结"，更要"如实写，将丑陋和美德都表现出来，人类就能从简单化和刻板印象中跳脱。当这奏效时，便会产生一种美感"[①]。古尔纳的小说追寻令人震惊的民族记忆，聚焦于后殖民主义、移民、难民和种族主义等重要流散主题，创作出不断在新旧身份间调节的虚构个体，揭示非裔群体在过去与现在历史中的巨大创伤。《朝圣者之路》描绘坦桑尼亚的学生来到英国小镇，进行种族主义和宗教信仰的斗争；《绝妙的静默》中的无名叙述者离开坦桑尼亚去往英国，最终却发现自己对非洲故乡知之甚少，也无法真正融入西方社会；《最后的礼物》中的"礼物"，意指主人公阿巴斯与其妻子玛利亚姆在长期远离非洲大陆后，传递给孩子们非洲文化根基与文化遗产重要性的新意识。在前九部震撼人心的长篇小说相继问世后，古尔纳的最新小说《今世来生》于2020年10月出版。这部作品可谓书写历史的鸿篇巨制，故事的时间跨度为80年之久，空间上聚焦于一个东非海滨小镇，向外散射至整个德属东非和德国。这种历史叙事有其当下意义。古尔纳撰写的这部小说中包含1884至1885年柏林会议列强瓜分非洲、设立德属东非、英德争夺东非殖民地、镇压起义、两次世界大战在东非战场、坦桑尼亚独立等历史事件。作者是想把历史事实重新放回到人们眼前，"借用多样化的个体叙述对抗宏大历史叙事宣扬的终极真相"[②]，让殖民者民族正视自己曾犯下的罪行，填补欧洲乃至世界历史教育中本该属于这一部分的空白。这种宏大而真实的历史叙事和微观而虚构的个体叙事结合在一起，使这部小说更具光芒，具有很强的可触感和文学性。

对古尔纳来说，移民不仅仅是一种自传性经历，还是具有代表性的时代叙事。正如被遗弃的拉希德所言，这不是一个人的故事，而是关乎一个群体。殖民体系瓦解后，原殖民国家与非洲新独立的国家依然有千丝万缕的联系，其中一个

[①] Alison Flood, "Nobel Winner Abdulrazak Gurnah Says 'Writing Cannot be Just about Polemics' ", *The Guardian*, December 8, 2021.

[②] 朱振武、刘略昌：《中国非英美国家英语文学研究导论》，上海：上海译文出版社，2013年，第117页。

方面就是殖民者在非洲土地上留下了现代化的设施和教育体系。本土居民处于异质文化中，接受西方文明的"洗礼"，有些甚至受西方文明的诱惑移民至欧洲。古尔纳通过叙写伊利亚斯的经历，温和地提醒欧洲国家善待这些远途跋涉而来的外乡人，希望他们给予移民、难民以一定的生存空间。

"今世来生"作为小说题目引领读者探索，寄予着作者的无限期望。自黑奴贸易以来，非洲土著遭受了太多不该承受的磨难，被欧洲人无情支配，话语权十分微弱。小说书写伊利亚斯、哈姆扎和阿菲娅等人的今世来生，展现殖民语境下非洲人的不同选择。非洲群体抑或在被殖民的故土上顽强生活，抑或去往西方国家寻求自身理想。虽然当下非洲人民还面临着身份认同危机、文化侵入危机和种族冲突、阶级冲突等问题，但古尔纳用"来生"两字寓意着他对未来充满信心和期待。小说接近结尾处小伊利亚斯诞生、参军、出国深造，本质上是舅舅伊利亚斯的重生。他没有步舅舅的后尘，没有受到不公正的待遇，而是成为体面的新闻工作者。作为德国联邦政府资助的广播项目学生，他可以出入多个办公室和档案馆查阅资料，小伊利亚斯是古尔纳创作的美好幻象，是其企图消除种族冲突和解决身份认同问题的深切期望，这也是非洲作家笔下的共同愿景。是的，非洲作家对非洲梦都有一定程度的探讨。尼日利亚作家本·奥克瑞（Ben Okri，1959— ）在《饥饿的路》（"The Famished Road"，1991）中打破白人作家笔下刻板的非洲印象，复原非洲形象，构建非洲道路。肯尼亚作家宾亚凡加·瓦奈纳（Binyavanga Wainaina，1971—2019）的短篇小说《发现家园》（*Discovering Home*，2002）出版当年即获得凯恩非洲文学奖。该小说以意识流手法和第一人称视角，对主人公的政治身份进行探讨，反映出非洲传统与现代文化的冲突与融合。瓦奈纳还在散文《如何书写非洲》（"How to Write About Africa"，2005）中以讥讽语气嘲笑长期以来给非洲贴上贫穷、疾病和堕落标签的白人作家，力图解构西方话语中的非洲形象，真正致力于建设美好的非洲梦。只有不同时代的非洲作家和非裔作家共同努力，一起构建非洲话语，逆转霸权叙事，"今世"才会为"来生"提供可能性。

"来生"传达出即使经历苦难，仍然从黑暗中重生的坚定信念。哈姆扎的心理创伤在阿菲娅的爱中逐渐愈合，他也在黑人族群中寻找到了精神家园。"来生"

还意味着非洲文化的重生。当今世界去欧洲中心化愈发盛行。近年来，非洲文学越来越引起世界读者的关注，尼日利亚、肯尼亚、津巴布韦、南非等地的文学越来越多地映入学者们的研究视野。我国学者对于非洲文学做了大量研究，且能够"跳出西方话语的藩篱，以中国文学文化视野平等观照非洲英语文学的内涵与外延，还原非洲文学文化的真实面貌和精神内核"①。2021年古尔纳问鼎诺贝尔文学奖，南非作家达蒙·加格特获布克奖，塞内加尔作家穆罕默德·姆布加尔·萨尔获法国龚古尔文学奖，这些都为非洲文学的繁荣添上了浓墨重彩的一笔，使"沉寂已久"的非洲文学在世界范围内苏醒和绽放。"今世"得以成为"来生"，这不仅在于哈姆扎对优素福的生命延续和小伊利亚斯对舅舅的颠覆性得到传承，更在于非洲群体在异质文化中重新构建民族身份和个体身份的成功，还在于古尔纳等非裔作家建设非洲梦的决心以及非洲文学的崛起和发展。

结　语

语言是文化载体，也是文化象征。在双重文化语境下，古尔纳延续使用英语写作传统，写出的却是别具一格的坦桑尼亚故事。他以公允的世界眼光观照不公的历史与现实，将其个人经历与感受融入其作品中，进而升华为集体记忆和民族创伤。在异质文化碰撞与融合下，非洲群体面对的自然就是自我身份认同危机和边缘化处境等流散问题。伊利亚斯建构身份的失败具有悲剧性。他深受文化殖民的荼毒，是逃离至西方的东非群体的缩影。身份构建需要记忆书写。古尔纳给挣扎于身份迷宫中的人们提供了一种解决方案，即正视失落的自我身份和变形的历史现实，用爱与信念于黑暗中寻找光明，积极重构身份。《今世来生》将历史事件和个体情感交织在一起，勾勒出殖民语境下非洲群体的去向选择，深刻揭示出黑人种族的心理动势和命运走向。如题目"今世来生"所言，古尔纳依然对饱经苦难的非洲大陆持有乐观态度，在冲突中探索以求和解之道。

---

① 李丹：《非洲英语文学在西方的生成和他者化建构》，《外国文学研究》，2021年第4期，第164页。

第四节 《海边》作品节选及评析

作品节选

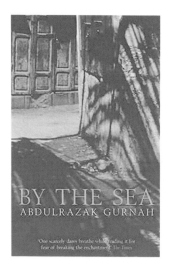

《海边》

(*By the Sea*，2001)

I arrived in England at Plymouth, feeling as if I had circumnavigated the world's oceans. I disembarked with the crew and strolled through the gates with them. No one molested me or asked me to name myself. I walked for hours in the town, grateful at the luck beyond belief which had attended my wanderings so far. No one, it seemed, was that worried about me. No one was concerned to chase me away or to confine me against a later expulsion. No one desired my services or my allegiance. Late in the afternoon, a chilly summer rain began to fall, and I turned back towards the port, not sure what to do. Perhaps I should just get back on the boat and keep going, and see where I would end up. Live my life like that until I bumped into my fate. It was fear and shrivelling will that made me think like that. Leave my life to someone else, to events. But when I got back to the harbour, the ship had gone and my journey was over. A guard at the gate asked me if I needed help, and when I told him the name of the ship I was looking for, he took me to the office of the Harbour Police. "I am a refugee," I told the stern policeman with close-cropped grey hair and clipped moustache. He sat up straighter and made his face even sterner, frowning at me with a flat suspicious look.

"Well, sir, those are big words," he said. "I understood you were a crewman who missed his ship. I'd better get the details of your registration and then we'll see the best way of making sure you get back with your mates."

"I am a refugee," I said, "From GDR."

"From where?" he asked, turning his grizzled head slightly to give me the full benefit of his left ear, as if to be sure to catch the elusive word I had uttered.

"From East Germany," I said.[①]

　　我到了英国的普利茅斯，感觉自己好像绕过了世界上的各个大洋。我和船员们一起下船，和他们一起漫步走过大门口。没有人调戏我，也没有人要求我说出自己的名字。我在镇上走了好几个小时，对于目前为止流浪所带给我的超乎想象的运气感到欣慰。似乎没有人为我担心。没有人要把我赶走，或者把我关起来以防日后被驱逐。没有人想得到我的服务或我的忠诚。下午晚些时候，一场阴冷的夏雨袭来，我转身向港口走去，不知道该怎么办。也许我应该回到船上，继续前进，看看我最终会在哪里。就这样，我继续过着我的生活，直到命运的钟被敲响。是恐惧和萎靡的意志让我产生了那样的想法。把我的生活交给别人，交给事件。但当我回到港口时，船已经走了，我的旅程也结束了。门口的一个警卫问我是否需要帮助，当我告诉他我要找的那艘船的名字时，他把我带到港口警察的办公室。我告诉这位严厉的警察："我是一名难民。"他留着一头密密麻麻的灰白头发，胡子剃得很短。听完我的话之后他坐得更直了，脸色更难看了，皱着眉头，一脸怀疑地看着我。

　　"嗯，先生，你说的这些都是大话。"他说，"我知道你是一个误了船的船员。我最好先弄清楚你登记的详细资料，然后我们再想办法确保你能回到你的同伴们身边。"

　　"我是难民，"我说，"来自民主德国。"

　　"来自哪里？"他问道，同时微微转动他那满是灰白色头发的脑袋，将他的左耳充分暴露在我面前，好像是为了确保能听懂我刚才所说那个难以理解的地名。

　　"来自德意志民主共和国。"我说。

（李阳／译）

---

① Abdulrazak Gurnah, *By the Sea*, New York: The New Press, 2001, pp. 137-138.

作品评析

《海边》中的身份建构

引 言

《海边》（*By the Sea*，2001）是阿卜杜勒拉扎克·古尔纳的小说代表作，曾入围2001年度的布克奖和《洛杉矶时报》图书奖。值得注意的是，古尔纳于2021年被授予诺贝尔文学奖，成为第七位获此殊荣的非洲作家，是因为其关切那些夹杂在文化和地缘裂隙间难民的命运。《海边》正是以萨利赫·奥马尔（Saleh Omar）从桑给巴尔到英国寻求庇护为故事主线，并以拉提夫·穆哈茂德（Latif Mahmud）的人物视角来辅助叙事，在个体追忆往事的过程中书写了桑给巴尔地区的殖民历史与时代创伤，从文化的源头追问非洲难民的归宿问题：何以为家？而在此安身立命的问题上，萨利赫和拉提夫均选择远走他乡，也使得评论界目前较为集中地关注《海边》中的跨国流散与难民问题。西西·赫尔夫（Sissy Helff）认为，古尔纳的《海边》是"挑战了以往英国或欧洲对于'非洲难民'的刻板印象"[①]。詹姆斯·奥西塔（James Ocita）则认为，这些流动的主体激活了一种与奴隶制和殖民主义相类似的种族逻辑，清晰地表明了"全球文化区域的不平衡"[②]问题。实际上，以萨利赫为代表的非洲难民对"家"与归宿的追寻是贯

[①] Sissy Helff, "Illegal Diasporas and African Refugees in Abdulrazak Gurnah's *By the Sea*", *Journal of Commonwealth Literature*, 2009, 44 (1), p. 67.

[②] James Ocita, "Travel, Marginality and Migrant Subjectivities in Abdulrazak Gurnah's *By the Sea* and Caryl Phillips's *The Atlantic Sound*", *Social Dynamics*, 2017, 43 (2), p. 310.

穿其一生的问题，而不仅仅以进入英国等西方空间为起点，还应该往前追溯其在非洲的人生足迹。所以，要想真正回答非洲难民的归宿问题，我们需要回到特定的历史文化坐标即伦理环境中去探究其身份认同与群体意识。在萨利赫的记忆之旅中，他从阿拉伯商人到政治罪犯再到非洲难民的身份转变，几乎是与桑给巴尔社会整体从被殖民到独立再到后独立时期的发展脉络保持同步的，这使其对"家"的概念认知亦经历了从家宅到家庭再到家园的变化。古尔纳将人物命运与历史沉浮紧紧相扣，刻画了个体在时代洪流之下的挣扎、迷茫与纠结，凸显出记忆书写与历史叙事、身份建构与文化认同之间的戏剧性冲突与张力。由此可知，《海边》及其主人公萨利赫不仅是我们打开古尔纳文学世界的一把钥匙，同时也是了解非洲难民生态以及桑给巴尔社会的后殖民文学样本。

一、桑给巴尔：殖民与掠夺的历史记忆

古尔纳是擅长书写记忆的大师，他在追溯人物记忆之时往往编织着许多超越个体视野的历史信息，这实际涉及了个体记忆与集体记忆的关系问题：在对历史的认知过程中，个体往往需要通过他者或外部刺激来唤起自我记忆，比如阅读活动或交流活动，由此将自身纳入"集体记忆和记忆的社会框架"[①]内。古尔纳在《海边》中穿插了不少闪回、空白和省略等叙事策略，即让年迈的萨利赫的思绪时不时回到过去，在记忆中盘点自己的一生，并逐步揭开桑给巴尔被英国残酷殖民与掠夺的血腥历史。相对而言，个人视角是有限的，单以萨利赫的个体记忆无法承担起如此宏大的历史叙事，"当我回顾自己的过去，我能听到那些我正在压抑的东西的回声，那些我已经忘记的事情的回声，而在不情愿的情况下，我讲述它们会更加困难"[②]。为此，古尔纳以另一位人物拉提夫的视角给读者重新提供了一份记忆文本，尽可能弥补萨利赫的盲点，试图还原事件的全貌。然而，拉提

---

① 莫里斯·哈布瓦赫：《论集体记忆》，毕然、郭金华译，上海：上海人民出版社，2002年，第69页。
② Abdulrazak Gurnah, *By the Sea*, New York: The New Press, 2001, p. 2.

夫的讲述与萨利赫的叙述版本是有所出入的，甚至在某种程度上颠覆了前者。两相对照来看，这种关于回忆的文本往往会因为叙述主体的加工和美化，暗含着诸多"不可靠叙事"的成分，实质已经是对过去、记忆乃至历史的重构。

在殖民时期，萨利赫以家具商人的伦理身份与西方人保持深度合作，但实质是一个对内掠夺与压迫的过程。家具商人的职业身份，透露出这一阶段的萨利赫对"家"的认知是侧重物质层面的。家具是家宅的一部分，其代表着某种物质上的安定——"当我们感到人生无望的恐惧之时"，家具的存在"不至于让我们在无路的荒野中漫无目的地徘徊"。[1]根据萨利赫的记忆文本，他为欧洲的观光客和殖民者搜罗珍品古玩，是为赚钱谋生的生存需要，并未考虑此举是否损害民族国家的合理权益。显然，萨利赫选择了一种亲近西方的伦理立场，当时有不少流言盛传萨利赫是欧洲人的"间谍"，实际是讽刺萨利赫为金钱出卖了自己的灵魂。"伦理身份是道德行为及道德规范的前提，并对道德行为主体产生约束"[2]。与拉提夫不同的是，身为阿拉伯裔的萨利赫是英国殖民政策的利益相关者，更倾向于一种政治傀儡的角色。在其成长的过程中，萨利赫接受的是完整的英国殖民教育，他在 18 岁时获得马凯雷雷大学的奖学金，而奖学金的附带条款要求受资助者为英国殖民政府工作 3 年。换句话说，萨利赫早年顺利的晋升之路是以英国殖民者的庇护为前提的。基于政治立场和经济利益的考量，英国殖民者推崇阿拉伯人作为自己在桑给巴尔的代言人，延续着阿曼苏丹时期的少数阿拉伯裔精英统治大多数黑人的执政路线。而这种对阿拉伯人群体如此友好的殖民历史文化，将会影响到个体的价值判断与记忆建构，按哈布瓦赫的话说即"集体记忆的框架"把个体最私密的记忆"彼此限定并约束住了"。[3]小说中的萨利赫声称自己酷爱家具和地图，而这种私人癖好与西方早期寻求宝物和开疆辟土的殖民话术是一脉相承的。萨利赫接触到的第一幅地图是关于哥伦布发现新大陆的故事。他大量收集欧洲人撰写的书籍，如吉卜林和哈格德的丛林故事以及达尔文的《物种起源》等，这足以证明他是通过西方的殖民话语体系认识桑给巴尔乃至非洲所处的坐标位置的。相比

---

① Abdulrazak Gurnah, *By the Sea*, New York: The New Press, 2001, p. 3.

② 聂珍钊：《文学伦理学批评导论》，北京：北京大学出版社，2014 年，第 264 页。

③ 莫里斯·哈布瓦赫：《论集体记忆》，毕然、郭金华译，上海：上海人民出版，2002 年，第 94 页。

于桑给巴尔本土的民间故事，萨利赫认为西方的叙事传统更加真实可信，"他们重新塑造了我们，我们除了接受之外再没有其他办法，因为他们讲述的故事是如此完整和契合"[①]。

在《海边》中，家宅构成萨利赫和拉提夫的家族恩怨的核心问题：一个是拉提夫姑祖母比·玛利亚姆（Bi Maryam）的家宅，一个是拉提夫童年居住的家宅，皆以法律的形式变成了萨利赫的"合法"财产。由拉提夫的叙述版本可知，他拒绝为萨利赫提供辩护，甚至从另一个视角强化其作为掠夺者或施害者的身份形象。在记忆表征与社会历史衍生的诸多问题中，涉及主体地位变化的身份问题是相对容易理解的问题。玛利亚姆的家宅原本是其丈夫纳索尔（Nassor）留下的遗产，正是在处理丈夫遗产问题之时，玛利亚姆与萨利赫的父亲结缘并很快与之成婚，萨利赫与沙班一家由此形成姻亲关系。相比于成天酗酒、不求上进的外甥沙班，玛利亚姆在情感上更偏爱继子萨利赫，并在临终前指定萨利赫作为自己的财产继承人。但这些皆为萨利赫的一面之词，其中的真实性已经无从考证。对于自己童年居住的家宅，目睹全程的拉提夫便为读者还原了萨利赫的掠夺者与施暴者的形象。其中，波斯商人侯赛因（Hussein）在萨利赫和拉提夫两家人的关系中犹如魔鬼的"推手"，加剧了两家之间的矛盾与冲突。侯赛因利用诡计诱惑拉提夫的父亲拉贾卜·沙班（Rajab Shaaban）抵押房产，而他自己以该房产向萨利赫借贷，由此将沙班一家房产的债权转移到萨利赫手上，实际是一种"空手套白狼"的骗子行径。这一事件最终导致了拉提夫童年时期的家庭悲剧：哥哥哈桑（Hassan）离家出走，父母感情名存实亡，甚至面临着破产的境地，自己和家人也被赶出常住的家宅。正如巴什拉所说，家宅具有"一种强大的融合力量"，能"把人的思想、回忆和梦融合在一起"。[②]没有家宅，人就成了流离失所的存在。家宅与财产的双重丧失，使得人在物质层面上毫无依托，如无根之浮萍。这就是为什么在拉提夫的记忆文本里，萨利赫会是导致其家庭悲剧的罪魁祸首。侯赛因、萨利赫与拉提夫家的三方关系问题，巧妙地牵连出桑给巴尔的经济贸易与文

---

① Abdulrazak Gurnah, *By the Sea*, New York: The New Press, 2001, p. 18.

② 加斯东·巴什拉：《空间的诗学》，张逸婧译，上海：上海译文出版社，2009年，第5页。

化融合的历史——"波斯文化、阿拉伯文化与班图黑人文化结合的产物"①。种族身份与宗教信仰等文化构成方面的不同，导致桑给巴尔岛上的利益纠纷问题盘根错节，剪不断理还乱。

萨利赫与拉提夫在家宅问题上的争议，牵连出阿拉伯人与黑人之间更为深层的历史矛盾，归结起来，这是关乎桑给巴尔的土地归属问题。萨利赫作为掠夺者的形象，不仅引起沙班一家连锁反应式的家庭悲剧，也给年幼的拉提夫带来沉重的心理创伤，实质是折射出殖民时期亲英的阿拉伯人极其重利、不近人情的群体画像，以及桑给巴尔长期被殖民与掠夺的历史记忆。桑给巴尔由温古贾岛、奔巴岛两个主岛以及一系列小岛组成。根据学者整理的资料，桑给巴尔岛上主要有三种族裔背景的身份认同：作为土著部落及其后裔的设拉子（Shirazi）、来自非洲大陆其他地区的黑人奴隶及其后裔，以及作为阿曼移民及其后裔的阿拉伯人。②而作为桑给巴尔的外来民族，阿拉伯人之所以能在很长的历史时期都位居权力的上层，一方面是与阿曼时期的国力强盛有关，另一方面则是因为英国殖民时期的种族分化政策。因英国政府作为保护伞，阿拉伯人同样在桑给巴尔无往不胜。根据学者贝尔纳黛特·基利安（Bernadeta Killian）统计的数据来看，桑给巴尔在独立前举行的1957年、1961年和1963年选举中，英国殖民者操纵下的议员席位皆是有意识向阿拉伯人倾斜，体现为一种迅速发展的"阿拉伯化"③。在小说中，年幼的拉提夫并不清楚个中的利益纠葛，只是本能地将萨利赫视为抢走一切家产的"强盗"和"恶魔"，既吝啬又刻薄，甚至连哥哥哈桑最爱的乌木桌子都不愿意归还。萨利赫背后的阿拉伯裔群体的权力膨胀，直接挤压了黑人的生存空间，这就导致拉提夫先于萨利赫离开祖国，独自漂泊在外数十年。这不仅解释拉提夫为何出走的问题，实则也是一种对现实的影射：尽管桑给巴尔从西方殖民者手中夺回了土地，获得了独立，但物质层面的利益割席依旧是以少数阿拉伯人占主导。

---

① 刘鸿武、暴明莹：《蔚蓝色的非洲：东非斯瓦希里文化研究》，昆明：云南大学出版社，2008年，第97页。

② See Abdulaziz Yusuf Lodhi, "The Arabs in Zanzibar: From Sultanate to Peoples' Republic", *Institute of Muslim Minority Affairs Journal*, 1986, VII (2), p. 405.

③ Bernadeta Killian, "The State and Identity Politics in Zanzibar: Challenges to Democratic Consolidation in Tanzania", *African Identities*, 2008, 6 (2), p. 110.

在拉提夫的记忆中一直保留着对萨利赫的仇恨，可见阿拉伯人对黑人的肆意压榨所产生的愤懑持续如此之久，使得岛上的民族关系剑拔弩张，为独立后的社会暴动埋下了祸根。

二、坦桑尼亚：政变与改革的创伤记忆

时局形势对人物的发展走向的影响是极其鲜明的，"回到历史的伦理现场，进入文学的伦理环境或伦理语境中"①，有助于我们分析作品中导致社会事件和人物命运的伦理因素。受益于英国殖民者的庇护，萨利赫的前半生是极其风光的：家具生意良好，有两处家宅在其名下，已经在物质层面小有成就，便开始培养情感层面的家庭关系。1963年，即桑给巴尔的独立年，正值壮年的萨利赫与19岁的萨哈（Salha）结为夫妻。然而，不到一年的时间，桑给巴尔爆发一月革命，推翻了阿拉伯裔统治的联合政府，并很快与坦噶尼喀（Tanganyika）合并为坦桑尼亚联合共和国。皮奥特·托姆卡（Piotr Sztompka）指出，制度或政权的变化是文化创伤的来源之一，尤其是当适应于改革体制的新兴文化需求与既定的文化传统和习俗背道而驰的时候。②在新的政治局势下，身为阿拉伯裔的萨利赫的地位发生翻转，其幸福生活急转直下——家财散尽、获罪坐牢、妻离子散，这些情感上的冲击给他带来了难以磨灭的创伤记忆。在小说的开头，65岁的萨利赫之所以冒着巨大的风险，不远千里来到英国寻求庇护，正是因为其在坦桑尼亚走过了艰难的后半生，被迫背负着政变与改革的创伤记忆。

在坦桑尼亚的社会语境中，阿拉伯裔的萨利赫沦为国内政治斗争的牺牲品，由一名殷实的阿拉伯商人坠落为备受苛责的政治罪犯，承受着时代巨变带来的创伤记忆。"文学联姻创伤，便是在可见与不可见、可知与不可知、可追忆与不

---

① 聂珍钊：《文学伦理学批评导论》，北京：北京大学出版社，2014年，第7页。

② See Jeffrey C. Alexander, et al. (eds.), *Cultural Trauma and Collective Identity*, Berkeley: University of California Press, 2004, p. 163.

可追忆之间，唤醒一个时代的创痛意识。"①萨利赫的创伤经历喻示着桑给巴尔并入坦桑尼亚的历史过程，并揭开了那些时代滚滚之大势所裹挟的小人物们既痛苦又无奈的生存境遇。1964年，拉提夫的母亲利用情人即发展和资源部部长哈勒凡（Khalfan）的政治权力设计构陷萨利赫。其历史背景是一月革命后建立的桑给巴尔人民共和国无法抵抗英美的联合绞杀，无奈之下向邻居坦噶尼喀申请外援。而由于国有化运动的展开，萨利赫被勒令尽快归还向银行申请的贷款。但萨利赫无法在短期内还清贷款，银行便扣下其担保的房产，并清走了房子原来的租客，沙班和阿莎得以重回自己的家。这背后是因为《阿鲁沙宣言》(The Arusha Declaration）的颁布，总统尼雷尔要求包括银行在内的生产资料和交换资料掌握在坦桑尼亚人民政府手里，实行社会主义制度。在五个月后，沙班向法院起诉，控告萨利赫非法侵占其姑妈比·玛利亚姆的财产。在听证的过程中，萨利赫经受着委员会的大加指责和批斥，被迫接受掠夺女性财产的罪名，甚至因此银铛入狱，成为文化创伤的承担者。卡普兰（E. Ann Kaplan）强调，对创伤而言，一个人面对事件的特定位置是同样重要的。②在坦桑尼亚的国有化运动中，萨利赫作为自有资产且背负贷款的阿拉伯人，所经历的精神打击与文化创伤无疑是最深刻的——他在前期敛取的物质财产或被收归国有，或重新回到沙班手里，几乎被剥夺殆尽。而"这种创伤具有一种时间和空间上的弥散和驻留的性质"，不仅是"对某种历史的批评性介入"，亦将会引起我们对偶然间卷入其中的个体生命及其伦理选择的反思与关注。

相比于家财散尽的潦倒落魄，情感家庭的破灭才是萨利赫饱受创伤折磨的苦难之源。在十一年的牢狱生活中，萨利赫不仅因为狱卒的无端恐吓、虐待与殴打遭受严重的身体折磨，更重要的是，他彻底变成了一名孤家寡人，背负着沉重的创伤记忆。创伤记忆往往具有不可言说性，重大的悲剧性时刻会使主体丧

---

① 陆扬：《创伤与文学》，《文艺研究》，2019年第5期，第21页。

② See E. Ann Kaplan, *Trauma Culture: The Politics of Terror and Loss in Media and Literature*, New Brunswick, New Jersey, and London: Rutgers University Press, 2005, p. 2.

失"对声音、生活、知识、意识、真理乃至一切的感受与言说能力"①。在回顾这段创伤记忆时，萨利赫自称那是"用身体的语言写成的岁月，而不能用言语表达"②。监牢里恶劣的生存环境，让萨利赫长期处于营养不良、疾病缠身的状态，经常出现饥饿、便秘、腹泻等病况，甚至有几次萨利赫险些因为疟疾而命丧黄泉。这些疾病的折磨与苦楚皆是镌刻在萨利赫身体上的创伤记忆符号，记录着其遭受的非人道待遇。哪怕如萨利赫一样的创伤主体选择沉默，但创伤经验是一种介于存在与不在之间的幽灵记忆，"对身体的威胁和伤害的深刻性决定了暴力和创伤仍然使得幸存者沉浸在对它的回忆之中"③。身体创伤尚且如此，何况还有家庭破灭的情感冲击。坐牢期间，萨利赫唯一的精神寄托便是自己的一方小家。他曾有机会坐船出逃，但为了自己的妻女，他选择放弃自由。因为他认为孤身离开是一种生命无法承受的"迷失"："如果他们知道我为了自己微不足道的生命而放弃了他们，我将失去唯一能够珍惜的感情，我的生活将被摧毁。"④然而，萨利赫所不知道的是，其家人早已因为疾病而意外去世。待他熬完苦刑，满心欢喜地期待全家团聚的温馨时刻，却只能接受孑然一身的残酷现实，其精神支柱瞬间轰然坍塌，留下了无法对外言说的创伤记忆。

从政治罪犯到孤家寡人，萨利赫的身份变化及其饱受折磨的后半生暴露出桑给巴尔独立后面临的国家政权危机，即不同族裔背景的公民对新生的民族国家的文化认同问题。萨利赫与萨哈之小家庭的建立过程，隐喻着坦桑尼亚多民族之国家的融合历程。在婚后，历时3年多的努力，萨哈终于为萨利赫诞下一女。萨利赫原本想为女儿取名为瑞亚（Ruiiya），寓意为"公民"，其目的即希望统治当局能够正视阿拉伯人的合理需求。⑤但萨哈否决了萨利赫的想法，她担心如此取名日后会给女儿带来更大的麻烦，夫妇二人最后决定采用一个词形相近的人名——茹

---

① Shoshana Felman and Dori Laub M.D. , *Testimony: Crises of Witnessing in Literature, Psychoanalysis, and History*, New York: Routledge, 1992, p. 231.

② Abdulrazak Gurnah, *By the Sea*, New York: The New Press, 2001, pp. 230-231.

③ Roberta Culbertson, "Embodied Memory, Transcendence, and Telling: Recounting Trauma, Re-establishing the Self", *New Literary History*, 1995, 26 (1), p. 169.

④ Abdulrazak Gurnah, *By the Sea*, New York: The New Press, 2001, pp. 227-228.

⑤ See Abdulrazak Gurnah, *By the Sea*, New York: The New Press, 2001, p. 150.

琪亚（Ruqiya）。而在小说的结尾，茹琪亚夭折的命运预示着阿拉伯人维权之路的艰难，以及古尔纳对于民族国家发展的悲观立场。由于阿拉伯裔在历史上长期占据话语权，桑给巴尔的人民采取革命的形式寻求权力的置换，以萨利赫为代表的阿拉伯裔则受到残酷镇压，并未得到公民应有的平等待遇，这些历史悲剧在小说中则转化成萨利赫与妻子萨哈艰难的生子过程。一月革命并未解决桑给巴尔的根本问题，所以只能通过与坦噶尼喀合并来稳定新生政权。正如阿拉伯裔的萨利赫的个体命运，桑给巴尔在坦桑尼亚联合共和国的主体框架中的位置是极其尴尬的。坦噶尼喀与桑给巴尔在历史上的交集本就不多，而政治形态的合并亦不可能从根本上解决两岸在文化与情感上的联结问题，这使得桑给巴尔岛内出现从"党内分离主义"到"竞选分离主义"再到"暴力分离主义"三个阶段的分离主义运动。[①]在此形势下，种族与宗教认同的建构问题对于理解桑给巴尔的政治暴力具有十分重要的意义。简而言之，坦桑尼亚要想建立稳定的国家共同体，须从文化与情感的维度建构"家庭"的社会结构，巩固多民族的联结纽带。从这个意义上说，萨利赫不惜高龄出走，不仅是因为自己小家的破灭，更是因为其无法在坦桑尼亚获得归属感和认同感。

三、第三空间：混杂与协商的文化记忆

"第三空间"（third space）是由后殖民理论家霍米·巴巴（Homi K. Bhabha）在《文化的定位》（*The Location of Culture*）中提出的一个概念，即一种超越于传统简单的二元对立的文化对抗空间，具有"既非此亦非彼，而是一种之外的某物"[②]的混杂性（hybridity）特征。霍米·巴巴认为："正是由于间隙的出现，即差异领域的交叠和异位，民族性、社群利益或文化价值的主体间性和集体经验得以被协商。"[③]在"第三空间"中，主体通过"间隙"或"阈限"地带与不同文化进行

[①] 参见王涛、朱子毅：《桑给巴尔分离主义运动与坦桑尼亚联合政府的有效治理》，《世界民族》，2021 年第 6 期，第 41 页。

[②] Homi Bhabha, *The Location of Culture*, London: Routledge, 1994, p. 219.

[③] Homi Bhabha, *The Location of Culture*, London: Routledge, 1994, p. 2.

交流与协商，从而建构自我身份和文化认同。在《海边》中，面对国内的复杂形势，拉提夫和萨利赫相继选择出走他乡，将自己置身于英国与母国的"间隙"地带，游走在多元文化之间，为读者展现了一个重构"第三空间"、协商文化记忆来获得身份认同的过程。而身处异国的文化空间，他们内心对归宿的追寻已逐渐转化为对"家园"的向往。

在混杂性身份方面，萨利赫首先要解决的是自我的族裔身份与西方人眼中的非洲难民之间的矛盾问题。文化记忆的代表学者扬·阿斯曼（Jan Assmann）认为："处于中心地带的文化作为帝国的文化，覆盖了那些处于边缘的文化，且总是以极少数精英作为其承载者，但它代表了整个社会的认同。"[①]在英国的文化空间内，以萨利赫为代表的非洲难民自然被归化到社会中的边缘位置，并被主流文化赋予了弱势群体的身份标签。如此武断的文化整合工作，并不能囊括非洲难民群体内部的差异性和多样性，致使他们只能采取身份表演或伪装策略来迎合西方人的想象。正如霍米·巴巴所说："无论是对抗性或是从属性的文化参与，都会产生表演性。"[②]为了顺利进入英国，萨利赫找到了拉提夫已逝父亲的出生证明，伪造了身份来获取签证和护照，并假装自己完全不识英语，极力在机场人员凯文·埃德尔曼（Kevin Edelman）面前扮演着"声称有生命危险才有资格获得庇护"[③]的非洲难民形象。在此，萨利赫的身份表演涉及两次文化协商的行为策略：其一为改名字，替换自我身份；其二为沉默策略，拒绝用英语言说。

首先是名字问题。改名字并非只是主人公蒙混出境的小把戏，背后涉及复杂的身份变化与文化意识问题。拉提夫父亲名字中的"沙班"（Shaaban）是指舍尔邦[④]，是一个重要的时间划分节点，象征着"当来年的命运被确定之时，有罪之人可以被赦免"[⑤]。萨利赫以沙班的身份出走，实际是想与过去经历的种种罪恶和痛苦划清界限，从而把自己塑造成一个完美受害者的形象。不只是顶着沙班名

① 扬·阿斯曼：《文化记忆：早期高级文化中的文字、回忆和政治身份》，金寿福、黄晓晨译，北京：北京大学出版社，2015年，第156页。

② Homi Bhabha, *The Location of Culture*, London: Routledge, 1994, p. 2.

③ Abdulrazak Gurnah, *By the Sea*, New York: The New Press, 2001, p. 10.

④ 即伊斯兰教历中的八月。

⑤ Abdulrazak Gurnah, *By the Sea*, New York: The New Press, 2001, p. 41.

字的萨利赫，拉提夫也是伊斯梅尔（Ismail）捏造出来的一个东德难民身份的形象，相比于萨利赫更接近西方人的"血统"。他于20世纪60年代被政府选派到民主德国学习牙医，看似是在周游中欧各国后便顺势进入英国，实际是对桑给巴尔现实失望后才选择自我流放。两个人抵达英国的时间相差近30年，英国政府针对难民的条款虽已数易其稿，但他们对非洲难民的核心认知从未改变：将难民群体塑造成一个"失败"国家的受害者，并以此证明"西方社会具有的道德与政治优越感"①。正如机场人员埃德尔曼介绍其父母是罗马尼亚难民，目的是向萨利赫发出严肃的诘问："你并不属于这里，你不重视我们珍视的任何事物，你们几代人也没有为此奉献过。我们不希望你来到这里。在这里你的生活会变得艰难，你会蒙受羞辱，甚至可能遭受暴力。沙班先生，你为什么还想这么做？"②在主流文化的影响下，埃德尔曼的言语透露出了以欧洲共同体为基础的西方中心主义思想，实质仍是站在文明与野蛮的二元对立的思维模式之上，排斥黑人等来自第三世界的移民。在小说中，哪怕是经过几十年奋斗的拉提夫，身兼诗人、学者、翻译家等多重身份，成为能"咧嘴笑的黑摩尔"（grinning blackamoor），依旧会因为黑人的种族身份而遭遇歧视。

而在语言方面，萨利赫听从票贩的建议，采取沉默策略来应对移民署的深度调查，展现其在文化翻译方面的斗争立场。霍米·巴巴所主张的文化翻译具有"同化性"和"斗争性"，即文化翻译既可以作为殖民者的同化手段，同时也可以是弱势文化的抵抗策略。而要想以文化翻译消除文化霸权的影响，则需要"一种语境的特殊性，即在少数民族立场内的一种历史性的分化"③。早期的拉提夫以"模仿"西方白人的同化策略，大大削弱了非洲难民的主体性。而萨利赫面对移民署的沉默策略，与其说是迎合了西方对非洲难民的想象，不如说是暗含着一种强烈的反抗意味，并呼唤建构一种具有混杂性和差异性的"第三空间"。英国难民组

---

① Jennifer Rickel, "The Refugee and the Reader in Abdulrazak Gurnah's *By the Sea* and Edwidge Danticat's *The Dew Breaker*", *Literature Interpretation Theory*, 2018, 29 (2), p. 97.

② Abdulrazak Gurnah, *By the Sea*, New York: The New Press, 2001, p. 12.

③ Homi Bhabha, *The Location of Culture*, London: Routledge, 1994, p. 228.

织找来精通英语和斯瓦希里语的拉提夫，为萨利赫提供翻译服务，帮助其尽快融入英国社会。而随着交流活动的展开，拉提夫逐渐由英国政府的"传声筒"转变为萨利赫的文化"代言人"，重新回归到非洲难民的文化立场中，为以萨利赫为代表的边缘化少数族裔寻求合理的权益。正如学者蒂娜·斯泰纳（Tina Steiner）所言，《海边》的翻译策略为两位人物实现了过去与现在的联结，"将痛苦的离别故事转化为共同的礼物，从而避免孤影自怜"①，实际是为自我建构一个可供居住的当下。他们对过去与故乡的怀念，彰显出一种对非洲大陆的家园想象。

萨利赫与拉提夫的关系变化既是他们两家的世纪和解，也代表着桑给巴尔的阿拉伯人与黑人在文化协商上的努力，体现其对美好家园与心灵归宿的期待。在过去的岁月中，萨利赫与拉提夫因为利益纠纷而相互敌视，隔着30余年的家族仇恨。与此同时，由于萨利赫的父亲迎娶了拉提夫的姑祖母比·玛利亚姆，两家形成了相对紧密的姻亲关系，并由此牵扯出更大的利益问题和伦理困境。如同阿莱达·阿斯曼（Aleida Assmann）所说，记忆虽然指向后方，引导记忆的主体穿过遗忘的帷幕回溯到过去，但"记忆寻找着被淹没、已经失踪的痕迹，重构对当下有重要意义的证据"②。如今在后殖民的语境之下，尤其是身处异国他乡的他们，却通过讲述自身记忆的过程形成相依为命、互相扶持的利益共同体关系。这虽是意料之外，但亦在情理之中。作为孤家寡人，萨利赫在情感上离不开拉提夫的陪伴。对拉提夫而言，自60年代出国以来便割断了自我与家庭的所有联系，真正成为精神与文化上的"无根之人"，已经只身在外漂泊了大半辈子。而萨利赫不仅作为拉提夫的非洲同乡，还牵连出他们共同经历的过去，不仅弥补了拉提夫个体记忆上的缺失，还使其学会释怀和纾解仇恨，从而放下精神的包袱。更重要的是，萨利赫盗用了拉提夫父亲的名字拉贾卜·沙班，事实上已经成为拉提夫名义上的父亲。换句话说，正是在英国的海边小镇即远离桑给巴尔的"第三空间"中，萨利赫和拉提夫重新缔造了一个属于非洲难民的家园空间，即"给人力量"和"巨

---

① Tina Stainer, "Mimicry or Translation? Storytelling and Migrant Identity in Abdulrazak Gurnah's Novels *Admiring Silence* and *By the Sea*", *The Translator*, 2006, 12 (2), p. 304.

② 阿莱达·阿斯曼：《回忆空间：文化记忆的形式和变迁》，潘璐译，北京：北京大学出版社，2016年，第45页。

大的安全感"的庇护之所。① 这实际寄寓着古尔纳对故乡桑给巴尔的新期待——寻求苦难历史的和解与创伤记忆的疗愈，以及在后殖民语境之下的民族团结与文化融合的和谐局面。

结　语

在《海边》中，萨利赫从阿拉伯商人到政治犯再到非洲难民的身份转变，及其对"家宅""家庭"与"家园"的不同期待，寄寓着古尔纳对桑给巴尔命运以及非洲难民境遇的深切忧思。而事实上，相比于萨利赫，古尔纳与人物拉提夫之发展经历有着更多的重合之处。他们同为黑人，兼通英语与斯瓦希里语，且皆于 20 世纪 60 年代出走英国。更重要的是，古尔纳曾在坎特伯雷肯特大学任教多年，并通过文学创作不断探索流散生活的多重现实。这恰恰证明了拉提夫在种族、民族、文化与政治间隙的身份困惑问题，不仅是当代非洲难民正在面临的全球化现实，还指涉了以桑给巴尔为代表的非洲所经历的殖民政治、种族暴力、社会变革等创伤性历史记忆。很难说，古尔纳是否如拉提夫一样是对桑给巴尔现实失望而选择自我流放，但他的确和萨利赫一样敢于直面内心深处的记忆与创伤，以期在现在与过去、现实与回忆之间找到一种平衡。

---

① 参见加斯东·巴什拉：《空间的诗学》，张逸婧译，上海：上海译文出版社，2009 年，第 52 页。

第二章

古尔纳小说的流散叙事

　　古尔纳熟读西方经典，对莎士比亚等大文豪们的作品更是了然于胸，因此化用经典、巧借典故、灵活互文等在其小说中都随处可见。但他绝不拘囿在西方传统叙事方式中，或受制于西方小说美学，而是能够自出机杼，别出心裁。

　　从《最后的礼物》中的静默叙事到《绝妙的静默》中的叙述声音，从《天堂》中的隐喻叙事到《多蒂》中对经典的改写与重构，我们都能看到古尔纳在叙述上的奇思妙想。而所有的叙述都围绕非洲流散群体的方方面面，渗透到移民生活的点点滴滴，这是古尔纳取得成功的重要堂奥。

第一节 《最后的礼物》作品节选及评析

作品节选

《最后的礼物》

（*The Last Gift*, 2011）

It was getting dark when Anna arrived home. Nick was sitting in front of the TV watching the evening football. She had rung him from Liverpool Street to tell him what train she was catching, and that he was not to worry about picking her up. She would take a taxi from the station. There was a time when he would have said, Nonsense, I'll be there. She told herself not to be petty, not to fret her mind with these trivial grumbles. He rose to his feet and embraced her, holding her for a long moment, looking concerned.

"Was it terrible? Is everything all right?" he asked gently, steering her to the sofa.

She smiled at his fussing anxiety and kissed him quickly on the lips. "No, everything is not all right," she said, sitting down where he wanted her to. "I saw these two women in Liverpool Street, a mother and a daughter, I think. They were so hopelessly fat, and so much at a loss, so confused in that huge station. It was depressing to see them. Black women. They spoke to each other in a language I did not understand, and were looking around in a terrified way. I don't think they could read English."

"Then?"Nick asked when she said no more for a while.

"Then nothing. I went to catch my train,"she said, "Asylum seekers, I suppose. Maybe I should have offered to help, but the sight of them depressed me. They were so helpless and so ugly. Is it really so bad where they come from?"

"Probably," he said quietly.

…

"How was it at home?" he asked.

She shrugged. "They had news for us. My mother was raped when she was sixteen and my father is a bigamist," she told him.

"What!" he said, sitting up in his chair. [1]

安娜到家的时候已经天黑了。尼克坐在电视机前看晚间足球赛。她曾从利物浦街给他打电话，告诉他她要坐哪趟火车，并让他不必记挂着去接她。她会在车站打车。以前他会说，胡说，我会去接你。她告诉自己不要小心眼，不要为这些琐碎的抱怨而烦恼。他站起来拥抱她，久久地抱着，满脸关切。

"很糟糕吗？一切都好吧？"他温柔地问，把她领到沙发上。

她对他的焦躁不安一笑置之，飞快地吻了吻他的嘴唇。"不，并非一切都好。"她说着在他示意她坐的地方坐了下来，"我在利物浦街看到两个女人，应该是一对母女。她们胖得要命，在那个巨大的车站里茫然不知所措。看到她们真令人沮丧。黑人女性。她们用一种我听不懂的语言交谈，惊恐地环顾四周。我觉得她们不懂英语。"

她沉默了一会儿。"然后呢？"尼克问道。

"没有然后。我去赶火车了。"她说，"寻求庇护者，我想。也许我应该提供帮助，但看到她们，我感到很沮丧。她们是如此无助，如此丑陋。她们的老家真的那么糟糕吗？"

"可能吧。"他平静地说。

……

"家里怎么样？"他问。

她耸耸肩并告诉他："他们给我们带来了消息。我母亲16岁时被强奸，而我父亲是重婚者。"

"什么！"他说着在椅子上端坐起来。

（袁俊卿 / 译）

---

[1] Abdulrazak Gurnah, *The Last Gift*, New York: Bloomsbury, 2014, pp. 201-202.

作品评析

《最后的礼物》中的静默叙事

引　言

　　萨义德在《文化与帝国主义》中谈到流亡者时指出，后殖民化时代和帝国主义斗争的副产品之一就是产生了大量的难民、移民、无家可归者和流亡者。这些人无法融入新的权力结构之中，被既定的秩序排除在外，游离于旧帝国与新国家的夹缝中。[①]在非洲，这种状况十分普遍，对难民、移民、无家可归者和流亡者的关注也是非洲英语文学中非常重要的内容。乔治·谢泼森（George Shepperson）和约瑟夫·E.哈里斯（Joseph E. Harris）认为，"流散"被用来描述非洲人的经历，"是在1965年坦桑尼亚达累斯萨拉姆大学举行的非洲历史国际会议上使用的，也可能是在那次会议上创造的"[②]。可以说，"'非洲流散'一词的现代用法是20世纪50年代和60年代学术和政治运动的产物"[③]。到了20世纪90年代，"非洲人的流散意识已经足够广泛，以至于'非洲流散'一词开始在学术界和黑人社区得到更广泛的使用"[④]。随着阿卜杜勒拉扎克·古尔纳斩获2021年诺贝尔文学奖，非洲流散

---

① 参见爱德华·W.萨义德：《文化与帝国主义》，李琨译，北京：生活·读书·新知三联书店，2003年，第472页。

② Patrick Manning, *The African Diaspora：A History Through Culture*, New York: Columbia University Press, 2009, p. 3.

③ Paul Tiyambe Zeleza and Dickson Eyoh (eds.), *Encyclopedia of Twentieth-Century African History*, London and New York: Routledge, 2003, p. 6.

④ Patrick Manning, *The African Diaspora：A History Through Culture*, New York: Columbia University Press, 2009, p. 3.

者（African Diaspora）以及与之相关的"流散性"主题再度成为学界关注的热点。古尔纳在第八部小说《最后的礼物》（*The Last Gift*，2011）中，通过呈现阿巴斯（Abbas）、玛利亚姆（Maryam）和汉娜（Hanna）等人的遭遇，毫不妥协并充满同理心地深入探索着殖民主义的影响，关切着那些夹杂在文化和地缘裂隙间难民的命运。[①] 种族、身份、性别和边缘化处境等问题是非洲流散的核心问题。来自东非海岸桑给巴尔的阿巴斯对自己的出身静默不语，讳莫如深；他的妻子玛利亚姆虽然生于英国，但一出生便遭到遗弃，她的亲生父母一直是个谜。正如他们的女儿汉娜所言："'他们迷失了。'她说。爸爸很久以前就故意迷失了自己，而妈妈发现自己从一开始就是个迷失的弃儿。"[②] 阿巴斯逃离故乡的举动很容易令人联想起尼日利亚作家奇玛曼达·恩戈兹·阿迪契的《紫木槿》（*Purple Hibiscus*，2003）："受过教育的人都走了，有可能扭转时局的人都走了。留下来的都是孱弱的人。暴政将继续下去，因为软弱的人无法抵抗。难道你没看到这是个恶性循环？谁来打破它？"[③] 留下的人无法改变现状，离开的人在异乡过得也并不如意，阿巴斯的静默便是最好的明证。

一、阿巴斯的静默："失语症"患者

静默是这部作品的核心概念，也是古尔纳系列小说中的重要主题。玛利亚姆希望阿巴斯能够谈谈他的家乡，但阿巴斯说他什么都不记得了。"我告诉她，我什么都不记得了，但这是个谎言。我记得很多事情……我想，只要我能做到，我就会对这一切保持静默。"[④] 这段话是阿巴斯在弥留之际的自我述说，如果没有糖尿病以及由此引起的中风，阿巴斯可能继续守口如瓶。小说一开始就详细地描写了63岁的阿巴斯中风前后的一些感受与系列症状。当他坐在回家的公交车上时，他的

---

① 参见袁俊卿：《带你走进非洲流散者的困境》，《明报月刊》，2021年第11号，第56页。

② Abdulrazak Gurnah, *The Last Gift*, New York: Bloomsbury, 2014, p. 44.

③ 奇玛曼达·阿迪契：《紫木槿》，文静译，北京：人民文学出版社，2016年，第192页。

④ Abdulrazak Gurnah, *The Last Gift*, New York: Bloomsbury, 2014, p. 243.

呼吸发生了变化，他开始颤抖、冒汗，并感到疲劳、虚弱与无助，好像随时都要昏倒。玛利亚姆"走到走廊的时候，看到他坐在门里面的地板上，双腿叉开。他的脸汗湿了，喘着粗气，眨巴的双眼里满是疑惑"①。随着小说叙事的推进，读者慢慢了解了阿巴斯的病因。"医生……告诉玛利亚姆，阿巴斯患有糖尿病，虽然没有昏迷，但已经够严重了。"②中风之后，阿巴斯认为自己可能永远不会好起来了，他害怕死在一个不需要他的陌生国度（a strange land）。陌生的土地（a stranger's land）、陌生国度和异乡人（a stranger）等类似的表述是小说中出现频率较高的词组。正如萨义德所言："流亡就是无休止，东奔西走，一直未能安定下来，而且也使其他人不能安定，无法回到更早、更稳定的安适自在的状态，而且更可悲的是，永远也无法安全抵达、无法与新的家园或境遇融为一体。"③阿巴斯其实就处在这种令人无法安定的流亡状态，他在英国有一种疏离感，好像始终都没有融入英国。

汉娜和贾马尔（Jamal）小的时候，曾经问过他们的祖父母在哪里，或者他们是什么样的人，但大多时候，阿巴斯都对此不予理睬。阿巴斯曾谈过他游历的国家，做过的各种糟糕的工作。"但从来没有提到过他的家庭，甚至不提他来自哪里。"④当然，阿巴斯也并不是对过往的所有事情都闭口不谈，而是有选择地进行讲述。其实，读者可以从小说中的细节处窥探阿巴斯内心世界的些许，比如他喜欢阅读有关大海、历史、流浪和旅行的故事。"在那些日子里，在他开始好转之后，他又开始看《奥德赛》了。"⑤大海、流浪和家乡，很可能是阿巴斯独自一人时深思默想的事情。他是一位典型的异邦流散者，"是跨越国界（或具有国界性质且具有不同文化的地区）的流散"⑥。他流散的因由则与他过往的创伤经历息息相关。

非洲文学中有许多专横暴戾的"父亲"形象，比如尼日利亚作家奇玛曼达·恩戈兹·阿迪契在《紫木槿》中塑造的家庭独裁者尤金，欧因坎·布雷思韦

---

① Abdulrazak Gurnah, *The Last Gift*, New York: Bloomsbury, 2014, p. 5.

② Abdulrazak Gurnah, *The Last Gift*, New York: Bloomsbury, 2014, p. 7.

③ 爱德华·W. 萨义德：《知识分子论》，单德兴译，北京：生活·读书·新知三联书店，2002 年，第 48 页。

④ Abdulrazak Gurnah, *The Last Gift*, New York: Bloomsbury, 2014, p. 43.

⑤ Abdulrazak Gurnah, *The Last Gift*, New York: Bloomsbury, 2014, p. 29.

⑥ 朱振武、袁俊卿：《流散文学的时代表征及其世界意义——以非洲英语文学为例》，《中国社会科学》，2019 年第 7 期，第 140 页。

特（Oyinkan Braithwaite，1988— ）在她的首部长篇小说《我的妹妹是连环杀手》（*My Sister, the Serial Killer*，2018）中描绘的令人胆战的凯欣德，古尔纳在《离别的记忆》中塑造的拥有"生杀大权"的"父亲"，等等。《最后的礼物》中，阿巴斯的父亲奥斯曼（Othman）也是这类角色。他是一位吝啬鬼，常常叱骂家人，命令他们干活儿。"他的儿子们是他在这片土地上的劳工，他让他们像他一样辛勤工作。他的妻子和女儿就像仆人一样，为大家打水、砍柴、做饭、打扫卫生，从早到晚听从大家的吩咐。"① 奥斯曼的专制、暴力和苛刻给年幼的阿巴斯带来一种难以愈合的创伤，"创伤过后，受害者旋即可能彻底忘记了这一事件。即便是创伤记忆又返回到人们脑海当中，它们通常也是非语言的，即受害者可能无法用言语来描述它们"②。"无法用言语来描述它们"指的是创伤的不可言说性，这种不可言说性就是阿巴斯始终静默的原因之一。除了儿时的不愉快经历，阿巴斯还有成年时羞于启齿的遭遇。原来，他还是位重婚者，但是当他的妻子玛利亚姆知道这件事情的时候，已是 30 年之后了。"你等了 30 年才告诉我，你娶我的时候已经结婚了。"③ 阿巴斯 18 岁的时候，贫穷，腼腆，缺乏自信。然而就是在这样一种状态下，他竟意外地与一位富商的女儿莎利法（Sharifa）成婚。"最初的几个星期是美好的。他的妻子莎利法就像第一次在烛光下看到的那样美丽。"④ 但好景不长，情况发生了变化。因为，他与她结婚仅过六个月，她好像随时都会分娩。这个孩子来得太快了，很可能不是他的。这种想法一旦占据他的脑海便挥之不去，他觉得自己可能掉进了一个圈套，临时充当了一块遮羞布。"他确信这所房子里发生了一些卑鄙的事情。"⑤ 阿巴斯满腹狐疑，心怀恐惧。1959 年 12 月初，年仅 19 岁的阿巴斯逃跑了。他离开了莎利法和那个未出生的孩子，离开了他的国家，逃离了他所熟悉的一切。他知道他的行为很可耻，也很清楚自己的所作所为会遭人鄙视。"后来他才学会压抑自己的恐惧和羞耻，像个流氓一样生活。"⑥ 定居英国之前，阿巴斯当了 15 年水手。

---

① Abdulrazak Gurnah, *The Last Gift*, New York: Bloomsbury, 2014, p. 56.

② 赵雪梅：《文学创伤理论评述——历史、现状与反思》，《文艺理论研究》，2019 年第 1 期，第 205 页。

③ Abdulrazak Gurnah, *The Last Gift*, New York: Bloomsbury, 2014, p. 150.

④ Abdulrazak Gurnah, *The Last Gift*, New York: Bloomsbury, 2014, p. 137.

⑤ Abdulrazak Gurnah, *The Last Gift*, New York: Bloomsbury, 2014, p. 142.

⑥ Abdulrazak Gurnah, *The Last Gift*, New York: Bloomsbury, 2014, p. 152.

阿巴斯之所以保持静默，还因为他觉得自身的不堪遭遇给他带来一种耻辱，"羞耻的情感内容一开始就在于降低自我的价值情感"①。正如玛利亚姆所言："40年来，他一直生活在耻辱之中，无法向任何人谈及此事。"②如果不是病魔突袭，他很可能会继续静默下去。"他是一个罪恶的旅行者，在过了一种虚度徒劳的生活之后，在一个陌生的地方病倒了。"③"虚度徒劳的生活"是低价值感的体现，低价值感也会引起羞耻感。像阿巴斯这种出身低微，心怀耻感且生活在英国的黑人，难免不会患上"失语症"（aphasia）。他的"失语症"具有象征意义。"一种人在某个社会里的境况，在很大程度上是其'原初联系'的背景社会在世界格局中所处的权力关系，被复制到一个新社会内部的结果。"④阿巴斯在英国的处境就可以视为他的母国在全球化的国际权力关系体系中的境遇的象征。在小说的最后一章，阿巴斯最终突破了夯筑在其周身的种种围墙，对着玛利亚姆给他买的录音机敞开了心扉，吐露了自己的真实遭遇。我们可以说，打破静默也是静默叙事的一部分。但这件"最后的礼物"是阿巴斯的"临终遗言"，是对"物"的讲述，不是面向"人"的诉说，也即，阿巴斯仍无法面对真实的、活生生的人吐露心迹，而且，知道他的故事的人仅限于他的家人——从这个维度来说，"阿巴斯"在英国社会依旧是静默的。

二、玛利亚姆的静默："我"是谁？

斯皮瓦克认为："无论是在殖民时代还是后殖民时代，甚至在一切社会形态中，'底层人不能说话'，只能成为沉默的他者。"⑤玛利亚姆就是这么一位"沉默的他者"。她是一名弃婴，不知道自己"是"谁。"她的名字叫玛利亚

---

① 阿克塞尔·霍耐特：《为承认而斗争》，胡继华译，上海：上海人民出版社，2005年，第146页。

② Abdulrazak Gurnah, *The Last Gift*, New York: Bloomsbury, 2014, p. 194.

③ Abdulrazak Gurnah, *The Last Gift*, New York: Bloomsbury, 2014, p. 9.

④ 钱超英：《流散文学：本土与海外》，深圳：海天出版社，2007年，代前言第10页。

⑤ 杨中举：《流散诗学研究》，北京：人民出版社，2021年，第363页。

姆，他们不让我留下她。"①纵观整部作品，这其实就是玛利亚姆的母亲留给她的唯一一句话。她的母亲是谁，我们不得而知，而不知道母亲是谁，玛利亚姆也就很难确定自己的身份。"身份就是一个个体所有的关于他这种人是其所是的意识。"②她无法确认自己的身份，也就无法产生自我认同。费鲁兹（Ferooz）告诉她，她是在埃克塞特医院的急诊室门外被发现的。"她被包裹在一条乳白色的钩针编织的披肩里，上面别着一个棕色的信封，就像一个送货地址或标签。"③信封上写着："她的名字叫玛利亚姆，他们不让我留下她。"警察根据婴儿的名字和肤色，认为她的母亲一定是位外国人，或可能是位黑人。"正如警方所知，在未婚母亲等问题上，一些外国人的偏见比基督徒更严重，有时会因为羞愧而伤害自己的女儿。"④警察并没有调查出玛利亚姆的真实身份。

玛利亚姆的遭遇很容易让人联想到古尔纳的第七部小说《遗弃》。小说描写了瑞哈娜被阿扎德和皮尔斯抛弃之后的痛苦与悲伤，阿明"遗弃"贾米拉的自责和悔恨，以及拉希德"遗弃"故土的复杂心情。《遗弃》中故事发生的地点分别在肯尼亚、桑给巴尔和英国，与之不同，玛利亚姆的出生地是英国，她9岁的时候被费鲁兹和维贾伊（Vijay）收养，这是她第五次被收养。"她出生在埃克塞特，从未去过其他任何地方，也从未做过任何事情。那时她跟费鲁兹和维贾伊住在一起，日子过得越来越艰难。"⑤"日子过得越来越艰难"实际上是一个比较模糊的表述，没有说明具体的原因，直到阿巴斯病倒，并逐渐向玛利亚姆述说被尘封的往事时，玛利亚姆才对汉娜和贾马尔说出了实情。"这也是因为我一直在听阿巴斯告诉我一些我之前不知道的事情。这让我意识到独自承受这些事情，并且让它们毒害你的生活是多么悲哀。"⑥玛利亚姆离开费鲁兹和维贾伊，与维贾伊的外甥——迪尼斯（Dinesh）——有关。当时玛利亚姆16岁，迪尼斯23岁左右。但后来，

---

① Abdulrazak Gurnah, *The Last Gift*, New York: Bloomsbury, 2014, p. 20.

② 钱超英：《身份概念与身份意识》，《深圳大学学报》（人文社会科学版），2000年第2期，第90页。

③ Abdulrazak Gurnah, *The Last Gift*, New York: Bloomsbury, 2014, p. 18.

④ Abdulrazak Gurnah, *The Last Gift*, New York: Bloomsbury, 2014, p. 20.

⑤ Abdulrazak Gurnah, *The Last Gift*, New York: Bloomsbury, 2014, p. 14.

⑥ Abdulrazak Gurnah, *The Last Gift*, New York: Bloomsbury, 2014, pp. 193-194.

他逐渐成了玛利亚姆的麻烦。他知道玛利亚姆的真实身份，"一直以来，他都知道她不是这个家庭的女儿，甚至不是收养的，只是一个被他的亲戚收留的废物，现在是家庭女佣，玛利亚姆·里格斯"①。他常常不怀好意地盯着玛利亚姆。为了躲避他，玛利亚姆有时候会晚回家，而费鲁兹和维贾伊则认为玛利亚姆变野了。当玛利亚姆试图解释事情的来龙去脉的时候，费鲁兹却面露厌恶，给了她一巴掌。"她就是这么做的，她打了她的脸，而这么多年来她从未打过她一次。"②至此，玛利亚姆不仅迷失了"身份"，还遭到"家人"的围困，"静默"在所难免。

小说的最后一章，据阿巴斯自述，其实他遇到玛利亚姆时，已经34岁了，是玛利亚姆年龄的两倍，尽管他一开始告诉玛利亚姆自己28岁。"我不想让她认为我对她来说太老了。"③尽管如此，他还是遭到了玛利亚姆养父母的强烈反对。他们不仅嫌弃阿巴斯的年龄和职业，还对他抱有深深的偏见："维贾伊说，他是野蛮的、不负责任的人、酒鬼。他只是在利用你。像他这样的人只会考虑一件事。"④迪尼斯也加入谴责玛利亚姆的阵营之中，说她不自尊自爱。一天晚上，当她下班回家之后，迪尼斯再次侵扰她，玛利亚姆差点儿遭到强奸。当费鲁兹和维贾伊回家之际，迪尼斯却恶人先告状，说玛利亚姆勾引他。费鲁兹和维贾伊不分青红皂白，开始威胁她，要把她关起来。玛利亚姆记得很清楚，那是一个星期五的晚上，阿巴斯本来约她一起去看电影，但她无法前往。"那是一个可怕的夜晚。她本来要在电影院和他见面的，可是他们不让她出去，对她喋喋不休，吓得她不敢动。"⑤第二天早上，在所有人都起床之前，玛利亚姆把几件衣服装在一个手提袋里，去找阿巴斯，然后他们逃离了那个小镇。尽管许多年过去了，对于当时的遭遇，玛利亚姆仍无法释怀。"但我仍然感到它的羞辱，感到不公正。"⑥

玛利亚姆心怀创伤，记忆也变得有选择性。"一想到费鲁兹和维贾伊，她就

---

① Abdulrazak Gurnah, *The Last Gift*, New York: Bloomsbury, 2014, p. 189.

② Abdulrazak Gurnah, *The Last Gift*, New York: Bloomsbury, 2014, p. 190.

③ Abdulrazak Gurnah, *The Last Gift*, New York: Bloomsbury, 2014, p. 244.

④ Abdulrazak Gurnah, *The Last Gift*, New York: Bloomsbury, 2014, p. 17.

⑤ Abdulrazak Gurnah, *The Last Gift*, New York: Bloomsbury, 2014, p. 17.

⑥ Abdulrazak Gurnah, *The Last Gift*, New York: Bloomsbury, 2014, p. 193.

畏缩了，即使这么多年过去了，她也总是这样。她舒展一下肩膀和脖子，然后轻轻地把这段记忆抹去。"①阿巴斯去世以后，玛利亚姆带着汉娜和贾马尔第一次回到了30年前突然离开的埃克塞特，试图寻求她的真实"来历"，"如果有可能知道一些关于我母亲的事情的话，我想知道她是谁"②。据传，玛利亚姆的母亲是一位波兰人，由于战争前往英国避难，她的父亲可能是一位浅肤色的黑人士兵。但"不管怎么说，这只是个谣言，因为那个女人已经失踪了，警察一直无法确认其身份"③。对于玛利亚姆来说，身份确认非常重要。"身份确认对任何个人来说都是一个内在的、无意识的行为要求。个人努力设法确认身份以获得心理安全感，也努力设法维持、保护和巩固身份以维护和加强这种心理安全感，后者对于个性稳定与心灵健康来说有着至关重要的作用。"④由此可见，确定的身份认同与心理安全感密切相关，而这也关乎主体的个性稳定和心灵健康，但是玛利亚姆自始至终都无法确认自己的真实身份，她不知道自己究竟"是"谁。

三、安娜的静默："是"其所"不是"

汉娜和贾马尔是第二代移民的代表，他们出生并成长在英国，在自我身份认同上是英国人，但他们的肤色以及所谓的"出身"令其难以得到英国白人社会的认可。为了使自己更加"英国化"，汉娜把自己的名字改为安娜（Anna）。不仅如此，她还以白人的视角审视身在英国的非洲黑人。在回伦敦的路上，安娜在车站看到两位"胖得要命，在那个巨大的车站里茫然不知所措……惊恐地环顾四周"⑤的黑人妇女。她把这一切告诉白人男友尼克（Nick）的时候，有一种优越感。"寻求庇护者，我想。也许我应该提供帮助，但看到她们，我感到很沮丧。她们是如

---

① Abdulrazak Gurnah, *The Last Gift*, New York: Bloomsbury, 2014, p. 14-15.

② Abdulrazak Gurnah, *The Last Gift*, New York: Bloomsbury, 2014, p. 274.

③ Abdulrazak Gurnah, *The Last Gift*, New York: Bloomsbury, 2014, p. 275.

④ 乐黛云、张辉（主编）：《文化传递与文学形象》，北京：北京大学出版社，1999 年，第 331 页。

⑤ Abdulrazak Gurnah, *The Last Gift*, New York: Bloomsbury, 2014, p. 201.

此无助，如此丑陋。她们的老家真的那么糟糕吗？"①除了厌烦、歧视和不满，安娜其实已经无法理解这些非洲移民了，尽管她自己就是移民后代。

但安娜在她的男友及其家人面前，又是静默、失语的。她很清楚，面对尼克的父母，会有种被审视的感觉，"她将别无选择，只能设法取悦，然后顺从，装傻"②。尼克的母亲吉尔（Jill）经营着一家医院，有钱有势，优雅大方。安娜的母亲则是一家医院的清洁工，"在富裕的西方社会里被纳入了一种高度边缘化的社会分工，这种分工剥夺了他们几乎全部从其'原初联系'那里获得的社会资源和身份意义，把他们变成了'多元文化'社会构造中某个必要而晦暗的角落的填充物"③。同时，安娜也清楚，这里其实有历史的原因。英国往昔的世界霸主地位一定会对本国普通民众的自尊心产生一些影响，让他们变得自负，而英国对非洲的殖民统治则使得非洲黑人的心理势能处于低位。

尼克的父母第一次见到安娜，便在饭桌上谈论起非洲。尼克的父亲拉尔夫（Ralph）"热情""友好"地谈论津巴布韦的政治运动与土地问题，讲到他前往突尼斯及尼日利亚的经历，甚至与尼克交换意见，仿佛他们才是真正关心非洲问题的群体。拉尔夫片面地认为突尼斯甚至非洲的民众大都生活在专制与恐惧之中，宁静与繁荣只是假象。"我无法想象英国公民在受到这种恐吓的情况下还能如此平静地生活，我真的无法想象。"④他们把这个问题抛给了安娜，问她如何看待这个问题。仿佛安娜是突尼斯的代表，似乎这个问题和安娜密不可分。"他又瞥了一眼安娜，安娜伸手去拿她的酒杯，想避开他的审视，却发现酒杯已经空了。就在这一瞬间，在她转向拉尔夫之前，她看到了吉尔的眼神，吉尔的眼神也落在了她身上。"⑤安娜捕捉到了这种微妙的情感和态度，拉尔夫和吉尔早已对安娜的偏见心照不宣。"你可以变得如此习惯于压迫，以至于你不再觉得它是压迫？或者你认为

① Abdulrazak Gurnah, *The Last Gift*, New York: Bloomsbury, 2014, p. 202.

② Abdulrazak Gurnah, *The Last Gift*, New York: Bloomsbury, 2014, p. 99.

③ 钱超英：《流散文学：本土与海外》，深圳：海天出版社，2007年，代前言第10页。

④ Abdulrazak Gurnah, *The Last Gift*, New York: Bloomsbury, 2014, p. 105.

⑤ Abdulrazak Gurnah, *The Last Gift*, New York: Bloomsbury, 2014, p. 105.

这是国民性的问题？"①拉尔夫认为有些人就不愿忍受这种不公，当然，这里所谓的"有些人"指的是自己的英国同胞。

从小说中来看，拉尔夫不自觉地站在"殖民者"的立场上，以"帝国视角"看待非洲，透出一种优越感。正如艾勒克·博埃默（Elleke Boehmer）所言："西方之所以自视优越，正是因为它把殖民地人民看作是没有力量、没有自我意识、没有思考和统治的能力的结果。"②拉尔夫就带有这种偏见。而面对拉尔夫的言论、疑问，以及吉尔那内涵丰富的眼神，安娜并没有做出任何反驳或辩解。"帝国主义的描述从来就不是一种中立的客观表述模式，而是一种高度主观的欧洲中心主义话语，在道义上有利于殖民者。"③实际上，只有发出自己的声音，与西方话语进行抵抗、博弈和对话，才能消解业已存在的西方世界对非洲刻板、僵化且单一的负面印象。遗憾的是，安娜虽然"在场"，但无法自我言说，就算有想法也仅仅存留在内心，她是"在场"的静默者。

无论是尼克的伯伯迪格比（Digby），还是尼克妹妹的男友安东尼（Anthony）都认为安娜不"英国"，尽管安娜就出生并生活在英国。迪格比追问安娜是哪里人，以及安娜成为英国人之前是哪里人，甚至打听安娜的父亲从何而来。安东尼咧嘴笑道："你要把我们的黑人弄哭了。"④歧视意味浓厚的"黑人"（jungle bunny）一词令安娜非常震惊。"安娜惊讶地看着他，看着他那张咧着嘴笑着、皮肤厚实、肌肉结实的脸，还有他眼神中的嘲弄。"⑤人们日常交谈中的玩笑，温文尔雅背后的复杂眼神，不经意的一瞥，下意识的一个动作，都能够释放出种族主义的气息。"种族主义是人类发展史上产生的最丑恶的观念之一，其凭借肤色、血缘等似是而非的种族特征肆意剥夺一部分社会成员的权利，并为建立一种所谓'优等种族'统治'劣等种族'的秩序体系提供合法性依

---

① Abdulrazak Gurnah, *The Last Gift*, New York: Bloomsbury, 2014, p. 105.

② 艾勒克·博埃默：《殖民与后殖民文学》，盛宁、韩敏中译，沈阳：辽宁教育出版社，1998年，第22页。

③ Elodie Rousselot (ed.), *Exoticizing the Past in Contemporary Neo-Historical Fiction*, London: Palgrave Macmillan, 2014, p. 184.

④ Abdulrazak Gurnah, *The Last Gift*, New York: Bloomsbury, 2014, p. 118.

⑤ Abdulrazak Gurnah, *The Last Gift*, New York: Bloomsbury, 2014, p. 118.

据。"①对非洲而言，在后殖民时代，尽管直接的殖民统治已经结束，但是种族主义的话语仍旧以各种变种存在于英国社会。

塞缪尔·亨廷顿认为："人类群体之间的关键差别是他们的价值观、信仰、体制和社会结构，而不是他们的体形、头形和肤色。"②问题是，拉尔夫、迪格比和安东尼等人的认知比较落后，难以克服自身的偏见，无法客观对待周边出现的"他者"。在他们眼中，此时的"安娜"仍旧是"汉娜"，尽管"安娜"觉得自己就是"安娜"，她身处在"是"其所"不是"的境地之中。故而，自我身份的建构需要"他者"的认可。"所谓身份，是指一个人（群体、阶级、民族、国家等）所具有的独特性、关联性和一致性的某种标志和资质，这种标志和资质即使它的身份与其他身份区别开来，又使它的身份可以归属一个更大的群体身份中。"③安娜身上所具备的"某种标志和资质"的一致性和关联性因为父辈的"流散"被打断了，她既不属于"非洲"也不属于"英国"，但是她的身上又同时具备"非洲"和"英国"这两地的诸种要素，从而处于一种尴尬的境况中。这就是安娜等第二代移民群体的困境所在，她们"悬浮"在"非洲"和"英国"这两个场域中间，无法在任何一方落地生根，产生主体性的归属感。

结　语

综上，我们可以总结出古尔纳小说人物"静默"的多重原因。首先，便是羞耻感。阿巴斯贫困的生活、不堪的幼年经历以及抛妻弃子的举止令他羞于启齿。其次，是无价值感。对于英国民众来说，阿巴斯的故事有何讲述的价值呢？玛利亚姆连自己的亲生父母都不知道，在养父母家自我感觉也是没有价值的。再次，便是边缘化的处境。奥斯曼古怪吝啬，专横粗暴，阿巴斯没有从家庭中得到多少

---

① 王义桅：《欧美种族主义何去何从》，《人民论坛》，2018 年第 5 期，第 22 页。
② 塞缪尔·亨廷顿：《文明的冲突与世界秩序的重建》，周琪等译，北京：新华出版社，2009 年，第 21 页。
③ 张其学：《文化殖民的主体性反思：对文化殖民主义的批判》，北京：北京师范大学出版社，2017 年，第 114 页。

温暖。玛利亚姆在多个养父母家中也是如此。阿巴斯和玛利亚姆来到英国之后，同样处在边缘化的境地之中。最后，便是他们身份的迷失。玛利亚姆是个弃儿，不知道自己是谁；阿巴斯心怀恐惧，对自己的经历也讳莫如深。羞耻感、无价值感、身份迷失和边缘化体验构成了古尔纳小说中"静默"叙事的主要内涵。古尔纳的"这部作品与其之前的所有小说有许多共通之处，即都以这样或那样的方式关注移民经验"[1]。古尔纳刻画的诸多"静默"的形象令人深思，在第五部小说《绝妙的静默》中，主人公无名无姓，像个隐身人，对很多事情保持着静默；在第六部小说《海边》中，萨利赫·奥马尔也是一位静默者，他不喜喧嚣，更爱独处，后来读者才知道这种静默寡言的性格与他自身的苦难遭遇密切相关。这些人仿佛掉进了一个"陷阱"：本国的政治动乱和令人窒息的生存环境使得他们离开家乡，成为一名异邦流散者，而在异域则面临着种族、身份、阶级、性别等诸种困境，他们融不进移居地，又回不去初始国，从而陷入流散的境地。这就是非洲流散者的普遍困境。时至今日，美洲、欧洲、亚洲和大洋洲都分布着为数众多的非洲流散者，正如非洲流散研究专家卡洛尔·博伊斯·戴维斯（Carole Boyce Davies）教授所言："研究非洲流散其实就是研究全世界。"[2]因此，古尔纳在小说中探讨的殖民主义的影响及对夹杂在文化和地缘裂隙中的难民的命运的深切关怀就具有强烈的现实意义。

---

[1] Giles Foden, "*The Last Gift* by Abdulrazak Gurnah-Review", *The Guardian*, May 21, 2011.

[2] Carole Boyce Davies, *Encyclopedia of the African Diaspora: Origins, Experiences, and Culture*, Santa Barbara: ABC-CLIO , 2008, p. Xxxi.

第二节 《绝妙的静默》作品节选及评析

作品节选

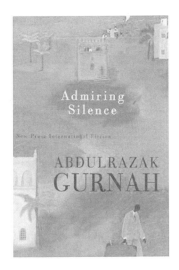

《绝妙的静默》

(*Admiring Silence*, 1996)

I meditate on my father Abbas. I like saying his name to myself. I meditate on the callousness, or the panic, or the stupidity that could have made him act with such cruelty. Is he perhaps living two streets away from me? Have I passed him by in the street, in the supermarket? I imagine him, in his sixties, sitting alone with his silences.

Amelia left six weeks after Emma. I don't know what else I expected. I suppose it was predictable. At first she was as devastated as I was, and we sat weeping together evening after evening like lost souls. We stayed up until all hours, drinking and playing music, and talking tougher and tougher as the booze worked on us. Then she got a grip on her life, somehow. I think it was her friends who helped her do so. And she had things to do, people to see. Then after those first few weeks she watched me as I sat by the bottle every evening (I'm still sitting beside it) weeping at my loss and my buggered heart and my shattered life, and she could not disguise her exasperation and her derision. In the end she told me how contemptible I was, how much I disgusted her, and that she was going to move in with a friend who had a flat in Camberwell. It was the old Amelia, not the excited daughter who had wanted to be taken to the dark corners of the world because she belonged there through her father, not that romantic interlude in her life, but the hard, metropolitan creature who could take everything in her stride, and who despised my blunderings through life with genuine hatred. She rings me now and then, and one day she will come and see me, she says. It will be nice to see her.

Only one more thing. I did not want another twenty-year silence, so I wrote to my mother after Emma left. I wrote abjectly, expecting triumphant lectures, but instead I received a heartbroken reply from Akbar, dictated by my mother but with his commentary on her anguish and (as he put it) that of your whole family at the devastation that had befallen me. It was not what I thought any of them would say, after all the disapproval, though I don't imagine that the Wahhabi grandee allied himself with this general goodwill. He had the world to think about. Come home, Akbar said, as he closed his letter. But it wasn't home any more, and I had no way of retrieving that seductive idea except through more lies. Boom boom.

So now I sit here, with the phone in my lap, thinking I shall call Ira and ask her if she would like to see a movie. But I am so afraid of disturbing this fragile silence.[①]

我默念着我的父亲阿巴斯。我喜欢自言自语他的名字。我冥思着是什么令他行事这样残忍，是冷漠无情，还是恐慌作祟，抑或愚蠢至极。也许他就住在离我两条街远的地方？也许我曾在街头、在超市里与他擦肩而过？我想象着他的样子，60多岁，独自坐在那儿沉默不语。

艾玛走后六周，艾梅利亚也离开了。我不知道我在期待些什么。这也是能料到的。起初，她跟我一样悲痛欲绝。我俩挨坐着，整夜整夜地哭泣，仿佛迷失的灵魂。我们熬通宵，喝着酒，放着音乐，在酒精的作用下，说话的语气也越来越强硬。后来，不知怎么地，她控制住了自己的生活。我想是朋友们帮了她一把。而且她有事要做，有人要见。最开始的几周过后，她看着我每晚坐在酒瓶旁（我现在仍坐在它旁边），为失去的一切，为我残破的心脏和支离破碎的生活哭泣，便难掩愤懑和嘲笑。最后她告诉我，我是多么可鄙，多么让她厌恶。她要搬去坎伯

---

① Abdulrazak Gurnah, *Admiring Silence*, New York: The New Press, 1996, pp. 216-217.

韦尔，住进朋友的公寓。这是以前的艾梅利亚，不是那个兴奋地想被带到世界的黑暗角落的女儿。由于父亲的缘故，她也属于那里，这不是她生命中的浪漫的插曲，而是一个坚强的、大都市的造物，她可以大步流星地接受一切，用真正的恨意鄙视我在生活中犯下的错误。她时不时地给我打电话，说她总有一天会来见我。能跟她见面想必是很好的。

还剩一件事。我不希望再有 20 年的静默，所以在艾玛离开后，我给母亲写了信。我卑微地写着，以为会收到胜利的演说。相反，我却收到了来自阿克巴尔的一封叫人心碎的回信，信是我母亲口述的，还附有他的评论，以及（用他的话说）全家人都为我的遭遇震惊。在遭到这么多反对以后，我想象不出这话出自他们任何人之口，真想不到这位瓦哈比派的大人物会大发慈悲。他要考虑的是这个世界。回家吧，阿克巴尔在信的结尾说。但那已经不是家了，除非继续撒谎，我没法儿再接受这个诱人的主意。嘭嘭。

于是现在我坐在这儿，电话就放在腿上，想着该给艾拉打个电话，问她是否愿意出来看场电影。但我真怕打破这脆弱的静默。

（贡建初 / 译）

作品评析

《绝妙的静默》中的叙述声音

引　言

　　《绝妙的静默》（*Admiring Silence*，1996）是阿卜杜勒拉扎克·古尔纳的第五部长篇小说。作品主要采用了第一人称回顾性的叙述视角，讲述了移居英国的主角回到家乡桑给巴尔省亲的故事。古尔纳利用回忆的形式，把主角在英国的生活见闻与对原乡的社会、历史以及政治现状的书写巧妙地串联在一起。通过描摹主人公在编织谎言时矛盾纠结的心理，将身处地缘与文化夹缝间的流散者的困境表现得淋漓尽致。自始至终，身为叙述者的主人公都无名无姓，这点尤其意味深长。当阐述的主体丧失了主体性时，便落入了静默的窘境。主角难以发声的根本矛盾大抵如此。然而主角的静默并不代表永久性失语，更不等于文本的无声。

　　傅修延、刘碧珍曾对叙述声音的定义做过详细的梳理，并提出，"叙述声音的确应该包括文本中的所有声音，因为作者想要表现的可能就在多种声音的混响之中，声音之间的张力恰恰是文本的魅力所在"[①]。《绝妙的静默》正是由多重叙述声音混合而成的极富张力的作品。当读者仔细"聆察"[②]文本，依循叙述声音的建构过程回顾小说，便能基于叙述者模拟殖民话语发声的行为，反观异邦流散造成的影响；在主人公与母亲有关生父去向的对话中，探寻静默背后的创伤记忆；于艾拉（Ira）

[①] 傅修延、刘碧珍：《论叙述声音》，《江西师范大学学报》（哲学社会科学版），2017年第3期，第118页。
[②] 参见傅修延：《听觉叙事初探》，《江西社会科学》，2013年第2期，第222页。

讲述自身经历的过程中，倾听主角的内心声音，体会两人内心深处的共鸣。同时，对叙述声音的阐释，也能让我们觉察到叙述者为寻求自我和解和复原创伤所做的努力，进而理解小说结尾处主角重回孤独状态，却仍留有一丝希望的原因。

一、模拟发声走向静默结局

在《绝妙的静默》的第一部分中，主角常常使用殖民话语，模拟新殖民主义者口吻为英国女友艾玛（Emma）及其父亲威洛比先生（Mr. Willoughby）讲述故事。叙述声音的第一重建构，即指对叙述者这类模拟发声行为的书写。

基马尼·凯盖（Kimani Kaigai）在博士论文中借用佳亚特里·斯皮瓦克（Gayatri Spivak，1942— ）提出的"战略本质主义"（strategic essentialism）的概念，指出这是"移民群体应对刻板印象之举"[1]。并且叙述者"'知道'他正在用自己强加的静默暴露其他角色的无知和种族主义"[2]。蒂娜·斯泰纳（Tina Steiner）也认为，主角的模拟行为是"用以抵抗的重要策略"[3]。然而从叙述者的"自我感逐渐受到侵蚀"[4]就能看出，这种策略最终注定要走向失败。综合看来，叙述者模拟发声的最终目标就是通过编织谎言博取艾玛及其家人的情感支持，并以此维持自我身份认同，创造融入移民社会的机会。与此同时，他也希望借此行为为讽刺帝国主义神话的虚伪和周遭的种族主义。

这一策略起源于异邦流散带来的身份认同危机和家园焦虑。主角从桑给巴尔移居英国，是典型的异邦流散者。与第三世界移民的一般情况相比，他在英国的生活堪称幸运。他在中学任教，收入稳定，十几年来都与心爱的女友同居，一起

---

① Kimani Kagai, "Encountering Strange Lands: Migrant Texture in Abdulrazak Gurnah's Fiction" (Ph. D Diss., Stellenbosch University, 2014) p. 126.

② Kimani Kagai, "Encountering Strange Lands: Migrant Texture in Abdulrazak Gurnah's Fiction" (Ph. D Diss., Stellenbosch University, 2014) p. 129.

③ Tina Steiner, "Mimicry or Translation? Storytelling and Migrant Identity in Abdulrazak Gurnah's Novels *Admiring Silence* and *By the Sea*", *The Translator*, 2006, 12 (2), p. 311.

④ Tina Steiner, "Mimicry or Translation? Storytelling and Migrant Identity in Abdulrazak Gurnah's Novels *Admiring Silence* and *By the Sea*", *The Translator*, 2006, 12 (2), p. 312.

养育着女儿艾梅利亚（Amelia）。在主角心中，他们三人已然成了一个小家庭。当他收到母亲的来信，回到暌违多年的祖国时，反而感到与故乡隔阂很深。流散经历令他难以适应本土文化习俗，对当地的社会现状也不甚满意。在"身在家乡，仍为异客"的错位感中，主角终于意识到"这里已经不再是家了"①。自叙述者回乡以来，一直反复提及自己对艾玛的思念之情。"和艾玛的生活才是家园"②的想法随着这种情绪的加深逐渐成形。

对此时的叙述者而言，"家园"概念的核心便是艾玛。主角认为，与艾玛的生活是自己"最隐秘、最完整也最真实的部分"③。他之所以强调艾玛与家庭的联系，也因于二人的情感关系中得到了认同感。

与异质文化冲突相伴而来的一个重要问题就是流散者的自我身份认同。流散者携带在母国习得的经验、习俗、语言、观念等文化因子来到一个历史传统、文化背景和社会发展进程迥然相异的国度，必然面临自我身份认同的困境。④

在此窘境中，艾玛提供的情感认同及其象征的"家庭"概念为主角提供了异质文化冲突中的心灵庇护所，成为其建立自我身份认同的重要支撑。值得一提的是，叙述者并没有将艾玛的青睐与英国社会的普遍认可混为一谈。相反，在提出"艾玛在的地方才是家"时，他已经将英国与艾玛做了区分，特意强调"这不是说英国是我的家"⑤。主角深知自己并未被英国社会接纳，即使与艾玛建立了恋爱关系，周围的歧视与排斥依然无处不在。然而一旦失去情感上的庇护，面临的痛苦将会更加赤裸。

与此同时，主角和艾玛的恋爱关系也无可避免地涉及她的家庭。艾玛不认可父母的中产阶级作风与固化刻板的思维方式，但在情感上仍与他们十分亲近。艾

---

① Abdulrazak Gurnah, *Admiring Silence*, New York: The New Press, 1996, p. 170.

② Abdulrazak Gurnah, *Admiring Silence*, New York: The New Press, 1996, p. 170.

③ Abdulrazak Gurnah, *Admiring Silence*, New York: The New Press, 1996, p. 170.

④ 朱振武、袁俊卿：《流散文学的时代表征及世界意义——以非洲英语文学为例》，《中国社会科学》，2019 年第 7 期，第 140 页。

⑤ Abdulrazak Gurnah, *Admiring Silence*, New York: The New Press, 1996, p. 170.

梅利亚降生后,威洛比夫妇更是会经常来主角家中帮忙。主人公虽不乐意这对夫妇掺和自己的生活,却也只能维持表面的和谐。夫妇二人中,威洛比夫人对主角的来历和故事一概不感兴趣,几乎不与他交流。而威洛比先生是退休律师,此前于往来第三世界国家的贸易公司任职,对"大英帝国"在非洲的殖民历史兴趣颇浓。主人公也乐意投其所好,时常给他讲一些"帝国故事",以求拉近二人的距离。其中最得准岳父欢心的故事,当属主角学生时期受到英国官员资助一事。与叙述者此前讲述的"用牛奶沐浴、同类相食、总统得梅毒"等故事不同,资助事件不单是在卖弄殖民地奇观,而是通过重演殖民时期的言论,重复了权力和知识的主导关系,将英国置于救赎者的主体性地位上。这也是让威洛比先生大呼"这就是说这一切都是值得的。放弃这个帝国公平吗?这对他们公平吗?"①的原因。

叙述者并非只是无意识地迎合或讨好威洛比先生。相反,他在讲述这类故事时一直抱有讥讽的态度:"威洛比先生只对我的帝国故事感兴趣。这让我想知道,如果没有我为他提供的稳定供应,他是如何度过他的生活的。"②从这个意义上来说,叙述者准确践行了霍米·巴巴对模拟行为的论述:

> 后启蒙以来的英国殖民主义话语常常以一种模棱两可但非虚假的腔调发言。假如殖民主义以历史的名义掌握权力的话,那么它便常通过闹剧的形式来施行权威……在从殖民想象的高级理想向其低级的模仿性文学效果的这种喜剧性转折中,模拟作为殖民权力和知识策略最难以捉摸和最为有效的形式出现了。③

叙述者希望通过巧妙的讽刺,揭露那些充满帝国主义和仇外心理的神话,对规范化的知识权力结构发起挑战。他所使用的语调越荒诞,编织的故事越夸张,越能讽刺听者的无知和自大。如古尔纳在采访中所说,谎言的不断膨胀,是想讽刺"这些傻瓜什么都信"④。

---

① Abdulrazak Gurnah, *Admiring Silence*, New York: The New Press, 1996, p. 23.

② Abdulrazak Gurnah, *Admiring Silence*, New York: The New Press, 1996, p. 73.

③ Homi Bhabha, *The Location of Culture*, New York: Routledge, 2004, p. 122.

④ Tina Steiner, "A Conversation with Abdulrazak Gurnah", *English Studies in Africa*, 2013, 56 (1), p. 162.

话虽如此，模拟发声的讽刺效果在叙事上也有不可信的表现。当主角讲述殖民故事时，真正的受述者如威洛比先生并不在乎故事的真假。其中暗含的讽刺意义往往需要读者来揭晓。例如在小说开篇时，主角去找医生看心脏病。医生理所当然地把主角的心脏病归结于"加勒比非裔"的种族特性，发表了诸多歧视言论。在这个事件里，主角是聆听医生发言的受述者。而当他作为叙述者复述这一故事时，面向的却是隐含读者。在受述的当下，主角完全无法反驳医生。即使他根本不属于该族裔，也只能保持静默。当他作为叙述者向隐含读者重述歧视言论的时候，才敢透露对医生的讽刺心理："反正他不是指加勒比非裔……大声说，我是黑人，我是自豪的、饥饿、暴政、疾病、无节制的情欲、历史的受害者，等等。你知道，他说的是我的种族。"①

从这个例子中，可以看出叙述者模拟发声的目的和效果间始终存有落差。库切的小说《福》（Foe，1986）也有对此类策略的批判性思考。作品中的苏珊极力促成星期五开口说话，而星期五却始终以静默应对。星期五的静默是对殖民话语的抗争手段，"因为只有这种静默才能免除被纳入主流话语，从而失去自己的真正声音的危险"②。然而随之而来的疑问是："库切刻意赋予星期五的静默，是否提出了后现代、后殖民表述的又一个悖论、又一种困境呢？"③

古尔纳对小说叙述声音的第一重建构，显然印证了后殖民文学表述的困境："失落的话语无法恢复、历史的真相不可复原，但沉默也并非'失声'的他者的出路。"④尽管叙述者思量周全，对自身的模拟行为亦有清醒认知，其策略最终还是走向了失败。归根究底，模拟殖民声音来获取认同存在着本源性矛盾。主人公的行为是适应移民环境的消极尝试，有很大的局限性。以这种方式逃避审视，也不过是精神胜利法罢了。面对医生和威洛比先生这类对非洲并无真正的认识，亦没有了解意愿的群体，主角的故事或静默无法刺痛他们，甚至会顺应并加深其刻板印象，助长其优越感。此外，叙述者本希望和威洛比先生处好关系，但他在谈

---

① Abdulrazak Gurnah, *Admiring Silence*, New York: The New Press, 1996, p. 10.
② 张德明：《从〈福〉看后殖民文学的表述困境》，《当代外国文学》，2010 年第 4 期，第 73 页。
③ 张德明：《从〈福〉看后殖民文学的表述困境》，《当代外国文学》，2010 年第 4 期，第 73 页。
④ 张德明：《从〈福〉看后殖民文学的表述困境》，《当代外国文学》，2010 年第 4 期，第 73 页。

及威洛比先生时的嘲讽意味多次引起艾玛的不满。一方面，主角向艾玛讲述出身故事时，美化了自己的记忆，编造出许多不存在的情节。另一方面，他又向自己的家人隐瞒了艾玛和艾梅利亚的存在。远在千里之外的家人误以为主角在英国孤身一人，频频催他回乡结婚。主角见状更不敢和艾玛解释真相，致使后者认为主角的家人对自己和女儿漠不关心。在积年累月的忽视与欺瞒中，艾玛与主角渐生隔阂。她最终选择离开主角，也是希望能掌握故事的主动权，不愿生活在"偶然发现却又没有出路的故事中"①。这些显然都与主角的出发点和期望背道而驰。

通过建构模拟发声的过程，古尔纳将主角的矛盾心理与所处困境相当立体地展现了出来。在这一过程中，主人公本想占据主动，却屡屡落于下风。他的自我意识逐渐受到殖民话语的侵蚀，甚至加速了自我身份认同的消解，丧失主体性，乃至失去姓名。当他选择模拟话语来发声的那一刻起，所有的言说都将归于沉寂，走向静默也是必然的结局。

二、代际对话揭晓创伤真相

除异邦流散之外，创伤记忆的代际传递也是造成主角静默的重要原因。古尔纳擅于书写创伤导致的静默。在他的第二部小说《朝圣者之路》中，主角达乌德亲历了桑岛革命。他在目睹了好友拉希德之死当天，遭受了针对阿拉伯族裔的暴行。在逃离家乡后，达乌德选择对过去的创伤记忆闭口不提。而在《海边》里，老人萨利赫·奥马尔明明受过英语教育，能读会说，却在初抵英国时假装自己不会英语。究其根本，是在原乡受过长达数十年的折磨。也有研究者对古尔纳著作中的这类叙事进行过细致的分析。阿尔弗雷德·奥亚罗·奥姆文加（Alfred Oyaro Omwenga）的硕士学位论文《静默是阿卜杜勒拉扎克·古尔纳小说〈天堂〉（1994）和〈遗弃〉中的一种创伤阐发策略》（"Silence as a Strategy for

---

① Abdulrazak Gurnah, *Admiring Silence*, New York: The New Press, 1996, p. 210.

Trauma Enunciation in Selected Fiction of Abdulrazak Gurnah: Paradise (1994) and Desertion"），就以《天堂》与《遗弃》为中心，分析了静默的内涵、缘由和叙事功能。奥姆文加将静默定义为人物的失语，将其看作古尔纳表现人物创伤的主要策略，并进一步研究了徙移和种族差异产生的影响。[①] 奥姆文加认为，"被压抑的过去总会回到记忆中，当这种情况发生时，人物就会变得静默寡言"[②]。这也是其研究的基本依据和出发点。然而，即使人物失语，叙述声音却不会消失。《绝妙的静默》中，创伤记忆与静默的真正联系，正是在主角与母亲的对话中所共同揭晓的。这也是古尔纳对叙述声音的第二重建构。

从叙述的结构上来看，为达成这场对话，首先需要创造一个不可靠的叙述者。其次，他的谎言必须能制造叙述层次间的矛盾，以便唤起读者对故事真相的期待。

《绝妙的静默》使用的叙述视角是第一人称回顾性视角，意即叙述者用回忆的方式讲述故事。赵毅衡曾提出，高一层叙述层次给低一层提供的人物—叙述者有三种，第二种就是"上一层的人物讲述他自己'经历'过的事情，因此他是下一层次叙述中的显身式叙述者"[③]。小说显然符合这类情况，前文提到的看病故事亦可作为佐证。主角面向隐含读者回顾并转述自己向艾玛等人编织的谎言，因此隐含读者所在的层次比较高级，是主叙述层，艾玛等人担任受述者的层次则是次叙述层。在次叙述层中，叙述者要么隐瞒真相，要么频频撒谎，完全是以不可靠叙述者的形象出现的。例如在恋爱初期，艾玛对主人公及其家庭都特别感兴趣。叙述者却称对此难以理解，认为谈论自己遥远而僵化的记忆令人痛苦。但他很快发觉，这是"美妙的痛苦"。艾玛对主角的过去和家乡一无所知。这种距离感和陌生感恰巧能让主角掌握叙述的权力。食髓知味的主人公开始撒谎。随着谎言不断膨胀，他最终编造出了父母相遇的浪漫故事。

---

① See Alfred Oyaro Omwenga, "Silence as a Strategy for Trauma Enunciation in Selected Fiction of Abdulrazak Gurnah: Paradise (1994) and Desertion", MA. Thesis, Kenyatta University, 2017, p. 2.

② Alfred Oyaro Omwenga, "Silence as a Strategy for Trauma Enunciation in Selected Fiction of Abdulrazak Gurnah: Paradise (1994) and Desertion", MA. Thesis, Kenyatta University, 2017, p. 2.

③ 赵毅衡：《当说者被说的时候：比较叙述学导论》，成都：四川文艺出版社，2013 年，第 74 页。

然而在主叙述层中，叙述者毫不掩饰自己对艾玛撒谎一事。他一直保持着坦诚的姿态，时常表露出痛苦和后悔的情绪。在主角为艾玛讲述的故事里，有一位"厥功至伟"的哈希姆舅舅（Uncle Hashim）。他是主角母亲同父异母的大哥，也是主角父母的媒人。然而叙述者在第二章的开头却直接宣称："我根本没有舅舅，或是父亲。我以我继父为原型给艾玛创造了这两人的形象。"①叙述层次间的相互矛盾显然是古尔纳的有意设计，也是开放的叙述结构的标志。如赵毅衡所说："一般说来，任何叙述都只需要一个叙述者，但是由上层叙述提供人物来做叙述者时，可以有几个人物插手。"②当叙述者承认自己所述的故事是片面的，甚至是不真实的，就为其他叙述声音进入和补全故事提供了可能。

除此之外，叙述内容的内在逻辑也要求对话。小说中，主角的亲生父亲阿巴斯（Abbas）在他出生以前就消失了。母亲因此大受打击，多年来对这件事闭口不谈。只有继外婆比努鲁（Bi Nuru）在主角五六岁时主动提起过阿巴斯的一些事。主角用这些零星的碎片拼凑起了一些不知真假的故事。直到离开家园为止，他都没能真正了解父亲的故事，却在与母亲、与继父不远不近的关系中，学会了耻辱感、疏离感以及保持静默的本领。因此叙述者与母亲间的对话，远称不上平等。叙述者无法得知自己出生前的故事。母亲的回答则是其再现个人史前史的唯一方式。古尔纳很中意借他人之口补全记忆的设计，类似的桥段也出现在《海边》中："想象一下，由别人来完成那些缺失的故事。这就像小时候或其他时候，当你的父母告诉你，你做了什么，说了什么，而你却没有记忆。"③由此看来，《绝妙的静默》还表现出典型的后记忆小说叙述特征。玛丽亚娜·赫希（Marianne Hirsch）将"后记忆"定义为"描述了第二代人与强大的、常常是创伤性的、在他们出生之前就已经发生了的经历之间的关系。但是这些经历的影响却传递给了他们，以至于似乎构成了自己的记忆"④。

在后记忆小说中，第二代人往往是在与上一代人的对话中，才明白自己的困

---

① Abdulrazak Gurnah, *Admiring Silence*, New York: The New Press, 1996, p. 35.

② 赵毅衡：《当说者被说的时候：比较叙述学导论》，成都：四川文艺出版社，2013年，第70页。

③ Abdulrazak Gurnah, *By the Sea*, New York: The New Press, 2001, p. 204.

④ Marianne Hirsch, "The Generation of Postmemory", *Poetics Today*, 2008, 29 (1), p. 103.

境起源于创伤的代际传递。这也与《绝妙的静默》中主角与母亲对话的情节高度吻合。母亲多年来将丈夫阿巴斯出走一事视为耻辱，从不将此事宣之于口，直到主角回到家乡，鼓起勇气询问消失的父亲到底是怎样的人时，才能从她的回答中辨认出主角静默的起源。创伤研究专家朱迪斯·赫尔曼（Judith Herman）认为："相信这是一个有意义的世界之信念，在与他人的联结关系中形成，并开始于生命的最初阶段。从主要亲密关系中获得的基本信赖感，是所有信念的基石。"[1]而"创伤事件粉碎了人与社群之间的联结感，造成信仰的危机"[2]。母亲的创伤是由于丈夫阿巴斯在她仍怀有身孕时就悄然离去。这打破了她对亲密关系的基本信赖，造成了信仰的失序。她对阿巴斯的离去充满愤怒，把这视为难以容忍的背叛。她不断猜测着阿巴斯离去的原因。有时甚至设想他是自杀了，这样反而会让她好受一点儿。"如果创伤事件牵涉重要关系的背叛，对创伤患者的信仰与社群感的损伤将更为严重。"[3]因此，母亲在施予主角的温情里始终暗藏了警惕的预判：他是他父亲的孩子，也许有一天他也会选择离去。在赫希看来，"在某些极端情况下，记忆可以传递给那些没有实际经历过事件的人"[4]。母亲这种潜意识的想法在日常生活中也有所表现。她虽然对阿巴斯造成的创伤保持缄默，却不自觉地将创伤传递给了主角。这种传递一方面造成了主角对亲密关系的过度依赖；另一方面，则培养了他静默的倾向。

首先是对母亲的依赖。或许因为父亲的缺席，主角非常依赖母亲的爱："我知道我当时想，当我长大后，我不会结婚，也不会有一个孩子。我无法想象像我母亲对我这样的爱怎么会失去。这似乎很不公平。"[5]对母亲而言，主角是创伤事件的产物和象征。这注定主角无法融入继父等人所在的家庭。在与新任丈夫哈希姆·阿布达卡尔（Hashim Abudakar）诞下一双儿女后，母亲对主角的关心更是逐渐分散了。加上继父是不苟言笑的性格，一直跟主角保持距离，这也让主角始

---

① 朱迪斯·赫尔曼：《创伤与复原》，施宏达、陈文琪译，北京：机械工业出版社，2015 年，第 50 页。

② 朱迪斯·赫尔曼：《创伤与复原》，施宏达、陈文琪译，北京：机械工业出版社，2015 年，第 51 页。

③ 朱迪斯·赫尔曼：《创伤与复原》，施宏达、陈文琪译，北京：机械工业出版社，2015 年，第 51 页。

④ Marianne Hirsch, "The Generation of Postmemory", *Poetics Today*, 2008, 29 (1), p. 106.

⑤ Abdulrazak Gurnah, *Admiring Silence*, New York: The New Press, 1996, p. 119.

终感觉自己在亲密关系中是局外人。成年后，这份不安转为了对艾玛的依赖。正如朱迪斯描述的那样："创伤患者建立亲密关系的动机，是渴望能得到保护和照顾，但害怕被抛弃和被剥削的恐惧，却始终如幽灵般挥之不去。在寻求拯救时，她可能会找那种似乎可以提供特别照顾关系的权势人物。她试图经由理想化所依恋的人，以阻绝被操控或被背叛的恒久恐惧。"[1]在主角看来，艾玛外貌姣好，生活充实，能看上自己就是一个奇迹，根本不会对他真实的出身感兴趣。但他迫切要抓住艾玛抛来的橄榄枝，以隔绝创伤记忆带来的恐惧。这也是主角对艾玛撒谎的另一层原因——在故事中，他为自己虚构出了一个圆满的家庭，这是他的自我保护机制，并非单纯出于融入环境的需要："我也不记得那段悲惨的时光。首先，有故事。故事在与生活的较量中填补了时间和心灵，将平凡的事物提升为隐喻，让人觉得可以选择去世的时间，我的到来和离去都有方法。这就是故事的作用，它们可以把我们生活中脆弱的失调推到视野之外。"[2]

主角曾多次提及隐瞒艾玛和女儿存在的原因。"我想过撒谎，想过写信说我娶了一个英国女人，但我从来没有这样做。因为我害怕会有大灾难发生，害怕随之而来的指责。"[3]在成长过程中，亲人们对父亲讳莫如深的态度，也让主角不敢提及艾玛和女儿，只能始终对此事保持静默。在亲人们看来，主角的生父阿巴斯逃去了英国，在那里找了个放荡的英国女人生活。而主角在英国的生活如果让他们得知，必定会认为这是重蹈了阿巴斯的覆辙，注定让亲人们无法接受。于是主角只能选择静默。然而他静默得越久，就越难开口。尤其是回家后，亲人们怕他一个人在英国孤独，还给他找了少女相亲。这般费心的考虑，使得主角更加不敢说出真相。

尽管直面痛苦的记忆很难，但主角和母亲的对话是创伤复原的良好开始。母亲与主角在起居室里彻夜长谈。这令主角感叹，简直像是《一千零一夜》的模式，只有讲故事才能活下来。小说第二部分的最后，主人公终于提起勇气对弟弟阿克巴尔（Akbar）坦白，自己正与一个英国女人同居。阿克巴尔大惊，问道：

---

① 朱迪斯·赫尔曼：《创伤与复原》，施宏达、陈文琪译，北京：机械工业出版社，2015 年，第 104 页。

② Abdulrazak Gurnah, *Admiring Silence*, New York: The New Press, 1996, pp. 119-120.

③ Abdulrazak Gurnah, *Admiring Silence*, New York: The New Press, 1996, p. 89.

"你为什么不告诉我们？你为什么总是对你身边发生的事保持静默？我们现在该对她那边的人说什么？"[1]自这一刻起，读者们在阅读时所产生的疑问，终于从外部进入文本内部。主角向母亲提出的那些问题则以另一种形式返回到自身，变成了对自我的质询。真相已经揭晓，现在要做的只有创造新的回答。

三、内心共鸣召唤自我和解

叙述声音的第三次建构，是通过描写主角与艾拉故事的内心共鸣，表现前者寻求自我和解意识的萌芽。利用其他叙述声音映射主角故事的手法并不鲜见，所要达到的叙述目的和产生的审美效果却大相径庭。在石黑一雄的《远山淡影》中，女主角悦子因为难以直面女儿之死，便借朋友佐知子的口吻与经历来讲述自己的回忆。石黑一雄的这种写法，是利用不可靠叙事拉开读者与文本的距离，于留白中勾勒出极度悲伤的情绪。待真相揭晓后，给人留下强烈的反差和震撼。而古尔纳在《绝妙的静默》中的书写却更为温情。他赋予心灵回声以复原创伤的功能，让主人公于艾拉的相似经历中得到启发，也让读者看到了一道希望之光。

艾拉是主角在前往英国的航班上遇到的邻座印度裔女人。她所讲述的故事与主角的经历高度相似。这让主角倍感安慰。为了创造回声的环境，也为了让插叙艾拉的故事不致突兀，古尔纳早就在前文中埋好了线索。在回家的飞机上，主角曾和邻座的陌生男子有过愉快的交谈，他甚至主动和对方提起了艾玛。男子也曾劝解主角放下纠结。作者将艾拉与主角的相遇安排在航班上，显然是希望利用重复的叙述结构唤起读者的记忆，制造飞机与人物内心声音的内在联系。

由于叙述上的铺垫，飞机被塑造为一个可以吐露心声的叙述空间，为容纳新的叙述层次创造了可能。在这个空间里，艾拉得以轻易地谈论起自己的故事。"她说得很轻松，仿佛在谈论平淡的日常事务，比如去修车厂的事，或者瑞士航

---

[1] Abdulrazak Gurnah, *Admiring Silence*, New York: The New Press, 1996, p. 173.

空比英国航空更有优势的事，而不是亲密的家庭历史。"①在她的声音里，主角仿佛听到了自己的故事。读者们则偷听到了近乎等比缩放的小说梗概。艾拉出生在内罗毕。在她10岁时，由于国内政治环境对印度企业的排挤，加上她父亲的心脏出了点儿毛病，全家人便都移民去了英国。叙述者的内心声音穿插出现在艾拉的叙述中。例如在听到心脏病的那一刻，主角很想告诉她："我只有42岁，而且我患上了心脏病。"②当艾拉说"这些年来，我始终觉得我在英国是个异类，是个外国人。有时我认为我对英国的感觉是失望的爱"③时，主角从她的神情中认出了熟悉的感情。"你是说你嫁给了一个英国人吗？"④艾拉承认了，但她的丈夫在一年前就离开了她。这段婚姻本就不被她的家人看好，父亲更是极力反对，如今当真迎来了这样的结果。主角对此深有同感。他的内心震动，迫切想要说点儿什么："我想我应该对她说些关于艾玛的话，给她一些回报，因为她对我的信任。告诉她，我在自己的内心感受到了那种失望的爱的回声。但是，我不知道从哪里开始。"⑤

主角究竟该从何处开始呢？朱迪斯提出，复原创伤要经历三个阶段，首先是安全的建立；其次是回顾与哀悼；最后是重建与正常生活的联系感。⑥在与母亲等人共同构筑真相之声的过程中，主角已经完成了创伤复原的前两个步骤。而艾拉引发的心灵共鸣，则让主角明白自己的遭遇并不独特。这正是开启创伤复原最后一步的关键所在："社会联系的恢复是从发现自己并不孤独开始……遇见与自己有类似遭遇的人，足以淡化并消散创伤患者疏离、羞愧和耻辱的感觉。"⑦艾拉的故事给了主角启迪，让他得以寻回部分的自我，与人类的共同性再度产生了联结。他意识到，自己可以与处境一致的人彼此安慰。故事的最后，叙述者坐在电话旁，

① Abdulrazak Gurnah, *Admiring Silence*, New York: The New Press, 1996, p. 179.

② Abdulrazak Gurnah, *Admiring Silence*, New York: The New Press, 1996, p. 180.

③ Abdulrazak Gurnah, *Admiring Silence*, New York: The New Press, 1996, p. 205.

④ Abdulrazak Gurnah, *Admiring Silence*, New York: The New Press, 1996, p. 205.

⑤ Abdulrazak Gurnah, *Admiring Silence*, New York: The New Press, 1996, p. 206.

⑥ 参见朱迪斯·赫尔曼：《创伤与复原》，施宏达、陈文琪译，北京：机械工业出版社，2015年，第235页。

⑦ 朱迪斯·赫尔曼：《创伤与复原》，施宏达、陈文琪译，北京：机械工业出版社，2015年，第205页。

想着要不要给艾拉打个电话。但他又"真怕打破这脆弱的静默"[1]。这是一个充满张力和希望的结尾，主人公停留在这个瞬间的边缘，被悬置在一个将动未动的动作中，诉说的欲望正在萌发。

叙述者回国以后，发现艾玛已经有了新的情人，女儿也没有留在他身边。但他并没有想象中那样悲伤欲绝，而是开始学习疏通管道的知识，希望有一天能够成为管道专家，回国做些实事。这一选择看似突兀，实际既保持了叙述上的连续性，也指向了与社群建立联系的创伤复原行为。

在叙述方面，在主角回到家乡后，文化部的常任秘书长就盯上了他。秘书长受总理所托，劝说主角留下来为一个翻译项目工作。在离开前，主角还和总理见了面。他同样盛情邀请主角留在这里建设国家。但主角察觉到了总理的虚伪，故意问他为什么老是在电视上保持静默，这让后者大丢面子。总理表面上不疾不徐地反击，问主角和英国女人的事解决了没。主角顿时备感荒谬，一个国家的总理，居然有闲心打听公民的私事。而在他分心去做这种事情的同时，下水管道却迟迟堵塞，导致没人用得了厕所。在高尚的所谓翻译人类文明的精华的邀请背后，最肮脏的问题压根没有得到处理。此事给了主角很大冲击，也为他学习修理管道一事做了铺垫。

而从创伤复原的角度来看，修理管道与其是要为家乡做点儿实事，毋宁说是主角与社群重新建立联系的方法。朱迪斯认为："与他人分享创伤经历，是重建生命意义感的先决条件。在这个过程中，创伤患者不只要从亲近的人身上寻求，亦要从广大的社群中获得协助。社群的反应，对创伤是否得到最终的解决有强大的影响力。"[2]那些从创伤中复原得最成功的人，往往"是在经历中发现某种超越个人悲剧局限意义的人"[3]。主角能够做出这种选择，主要是在前两个步骤中积蓄了一定的勇气。朱迪斯对创伤复原结果的描述是："创伤患者在与人产生共通性后，方可休息。她的复原现已完成，如今要面对的，只是她自己的人生。"[4]令读者欣

---

[1] Abdulrazak Gurnah, *Admiring Silence*, New York: The New Press, 1996, p. 217.

[2] 朱迪斯·赫尔曼：《创伤与复原》，施宏达、陈文琪译，北京：机械工业出版社，2015 年，第 64—65 页。

[3] 朱迪斯·赫尔曼：《创伤与复原》，施宏达、陈文琪译，北京：机械工业出版社，2015 年，第 67 页。

[4] 朱迪斯·赫尔曼：《创伤与复原》，施宏达、陈文琪译，北京：机械工业出版社，2015 年，第 224 页。

慰的是，古尔纳的下一部作品《海边》也是在一个打电话的动作中收尾的，那时拉提夫和瑞秋刚刚缔结友谊，聊兴正酣，迟迟舍不得挂掉，他们的幸福仿佛预示着主角打去电话后，修复创伤的未来。

结　语

静默是后殖民作家惯用的写作主题。单从近年来获诺奖的作家来看，从奈保尔到库切，乃至石黑一雄，或多或少都涉及对静默的书写。珠玉在前，面对相似的主题，古尔纳的创作定有其独到之处。这些优秀作家表现静默的策略绝不仅是简单的留白。他们所做的，往往是从错综复杂的叙述声音中捕捉那些错位的时刻，并将之展现给读者。正因如此，研究古尔纳小说中叙述声音的建构过程，是增进对其静默主题与叙述特色认识的壶妙之一。

如果将古尔纳的小说世界比作花园，那么静默就是花园里的土壤。海明威有"冰山原则"，古尔纳亦有"静默美学"。在他看来，"写作必须表现出什么是可以什么是不可以，什么是眼睛看不到的"[①]。古尔纳笔下的静默不是无声的，声音的种子就蕴藏在这片土壤中。它们需要破土发声，却又不得不向下扎根以汲取萌芽的能量。他将耳朵贴近大地，忠实地记录着那些突破地表前的声音活动，跟踪着声音随情节递进的痕迹。如同庞大的根系托起土壤，叙述声音的脉络贴合创伤复原的过程，与复杂开放的叙述结构一同呼应并丰富了静默的意蕴，最终绽放出生机勃勃的希望之花。读者透过他极力避免简单化、努力还原真实的文本，更能感受到"于无声处听惊雷"的审美效果。

古尔纳对人物发声进程细致入微的描摹源自其亲身经历，亦反映出对殖民遗留问题的深刻思考。他经历了1964年的桑给巴尔革命，在仓皇中逃去了肯尼亚，继而移居英国。逃亡时刚满18岁的古尔纳，还不能很好地理解所处的历史及其对未来的影响。在英国生活的数年时光，让他得以拉开思考的距离，去反思那些

[①] Abdulrazak Gurnah, "Writing", *The Nobel Prize*, December 12, 2021, https://www.Nobelprize.org/prizes/literature/2021/gurnah/lecture/.

遗留的问题。古尔纳认为，人们对许多错误行为保持静默。而他希望通过写作，回应那些遮蔽真相的殖民话语与行为。一方面，古尔纳以对过去的温柔记忆的书写，树立一种真实立体的历史观，启发人们通过理解历史来厘清自己的问题。另一方面，古尔纳对叙述声音的书写也展现出对难民身份困境的深沉关怀。他的小说，探讨困惑多于愤怒和评判，用独特的幽默语言与读者交流着自己的所见、所闻、所思、所想、所忆。好比小说里无名无姓的叙述者，古尔纳并不要求他道德上的完美，而是让他谎话连篇。但读者仍能沉浸在故事中，聆听着主人公压抑的声音，体会着秘密哽在心头的痛苦纠结，感受着说出真相后的轻松与落寞，深深与之共情。古尔纳曾写道："我所提出的问题并不是新问题。但是，如果它们不是新事物，它们就会深深受到特殊的事物、帝国主义、错位和我们这个时代的现实事物的影响。"[①] 由此看来，他所写作的不只是个体故事，而是要透过人物的声音，考察周围环境的影响，继而向不合理之处发问。这也赋予了其作品温柔包容的特质。正如他在诺奖答谢词里说的那样："这种写作观念和理解世界的方式为脆弱、温柔以及无处不在的善意能力留出了空间。"[②]

---

① Abdulrazak Gurnah, "Writing and Place", *Wasafiri*, 2004, 19 (42), p. 60.

② Abdulrazak Gurnah, "Writing", *The Nobel Prize*, December 12, 2021, https://www.Nobelprize.org/prizes/literature/2021/gurnah/lecture/.

第三节 《天堂》作品节选及评析

作品节选

《天堂》
（*Paradise*，1994）

Yusuf was given a small room in the house, and was invited to eat with the family. Lamps were kept burning in the house throughout the night, doors were barred and window shutters were bolted as soon as it was dark. It was to keep the animals and burglars away, they told him. Hamid bred pigeons which lived in boxes under the eaves of the house. On some nights the uneasy silence was broken by a flurry of flapping which left feathers and blood on the yard in the morning. The pigeons were all white, with wide trailing tail feathers. Hamid destroyed any young birds which looked different. He talked happily about the birds, and about the habits of birds in captivity. He called his pigeons the Birds of Paradise. They strutted on the roof and the yard with reckless pomp and arrogance, as if the display of their beauty was more important to them than safety. But at other times Yusuf thought he saw a glint of self-mockery in their eyes.

Sometimes husband and wife exchanged looks over what Yusuf said, which made him think they knew more about him than he did himself. He wondered how much Uncle Aziz had told them. They thought something in his behaviour was odd at first, although they did not tell him what it was. They often treated what he said with suspicion, as if they were doubtful about his motives. When he described the parched land over which they had travelled to get to the town, they became irritated, and he felt he had done something ill-

095

mannered or difficult, had drawn attention to an unavoidable constraint under which they lived.[①]

　　这家人安排优素福住在家里的小房间，并邀请优素福一起吃饭。房子里整晚灯火通明，天一黑就门窗紧锁。这是为了防止动物和盗贼靠近，他们这样告诉优素福。房子的地窖里，哈米德用箱子养着一群鸽子。某些夜晚，一阵拍打声会划破那令人不安的寂静，然后在早上留下一院子的羽毛和鲜血。这里的鸽子无一不浑身洁白，拖着宽大的尾羽。哈米德杀死了所有看上去与众不同的幼鸟。他一脸欣喜地谈论这些鸟，聊它们被圈养时的习性，并把自家的鸽子称作"天堂之鸟"。鸽群趾高气扬地在屋顶上和院子里走着，毫不顾及自己的招摇与傲慢，似乎对它们而言，展现自己的美比安危来得更加重要。但有时，优素福觉得自己看到了这些鸟儿眼底闪过的一丝自嘲。

　　有时，优素福说完话后，丈夫和妻子会交换眼色。这让优素福觉得他们比自己更懂自己。他好奇阿齐兹叔叔究竟告诉了他们多少事。起初，优素福的行为在他们看来有些古怪，不过他们并没有告诉优素福到底古怪在哪儿。他们时常对优素福的话有所怀疑，就好像怀疑优素福的动机似的。当优素福描述他们一行人来镇上途经的那片干旱之地时，这对夫妇就变得怒不可遏。优素福觉得自己干了件无礼或者说惹麻烦的事，同时他也注意到了他们生活中处处都会受到的限制。

（郑涛 / 译）

---

① Abdulrazak Gurnah, *Paradise*, London: Penguin Books, 1994, p. 65.

作品评析

《天堂》中的隐喻叙事和殖民创伤

引　言

在中国外国文学研究界的高层，古尔纳早已被列入重点研究作家之列。中国首个非洲文学研究国家社科基金重大项目就辟有专章探讨古尔纳的小说创作。古尔纳迄今共创作了十部长篇小说，"鉴于他对殖民主义的影响，以及对文化与大陆之间的鸿沟中难民的命运的毫不妥协且富有同情心的洞察"①而被授予2021年诺贝尔文学奖。不错，古尔纳的获奖与他对流散特别是流亡群体的始终不移的深切关怀密不可分，但在过去几十年里世界流散文学取得突出成就的背景下，古尔纳何以脱颖而出？古尔纳所揭示的非洲流亡群体的身体伤害、心灵创伤和无法平复的殖民记忆，是其他流散作家难以企及的。研读了他的全部小说创作后，我们就不会再惊讶于其获得诺贝尔奖。古尔纳的第一部小说《离别的记忆》对流散主题的探究，第二部小说《朝圣者之路》对难民身份的建构，第三部小说《多蒂》对帝国叙事的后殖民逆写，第四部小说《天堂》中的隐喻叙事与殖民创伤以及对东非贸易图景的描摹，第五部小说《绝妙的静默》对沉默的难民的有声叙述，第六部小说《海边》对殖民主义阴影下的难民宿命的预判，第七部小说《遗弃》对难民的文化无意识和殖民者的四重遗弃的揭示，第八部小说《最后的礼物》对身份认同和共同体意识的彰显，第九部小说《砾石之心》对非洲移民的边缘化困境的

---

① Swedish Academy, "Abdulrazak Gurnah—Facts", *The Nobel Prize*, October 7, 2021, https://www.nobelprize.org/prizes/literature/2021/gurnah/facts/.

思考，第十部小说《今世来生》对流散者的逃离和坚守的书写，都显示出作者古尔纳对殖民主义的深恶痛绝，对非洲难民的悲悯之心，对人类命运共同体的深刻思考和对人类未来的乐观态度。在这十部小说中，《天堂》的地位稍显特殊，起到承前启后的作用，名字看去也更有深意。"与其在天堂里做奴隶，倒不如在地狱里称王"①，《失乐园》中的撒旦这么说道。从文化意象来看，天堂象征着无忧无虑，而地狱代表着无尽折磨，但二者绝不是简单的二元对立，有了地狱做参照，天堂才让人神往。倘若在天堂中的生活水深火热，奔赴地狱也许才是明智之举。这种迷惘无奈的流散状态，对殖民问题、对未来的美好希冀与憧憬的隐喻描摹在古尔纳的十部小说中都有体现，而在其最负盛名的小说《天堂》中彰显得淋漓尽致。

一、动物隐喻揭开殖民伤疤

《天堂》是古尔纳创作的第四部小说，曾入围 1994 年布克奖短名单。古尔纳始终得到高度认可的一个重要原因就是他所描摹的非洲文学有别于其他任何地区，非洲除了埃塞俄比亚都曾长期处于殖民统治下，其创作整体来说都是流散文学，②这一点有别于其他任何地区和国家的作家。而古尔纳几十年里始终聚焦非洲流散群体的命运走向、文化认同、殖民伤疤、创伤记忆和未来憧憬。《天堂》这部小说在古尔纳的小说创作中占据着独特的地位，是作者对殖民问题和流散问题的阶段性思考。小说讲述了"一战"时期的东非，奴隶贩卖盛行，主人公优素福

---

① 约翰·弥尔顿：《失乐园》，朱维之译，北京：人民文学出版社，2019 年，第 15 页。
② 详见朱振武、袁俊卿：《流散文学的时代表征及其世界意义——以非洲英语文学为例》，《中国社会科学》，2019 年第 7 期，第 135—158 页。在这篇文章中，作者从流散视角对非洲文学从诗学层面进行了学理审视，将非洲文学特别是非洲英语文学分为异邦流散（实现了地理位置移徙的尤其是到了发达国家留学、生活、工作的非洲作家）、本土流散（未曾徙移但身处于异质文化的包围而心灵在本土流浪的非洲本土作家）和殖民流散（特指在非洲安居下来的白人及其后代作家）三大类型，并从文学的发生、发展、表征、影响和意义等方面进行多维论述。在这"三大流散"理论的基础上，深入研究之后，还可发现一种常见于非洲归国青年文学（Been-to）的异邦本土流散。异邦本土流散兼具异邦流散和本土流散的特性，但并非二者的简单叠加，而是地理空间和文化空间合力而成的多重异质文化张力，在文学作品中通常表现为到西方求学的非洲青年在经历了他国的文化冲击后选择回归祖国，又常常在西方和非洲之间往返居住，渴望通过西方文化和非洲文化的互补融合来重建非洲本土文化。从这个意义上来说古尔纳正是"异邦流散作家"的杰出代表，这才是其小说创作得到高度认可的重要原因。

（Yusuf）因父亲欠债而被卖给了富商阿齐兹叔叔（Uncle Aziz），跟着他到了一片富庶之地，并遇到了另一个和自己同病相怜的小奴隶哈利勒（Khalil）。优素福不知道自己是被当作奴隶卖过来的，以为自己到了天堂。后来，优素福受尽奴役剥削，又跟着阿齐兹的商队到处游走，一路上目睹了非洲大陆上存在的种种问题。最后，他认清现实，萌生了加入"民兵"①的想法。小说以优素福在民兵部队身后追赶的情景结尾，引人深思。与古尔纳的其他作品相比，《天堂》从一个更为宏观的视角来看待非洲的殖民问题。小说引经据典，运用了许多隐喻的手法：由动物隐喻揭开殖民化过程，再从名称隐喻探讨殖民对文化身份的冲击，最后通过主人公优素福对奴隶主家中花园的向往与幻灭探寻身份认同缺失的根源。古尔纳借隐喻之手，逐渐揭开了殖民者所构建的"天堂"面纱。

隐喻表达了两种事物之间的相似性，而人们认知的本质往往都是隐喻性的。心理学家一般将隐喻分成根隐喻（radical metaphor）和新隐喻（novel metaphor）。其中，新隐喻指喻体和本体之间有明确差异，隐喻的使用者"知道 A 不等于 B，但他只是想通过两者之间的相似性传达一种用别的方法无法传达的信息"②。因此，隐喻能体现作者的情感，让作者以讲故事的形式将某些隐晦的信息传递给读者。在《天堂》中，古尔纳用了多种形式的隐喻叙事来讨论殖民问题，如花园隐喻、名称隐喻和动物隐喻等。其中，动物隐喻令人印象深刻。古尔纳通过小说中的"他者"讲述有关动物的故事，聚焦殖民化过程，把殖民者的暴力行为和殖民心理间接展现出来，体现了古尔纳强大的文字把控力和对殖民主义问题的深刻思考。

小说中出现的动物隐喻大都与"狗"相关。在该国的文化中，狗或者说犬类，被认为是邪恶的、不洁的化身。阿齐兹家附近狗群泛滥，狗常常成群结队在附近徘徊，好几晚优素福和哈利勒都深受其扰。某天夜晚，狗群再次接近他们的住所，来势汹汹，就像是专为优素福而来。面对狂吠的恶犬，优素福被吓得手足无措，幸好哈利勒及时赶来，用阿拉伯语大声咒骂，驱赶了狗群。这一情景暗示了面对殖民压迫时，优素福和哈利勒两种截然不同的态度所带来的不同结果。被

---

① "民兵"，指阿斯卡利 (askaris)，阿拉伯语和斯瓦希里语词汇，意为战士，是在东非和中东地区为欧洲殖民者服务的土著部队。

② 束定芳：《论隐喻产生的认知、心理和语言原因》，《外语学刊》，2000 年第 2 期，第 25 页。

卖到阿齐兹手上后，优素福一直是一个沉默的"反抗者"，他拒绝学习奴隶主的语言——阿拉伯语，以这种无言的方式来反抗殖民主义带来的身份枷锁；而哈利勒则恰恰相反，他乐意接受自己的奴隶身份，也学习奴隶主的语言，并劝说优素福学习阿拉伯语，始终以主动的"顺从者"形象出现。但在面对恶犬时，沉默的反抗是无用的，只有以彼之道还施彼身，才能获得生机。其中，古尔纳让哈利勒用阿拉伯语驱散狗群这一设计也融入了他自己对于反殖民方式的思考。

此前，优素福也曾梦到它们张牙舞爪地朝自己扑过来。值得注意的是，优素福在这段对梦中恶犬的描述中，用了"slavering"一词。"slavering"做形容词指动物龇牙咧嘴、口水直流的样子，但还可以用作名词，意为"奴隶贩子"。这个巧妙的双关语，不仅进一步增强了"恶犬"的意象，也隐晦地将奴隶贩子与恶犬做类比，凸显了作者的写作意图。狗群被驱散后，稍有收敛，就只在附近徘徊，再没有靠近。但狗群的低吼让优素福无法安睡。为了让优素福平静下来，哈利勒给优素福讲述了一个有关"野兽育人"的故事。

豺狼把人类婴儿偷走，以犬乳哺育他们，喂他们吃反刍肉，把他们养成野兽的样子。豺狼还教他们说野兽的语言，让他们学习如何狩猎。人类孩子长大后，就让他们和豺狼结合，造出半人半狼的生物。[1]

故事中豺狼偷走人类婴儿，并当成野兽来抚养，教他们野兽的语言，也教他们如何狩猎。等这些人类孩子长大，就让他们与其他豺狼结合，生出半人半狼的孩子来。其实，这种"兽化"的过程就是"殖民化"过程的缩影。"殖民化"的第一步就是剥夺被殖民者的姓名。"姓名不仅是称谓符号，更是一种身份标识"[2]，一旦被剥夺，就会造成一种自我认知混乱。而奴隶主会趁此机会重塑奴隶的"奴化自我"。殖民者剥夺他们的姓名后便限制其人身自由，剥夺其人权，强迫其学习殖民者的语言，侵蚀其思想，最后达到将其完全奴化的目的。优素福自踏进阿齐兹

---

[1] Abdulrazak Gurnah, *Paradise*, London: Penguin Books, 1994, p. 28.

[2] 王娜：《论品特剧作的人物姓名与身份建构》，《湖北大学学报》（哲学社会科学版），2013年第6期，第88页。

家的那一刻起，就失去了拥有自己姓名的权利。阿齐兹始终保持居高临下的态度，在与优素福的对话中几乎都以人称代词称呼优素福，而哈利勒常以"kifa urongo"（斯瓦希里语，意为死骗子）以及其他诅咒语来称呼优素福。此外，阿齐兹作为一名贵族，又从事贸易，生活富裕，而优素福由于从小生活困苦，见到这个陌生的繁华世界后便心态失衡，其世界观和价值观受到强烈冲击。面临这种冲击时，选择负隅顽抗还是缴械投降，是每个被殖民者或被奴役者需要做出的选择。

优素福听完"狼人"的故事后，问哈利勒是否见过"狼人"，而哈利勒表示自己见过，并告诉他，见到"狼人"的时候，跑是没有用的。"如果你跑，他们就会把你变成动物或是奴隶。"① 作为主动的"顺从者"，哈利勒自始至终都表现出一副对奴隶身份完全认同的态度，他会学习和使用殖民者的语言——阿拉伯语，俨然是"黑人之躯里住着阿拉伯灵魂"的样子。然而，正是这样一个奴性外化的人，给优素福讲述了这样一个别有深意的故事。此外，这个故事中的"狼人"似乎与民兵的形象在某种程度上恰相重合，为故事的结局埋下了伏笔。

在小说结尾，德国殖民者征召非洲土著组建了一支军队，以便管理非洲人，并称之为"民兵"。小说在这部分着重描写了民兵路过时，满地狼藉的景象。"就在苏菲树（sufi tree）树荫外，优素福发现了几堆排泄物，有几只狗已经在如饥似渴地啃食着……它们一眼就能认出谁是食屎者。"② 此处，古尔纳用"狗"来喻指那些被奴化的人，用地上的粪便来指代殖民者留下的遗产。一方面，殖民者用"以非制非"的方式，加深了非洲的殖民程度，这种殖民主义尤其体现在被殖民者思想上对殖民主义认同，并接纳殖民文化，甘愿成为殖民者的附庸。另一方面，语言和文化是殖民的主阵地，对于个体身份建构具有不可忽视的作用，语言和文化上的吞并直接意味着自我意识的消亡。古尔纳在这里显然是将殖民者留在非洲的遗产——语言与文化视为糟粕，用讽刺的手法体现出他对于殖民主义的鲜明立场。

然而，身处地狱，糟粕也会被视作黄金。优素福在经历了被剥削压迫以及所爱被叔叔夺走后，心中的"天堂"随之破灭，心灰意冷之下才认清了现实。在这

---

① Abdulrazak Gurnah, *Paradise*, London: Penguin Books, 1994, p. 29.

② Abdulrazak Gurnah, *Paradise*, London: Penguin Books, 1994, p. 247.

片满目疮痍的殖民大陆上，自己已然成为一个"边缘人"。远方的家回不去，阿齐兹的家融不进，自己一无所有，无家可归。就在这个时候，优素福碰到了前来抓获俘虏的德国殖民者，目睹了殖民者强行征召非洲人民加入民兵的场景。他和哈利勒躲在阿齐兹家里，等德国殖民者和民兵离开才敢走到外面。一出家门，优素福就发现了民兵留下的"排泄物"，旁边还有一群狗在虎视眈眈。优素福一靠近那堆排泄物，狗群就急于护食，因为"它们一眼就能认出谁是食屎者"[①]。这句话显然也是隐喻，暗示的应该是主人公的归宿。最后，优素福"快速环顾四周，目光透出一丝狡黠，随即朝民兵队伍的方向追赶"[②]。故事到此戛然而止，并没有具体写出优素福最后是否成功加入了民兵。一直极力与殖民主义抗争的优素福，最后却动了加入殖民者队伍的念头。这与《失乐园》中那句"与其在天堂里做奴隶，倒不如在地狱里称王"形成互文关系，为探索后殖民时期创伤提供了新思路。

　　古尔纳在复杂的语言文化环境中长大，母语为斯瓦希里语，但在英国殖民统治下，不得不从小学四年级就开始学习英语。于古尔纳而言，英语是殖民语言，这与屈辱和痛苦紧密相连，但后来在英国的生活又让他无法摆脱英语。古尔纳长期浸淫于英语语言和文化，采用英语进行创作，这是无奈之举，也是最好的选择，因为英语创作的影响力远大于其非洲本土语，同时这也是其利用殖民语言来反抗殖民主义的最有效手段。也许如小说中的优素福一般，古尔纳认清了现实。面对话语权的不平等，古尔纳决定用殖民者的语言来阐述非洲被殖民的历史，借此让更多人，包括殖民国家的人即殖民者，看到殖民对一个民族造成的巨大伤害，也让人们思考语言与历史之间的关系。正如小说中印度商人加拉信葛（Kalasinga）所说，只有了解他们的语言和文化，才能知道如何"对付"他们。[③]古尔纳用殖民语言对创伤进行书写，"借用多样化的个体叙述对抗宏大历史叙事宣扬的终极真相"[④]，或许为后殖民时代非洲人民疗愈殖民创伤提供了一种选择。在古尔纳的《最后的礼物》《绝妙的静默》和《砾石之心》等作品中，我们都能清楚地看到这样的隐喻。

---

① Abdulrazak Gurnah, *Paradise*, London: Penguin Books, 1994, p. 247.

② Abdulrazak Gurnah, *Paradise*, London: Penguin Books, 1994, p. 247.

③ See Abdulrazak Gurnah, *Paradise*, London: Penguin Books, 1994, p. 87.

④ 朱振武、刘略昌：《中国非英美国家英语文学研究导论》，上海：上海译文出版社，2013 年，第 117 页。

二、名称隐喻构建文化身份

每年的诺贝尔文学奖颁给谁，是全世界读者最费思量的一件事，最后谁成为幸运者往往出乎所有人的预料，而这正是诺奖的魅力所在。从诺奖 120 多年的历史来看，获奖的作家总体上说能够服众，但有些作家获奖后才真正出名，才为一般读者甚至相关学者所知晓。可见，诺奖评委会是有他们自己的思考和标准的。值得深思的是，每年的诺奖的确代表了一定时期西方主流社会的价值判断和审美选择，也的确预示着文学文化的一定走向。我们对这种文化现象熟视无睹或不予关注显然是不对的。但我们不能跟着诺奖的判断走，而应该对诺奖作家及相关现象做出我们自己的判断和审视，同时还应该做田野调查，按照我们的判断和标准去挖掘世界各地的代表性作家。古尔纳之所以成为中国首个非洲文学研究国家社科基金重大项目的关注点，原因就在于此。

古尔纳的小说对流亡到欧洲的非洲难民的持续关注和书写正是中国学者关注的对象，而非洲难民的身份寻找和文化认同则是其作品的恒定主题。"文化身份"是殖民语境中一个不可忽视的概念。在殖民统治之下，被殖民者无法不长期接受殖民文化的浸染，致使其对自己在本土文化或是殖民文化中的位置产生怀疑，并对自身文化身份进行重构。古尔纳对西方文学作品了然于心，对西方文化特别是宗教方面的有关典故如数家珍，其小说《朝圣者之路》《多蒂》和《砾石之心》等作品都运用了名称隐喻的写作手法，在互文、象征、戏仿等方面驾轻就熟。《天堂》可以说是这方面的集大成者，而在名称隐喻方面更是匠心独运。作品巧妙运用人物名字和称呼，体现出小说主人公优素福内心文化身份的构建过程。文化人类学认为，"宗教是人类社会中仅次于民族的一种重要的文化身份"①，而作为一位穆斯林作家，古尔纳的创作自然也离不开宗教这一重要创作题材。

---

① 张劲松：《文化身份的内涵与要素》，《天津社会科学》，2015 年第 5 期，第 54 页。

权力等级关系是宗教中不可缺少的部分，这一关系多见于对位居高位者的称呼上。任何一个宗教系统都无法避免等级化，而等级与权力之间又有着错综复杂的关系。无论是东方还是西方，宗教都会根据每位教徒的功德量或圣洁度划分身份等级。在这个等级系统中，德高望重者居上。和社会阶级一样，级层越高，话语权越大。在小说中，被卖给阿齐兹为奴的优素福一直称对方为"叔叔"，而另一位小奴隶哈利勒却始终称阿齐兹为"赛义德"，同时要求优素福也去效仿。"赛义德"这个词最早指首领，后意为穆罕默德的后代，是对贵族穆斯林的尊称，但直到小说结束，优素福对阿齐兹的称呼都不是"赛义德"，常以"阿齐兹叔叔"（Uncle Aziz）、"那个商人"（the merchant）或人称代词"他"代替。这一行为表现出优素福对权力的反抗，而这种反抗是通过沉默来实现的，也正符合优素福"沉默的反抗者"这一形象。

从另一个角度来看，作为一名信仰坚定的穆斯林，优素福应对伊斯兰的教义教规保持虔诚态度，一如哈利勒以及在商旅途中遇到的穆斯林商人们。阿齐兹是贵族，受人尊敬，每位虔诚信徒自然会对其使用尊称——赛义德。但优素福极力抗拒这样的称呼，这也在一定程度上体现了优素福对于文化身份的抗拒。实际上，这种对文化身份的抗拒是个体对殖民创伤做出的应激反应。在创伤理论中，弗洛伊德把创伤描述为一种经验，这种经验"在一个很短暂的时期内，使心灵受一种最高度的刺激，以致不能用正常的方法谋求适应，从而使心灵的有效能力的分配受到永久的扰乱"[1]。创伤理论认为，受创主体会"拒绝恢复与外在现实正常的认同关系"[2]。在那段寄人篱下、任人奴役的生活里，优素福不仅身体受到创伤，心理上同样也伤痕累累。他离开父母和故土，本以为是跟着可靠的叔叔去旅行，不料却成为奴隶。后来，优素福好不容易遇到了心爱的女孩，却只能眼看着她成为叔叔的妻子，自己心中对生活抱有的唯一希望也随之破灭。这一切给优素福造成了巨大的心理创伤，于是他选择抗拒自身的宗教文化身份。伊斯兰教教义强调集体性，"在这种教义的熏陶和激励下，自我的其他属性被消解，而宗教信仰成为唯

---

[1] 弗洛伊德：《精神分析引论》，高觉敷译，北京：商务印书馆，1986年，第216页。
[2] 陶家俊：《创伤》，《外国文学》，2011年第4期，第119页。

一的身份标识"①。通过抗拒原有宗教文化身份,优素福试图构建一个"他者"的身份,把自己与周遭世界隔绝开,从而构建自己真正的文化身份。

古尔纳在作品中常常试图用带有民族或宗教色彩的典故来解决身份认同问题,②而其对宗教这一文化身份的探讨具有鲜明的独特性,这也要归功于他作品中大量引用的典故,其中就包括《古兰经》。作为伊斯兰教唯一的根本经典,《古兰经》的重要性显而易见,其中两个重要人物就是优素福与穆罕默德。在《天堂》中,古尔纳借用了这两个人物的名字,并对其进行了反叛性改写。《古兰经》中的优素福被变卖他乡,临艳不惑,却遭到诬陷,身陷囹圄。这段经历与《天堂》中优素福的经历如出一辙,但二者却有着不同的结局。《古兰经》中的优素福最后寻得了自己的光明,《天堂》中的优素福则萌生了加入民兵的想法,前途未卜。如果说《古兰经》中优素福的结局是典型的宗教式结局,那《天堂》中优素福的结局无疑是反宗教式的,体现出古尔纳想要打破宗教文化身份,借此重新定义自己在本土和异邦双重文化夹缝中的文化身份。小说中出现的另一个改写形象是穆罕默德。穆罕默德是伊斯兰教先知,真主安拉的使者,也是伊斯兰教创始者,倡导穆斯林团结一致。但在古尔纳笔下,穆罕默德却以一个乞丐的身份出现在优素福面前,是"身形干瘪,声音刺耳的人"③。这一改写也体现出古尔纳通过名字隐喻构建的"破"和"立"。通过这两处"借名改写",可以看到古尔纳对重构文化身份做出的探索,表明古尔纳试图从宗教文化身份着手,探讨殖民与被殖民、构建与被构建的问题。

从描写优素福对文化身份的抗拒,到改写《古兰经》中优素福的结局,再到让安拉使者穆罕默德以乞丐身份出现,我们可以看出古尔纳自身受到的殖民创伤以及其对文化身份构建的看法。仔细研读古尔纳的作品,可以发现他似乎对名字隐喻青睐有加,其大部分作品都运用隐喻的叙事手法,隐晦地将线索藏在人物名字或称呼中。如古尔纳的第三部作品《多蒂》中的主人公多蒂·布杜尔·法蒂

---

① 张劲松:《文化身份的内涵与要素》,《天津社会科学》,2015年第5期,第55页。

② See Victor N. Gomia and Gilbert S. Ndi, *Re-writing Pasts, Imagining Futures: Critical Explorations of Contemporary African Fiction and Theater*, Denver: Spears Media Press, 2018, p. 170.

③ Abdulrazak Gurnah, *Paradise*, London: Penguin Books, 1994, p. 9.

玛·贝尔福就化用了阿拉伯故事《一千零一夜》里中国公主的名字，用来隐喻跟殖民创伤和解的方式。而 2020 年出版的作品《今世来生》中的哈姆扎则借用了《古兰经》中穆罕默德叔叔的名字。每位作家在创作过程中都会或多或少融入自己的个人经历，因此要探究小说的写作意图，就有必要对作者的生活背景进行了解。

在非洲东海岸印度洋上，有一座小岛名叫桑给巴尔，在阿拉伯语里意为"黑人的海岸"，后来阿拉伯移民加入，带来了阿拉伯文化，并与土著文化相结合，形成了独特的斯瓦希里文明。岛上 98% 的居民都是穆斯林，1948 年出生于此的古尔纳也是其中一员。1964 年，桑给巴尔发生暴乱，18 岁的古尔纳选择离开了这座小岛，在肯尼亚停留一段时间后，于 1968 年作为难民抵达英国，直到 20 世纪 80 年代才重回故土。定居英国期间，这位流散作家在肯特大学攻读文学博士学位，长期受到英美文学的熏陶。古尔纳因故土的殖民和暴乱而流离失所，在英国又显得格格不入，这种流散状态和孤独感对他造成了难以磨灭的创伤。连古尔纳自己也曾在访谈中表示："在英国的第一年，我是一个陌生且无足轻重的存在。"[1] 同时，在坎特伯雷基督教堂大学的学习经历也让古尔纳对于宗教文化有了新的认识，并将这一认识融入自己的作品中。可以看到，无论是《天堂》《朝圣者之路》，还是《砾石之心》，抑或是《今世来生》，其各自的主人公都有着不同寻常的来龙去脉，代表着非洲逃亡流散者的不同类型，都透过多种文化视角来探寻自我文化身份，而构建文化身份正是古尔纳在《天堂》中为读者指明的方向。古尔纳的隐喻手法，有别于其他英语作家的地方，就在于其创作是在吸收消化了欧洲传统文化的精粹后，又返回到非洲本土的物叙述。这种把世界经典与非洲土著有机耦合的能力使寻常作家难以望其项背。是的，古尔纳小说的隐喻手法远不止名称隐喻，在物叙述和物隐喻方面也有令人信服的表现。

---

[1] Abdulrazak Gurnah, "Writing and Place", *Wasafiri*, 2004, 19 (42), p. 59.

三、花园隐喻探索价值认同

古尔纳小说的故事情节经常围绕一个核心事物展开描摹，从而不易察觉地赋予作品以丰富的隐喻意义。这一点与获得2013年诺贝尔文学奖的加拿大作家爱丽丝·门罗（Alice Munro，1931—2024）有异曲同工之妙。在一个关于写作的访谈中，门罗提道："我不写，也不会写人物的心理状态。我要写就得写……我要进入人物或生活里面去，不能不写围绕着它们的其他的东西。"①优秀的作家们正是通过这样的隐喻实现其创作主旨和价值认同的。价值认同一直是非洲作家热衷于探讨的问题，古尔纳也不例外。在《天堂》中，古尔纳用隐喻的方式来探讨直面创伤对自我价值认同的帮助。无独有偶，古尔纳在第二部作品《朝圣者之路》的结尾，也用了隐喻的手法，安排达乌德去参观基督教的坎特伯雷大教堂，试图从宗教的角度寻求自我价值认同。与直叙相比，隐喻更能给读者更为强烈的感受，引起人们对非洲殖民问题的思考和对非洲被殖民史的重视。

像美国作家马克·吐温把写作比作"一块砖一块砖地垒砌……最终形成我们称之为风格的东西"②，身份认同困境在古尔纳自身经历中就有着清晰的体现。瑞典文学院在对他的评语中说道："古尔纳在处理'难民经验'时，重点放在其身份认同上。他书里的角色常常发现自己处于文化与文化、大陆与大陆、过去生活和正在出现的生活之间——一个永远无法安定的不安全状态。"③作为一名用英语写作的非洲作家，古尔纳在英美文学中一直处于一种边缘化的状态，一直在努力寻找一种合适的方式来探究自己的身份与价值。在非洲文学研究中，学者们将这样的状态定义为"异邦流散"，即指发生了地理位置的徙移后所面临的异质文化

① Graeme Gibson, *Eleven Canadian Novelists*, Toronto: Anansi Press, 1973, pp. 256-257.

② Thomas M. Grant, "The Curious Houses That Mark Built: Twain's Architectural Imagination", *Mark Twain Journal*, 1981, 20 (4), p. 1.

③ Swedish Academy, "Nobel Prize Lessons–Literature Prize 2021", *The Nobel Prize*, Accessed December 7, 2021, https://www.nobelprize.org/nobel-prize-lessons-literature-2021/.

间的冲突与融合。^①而与古尔纳的其他作品不同,《天堂》这部小说从现实与幻想的反差来体现这种被文化孤立的异邦流散感,让我们对于这种"异邦流散"的身份也有了进一步认识。

花园是小说中的一个重要场景,贯穿整部小说。小说以"天堂"为题,让读者产生一种先入之见,以为接下来将看到一幅"黄发垂髫,并怡然自乐"的景象,实则不然。在小说中,即将成为奴隶的优素福跟着阿齐兹到家,一眼就看到了阿齐兹家的花园。"他透过门廊,瞥见了那座花园,一眼就看到了果树、花丛以及粼粼波光。"^②"花""泉水""果树"都是《失乐园》中用以描述伊甸园的常用意象,象征着生命的美好。自此,这座花园在优素福心中构建出了一个天堂的样貌。在优素福暗无天日的世界里,花园成为其生活的一线希望,使其沉浸其中。古尔纳多次使用"四面围墙"(walled)和"封闭"(enclosed)等词来形容这座花园,把花园描绘成与世隔绝的桃花源,而花园里透出的"幽静"(silence)与"凉意"(coolness),让人更是心向往之。从优素福走进阿齐兹家开始,花园就一路见证了他的自我觉醒。离开旧生活后,优素福第一个见到的就是阿齐兹家的花园,而在小说的结尾,优素福动身往民兵离去的方向追赶时,最后听到的关门声也是从花园里传来的。

为抵债被卖为奴后,优素福跟着阿齐兹离开故乡,抵达全新的世界。沿途优素福看到的是德军殖民下东非人民的苦难经历——为德国人修路,做计件工作,为来往旅客和商人提行李,工作量不达标就会被德军绞死,且德军施刑绝不心慈手软,完全不把奴隶当人对待,等等。跟着阿齐兹商队在非洲四处游走的过程中,优素福也目睹了这片大陆的衰败。疾病肆虐,迷信盛行,贸易腐败,奴隶买卖猖獗。这地狱般的环境更凸显了那座花园的圣洁,是宛若天堂一般的存在。优素福跟着商队回到阿齐兹家后,便常常溜进花园,在花园里幻想天堂的样子,而花园也成了他心灵上的避难所。但古尔纳并未使这个受伤的灵魂获得片刻的宁静。或许在他看来,逃避并不能让伤口愈合,直面问题才能找到自我,获得身份认同感。

---

① 参见朱振武、袁俊卿:《流散文学的时代表征及其世界意义——以非洲英语文学为例》,《中国社会科学》,2019 年第 7 期,第 140 页。

② Abdulrazak Gurnah, *Paradise*, London: Penguin Books, 1994, p. 21.

在故事的结尾处，获准在花园里干活儿的优素福如往常一样走进花园，为女主人祷告，而这次女主人对他示好，被他拒绝，于是从背后抓破了他的衣服，到阿齐兹面前污蔑他。直到这一刻，优素福才意识到，"天堂"再美好，终究不属于自己。就像他的自由，也终究无法由他自己掌控。从小在殖民环境中长大的优素福，从未见过美好的事物，于是把那座花园看作天堂，寄予了自己全部的生活希望。但于他而言，这个天堂一直处于若即若离的状态，就如同沙漠里的幻象，使其贪恋于美好之中无法认清现实。

小说运用了"花园"这个意象揭示了殖民统治下非洲的现实境况。"天堂"属于殖民统治阶级，而"地狱"的大门则为非洲人民敞开着。古尔纳把"天堂"描述得愈美好，非洲人民的生活就愈显得水深火热。在小说中，被卖为奴的优素福并没有像另一位奴隶哈利勒一样，始终守在奴隶主家里。一次突如其来的机会，让优素福得以跟着奴隶主阿齐兹的商队到非洲各地进行贸易。途中碰到了一个叫哈米德（Hamid）的商人，以养鸽子为爱好。这人会欣喜地跟优素福描述鸽子被关在笼子里的样子，并把它们称为"天堂之鸟"（the birds of paradise）。他还告诉优素福，这些鸽子都是"浑身洁白，拖着宽大的尾羽"[①]，所有看上去与众不同的鸟都会被处理掉。这些鸽子喻指殖民统治下的非洲人民，而"洁白"则应该是指白皮肤的欧洲殖民者，暗指殖民者想要铲除异己，把非洲完全殖民化，并享受这一过程。这一系列隐喻形象地描述出了殖民者将非洲人民当作玩物的心理，从殖民者的角度来剖析非洲人民在这片大陆上受到的不公待遇，在一定程度上也映射出压在非洲人民身上的两座大山——民族中心主义和殖民优越感，从侧面凸显了非洲人民所承受的深重苦难。这样的苦痛经历给非洲人民带来了巨大创伤，这种创伤主要表现为自我价值认同感的模糊。笼罩在西方殖民主义阴霾下的非洲，奴隶制度和奴隶贸易盛行多年。许多被殖民者不仅自己被卖为奴，且世代为奴。他们遭受非人待遇和精神摧残，几乎难以找回自我价值认同感。在后殖民时期，通过隐喻手法提醒人们记住苦难历史，记住人类历史上的悲惨一页，为历经苦难和

---

① Abdulrazak Gurnah, *Paradise*, London: Penguin Books, 1994, p. 65.

努力摆脱苦难的人们发声，为寻找当下幸福和美好未来的人们提供镜鉴，这应该是古尔纳的小说创作带给我们的重要价值。

结　语

非洲文学特别是非洲英语文学与大洋洲的澳大利亚和新西兰的英语文学不同，与北美的加拿大的英语文学不同，与加勒比地区的英语文学不同，与亚洲的印度英语文学也不同。澳大利亚、新西兰、加拿大等国家和地区的英语文学像美国文学一样，其根都是英国文学，其语言没有发生过变更，文化基本同源，认同无甚变化，连集体无意识都可以共享。印度虽然也曾被英国殖民，但毕竟相对时间较短，毕竟自己的语言和文化始终没有断层。这几个地区流散作家的形态普遍呈现出单一、单维的特点。非洲则迥异，其传统文化早已蜕变，语言早已经被取代，身体上和精神上的创伤都远远超过其他国家或地区。所以，当在欧洲学习、工作和生活了几十年，对西方文化和非洲文化都熟稔于心的古尔纳站出来持续精心地书写非洲难民的时候，其意义和价值就立刻凸显出来了。殖民主义是非洲文学中最为重要的主题，而古尔纳则抓住了那根最敏感的神经，那就是这么多年来人们始终关注但并未深入膝理的难民问题：他们的过往、身体的摧残、心灵的伤痛、多舛的人生、无望的挣扎和对于未来始终不灭的美好希冀与憧憬。人类已经进入后现代化和后工业化时代，人类的物质生活和精神生活已经到了如此惬意舒适的今天，还有那么多人在同一个世界的另一端和另一维呻吟、挣扎、哀求、祈愿和期盼，在这种情况下，《天堂》等专门写上述素材和主题的作品还缺少高度和深度吗？古尔纳就是这样成功抓住了读者，并成功打开了当下读者的心扉。"现代非洲文学是在殖民主义的熔炉中造就而来的。"① 透过《天堂》这部作品，古尔纳用历史性的眼光，书写了一部非洲殖民史，同时又不只局限于殖民历史，而是倾

---

① F. Abiola and Simon Gikandi (eds.), *The Cambridge History of African and Caribbean Literature*, Cambridge: Cambridge University Press, 2004, p. 379.

向于用历史隐喻现在，以史为鉴，思考未来。非洲是一片特殊的大陆，除了埃塞俄比亚，整个非洲都曾长期处于被殖民状态。这段历史为非洲带来多元文化，同时也蚕食了非洲本土文化，让非洲人民至今还处于失根状态，处于寻找自身立足点的状态。批判是为了审视。最了解非洲的人应该还是非洲人自己，可以说作为文学家的古尔纳自然是最了解非洲的人之一。古尔纳"以公允的世界主义眼光言说和批判一切的不公"①，在《天堂》中以非洲土著的眼光来看非洲现存问题的根源。借主人公优素福之眼，作品让我们可以看到，除了殖民带来的经济掠夺、人口骤减和文化蚕食之外，非洲大陆上的部落争斗、迷信盛行以及疾病肆虐也都是阻碍非洲发展的原因。其实不仅是非洲，世界上许多国家和地区都曾遭到殖民主义的迫害，至今都还存在历史遗留创伤。而正视历史，直面创伤，是让伤口愈合的唯一途径。

正如《失乐园》中的撒旦被贬到地狱后所说的："一颗永不会因地因时而改变的心……在它里面／能把天堂变地狱，地狱变天堂。"②《天堂》虚构出了那个名曰"卡瓦"的小镇，且并未提及阿齐兹所处海滨城市的具体位置，因为所处地域不应成为个人身份的决定因素。为此，古尔纳显然是有意模糊地理坐标，构建了一个"去地域化"的非洲世界，以便用更为纯粹的眼光来探索自我身份。"非洲英语文学已经成为世界文化中的特殊现象，引起了各国文化界和文学界的广泛关注。"③古尔纳获奖后，我国的相关研究立即呈现井喷之势，《文汇报》《文艺报》《生活周刊》《香港明报》《解放日报》等多家报刊纷纷发表评论文章，从多个角度介绍古尔纳的获奖情况。我国首个非洲文学研究国家社科基金重大项目"非洲英语文学史"首席专家朱振武在古尔纳获奖后的头两天就接受十几家报刊的专访。中国外国文学界在几个月的时间里就涌现出古尔纳研究文章 30 多篇，《文艺理论研究》《外国文学动态研究》《外国文学研究》《山东外语教学》《天津师范大学学

---

① 石平萍:《非洲裔异乡人在英国:诺贝尔文学奖得主古尔纳其人其作》,《文艺理论与批评》,2021 年第 6 期,第 105 页。

② 约翰·弥尔顿:《失乐园》,朱维之译,北京:人民文学出版社,2019 年,第 15 页。

③ 朱振武、袁俊卿:《流散文学的时代表征及其世界意义——以非洲英语文学为例》,《中国社会科学》,2019 年第 7 期,第 158 页。

报》《燕山大学学报》《外国语文》《外语教学》等多家学术期刊都设立专栏，从创作主题、艺术特色和接受影响等多个维度对古尔纳的小说创作进行阐释。这既说明诺贝尔文学奖的影响之大，也说明我们有时较多地跟风西方学界，还没能完全摆脱唯他人马首是瞻的局面。因此，我们仍需增强文化自信和批评自觉。古尔纳虽身在英国，其作品却始终聚焦故土，讲述非洲故事，反映非洲问题，但其写作用语又是英语。这种在"天堂"与"地狱"间的状态，正是这类流散作家的共性，一如南非作家库切和戈迪默，以及与古尔纳同为东非作家的恩古吉，还有尼日利亚的索因卡等一众非洲作家，都不约而同用隐喻揭露殖民创伤，从深层揭橥非洲人民的身心磨难。作为异邦流散和异邦本土流散作家的代表，古尔纳等非洲作家独特的隐喻叙事和创伤书写拓宽了非洲文学的宽度和深度，其包容性和丰富性也成为世界文学多样性的重要因素。我们关注古尔纳的文学创作，不是因为他获得了诺贝尔文学奖，不是因为他得到了西方文学界的高度认可，而是因为他的创作关注了世界上被多数人忽略的那个人群，是因为他揭示了人类社会和社会文明发展到今天还不能摒弃的战争、歧视和伤害，还不能放弃种族间、民族间的成见，还不能放弃站在"文明顶端"的高傲的俯视的态度，还不能持有悲悯之心、宽容之心、谦卑之心和大爱情怀。古尔纳站在了一个新的高地，取得了流散作家所期望达到的新的高度。

第四节 《多蒂》作品节选及评析

作品节选

《多蒂》

（*Dottie*，1990）

"The garden. He loved that," she said, and told them of all the plants and bushes she had put in and tended. Sometimes they needed special soil, and she had to go to the woods or to the Downs to find exactly what she needed. But then she had got tired. Had they seen the garden?

"Yes, Aunty, we have," Dottie said, even though it was still winter and the garden was full of skeletons and sodden evergreens, and the paths were littered with dead leaves and stained with dark mud.

"Aren't you tempted now to try and find out about the other name?" Michael asked, "And about the man in the picture who might have been her father. Or to find out if the woman Hawa was her mother. They might still be there, in Cardiff. Aren't you tempted to go and find them?"

She shook her head. "It's taken me all these years to begin to find myself, to begin to know what to look for. One day I'll go and look for them . . ."

"One day they won't be there," he interrupted, frowning a little.

"Nor will I one day, in the long run," she said.

"It sounds like selfishness to me."

"How kind!" she said lightly, but winced involuntarily at his accusation.

"What harm will it do?" he persisted. "And it will be terrific to find out."

"One day . . . maybe. You're just being a journalist," she said, refusing to give in to him. "You want to get to the end of the story. If the condition of our lives is not that moment on the forest path that you described to me, if we don't just have to wait until the killer finds us, then it must be about what we do, how we live. That's what matters. I know it's only part of what matters, that there are others, but it's the part I'm living now. And if he's not there when I go to look for him, I can only pray that he'll have lived his life well." [1]

"花园。他喜欢这个。"她说，并告诉他们她照料的所有植物（如灌木等）。有时它们需要特殊的土壤，她不得不到森林或丘陵去寻找这些。但不久她就觉得疲惫。他们看到花园了吗？

"是的，阿姨，我们有。"多蒂回答。尽管现在仍然是冬天，花园里到处都是枯木，小路上随处可见枯枝败叶，沾满黑泥。

"你现在难道不想试着找出另一个名字吗？"迈克尔问道，"还有照片上的那个男人可能是你母亲的父亲。或者确认哈瓦是否是她的母亲。他们可能还生活在那里，卡迪夫。你不想去找他们吗？"

她摇了摇头。"我花了这么多年才开始找到自己，才开始知道要找什么。总有一天我会去找他们……"

"总有一天他们就不在了。"他微微皱眉，打断了多蒂。

"总有一天，我也不在了。"她说。

"在我看来，这听起来像是自欺欺人。"

"多好啊！"她轻描淡写地说，但对他的指责不由自主地感到害怕。

他坚持说："这有什么坏处？而且，找出真相将会非常棒。"

"有一天……也许。你记者的习性未改。"她说，拒绝被他说服，"你想把故事讲到最后。如果我们生活的环境不是你向我描述的森林小路上的那一刻，如果我们还不必等到死神找到我们，那么我们现在做什么，如何生活，才更重要。我知道这只是重要的一部分，还有其他的，但这是我现在生活的一部分。如果我去找他时他不在那儿，我只能祈祷他能好好地生活。"

（苏文雅／译）

---

[1] Abdulrazak Gurnah, *Dottie*, London: Bloomsbury, 2021, pp. 394-395.

作品评析

《多蒂》中的改写和重构

引　言

阿卜杜勒拉扎克·古尔纳的第三部长篇小说《多蒂》（*Dottie*，1990）是其作品中尤为特殊的一部，是唯一一部以女性主人公为主角的作品。《多蒂》继承了英国的成长小说传统，聚焦多蒂（Dottie）从17岁到26岁在伦敦谋生、抚养弟妹、交友恋爱的成长经历。同时，古尔纳又对经典成长小说进行改写，重构主人公多蒂的形象，将其从经典成长小说中的中产阶级白人男性置换为在英国社会常被当作"外国人"的黑人女性。作为黑人移民的后代，多蒂陷入种族、性别、阶级交织而成的多重身份困境，也反映了移民及其后代在"二战"后的英国面临的共同遭遇。然而，多蒂没有自怨自艾，而是通过阅读文学经典、上秘书课程等不断提升自我，实现价值，从而完成了身份认同，最终成长为一位独立自主的年轻女性，在英国社会立足。通过多蒂的个人成长，古尔纳给予读者了一条他心中消弭种族鸿沟、身份重构之路。

一、《多蒂》和《大卫·科波菲尔》的互文性

谈及互文性（intertexuality），不能不提法国批评家朱莉娅·克里斯蒂娃（Julia Kristeva），她借用巴赫金的对话理论在《词、对话、小说》（*Le mot, le dialogue, et le roman*，1966）中首先提出了互文性（intertextalité）这个术语："任何文本的建构都是引言的镶嵌组合；任何文本都是对其他文本的吸收与转化。"①

此后，不少文学理论家如罗兰·巴特、雅克·德里达、热拉尔·热奈特、米歇尔·里法泰尔都对互文性理论进行了阐释，随即成为结构主义批评、后结构主义批评的标志性术语。简而言之，互文性通常指"两个或两个以上文本间发生的互文关系"②。在这个意义上，《多蒂》和英国著名批判现实主义作家查尔斯·狄更斯（Charles Dickens，1812—1870）的名作《大卫·科波菲尔》(*David Copperfield*，1850）在小说人物、结构和情节方面存在明显的互文表征，《多蒂》是对《大卫·科波菲尔》的模仿和继承。

首先，就小说人物而言，两部小说都塑造了一个少时失去家庭庇护、独自在英国社会闯荡、不断成长的青年形象。《大卫·科波菲尔》是狄更斯的半自传作品，也是英国文学史上经典的成长小说。主人公大卫（David）从小遭遇丧亲之痛，但是他聪明好学，自强不息，善良乐观，在逆境中坚毅果敢，积极进取，在多位好心人的帮助下终于获得了事业上的成功和家庭的幸福。时间从英国维多利亚时期转到20世纪五六十年代，《多蒂》中的多蒂也如大卫一样，身陷困境但坚韧不拔、自强奋斗，最后拥有了自己的房子和不错的工作，过上了安定的生活。单亲家庭中长大的她吃苦耐劳，在承担家庭经济重担的同时悉心照顾生病的母亲莎伦（Sharon）和年幼的弟弟妹妹。莎伦病逝后，17岁的多蒂没有自怨自艾，而是在工厂更加辛勤地工作，努力攒钱让被送往特殊学校的妹妹索菲（Sophie）和被领养的弟弟哈德森（Hudson）回到伦敦，以求一家人幸福团聚。与此同时，多蒂还挤出时间去图书馆阅读文学经典，看报，听广播，了解时事政治，形成了独立人格。家人的生活条件好转后，多蒂第一时间上夜校学习秘书课程，最后靠出色的能力通过应聘成为一名秘书。可以看出，《多蒂》中的主人公多蒂和《大卫·科波菲尔》中的主人公大卫在个人经历和性格特征等方面都有众多相似性。

---

① 朱莉娅·克里斯蒂娃：《符号学：符义分析探索集》，史忠义等译，上海：复旦大学出版社，2015年，第87页。
② 赵一凡、张中载、李德恩（主编）：《西方文论关键词》，北京：外语教学与研究出版社，2006年，第211页。

其次，就小说的结构而言，两部小说都遵循了成长小说的基本模式，即"集中反映个体在特定的社会环境中的成长与发展"①，叙述一段成长史而不是整段人生历史，叙述片段包括教育、成为学徒、婚姻、醒悟、自我质疑等。《大卫·科波菲尔》按照线性时间顺序完整勾勒了大卫从出生到寄宿学校上学、成为童工、继续接受教育、在事务所做学徒、恋爱结婚，再到最后成为作家的成长经历。《多蒂》虽然没有如前者严格按照时间顺序从多蒂的出生写起，但在叙述中穿插了多蒂的童年回忆，并详细描绘了多蒂成年前后的生活经历、初恋的甜蜜和苦涩、换工作带来的成就感等，从而构成完整的多蒂成长脉络。

最后，两部小说存在多处情节上的一致性。《多蒂》中的多蒂和《大卫·科波菲尔》中的大卫一样，从出生起其父亲的角色就缺席，前者不知父亲是谁，后者父亲早逝。两人的童年都跟着自己的母亲生活，不幸的是成年前他们的母亲都因病离世。母亲去世后，多蒂和大卫都经历过一段类似的童工期和学徒期。大卫的母亲去世后，大卫被继父谋德斯通（Murderstone）中断了他的学业，被迫去伦敦的格林比货行做童工谋生。而多蒂的母亲莎伦去世后，多蒂也在伦敦沃克斯豪尔（Vauxhall）的一个工厂工作养活自己；大卫完成学业后在事务所做学徒，为成为一名代诉人做准备。而多蒂上完夜校课程后也"扭转了自己的生活"②，在一家公司经历了一段学徒期，学习打字和速记，后来才成为一名秘书。此外，多蒂和大卫都通过"自我教育"慢慢成长。大卫虽然在儿时短暂受过学校教育，后来又回归学校，但他的真正教育来自和各行各业底层市民的接触，从他们身上学到善良、正直、自尊的良好品质。多蒂亦是如此，她幼年随母亲多次搬家，未接受连贯的教育，成年后在工作之余主动阅读，勤于思考，也受到社工霍利夫人（Mrs. Holly）、夜校老师兼朋友艾斯黛拉（Estella）等多位好心人的帮助，最终成为一个独立自尊、内心强大的女性。无独有偶，两人的恋情也非常类似，多蒂和大卫均经历过一段青涩的初恋，均以失败告终，又再次找到合适的恋人。

---

① 孙胜忠：《西方成长小说史》，北京：商务印书馆，2020年，第105页。

② Abdulrazak Gurnah, *Dottie*, London: Bloomsbery, 2021, p. 316.

117

此外，古尔纳在《多蒂》中多次或直接或间接提到《大卫·科波菲尔》。小说中，社工霍利夫人第一次提到《大卫·科波菲尔》，她告诉多蒂，哈德森被多佛一个体面的家庭收养，这让她想到《大卫·科波菲尔》中同样被多佛的贝特西小姐收养的大卫。霍利夫人给多蒂看了一张哈德森坐在驴子上的照片，和她手上青少年版《大卫·科波菲尔》中的一张插图很像。霍利夫人希望哈德森能像大卫那样"长大后名利双收"[1]，并将《大卫·科波菲尔》送给多蒂。此后，多蒂白天在上下班公交上，晚上在家里废寝忘食地读这本书。"她花了几天时间才鼓起了勇气，终于在一个周六早上，在市场上买了蔬菜和肉后，穿过马路，走进了图书馆。"[2] 对多蒂而言，收到《大卫·科波菲尔》是她人生的一个重要转折点，就像一把钥匙打开了一个崭新的丰富世界，并从此启程阅读大量英国经典。一开始，多蒂对狄更斯的大部头书感到厌倦，因为总是读不懂。慢慢地，她能读懂一些简单的浪漫小说和侦探小说，可她第二遍读《大卫·科波菲尔》时，却仍感到困难重重。虽然如此，当多蒂和同样是工厂工人的初恋男友肯（Ken）约会时，她仍提出"想去看看大卫·科波菲尔第一次见到米考伯夫妇时住的城市路（City Road），还想去大卫和朵拉度过短暂婚姻的海格特（Highgate），以及斯蒂福斯（Streetforth）的母亲的住处"[3]。因为大卫曾在坎特伯雷的学校读书，所以多蒂也曾和朋友艾斯黛拉建议一起去坎特伯雷大教堂朝圣。由此可见，《大卫·科波菲尔》的文本一直出现在多蒂的故事中，对她的成长起到了至关重要的作用。多蒂正是通过对《大卫·科波菲尔》的阅读和逐步认识，构筑了她的成长史。

古尔纳是一位学者型作家，作为英国肯特大学英语和后殖民文学教授，长期从事非洲、加勒比海、印度殖民与后殖民文学教学与研究工作。此外，他还曾担任英国文学杂志《旅行者》（Wasafiri）的特约编辑和布克奖的评委，这些经历让他更加熟稔英国文学经典，有意识地在自己的作品中和经典文本互文。其实，除了《大卫·科波菲尔》外，小说中还直接提到多蒂阅读了其他英国经典成长小说，

---

[1] Abdulrazak Gurnah, *Dottie*, London: Bloomsbery, 2021, p. 35.

[2] Abdulrazak Gurnah, *Dottie*, London: Bloomsbery, 2021, p. 36.

[3] Abdulrazak Gurnah, *Dottie*, London: Bloomsbery, 2021, p. 135.

如狄更斯的《远大前程》（*Great Expectations*，1861）、简·奥斯汀（Jane Austen，1775—1817）的《曼斯菲尔德庄园》（*Mansfield Park*，1814），夏洛蒂·勃朗特（Charlotte Brontë，1816—1855）的《简·爱》（*Jane Eyre*，1847）等。表面上，这些成长故事在某种程度上带给多蒂勇气和力量，但在深处，小说背后所代表的英国文化让多蒂这位黑人女孩始终找不到归属感。古尔纳来自非洲的桑给巴尔，更能敏锐地从外部发现"帝国文学"中的种族排他性问题，这也正是多蒂难以和《大卫·科波菲尔》产生共鸣的原因。古尔纳借此指出此前成长小说的局限性，试图在继承这些成长小说传统的基础上又对此进行改写和创新。

二、《多蒂》对英国经典成长小说的改写

如前所述，《多蒂》和《大卫·科波菲尔》都是以青年的成长经历为题材的小说，属于成长小说。"成长小说"一词，一般认为来源于德语"Bildungsroman"，指的是德国18世纪发展而来的一种小说类型，通常讲述主人公从少年至成年达到成熟的过程。歌德的《威廉·麦斯特的学习时代》（*Wilhelm Meisters Lehrjahre*，1795）被认为是成长小说的原型。总体而言，德国成长小说的核心价值是自我教育，通过描写主人公的精神追求凸显人的和谐发展。英国成长小说通常被认为是德国成长小说在英国的延伸。托马斯·卡莱尔（Thomas Carlyle，1795—1881）的《旧衣新裁》（*Sartor Resartus*，1836）被认为是英国的第一部德国式成长小说。"作为第一部具有标志意义的英国成长小说，《旧衣新裁》仍带有德国成长小说精神追求的显著特点。"[①]此后，英国成长小说出现了第一次兴盛。19世纪上半叶，一大批作家如约翰·斯特林（John Sterling，1806—1844）、乔治·刘易斯（George Lewes，1817—1878）等从事成长小说的创作实践，其作品无论是主人公的内心成长还是情节安排都模仿德国18世纪末的成长小说，"反映的是封建制度向资本主义制度过渡时期的各种社会关系，

---

① 孙胜忠：《西方成长小说史》，北京：商务印书馆，2020年，第253页。

保留了传统传记小说的基本叙事特征，再现了典型的个体成长经历和社会文化氛围"①。而19世纪中后期的英国经典成长小说，"多半反映的是主人公'向上流动'的经历，并以此作为中产阶级青年的人生教条"②。19世纪中后期的英国正处于维多利亚时代的中期和晚期，处于进一步扩张的阶段，工业化为英国社会积聚了大量财富。工业和民主革命使英国古老而等级森严的阶级结构开始松动，阶级之间的流动性明显增大。受到社会实用主义自我教育观的影响，这个阶段的英国成长小说更加关注客观现实对自我实现的必要性，如婚姻、家庭、职业等。这一时期的成长小说代表作如狄更斯的《大卫·科波菲尔》《远大前程》，夏洛蒂·勃朗特的《简·爱》等对世界文学产生了重要影响。有学者指出："这个体裁早期的范例以个人融入代表教养理想标准的贵族或上流社会为结局。成长小说不仅使向上升迁的经历合理化，而且还教育中产阶级如何去实现它。"③确实如此，《大卫·科波菲尔》中的大卫从童工成长为一名作家，拥有稳定的收入和较高的社会地位；《远大前程》中的穷小子皮普（Pip）受到匿名资助，一直学习成为一名"绅士"，从而进入上流社会；《简·爱》中的简·爱得到了一笔丰厚的遗产从而跨越了阶级，最后与罗切斯特（Rochester）完婚。无一例外，这些经典成长小说的主人公最后都通过物质现实完成了自我实现。

《多蒂》对英国成长小说的改写在于置换了小说主人公，从传统的白人男性主人公转变为黑人女性主人公。若严格按照英国成长小说的叙事模式，在《多蒂》中类似大卫的人物其实应该是多蒂的弟弟哈德森，可事实上哈德森与大卫走向了截然相反的结局，即"哈德森为狄更斯的一部小说提供了最明确的、最明显的讽刺对应关系"④。《大卫·科波菲尔》的开篇详细介绍了大卫的出生和取名。与之对应，《多蒂》的开篇是索菲的孩子哈德森的出生和取名，"在工厂的高音喇叭

---

① 孙胜忠：《西方成长小说史》，北京：商务印书馆，2020 年，第 261—262 页。

② 孙胜忠：《西方成长小说史》，北京：商务印书馆，2020 年，第 262 页。

③ Patricia Alden, *Social Mobility in the English Bildungsroman: Gissing, Hardy, Bennett, and Lawrence*, Michigan: UMI Research Press, 1986, p. 2.

④ Simon Lewis, "Postmodern Materialism in Abdulrazak Gurnah's *Dottie*: Intertextuality as Ideological Critique of Englishness", *English Studies in Africa*, 2013, 56 (1), p. 43.

里，多蒂第一次接到她妹妹分娩的消息"①。在医院里，索菲告诉多蒂为了纪念已故的弟弟，她要给孩子取名"哈德森"。此外，大卫和哈德森都有共同在多佛被收养的经历，这也是小说中首次提到《大卫·科波菲尔》的原因。在《大卫·科波菲尔》中，贝特西小姐出于善良和亲情收养了大卫，并教导他成为正直、善良、自尊的人，此后两人始终生活在一起。与此形成对照，哈德森的白人教师养父母对社工强调他们只收养"外国人"，于是收养了外表看起来像"外国人"的哈德森。然而，哈德森并不像大卫有着良好的道德修养。哈德森16岁时被多蒂带回了伦敦，内心却十分抗拒。回家那晚，他的姐姐多蒂和索菲异常开心，而哈德森却只是"静静地坐着"②，而当他意识到晚上他只能睡在墙角那张临时铺的肮脏小床上时，立刻"显得很羞辱和愤怒"③。这种对生存现状的不满足和厌恶感让哈德森对两位疼爱他的姐姐恶语相向，粗鄙地喊她们"婊子"。哈德森并没有如霍利夫人安慰多蒂那样慢慢习惯贫苦的生活，而是变本加厉对抗它。起初，他每一天都在学校打架，在街头和狐朋狗友鬼混，常常几天几夜不回家。后来，他甚至染上了毒瘾，经常偷窃，又被迫成为性交易者，最终被捕。从劳改所出来后，哈德森决定去美国寻找那个所谓"住在大房子"的父亲。两个姐妹将自己所有的积蓄都交给亲爱的弟弟，帮助他完成他的梦想。不幸的是，哈德森刚去美国不久就溺死在纽约的哈德森河中。这条河正是他的美国父亲从小玩耍的地方，也是他名字的由来。

与此形成鲜明对照的是，多蒂呈现出完全不同的人生走向。哈德森的成长失败了，而"置换"后的多蒂却取得了成功。母亲去世后，多蒂能打工养活自己，又即将满18周岁，便不用被领养，而是在伦敦独自生活。她勤劳负责，深受领导和同事认可，食品包装厂的大部分工人都是临时工，多蒂却是少数的"长期工人"④。小哈德森出生后不久，多蒂意识到他们的生活条件恶劣，不能让哈德森在这么一个肮脏的、"全是疯子"⑤的地方长大，于是提出和索菲一起节衣缩食更换

---

① Abdulrazak Gurnah, *Dottie*, London: Bloomsbery, 2021, p. 1.

② Abdulrazak Gurnah, *Dottie*, London: Bloomsbery, 2021, p. 83.

③ Abdulrazak Gurnah, *Dottie*, London: Bloomsbery, 2021, p. 83.

④ Abdulrazak Gurnah, *Dottie*, London: Bloomsbery, 2021, p. 107.

⑤ Abdulrazak Gurnah, *Dottie*, London: Bloomsbery, 2021, p. 231.

住处。姐妹俩攒了些钱，在杰米的哥哥帕特森（Patterson）的帮助下，三姐弟顺利地从巴勒姆（Balham）的一个简陋小单间换到了布雷克斯顿（Breixton）霍拉蒂奥街（Horatio Street）上的独立房子。这个房子带一个小花园，是多蒂一直以来的梦想。等索菲和哈德森的生活安稳了些，多蒂报了夜校的秘书课程，并成为全班成绩最优异的学生。小说结尾，多蒂拥有了属于自己的房子，还有一份不错的工作和一份萌芽中的甜蜜爱情。

由此，《多蒂》中的女性主人公取代了传统成长小说中的男性主人公。诚然，"英美成长小说在历史的流变中构筑了一座壁垒森严的男性中心主义的文学堡垒"①，这话说得没错，狄更斯的《奥利弗·退斯特》（*Oliver Twist*，1838）以及《大卫·科波菲尔》《远大前程》等作品就都是以男性为主人公的经典成长小说。但与此同时，"英美女作家从一开始就显示出对这一文类不断挺进的勃勃雄心"②。简·奥斯汀的《傲慢与偏见》（*Pride and Prejudice*，1813）、《曼斯菲尔德庄园》和《爱玛》（*Emma*，1815）以及夏洛蒂·勃朗特的《简·爱》等都是经典的女性成长小说，这些作品表现了独特的艺术特色，叙述女性在成长过程中对自我、爱情、婚姻的种种理解。在《多蒂》中，多蒂不仅阅读了《爱玛》《曼斯菲尔德庄园》和《简·爱》，还和初恋男友肯认真讨论过这些小说。她略带骄傲地告诉肯自己在一周内就读完了简·奥斯汀的两部作品。可惜的是，这些女作家虽然"试图颠覆男性成长小说中的女主人公的成长模式，以女性的视角来书写女性的成长故事，但在不意间又落入19世纪实用主义文化和社会语境布下的陷阱"③。几位女性主人公都"向上流动"，以和上流社会的爱人走向婚姻、跨越阶层作为小说的美满结局。《爱玛》中的爱玛经历过荒诞的做媒后，认识到自己的真爱是奈特利（Knightley），于是两人喜结连理；《简·爱》中的简·爱"拯救"了双目失明的罗切斯特，两人走向了幸福的婚姻；《曼斯菲尔德庄园》中的范妮（Fanny）跨越重重困难，终于和埃德蒙（Edmund）结婚，住在曼斯菲尔德庄园附近的牧师公馆里。多蒂则比这些女性角色更进一步，与白人男友分手后，便与黑人记者迈克尔（Michel）约会。迈克尔通过

---

① 王卓：《投射在文本中的成长丽影：美国女性成长小说研究》，北京：中国书籍出版社，2008年，第2页。
② 王卓：《投射在文本中的成长丽影：美国女性成长小说研究》，北京：中国书籍出版社，2008年，第35页。
③ 孙胜忠：《西方成长小说文本解读》，北京：商务印书馆，2020年，第124页。

多蒂了解自己外祖父的故事，反过来又帮助她探索复杂的家族历史。小说的结尾是开放的，没有交代他俩的结局。可见，古尔纳并不试图以传统的女性成长小说让多蒂通过婚姻"向上流动"提升阶级，获得物质财富界定成长。多蒂面对的也不仅仅是中产阶级的爱情和婚姻，而是 20 世纪英国社会更复杂的种族和阶级问题。

传统成长小说的白人男性主人公转变为少数族裔黑人女性主人公，这是古尔纳对这一传统的改写，命意也是很清楚的。"作为一个非白人、非男性、非中产阶级的人，多蒂努力创造一个被改造的文本，一个自我实现的叙事。"[1]古尔纳有意通过与英国文学经典的互文对话突出非洲人的视角。无独有偶，20 世纪以来黑人女性成长小说蓬勃发展。作家们往往通过黑人女性的成长探讨人的生存危机和个体身份问题，因为"身份是一个人在社会中存在的标识，如果一个人没有明确的国家身份定位，那么他就不会有归属感"[2]。美国非裔女作家托尼·莫里森的《最蓝的眼睛》讲述了黑人女孩佩科拉渴望像白人女孩那样有一双美丽的蓝眼睛，借此改变自己的命运。佩科拉对蓝眼睛的渴望是处于社会边缘的黑人争取主体地位的表现。艾丽丝·沃克（Alice Walker，1944— ）的书信体小说《紫色》（*The Color Purple*，1982）也成功塑造了著名的成长中的黑人女性西丽亚的形象。这些都是处于社会边缘的女性向中心移动和主动建构个体身份的努力，也是作家们对社会问题的积极思考。

三、多蒂的成长：边缘个体的身份重构

值得注意的是，《多蒂》是古尔纳所有小说中唯一一部继承了英国小说以主角名字作为书名传统的作品。"这一悠久的传统包括大量的同名女性角色，但多蒂在英国文学经典中没有任何文本先例可以帮助她规划作为一名有色人种女性的

---

① Simon Lewis, "Postmodern Materialism in Abdulrazak Gurnah's *Dottie*: Intertextuality as Ideological Critique of Englishness", *English Studies in Africa*, 2013, 56 (1), p. 45.

② 杨建玫、常雪梅：《努鲁丁·法拉赫〈地图〉中的身份认同危机》，《广东外语外贸大学学报》，2020 年第 6 期，第 32 页。

自我实现路线。"①古尔纳研究学者蒂娜·斯泰纳（Tina Steiner）也认为虽然多蒂阅读狄更斯和奥斯汀的小说，但"这些故事没有给予她所需要的东西，以写出她的成功或归属的故事，或者至少是某种程度的物质安慰"②。古尔纳认同了斯泰纳的观点，并回应"多蒂不是这个文本社区的成员"③。确实如此，正如前文所言，《简·爱》《爱玛》等文学经典的女性主人公都是白人女性，小说主要关注的是中产阶级的爱情和婚姻，所以黑人女性多蒂无法从中借鉴经验。实际上，"姓名和命名在非洲文化中是一种仪式"④，名字背后有着丰富的文化内涵，多蒂正是在对名字的探索中了解家族历史，完成了自我身份重构。

小说中出现多次关于名字的讨论，小说情节也随着名字含义的一层层解读向前推进。"在某种意义上可以说这是一部通过对名字的探讨来讲述黑人女性成长的故事。"⑤多蒂的全名为多蒂·布杜尔·法蒂玛·贝尔福（Dottie Badoura Fatma Balfour）。一开始多蒂不知道名字的含义，但不由自主地很喜欢这些名字，有时她会为这些名字偷笑，"还经常围绕这些名字进行想象，编造一些幼稚的浪漫故事、有无痛的牺牲和丰富感情的温馨故事"⑥。多蒂18岁时，收到霍利夫人的圣诞礼物——一本企鹅平装本《美丽新世界》，便在封面上骄傲地写下了自己的名字——多蒂·贝尔福。贝尔福（Balfour）来自多蒂母亲的名字，中间名布杜尔（Badoura）取自《一千零一夜》中《盖麦尔与布杜尔的故事》⑦的主角——一位美丽的中国公主的名字。莎伦在利兹的情人贾米尔（Jamil）曾为年幼的多蒂讲过中国公主的故事。他和莎伦曾有过一段幸福的时光，两人差点儿步入婚姻殿堂，这

---

① Simon Lewis, "Postmodern Materialism in Abdulrazak Gurnah's *Dottie*: Intertextuality as Ideological Critique of Englishness", *English Studies in Africa*, 2013, 56(1), p. 42.

② Tina Steiner, "A Conversation with Abdulrazak Gurnah", *English Studies in Afirica*, 2013, 56 (1), p. 166.

③ Tina Steiner, "A Conversation with Abdulrazak Gurnah", *English Studies in Afirica*, 2013, 56 (1), p. 166.

④ William Hasley, "Signity(cant) Correspondences", *Black American Literature Forum*, 1988, 22 (2), p. 259.

⑤ 卢敏、周煜超：《古尔纳〈多蒂〉："中国公主布杜尔"的文化深意》，中国作家网，2021年11月12日，http://image.chinawriter.com.cn/n1/2021/1112/c404092-32280522.html。

⑥ Abdulrazak Gurnah, *Dottie*, London: Bloomsbery, 2021, p. 4.

⑦ 这个故事从第一百七十夜到第二百一十二夜，参见《一千零一夜》，李唯中译，银川：宁夏人民出版社，1998年。

是多蒂童年中少见的美好回忆。不过，多蒂对中国公主的故事印象模糊，隐约知道"布杜尔"有着美好的寓意。

多蒂的白人男友肯曾取笑过她的名字，认为这串长名字需要"缩短"。对此，多蒂坚定守护着自己的名字，回答："我就是这样被洗礼的，多蒂·布杜尔·法蒂玛·贝尔福。"①被肯问及名字的含义时，她因无法解释而感到恼火。肯安慰她说外国人的名字有趣多了。多蒂马上意识到，她并不是外国人，她故意把"法蒂玛"这个名字去掉，是因为这个名字一听起来就像外国人。多蒂是土生土长的英国人，一天都未到过外国，说着一口和白人一样流利的英语，却被排除在主流社会之外，只因为自己是黑人。她拒绝这样的身份认同。

由于肤色问题，多蒂和她的弟弟妹妹没有被英国社会接纳，经常被当成外国人看待，饱受种族歧视之苦。索菲曾被送往特殊学校，被学校里的当地女孩欺负。她白天干体力活儿。到了晚上，她们"给她穿上有嘲讽意味的衣服，让她成为她们的黑暗女王"②。可怜的索菲无法独处，因为"总有人过来说些什么，或玩弄她的头发，或让她成为她们无休止的笑话中的一个笑柄"③。索菲和母亲莎伦很像，莎伦早年也有类似的经历。她从自己在卡莱尔的家逃离后，在英格兰和威尔士的城市里游荡，男人们被她"深色的外表和鲜红的嘴唇"④吸引，满足了他们对《一千零一夜》的幻想。

多蒂的塞浦路斯房东当着多蒂的面痛骂来自牙买加的黑人租客，说他们脏乱差。多蒂非常痛苦，"因为她知道，牙买加的黑鬼可以被无限延伸到她身上"⑤。多蒂不了解自己的家族历史，也不明白名字的深层含义，无法通过任何地理位置或文化内涵来识别自己，但她仍然被归类，"因为她的'外来'名字和黑皮肤是'异类'的标志，是强加给她一个身份"⑥，可以说，多蒂的身份是通过她的皮肤颜色而构建的。然而，多蒂因为没有在"故乡"的生活经历，她和少数族裔，甚至和自

---

① Abdulrazak Gurnah, *Dottie*, London: Bloomsbery, 2021, p. 137.

② Abdulrazak Gurnah, *Dottie*, London: Bloomsbery, 2021, p. 44.

③ Abdulrazak Gurnah, *Dottie*, London: Bloomsbery, 2021, p. 44.

④ Abdulrazak Gurnah, *Dottie*, London: Bloomsbery, 2021, p. 19.

⑤ Abdulrazak Gurnah, *Dottie*, London: Bloomsbery, 2021, p. 58.

⑥ Monica Bungaro, "Abdulrazak Gurnah's *Dottie*: A Narrative of (Un)Belonging", *Ariel*, 2005, 36 (2), p. 31.

己同族的人也产生不了亲近感，她认为自己是英国人。哈德森则完全不同，他回家后坚决拒绝白人社工霍利夫人的拜访，明确告诉姐姐白人讨厌他们。

　　面对这样的身份困惑，多蒂三姐弟呈现出三种不同的选择。哈德森认为英国人不欢迎他们，他对多蒂说："在一个把你当作动物的地方，你怎么能找到生活的理由？"①所以他逃离英国，去了梦想中的美国寻根，寻求他引以为豪的美国身份。然而，"身份不是由血统所决定的，而是社会和文化的结果。后殖民主体必须不断地重新定位，寻找自己的位置"②。比加罗（Bungaro）指出："身份是自我识别和社会分类的产物，多蒂作为'英国人'的自我形象和自我理解与'正宗英国人'的主流表述、构建和意识形态发生了冲突。"③多蒂选择自我建构身份，她告诉哈德森："这是我们生活的地方。我们属于这里。你还能去哪里？一个地方不会给你生活的理由，你必须在自己身上找到它们。"④多蒂认为一定要找到生活的目的，其实大家都无处可去，只能在自己身上寻找意义。三姐弟中的索菲迷失了自己的身份，走了母亲的老路，通过依靠男人和享乐来虚度光阴，从不追寻自己的身世。

　　多蒂认为在自己身上寻找意义，首先要寻找名字的意义。随着故事的展开，多蒂的家族历史也逐渐隐现。搬家时，多蒂找到了一张母亲和外祖母的老照片。读者逐渐了解到，莎伦原名比尔吉苏（Bilkisu），17岁时为了摆脱她父亲的控制，便嫁给一个只见过一次面的男人而逃离家乡卡迪夫，后沦落为妓女，自称莎伦·贝尔福（Sharon Balfour）。"莎伦"取自她当时一个朋友的名字，"贝尔福"则取自当时父亲厌恶的政客英国外交大臣（A. J. Balfour，1848—1930）。比尔吉苏以这种方式反抗父亲。比尔吉苏的父亲叫帖木儿·可汗（Taimur Khan），是帕坦人（Pathan），即印度西北国境的阿富汗人。"一战"爆发时他是一名水手，因为表现出色被舰长赐予英国人的身份，1919年来到卡迪夫。多蒂的外祖母哈瓦（Hawa）则是黎巴嫩商店店主的女儿。

---

① Abdulrazak Gurnah, *Dottie*, London: Bloomsbery, 2021, p. 196.

② 张京媛（主编）：《后殖民理论与文化批评》，北京：北京大学出版社，1999 年，第 6 页。

③ Monica Bungaro, "Abdulrazak Gurnah's *Dottie*: A Narrative of (Un) Belonging", *Ariel*, 2005, 36 (2), p. 33.

④ Abdulrazak Gurnah, *Dottie*, London: Bloomsbery, 2021, p. 196.

如前所述，多蒂通过阅读和自我提升完成了成长。多蒂小时候跟着母亲颠沛流离，换过多所学校，没有条件接受连贯的教育。自从进入图书馆阅读，多蒂有意识了解这个世界上正在发生的政治事件。20世纪60年代正是英国社会种族主义盛行之时，身为少数族裔，她关心报纸上报道的美国白人袭击黑人儿童事件，为在巴黎发生的镇压阿尔及利亚人暴力事件感到愤怒，也讨论刚果的政治革命，慢慢地对种族问题形成了独立的思考和判断。在夜校上课时，多蒂发现她的同学有的受到亲人的各种阻碍，有的长期遭受丈夫的暴力和压迫，她们来此学习立志，变得独立，学会了反抗男性的压迫。多蒂这才意识到，"她多年来一直沉浸在自怜和无知中，没有为自己做任何事情"①。最开始，她是为了弟妹团聚而辛苦工作；后来小哈德森出生了，索菲又将全身心放在新男友帕特森身上，亲生母亲无暇顾及儿子，多蒂只好费心照料小哈德森。多年来，多蒂一直为家人做出牺牲，家人却不太领情。只有这次，她为了自己读书。课程结束后，多蒂顺利通过应聘，远离了工厂，得到一份在办公室的工作，受到白人雇主的尊重，也正式被英国社会接纳。

小说的最后，记者迈克尔为多蒂完整讲述了《一千零一夜》中的《盖麦尔与布杜尔的故事》，多蒂才明白中国公主布杜尔的故事，了解了自己名字中蕴含的美好希冀，也知道了原来法蒂玛是先知穆罕默德的女儿。多蒂发现了自己的身份，其名字中蕴含了多元文化，因此体验到一种新的自我表达方式。多蒂长得很像迈克尔的母亲，所以迈克尔说他的外祖父穆雷医生把多蒂当成了他的女儿。多蒂回答："我有自己的外祖父，谢谢你。"②此外，她还强调了自己名字的全名，并加上了夸张的语气。而当迈克尔问多蒂为何不去找自己的外祖父母时，多蒂摇了摇头，说：

"我花了这么多年才开始找到自己，才开始知道要找什么。总有一天我会去找他们……"

---

① Abdulrazak Gurnah, *Dottie*, London: Bloomsbery, 2021, p. 295.

② Abdulrazak Gurnah, *Dottie*, London: Bloomsbery, 2021, p. 388.

"总有一天他们就不在了。"他微微皱眉，打断了多蒂。

"总有一天，我也不在了。"她说。①

此时，多蒂终于了解了她的母亲未曾讲述的家族历史，明白了她的身世秘密。迈克尔作为记者的过往经历让他总是希望找到故事的结局。但是，多蒂清楚，她当下的生活才更有意义，才得以重构她的身份。她对迈克尔说："如果我们还不必等到死神找到我们，那么我们现在做什么，如何生活，才更重要。"②多蒂这番具有哲学深意的话正是她成长的见证。多蒂从底层一个贫困家庭，成长为一名有房产、有不错工作、独立自主的女性，热爱且珍惜眼下的生活，完成了她的身份重构。

小说的背景是"二战"后的英国。彼时的英国失去了大量殖民地，需要大批劳动力，英国政府 1948 年颁布了《英国国籍法》，出现了少数族裔有色人种移民英国的高潮。这些移民都是流散者，"流散者携带在母国习得的经验、习俗、语言、观念等文化因子来到一个历史传统、文化背景和社会发展进程迥然相异的国度，必然面临自我身份认同的困境"③。《多蒂》以一个有着移民血统的黑人女性角色的变化和发展以及她为融入社会而进行的斗争，展现了身份形成的综合过程。在全球化背景下的今天，多蒂无疑为有色人种移民的身份构建提供了一个可参考的范式。

结　语

第二次世界大战后，大规模移民悄然改变和影响着英国社会，"20 世纪七八十年代开始出现的黑人移民文学对英国文学传统和小说形式产生了极大影

---

① Abdulrazak Gurnah, *Dottie*, London: Bloomsbery, 2021, p. 394.

② Abdulrazak Gurnah, *Dottie*, London: Bloomsbery, 2021, p. 395.

③ 朱振武、袁俊卿：《流散文学的时代表征及其世界意义——以非洲英语文学为例》，《中国社会科学》，2019 年第 7 期，第 140 页。

响"①。如果说古尔纳的第一部小说《离别的记忆》讲述的是第一代非洲人哈桑渴望逃离故乡，试图移民至英国的过程，第二部小说《朝圣者之路》讲述的是移民者达乌德如何在英国艰难安家和寻找自我认同的过程，那么第三部小说《多蒂》则描摹了一个移民者后代多蒂如何在英国寻找自我和重构身份的成长过程。从分析中我们看到，古尔纳的《多蒂》与狄更斯的《大卫·科波菲尔》存在明显的互文性关系。纵观古尔纳小说的创作，作者显然是延续了英国经典的成长小说传统，并对此进行改写，试图突出非洲人的视角，构建具有非洲特色的成长小说传统。紧跟《多蒂》之后，古尔纳创作了小说《天堂》，聚焦桑给巴尔男孩优素福的成长。"《天堂》挪用西方成长小说的形式，改用非洲人作为叙事的视角和言说的主体，构成了对欧洲中心主义帝国叙事的后殖民逆写。"②古尔纳19岁离开故乡桑给巴尔，此后几乎一直在英国生活，先是作为学生，然后作为学者和作家，谙熟英国文学经典。他注意到了英国文学经典中的种族排他性，于是通过《多蒂》的主人公多蒂的自我成长过程提供长久缺失的黑人经验，以此来重构黑人的主体性。非洲文学有其独特的文化意蕴和美学表征，具有重要研究价值，对其他国家和地区文学也具有重要借鉴意义。③古尔纳的《多蒂》，为我们重新理解成长小说，重新理解殖民问题及其后果，重新理解世界文学概念的内涵和外延，提供了一个别样的文本。

---

① Tim Woods, "Postcolonial Fiction", Laura Marcus and Peter Nicholls eds., *The Cambridge History of Twentieth-Century English Literature*, Cambridge: Cambridge University Press, 2004, p. 740.

② 石平萍：《非洲裔异乡人在英国：诺贝尔文学奖得主古尔纳其人其作》，《文艺理论与批评》，2021年第6期，第105页。

③ 参见朱振武：《揭示世界文学多样性 构建中国非洲文学学——从坦桑尼亚作家古尔纳获诺贝尔文学奖说起》，《中国社会科学报》，2021年10月22日，第4版。

第三章

古尔纳小说的流散愿景

　　流散群体何去何从，出路何在，是否能与周遭和谐相处，未来到底在哪里，这是古尔纳一直在思考的问题，也是以古尔纳为代表的非洲文学所关注的问题。非洲文学之所以逐渐接近主流，一个重要原因就是其包容性。非洲文学的代表作家没有陷入殖民批判而不能自拔，而是在揭露和反思中开眼向前看，在流泪和哽咽中向往诗和远方。

　　本章着重探讨《朝圣者之路》中对流散群体的身份建构、《海边》中对流散群体的命运关怀、《今世来生》中的历史书写以及《砾石之心》中流散群体所能实现的精神突围。

第一节 《朝圣者之路》作品节选及评析

作品节选

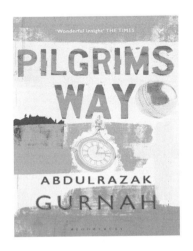

《朝圣者之路》

（*Pilgrims Way*，1988）

"Don't you see? That's why those pilgrims came, and were so filled with passion, unlike these gawkers who stare with open mouths at everything they see. They came thinking that they were suffering because of who they were, or because of what they had done. Then they saw that incredible vaulting, built by people they didn't know. They must've realised then, must've known that the same faith that had driven them on their pilgrimage had created this stone pile that they had come to worship. It wasn't about God. It was about the resourcefulness to create something huge and beautiful, a monstrous monument to the suffering and pain that we travel thousands of miles to lay at some banal shrine. And it's been going on all the time." She was attentive but sceptical, watching his agitation with a frown of mild disapproval. " I'll make some tea," she said. " Wait," he begged, "Let me finish. What links all these pilgrims is the same desire to break out of their limitations, to go beyond what they know…to change their lives."

Later, when several cups of tea had dampened his optimistic fervour for continuity, he spoke to her of his own pilgrimage. How he had come, he thought, to beard the prodigies in their lair, to possess their secrets and hotfoot it down the mountain paths to the safety of his people's hidden valley. He had come, carrying a living past, a source of strength and reassurance, but it had taken him so long to understand that what he had brought could no longer reach its sources. Then it had started to seep and ooze and rot. It became a thing, maggoty and deformed, a thing of torture. And he began to think of himself as a battered and bloated body washed up on a beach, naked among strangers. Like Bossy in the end… The reality was so much more banal. He had come for the same kinds of reasons that had made barbarian wolf-man build that stone monument, part of the same dubious struggle of the human psyche to break out of its neurosis and fears. When he had had a rest, he promised her, he would release the bunched python of his coiled psyche on an unsuspecting world.[1]

　　"你难道不知道吗？这就是为什么那些朝圣者如此充满激情，而不像这些傻瓜，张着嘴盯着他们所看到的一切。他们起初以为是由于自己的身份，或者所作所为而承受苦难，接着他们看到了教堂里那个不可思议的拱顶——建造于无名氏之手。他们那时一定意识到了也正是促使他们前来朝圣的信仰创造了这个他们来敬拜的石头建筑。这不是关于上帝的事。这是关于创造出巨大而美丽的东西的智慧，是受尽苦难跨越千里到达的为我们所受苦难所树立的巨大的纪念碑，并且它从未停止纪念。"她很专注地听着，却也很怀疑，面对他的激动而微微皱起眉头说："我要泡点儿茶。""等等，"他恳求道，"让我说完。所有把这些朝圣者联系在一起的，是他们想要去打破界限，去超越他们已知的一切……来改变他们的生活。"

　　过了一会儿，几杯茶抑制住了他口若悬河的热情，他向她讲述了自己的朝圣之旅。他在想他是如何一路走来，在巢穴里顶撞那些天才，掌握他们的秘密，然后沿着山路急匆匆地走到他的人民藏身的山谷里的安全地带。他来了，带着活生生的过去，一种力量和安慰的源泉；但他花了很长时间才明白，他带来的东西再也回不到它的源头了。然后，它开始渗漏、消减和腐烂，变成了一种苍白而畸形的折磨人的东西。他开始把自己想象成被冲到海滩上的一具饱受摧残、臃肿不堪的尸体，赤身裸体地躺在陌生人中间，就像博西一样……然而现实要平淡无奇得多。他来朝圣的原因与野蛮人建造石碑的原因相同，都是人类为了摆脱精神上的神经衰弱和恐惧而进行的并不光彩的斗争。他答应她，休息一阵儿以后，他就会把那盘绕在心灵上的巨蟒释放出来。

（杨芷江/译）

---

[1] Abdulrazak Gurnah, *Pilgrims Way*, London: Bloomsbury, 2021, pp. 280-281.

作品评析

《朝圣者之路》中流散群体的身份建构

引　言

　　全球化时代背景下人口的频繁流动日益模糊了文化身份的边界。移居国和母国之间社会文化的相互碰撞与排斥往往使人在新环境中无所适从。作为移居英国的非洲作家，阿卜杜勒拉扎克·古尔纳本身就具有双重文化身份，笔下亦多为深陷身份认同困惑的难民群体，"鉴于他对殖民主义的影响，以及对文化与大陆之间的鸿沟中难民的命运的毫不妥协且富有同情心的洞察"①而被授予2021年诺贝尔文学奖。古尔纳获得诺贝尔文学奖，"绝不是说诺贝尔文学奖又一次爆冷，倒可以说是瑞典学院的评委们向世界文学的多样性又迈近了一步，向真正的文明互鉴又迈近了一大步"②。非洲文学正逐渐打破失语境况，摆脱殖民主义枷锁，在寻求主题国际化和关怀对象本土化中寻得巧妙的平衡。族裔散居和流散业已成为非洲现代社会出现的普遍现象。古尔纳基于自身经验，在其第二部小说《朝圣者之路》（*Pilgrims Way*，1988）中塑造了具有高度自传色彩的人物达乌德（Daud），借描写其身份认知转变的"朝圣"过程，为难民协调文化身份、达成自我和解提供了新的思路。现代语境的朝圣摆脱了宗教救赎的单一定义，转而内化成从个体出发

---

① Swedish Academy, "Abdulrazak Gurnah—Facts", *The Nobel Prize*, October 7, 2021, https://www.nobelprize.org/prizes/literature/2021/gurnah/facts/.

② 朱振武:《揭示世界文学多样性　构建中国非洲文学学——从坦桑尼亚作家古尔纳获诺贝尔文学奖说起》，《中国社会科学报》，2021年10月22日，第4版。

的精神层面的救赎。"简单的旅途必须成为一种象征之旅，成为观照自我的精神之旅。"①朝圣之路即找寻自我意义之路。

一、自传性书写下的身份困境

《朝圣者之路》的主人公达乌德来自桑给巴尔，他经历了桑岛革命，在故乡动荡混乱的社会现状里迷茫失措，于是辗转去往英国生活。在达乌德眼中，英国是能够给予他新身份用以开启新生活的圣地。在此他遭遇了身份困境带来的磨难，却也得以重新审视身份，确认自我存在，完成朝圣之旅。

朝圣是精神驱动下的行为。圣地是朝圣者的终极目标和精神中心，②朝圣者为追求庇佑而去朝拜圣地，从而获得心灵的新生。作为物质存在的人无法获得现实的圆满，因而精神存在成为自我排解和慰藉的重要手段。根据埃内斯特·乔治·莱文斯坦（Ernest George Ravenstein）的"推－拉理论"，非洲国家动荡的政局、落后的生产力水平以及历史进程中被殖民的阴影，对本土人民形成强大的推力；而英国等欧洲国家代表的高贵的生活方式与前卫的社会文化，则吸引他们前去"朝圣"。此处的朝圣与宗教意义上严格规定的朝圣有所区别，它不以宗教目的为出发点，而是一种为了追求自我意识满足、感知自我存在而进行的自发的趋向性行为。达乌德具备这一群体的表征，他的离乡与面向英国的朝圣并非偶然。他期盼着在英国这片"圣地"获得全新的生活，也希望能确认自己的意义，从而获得心灵的慰藉。然而因为肤色和国籍的原因，达乌德受到了严重的种族歧视。他的美好愿望没能实现，又因为挂科没能完成英国的学业，和家人关系恶化而无法回国。所谓的朝圣反而让他陷入了两难境地。以达乌德为代表的一大批非洲难民正经历着"跨越国界（或具有国界性质且具有不同文化的地区）的流散"即"异邦

---

① Janis P. Stout, *The Journey Narrative in American Literature*, Westport: Greenwood Press, 1983, pp. 13-14.
② 参见郑晴云：《朝圣与旅游：一种人类学透析》，《旅游学刊》，2008 年第 11 期，第 82 页。

流散"①。他们在经历了地理位置的迁移后被投放到一个新的文化环境。"流散更重要的是文化上的一种跨越，有着流散经历的个人或群体往往会面临母国文化和异国文化的巨大差异。"②母国与移居国的文化元素无法在他们身上融合，因而造成了突出的身份焦虑和认同困境。

达乌德辍学后在一家医院做勤杂工，随着情节的展开，他爱上了医院的白人女护士凯瑟琳（Catherine），身份困境的僵局也因此出现了转机。凯瑟琳家境优渥，谈吐大方，从不逃避问题，这种品质深深感染着达乌德。在与凯瑟琳的交往中，他逐渐改变了潜意识里对身份的逃避和恐惧，也开始正视被封藏的痛苦回忆。在凯瑟琳出现之前，他作为族裔散居的流散人群是被悬置的，长久以来处在尴尬但早就习以为常的境地，进退维谷。他的身份认同是在被混合、被歧视、被定义的过程中形成的。达乌德通过有意识地淡忘回忆保护自己，沉默地生存以获得暂时的安全。因而在察觉到自己的情感转变后，这种平衡状态必然被打破。达乌德开始反复触碰被封锁的过去，并且对自己得过且过的人生态度以及混合身份产生了质疑。古尔纳借凯瑟琳这一人物的介入，倒逼达乌德陷入矛盾状态，也正因为如此他才能够对自身的状态反思，并且将他所鄙弃的身份背景以对话叙事投放给以凯瑟琳为代表的英国社会和群体。"从个体认同到集体认同，从一种文化到另一种文化，这类过程动态地描摹了身份认同的嬗变机制。在自成一体的部族社会，或天人合一的封建宗法社会，姓氏、血缘、性别等共同构成了牢固不变的身份认同机制。"③达乌德的矛盾是身份证明过程中的必然环节，是一种自我肯定的手段，同时也是对种族主义这一形态和特权的挑战。

他深爱着凯瑟琳，却又认为凯瑟琳离开他有了白人新男友理所应当；他对凯瑟琳有非常强烈的分享倾诉的欲望，却又觉得凯瑟琳无法理解他所遭遇的一切；他对凯瑟琳的爱来自她的倾听与介入，却又不可避免地认为凯瑟琳这样做只是为了证明她的救赎能力：

---

① 参见朱振武、袁俊卿：《流散文学的时代表征及其世界意义——以非洲英语文学为例》，《中国社会科学》，2019年第7期，第140页。

② 张平功：《全球化与文化身份认同》，广州：暨南大学出版社，2013年，第88页。

③ 陶家俊：《身份认同导论》，《外国文学》，2004年第2期，第38页。

她对他来说什么都不是，他狂妄地想。她对这些事一无所知。她为什么要问一些她不可能理解的事情，强迫他谈论一些他宁愿忘记的事情？他甚至没有和其他的人谈论这件事……人们想要来征服世界，最终沦落为不起眼的停车场管理员和会计。但她仍然等待着，期待着他露出自己的灵魂。他看得出来，她想帮助他，拯救他。[①]

凯瑟琳具有"高贵"的白人身份。达乌德不可避免地对甜蜜爱情产生怀疑——她为何愿意和自己在一起，为何愿意接受自己不光彩的身份。凯瑟琳迫使达乌德的隐秘被打破，被揭露，他在尝试勇敢爱她的同时也在无意识逃离。达乌德的主要矛盾根植于对自己文化与背景的自卑，但他深刻意识到不能遗忘那些连带着对好友拉希德（Rashid）、对父母、对桑岛、对故乡的一切回忆。和凯瑟琳在一起是达乌德打破静态身份困境开始挣扎的直接诱因，他在斗争与妥协间左右摇摆，做出改变。在这个过程中，达乌德的内心也遭遇了极度的挣扎。他认为凯瑟琳是发生在他身上的最好的事，然而凯瑟琳的中途离开与另觅新欢切断了达乌德对美好未来的设想。达乌德再次陷入僵局。

令达乌德自己吃惊的是，他能够把因凯瑟琳缺席而带来的痛苦和对博西的思念区分开来……亲爱的博西，她是我在这儿遇到的最好的事。尽管对她来说可能并不是这样……这个人（指凯瑟琳的新男友）穿着夹克，拥有农场，开着小汽车，骑着小马。我不知道凯瑟琳跟我在一起能做什么。事情到最后总会变成这样——她会回到她觉得舒适的生活方式。你能责怪她吗？你觉得我能隐藏这些事实吗？[②]

达乌德无法将当下的生活和过去的回忆进行调和，二者被割裂开来。他找不到新的诉说对象，只能将这些生活经历的叙述转向已经去世的故乡挚友博西。此时的博西就是故乡的象征，是回忆的象征，也是达乌德身份的象征。

[①] Abdulrazak Gurnah, *Pilgrims Way*, London: Bloomsbury, 2021, p. 89.

[②] Abdulrazak Gurnah, *Pilgrims Way*, London: Bloomsbury, 2021, p. 169.

  "博西"是达乌德给已故好友拉希德起的绰号。概因拉希德身强体健，又极富领袖气质，便被冠以"Bossy"的称号。博西深爱并发誓捍卫桑岛这片土地。在一次海岛探险中，博西"像个疯了的祭司一样在近海的水里嬉戏。他对着天空尖叫着说着奇怪的话，举起手臂，做着一个奇怪而脆弱的手势。他净化了自己的灵魂，轻轻地抚摸着然后离开海滩"①。这淳朴野性的动作是一种仪式，是他对这片大海、土地的爱的压抑性表达。博西感受到自己与这片土地的血脉相连而万分痛恨侵略者，他因为担心自己的母亲会遭到毒手，自己的妹妹会沦落为妓女而不肯离开非洲。古尔纳借小说人物博西之口讲出了现实中桑岛革命时革命的立场：

  看看这里的一切！阿拉伯人和印度人拥有所有的土地和生意。黑人是奴仆和劳役。你和我。然后印度人回到印度，阿拉伯人回到阿拉伯，你我怎么办？我们会被屠杀的。谁会比他们更关心我们，让我们觉得自己属于这里呢？他们会告诉我们，这是非洲，属于他们，尽管我们在这里的时间比他们长……我们会被屠杀的。②

  博西给达乌德以深刻的影响。当达乌德想起石头城，也总会想起他和博西两人乘船出海的时光，身后的石头城逐渐远去，仿佛他们就可以凭借这一艘船逃离这里，去探索五彩斑斓的世界。在一次返航中博西被大海吞噬，达乌德从此失去了他的音讯。博西的死亡和当天晚上革命暴乱带来的惨痛回忆成为达乌德对自身回忆构建的极为重要的一部分。然而，革命的枪与血在摆脱昔日被殖民处境、重获主体性的同时，仍旧以暴力的形式压制、处决人民内部的种族优势者白人。③桑岛革命带来了新生，也带来了新一轮的驱逐。

  古尔纳并不想忘记这段历史。尽管革命的针对目标正是古尔纳这些有阿拉伯血统的人。达乌德的生活即作者自身经历的投射，他所面临的困境都有迹可循。古尔纳在丁香之岛桑给巴尔出生，在那片被统称为"阿拉伯人居住区"的石头城

① Abdulrazak Gurnah, *Pilgrims Way*, London: Bloomsbury, 2021, pp. 207-208.

② Abdulrazak Gurnah, *Pilgrims Way*, London: Bloomsbury, 2021, p. 198.

③ 参见张勇：《话语、性别、身体：库切的后殖民创作研究》，山东大学博士学位论文，2013年，第195页。

生活、成长。1964 年非洲设拉子党与群众党联合发动武装起义，推翻了苏丹王朝及民族党和桑奔人民党组成的联合政府，人口占多数的非洲土著成立了桑给巴尔人民共和国，人口占少数的阿拉伯裔统治阶层被推翻。[①]身负阿拉伯血统的古尔纳也因此背井离乡来到英国。桑给巴尔和非洲成为他隐性的记忆，血液里流淌着的母国本源不断召唤提醒他自己的身份。古尔纳的小说中也频繁出现类似的移民[②]或者难民的形象。

主权国家的政治性和排他性决定了它拒绝将其领土范围内与公民权和公民身份等相关的政治权利和经济利益赋予来自其他疆域的外来民族……跨国移民在具有政治属性的国家和经济属性的市场之间不断地徘徊，并为移居国所排挤与反对，体现为其常常成为移居国内各政治派别之间相互竞争时的牺牲品，甚至成为移居国经济形势恶化时的替罪羊。[③]

来到移居国的移民和难民被排挤到移居国文化的最边缘。他们始终被视为"外来者"，得不到身份的确认，因而无法融入新的社会。小说甫一开篇，古尔纳就描述了达乌德在英国遭遇歧视的情景。彼时达乌德被酒吧老板恶意拒绝售予意大利面，想要找老板评理却受到人身威胁，走出酒吧后被偶然经过的路人嘲弄并故意放狗追咬。这些素不相识的本土居民们在对达乌德的刁难上微妙地达成一致，形成了统一立场。这种无处不在的威胁和抵制令达乌德深感悲伤，他意识到自己的身份在英国是最显著的错误。他如同在众目睽睽之下无处容身的小动物一般仓皇逃窜，在介于不被承认的祖国和无法融入的英国之间四处游荡。作为后殖民时代的作家，古尔纳深刻关注到了异质文化交往中主流文化表现出的霸权主义与帝

---

① 参见石平萍：《非洲裔异乡人在英国：诺贝尔文学奖得主古尔纳其人其作》，《文艺理论与批评》，2021 年第 6 期，第 103 页。

② 此处的"移民"采用广义上的概念，而不以取得输入国国籍为要求。广义的"移民"概念指："凡是本人或其父母出生在国外，在移居国长期甚至永久居住的人，无论其是否已经获得居住国的国籍，均被称作移民。"著名的移民问题专家托马斯·哈马尔（Thomas Hammar）认为，在一个国家逗留超过了 3 个月的外国公民，就可视为移民。

③ 罗爱玲：《国际移民的经济与政治影响》，上海社会科学院博士学位论文，2013 年。

国主义气质。非洲难民被移居国文化排斥，他们难以融入移民社会，不仅缺乏与当地人交流的渠道，而且饱受无处不在的歧视与恶意的困扰，甚至不能获得最基本的尊重。因此对难民们来说，移居地远称不上是新的家园。古尔纳对达乌德的刻画是对自己，是对和自己有一样经历的同胞的自传性书写，也是对身份困境的集中表达。

二、时间视角下的身份确认

随着小说叙事的展开，达乌德改变了对待回忆的方式：从一开始将其封锁雪藏，到重新拾起触碰回忆。这一转变实现了对故乡的重连以及对非洲身份的正视，也让他积蓄了足够的勇气，得以生发出对未来的畅想。从时间上看，他的朝圣之路也是一条回忆与前望承接之路。而记忆与现实的黏合和身份的整合得益于凯瑟琳的爱，这也是古尔纳设想的身份和解的途径之一。

古尔纳的小说充满了回忆的元素。回忆本身就是来自过去的断裂的碎片，[①]是主体对某些经历的再创造和再经历，回忆的内容是构成他们身份的基础。但由于流散者在新环境中没有安全感，就会试图关闭对过去的回忆。达乌德经历了混乱的革命之夜，不曾向别人叙述过这段历史，但对凯瑟琳，他想要彻底敞开心扉："在路上，他经过凯瑟琳的公寓，迫切地希望打电话告诉她关于博西的事，他想扑向她，讲述失去亲人和家园的痛苦，让她安慰和爱护他。"[②]从中可以看出，达乌德期待凯瑟琳成为其改变的催化剂与见证者。在公平的、纯洁的爱面前，达乌德抛弃了对身份地位差异的执念，放下了自卑情结，他向凯瑟琳讲述了桑岛革命当晚的种种混乱。"过了一会儿，她问道：'之后……'他等着她完成这个问题，但她没有完成。'我被抓了……抓住我的两个男人把我绑起来，让我看

---

① 参见吴晓东：《从卡夫卡到昆德拉：20 世纪的小说和小说家》，北京：生活·读书·新知三联书店，2003 年，第 50 页。

② Abdulrazak Gurnah, *Pilgrims Way*, London: Bloomsbury, 2021, p. 157

着他们强奸一名印度女孩。'"①当达乌德将记忆诉之于口，现在与过去的连接再度建立了起来。他开始重新审视自己的身份，并且重拾身份认同。这段回忆的重新出现代表着过去的故事不再作为混乱的个人标签和卑微的身份符号，而是一种直视历史的勇敢证明。

与父母的恶劣关系也是达乌德想要封锁的记忆之一。他因为辍学的缘故与父亲关系僵化，从此切断了与家乡的联系，孤身一人在英国飘荡。他曾梦见父亲的死，梦见父亲对自己抱有怒气。这些噩梦都是达乌德潜意识的反映，是出于与血脉至亲断联的不安。他最终将自己的学业与家庭情况向凯瑟琳和盘托出，并深感愧疚。

深夜，在她睡着后，他想起了他的父母。他的心失控了。他是怎么让他们失望的！他是怎么忽视他们的……在她离开去上班后，他坐下来写了一封信。已经太晚了，他想。但无论如何，他还是写了问候和道歉，就像他们一直想让他做的那样。他走到邮局，毫不迟疑地寄出了那封信。当凯瑟琳回家的时候，达乌德告诉了她这封信的事，她笑着拍了拍他的脸，他也咧嘴笑了，脸上带着些许骄傲。他真的做到了。②

寄出的信与他吐露的回忆一样，是达乌德站在当下现实里的新的叙述，它作为一个活生生的"当下"的见证，正在缓慢地填补达乌德与过去的罅隙。

显然，古尔纳设想通过爱情和婚姻的方式来跨越种族隔阂，于是便有了凯瑟琳帮助达乌德认同身份并与之和解，陪同他开始新生活的情节。"皮肤，作为文化和种族差异的关键标识，充满着明显的迷信色彩，在文化、政治和历史话语中被认为是'常识'，并且在使得殖民社会日常生活得以立足的种族话语中扮演着重要的角色。"③受种族主义思维的影响，白人、黑人之间横亘着不可逾越的鸿沟，这是两种宏观的社会身份的构建，优势者能够以此自然而然地划分阵营，分配社会资源。"白色"作为一种统领性的肤色，被视为高贵的象征，需通过社会

---

① Abdulrazak Gurnah, *Pilgrims Way*, London: Bloomsbury, 2021, p. 214.

② Abdulrazak Gurnah, *Pilgrims Way*, London: Bloomsbury, 2021, pp. 277-278.

③ Homi Bhabha, *The Location of Culture*, London: Routledge, 1994, p. 78.

生活、社会话语、政治权利等一系列途径加以强化和维护。有色人种与白人之间的联系被认为是越界，是对白色种族、白人血统的玷污。为避免这种种群性羞辱的发生，白人也会主动排斥与有色人种发生联系的特定个体。小说中达乌德遭遇了各方面的孤立。哪怕是在医院中与同事进行工作上的交流，也会遭人嫌弃。因此，凯瑟琳的出现对达乌德来说意义重大。她愿意和达乌德正常沟通与交流，愿意和家人开诚布公地表达自己对达乌德的爱。她劝说达乌德勇敢抗击白人男性的暴行，并对这群无理之徒的污言秽语不屑一顾。"'我应该说我要和这个贫穷的黑人穆斯林共度周末。'凯瑟琳说着往后靠一靠，以便让女服务员在他们中间放一壶咖啡。达乌德感到十分快乐。而凯瑟琳根本不在乎女服务员是否听到了这个声音。"① 弗朗兹·法农（Frantz Fanon）在剖析白人与有色人种之间的种族矛盾时引用了路易·T. 阿希尔在1949年的种族间大会上的报告，反映了种族矛盾之中婚姻的隐含意义："在某些有色人种身上，与一个白种人婚配似乎胜过一切别的因素。他们从中得以达到同这个卓越的人种、世界的主人、有色人种的统治者完全平等……"②

通过对凯瑟琳形象的考察，可以看出古尔纳相信白人群体内部也存在着解构种族隔阂的希望。在身份和性别成为隐形话语的现代语境下，女性"身体被赋予越来越丰富的文化与政治内涵，成为女性解放、人性解放、思想解放话语体系中的多价性符号"③。这段感情中作为弱势一方的达乌德并没有为了提高自己的身份地位而争取和凯瑟琳结合，反而是凯瑟琳在所属群体的内部展开了反击。由于出生背景和生活方式的不同，凯瑟琳与达乌德之间存在许多分歧，他们爱好不同，性格有别。凯瑟琳活泼开朗，达乌德沉郁稳重；凯瑟琳讨厌看板球比赛，而达乌德会十分关注输赢比分，尤其会为英国糟糕透顶的表现喝彩。虽然凯瑟琳无法完全理解并站在达乌德的立场看问题，但她始终用自己的方式鼓励达乌德做出改变，从要求他整理自己脏乱的房间到学会反抗白人男性对他的侮辱。当她与达乌德在一起之后，面对种种歧视与恶意时，凯瑟琳才明白勇敢背

---

① Abdulrazak Gurnah, *Pilgrims Way*, London: Bloomsbury, 2021, p. 129.
② 弗朗兹·法农：《黑皮肤，白面具》，万冰译，南京：译林出版社，2005年，第53页。
③ 徐蕾：《身体符号的限度：拜厄特与当代激进身体话语》，《当代外国文学》，2015年第2期，第63页。

后还需要付出千百倍的努力。但爱情并不会因为这些差异而消失，它跨越这些缺憾，满足了达乌德对"平等的爱"的渴望，也弥补了二人之间不可逾越的身份等级，达到平等与共存。凯瑟琳重新选择与达乌德在一起，是古尔纳对跨越种族与阶层设想的理想场景。

在小说结尾，达乌德向凯瑟琳承诺，将会"把那盘绕在心灵上的巨蟒释放出来"[①]。他曾压抑的内心和自卑的情结都融化在凯瑟琳温暖的爱中。这是达乌德在凯瑟琳的见证下勇敢迈出的一步，是他对未来生活的宣言。达乌德决意向前看去，继续在这片圣地走下去，在这一刻达乌德完成了朝圣者之路上关于过去、现在、未来的连接。

三、空间视角下的身份认同

"朝圣者之路"现实本意里是一条观光道，是达乌德夏日计划中的一站，它的终点是大教堂（the cathedral）。除此之外，达乌德提出的另一条"朝圣者之路"则指向名为"黑狗"（the Black Dog）的酒吧。小说从达乌德不愿意走进大教堂开始，到提出去大教堂参观结束，形成了圆满的闭环。从酒吧到教堂，是自我嘲讽到内心和解的隐性转变，喻指了身份找寻与认同之路。

小说中反复提及的两个地点成为空间视角下的叙述媒介。"空间并不是被动的、静止的或空洞的，而是积极的、能动的、充实的。"[②]处在空间中的主体的思维、经验与知觉，为空间赋予了新的意义。达乌德带着凯瑟琳去了黑狗酒吧，向她解释说这是一次朝圣之旅。"种族嘲弄似乎是英国生活中重要的一部分，以至于我开始把 the Black Dog 这样的名字当作侮辱。即使是现在，当我走进一个叫 the Black Dog 之类的地方时，我也需要勇气。"[③]将进入酒吧视作朝圣当然是一种反

---

① Abdulrazak Gurnah, *Pilgrims Way*, London: Bloomsbury, 2021, p. 281.

② 詹姆斯·费伦，彼得·J. 拉比诺维茨（主编）：《当代叙事理论指南》，申丹等译，北京：北京大学出版社，2007 年，第 209—210 页。

③ Abdulrazak Gurnah, *Pilgrims Way*, London: Bloomsbury, 2021, p. 98.

讽。"空间是任何公共生活形式的基础，空间是任何权力运作的基础。"①一个简单的名字在他们眼中有强烈的指向性，赤裸裸地映射到他们敏感的身份上。种族歧视已经被视作理所应当，达乌德无力反抗，只能沉默接受。这也是达乌德一直以来在做的事——借对嘲弄、刁难的脱敏来证明自己融入新身份的可能性。

通往大教堂的路则是另一条朝圣者之路。大教堂在小说中反复出现，屡次经过此地的达乌德的心境变化，成了不变空间背景下的最大变量。起初的大教堂对孑然一身的他来说是威严的英国身份的象征，他将自己的闯入视为亵渎。小说结尾处，有了凯瑟琳的鼓励和陪伴，达乌德得以通过多方位的观察看到教堂内部明亮的壮观景象。此时达乌德对大教堂的印象完全转变了。模糊、圣洁的光晕散去的过程，也是达乌德的自我人格逐渐变强的过程。

达乌德曾认为游客是不体面的。他站在朝圣者的角度，不愿意让自己成为一个无礼的游客。这也是他从不进入教堂的原因。"游客们会从世界各地拖着身子来到这个神殿寻求拯救，那些朝圣者看到这些异教徒，手握着殉道圣徒的精美画册，毫无激情地在圣地游荡，会多么恼火。"②大教堂对达乌德来说"是一种象征，一种文化证明……我觉得这很吓人。我是说大教堂。这让我觉得自己像个侏儒，一个在森林地面上挖来挖去的狩猎采集者"③。他对自身文化抱有无法消除的自卑，始终因为文化身份而对教堂背后的文化象征深感恐惧。这是一种文化上的自我驱逐。"文化冲突尤其是异质文化冲突是流散的核心问题，也是流散之所以成为流散的一个最重要的原因，只有生活在文化冲突的环境中才会产生流散者的身份认同、文化归属、种族歧视、家园寻找和离乡与扎根等问题。"④达乌德认为自己无法被纳入教堂所代表的英国社会文化、宗教文化，因而从来不敢走进大教堂。但当凯瑟琳问他是否愿意去参观大教堂时，他突然意识到他一直都有这个愿望。他主动走进教堂，与前来朝圣的信徒们别无二致地参观教堂内部的构造。"劳动（实践）

---

① 包亚明（主编）：《后现代性与地理学的政治》，上海：上海教育出版社，2001年，第13—14页。

② Abdulrazak Gurnah, *Pilgrims Way*, London: Bloomsbury, 2021, pp. 124-125.

③ Abdulrazak Gurnah, *Pilgrims Way*, London: Bloomsbury, 2021, p. 126.

④ 朱振武、袁俊卿：《流散文学的时代表征及其世界意义——以非洲英语文学为例》，《中国社会科学》，2019年第7期，第154页。

创造了人本身，也赋予自然以人的属性，即人化的自然。这种人化的自然，即为一种属人的空间，突出的是空间的文化建构性。从实践论看，空间也通过人的实践活动而被感知、把握，进而被再创造出来。"①此时的教堂被达乌德重新感知，因而是属于他的"新的"空间。

大教堂的精巧建筑代表着人类的足智多谋，带给了他不可名状的激情，"朝圣者都带着信仰或罪恶而来，苦痛与磨难让这种感觉变得真实，给了他们力量……他们在想他们受苦是因为他们是谁这个身份，或者因为他们所做的事"②。达乌德就是这样一个朝圣者，带着所有的信仰和罪恶。在英国生活的经历让他痛苦，他习惯了这种受苦，并将这种苦难视作自己的必然。就像这座巨大的纪念碑，纪念朝圣者们千里迢迢来到某个平庸的神殿前所经历的苦难。纪念碑简单化、抽象化了达乌德作为一个朝圣者的目的，此时并无同一宗教理念的要求，并无英国公民身份的桎梏，仅仅作为一个见证自己苦难并与之和解的心怀善念的"人"。此时的达乌德对自己的身份有了更清晰的认识。

通过朝圣的仪式的力量，朝圣者获得了与神灵、自然沟通的能力，个人被提升到了与形而上平等的地位；朝圣者的汇集使个体拥有聚集在群体周围的安全感与依赖感，也造成了文化、种族、阶层的交融，从而打破了社会约定俗成的桎梏，类同感得以转化成情感上的共通感。达乌德对自己的身份挣扎万分，他的记忆和身份在英国潮湿的空气中被泡得变形，神经官能的刺痛和对现实无名的恐惧侵袭着达乌德对自我的信任。而接纳大教堂则象征着对自己身份的接纳。达乌德与纪念碑对话，他像千万个朝圣者一样获得救赎，无关乎自己的身份。他意识到了人类的独创性，即便在千百年以后，也会有一群陌生但是在精神上高度相通的人因为同样的信仰聚集在一起，因而任何当下的苦难都会被记录，都会以一种美丽的形式再现。

沿着大教堂的线条，穿过它的墙壁，打开埋在里面的文字宝库，把逃避它或离开它的一切杂音带回来，在与事物的搏斗中创造语言空间的游戏，这里的"描

---

① 李贵苍、闫姗：《卡夫卡小说〈城堡〉的空间解读》，《江西社会科学》，2015 年第 11 期，第 88 页。
② Abdulrazak Gurnah, *Pilgrims Way*, London: Bloomsbury, 2021, p. 280.

述"不是一个复制品，而是一种破译：为了使每一种语言都恢复到它的自然状态……毫无疑问，这就是书的存在、对象的存在和文学场所的存在。①

　　达乌德在大教堂这一建筑空间里"破译"了自己被殖民身份的尴尬处境。他不再逃离，经历与回忆作为来自非洲的被长久压抑的声音被表达出来，从而构建了自己的存在。

　　古尔纳将目光投向英国社会文化的隐含冲突上，各种文明因历史、语言、文化、传统的不同而迥然相异。文明间的差异不仅存在，而且是根本的，它们比政治意识形态和政治制度的差异更为根本。②当今全球化背景下，西方世界的世俗主义、消费主义、市场经济与暴力，以一种更为全面而直接的方式介入了伊斯兰世界的日常生活。它打碎了传统的治理模式，使人们脱离了传统秩序。而对于背井离乡进入欧洲的穆斯林群体，这种无产阶级化的趋势更为明显，他们丧失了重要的社会资源，成为社会最底层的"苔藓"。③达乌德作为一个穆斯林，被排除在了英国社会之外，而当一个人被他人认为是"外人"，那么该人也会怀疑自己永远无法融入这个社会。古尔纳旨在借达乌德的故事，来反抗这种融合的不可能。达乌德最后走进了基督教的大教堂，尽管他依然对基督教抱有着偏见，认为"牧师是一个自我炫耀的工作""凯瑟琳看来华丽而优雅的讲坛既不优雅也没有尊严"，甚至"教堂里的柱子会比上帝存在得更久远"④，但是他见到了那个宏伟的拱顶，领悟到建造教堂并非只为了上帝的荣耀，也证明了整个人类的独创性以及人类的文明与文化的优美与传承。朝圣者只是为了纪念自己的痛苦而来，痛苦是对他们人生的纪念和磨炼。达乌德意识到苦难并非绝境，相反，"我"所经受的苦难是"我成为我"的原因。如果解除了所遭受的苦难，人将会变得固执横蛮，徘徊于歧途

---

① Jeremy W. Crampton and Stuart Elden, *Space, Knowledge and Power: Foucault and Geography*, London: Ashgate, 2007, p. 167.
② 参见 S. P. 亨廷顿：《文明的冲突》，张林宏译，《国外社会科学》，1993 年第 10 期，第 19 页。
③ 参见储殷、唐恬波、高远：《欧洲穆斯林问题的三个维度：阶级、身份与宗教》，《欧洲研究》，2015 年第 1 期，第 5—6 页。
④ Abdulrazak Gurnah, *Pilgrims Way*, London: Bloomsbury, 2021, p. 279.

之中。通过这样的认知，达乌德完成了与自我的和解。这也是古尔纳通过文化融合来解决身份困境的设想。古尔纳曾在采访中这样理解文化的融合：

> 在我自己的文化和历史的怀抱中写作是不可能的，也许对任何一位作家来说，这都是不可能的。我知道我是从遥远的他国来到英国写作的，我现在意识到，这种异邦流散、旅居他乡的状况一直是我多年来的主题，不是作为我所经历的独特经历，而是作为我们这个时代的故事之一。[①]

现代社会中流散与融合的冲突持续发生，文化的交融和杂糅成为必然产物。然而文化不应有高低优劣之分，不同文化中都隐含着共同的形而上的关怀，即出于对"人"这一群体的关怀。面对不同身份背景的人，我们不应该竖起文化的藩篱，找到共生的途径才是文化得以继续发展的前提。

结　语

达乌德的朝圣之路是一条自我和解之路。凯瑟琳既是推进达乌德完成自我找寻的催化剂，也是种族主义内部出现的以个体进行自我解构的萌芽，尽管只是个体意识的萌发，但这意味着种族歧视的坚冰并非不可融化。达乌德接纳了大教堂，找到了触手可及的文化共融的证据，并通过自身的努力，逐渐与回忆和解，与身份和解。古尔纳最后让这对情侣获得了美好结局，但当我们跳出小说的时间框架设想未来，种族、身份、流亡这些问题并没有得到彻底解决，所有矛盾都将继续存在。达乌德的朝圣者之旅没有结束，困境和矛盾将恒久地出现在他和凯瑟琳面前。旅程前路未卜，但古尔纳相信在人们的共同努力下，阴霾乌云都会逐渐散去。

古尔纳的这部小说展现了达乌德的个体命运，个体的特征即群体的展现。在古尔纳后期小说中，出现了更多对群体命运的思考。难民和流散文学正在成为社

[①] Abdulrazak Gurnah, "Writing Place", *World Literature Today*, 2004, 78 (2), p. 27.

会关注的焦点，非洲经历了殖民、反殖民后在努力寻求自身话语权的过程中，借难民的视角呈现了异质文化的冲突和西方文化长久以来的霸权主义。古尔纳的目光是聚焦的，也是全局的，他辐射的是社会文化语境下的身份问题。"文化涵盖一切实践，诸如描绘、交流和再现等艺术，它们独立于经济、社会和政治领域。"①文化是一个社会的知识和思想精华的贮存库，包括某种去粗取精、令人升华的因素在内。文化从社会实践中积累产生，文化的传承即群体的传承。文学艺术作为重要的文化形式，是后殖民主义话语表述得最露骨的领域，"也是后殖民客体用来陈述自身存在的方法"②。《朝圣者之路》作为古尔纳的第二部小说，其所聚焦的有关非洲难民的处境，已经显示出了古尔纳超越个体视角的对群体的关爱和对社会思潮的深刻反思。

正如同样身为后殖民主义流散作家的库切所说："如果我从某个两极位置上说话，从负极那边说话，是因为我被一种力量，甚至是被一种暴力推到了那里。这种力量和暴力运行于我们此时所处的整个话语世界。"尽管这种话语的力量非常强大，但库切仍然认为"人们有责任，不能在毫无质疑的情况下就屈服于话语的力量"③。话语是在特定立场上被构造的产物，而屈从则意味着永远地对自己身份的遗忘。古尔纳只是万千流亡者中的一个，但因为古尔纳的一支笔、一个缩影得以代表一群人，并使之放大显现，从此沉默的死亡不再可怕，因为文字的声音终究会久久回响。文学的效能首先是人的效能，是关于人应该如何生存和正在如何生存的思考。"非洲文学有其独特的文化意蕴和美学表征，具有重要研究价值，对其他国家和地区文学也具有重要借鉴意义。"④因此，研究非洲英语文学也为我们认识世界文学多样性，寻求文明共存互鉴道路提供了新的视角。

---

① 爱德华·W.赛义德：《赛义德自选集》，谢少波、韩刚等译，北京：中国社会科学出版社，1999年，第163页。

② 丛郁：《后殖民主义·东方主义·文学批评——关于若干后殖民批评语汇的思考》，《当代外国文学》，1995年第1期，第150页。

③ J. M. Coetzee, *Doubling the Point: Essays and Interviews*, Cambridge: Harvard University Press, 1992, p. 200.

④ 朱振武：《揭示世界文学多样性 构建中国非洲文学学——从坦桑尼亚作家古尔纳获诺贝尔文学奖说起》，《中国社会科学报》，2021年10月22日，第4版。

第二节 《海边》作品节选及评析

作品节选

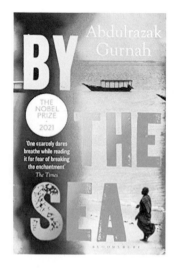

《海边》

（*By the Sea*，2001）

I live in a small town by the sea, as I have all my life, though for most of it it was by a warm green ocean a long way from here. Now I live the half-life of a stranger, glimpsing interiors through the television screen and guessing at the tireless alarms which afflict people I see in my strolls. I have no inkling of their plight, though I keep my eyes open and observe what I can, but I fear that I recognise little of what I see. It is not that they are mysterious, but that their strangeness disarms me. I have so little understanding of the striving that seems to accompany their most ordinary acts. They seem consumed and distracted, their eyes smarting as they tug against turmoils incomprehensible to me. Perhaps I exaggerate, or cannot resist dwelling on my difference from them, cannot resist the drama of our contrastedness. Perhaps they are only straining against the cold wind that blows in from the murky ocean, and I am trying too hard to make sense of the sight. It is not easy, after all these years, to learn not to see, to learn discretion about the meaning of what I think I see. I am fascinated by their faces. They jeer at me. I think they do. [1]

---

[1] Abdulrazak Gurnah, *By the Sea*, New York: The New Press, 2001, pp. 2-3.

我一生都居住在海边的小镇，不过大部分时间是在距离此地很远的、温暖的绿色海洋旁边度过。现在我算是半个陌生人，通过电视屏幕一睹内心世界，猜测着我在散步时所看到的那些折磨人们的一刻不停的警报。我对他们所处的困境一无所知。尽管我睁大眼睛，尽力观察，但我担心无法从所看到的景象中识别出多少。不是他们神秘，而是他们与我之间的陌生感使我想打听也无处着手。我对他们日常生活中的忙忙碌碌知之甚少。当他们在努力应对我难以理解的混乱时，他们双眼刺痛，看起来精疲力尽、心烦意乱。或许是我夸张了，我无法不细想我和他们的不同之处，亦无法抵制我们之间如同戏剧般的明显差异。也许他们只是在竭力抵挡从黑暗的海洋上吹来的冷风，我尽力地想要弄明白这景象的意义。多年以来，要学会不去看，不去谨慎对待我所看到的人或事物，这并不容易。我被他们的面貌迷住了。他们嘲笑我，我想他们的确如此。

（陈亚洁/译）

作品评析

《海边》中流散群体的命运关怀

引　言

　　阿卜杜勒拉扎克·古尔纳围绕难民主题，主要描述殖民地人民的生存状况，聚焦于身份认同、种族冲突和历史书写，在作品中展现的后殖民时代人们的生存现状具有重要的社会现实意义。古尔纳的第六部小说《海边》(*By the Sea*，2001)此前曾入围布克奖和《洛杉矶时报》图书奖。在这部作品中，由于国内混乱动荡的局势和殖民者对殖民地人民的无情压迫，部分民众选择逃离本国以难民的身份前往收容国寻求庇护，往往经历着记忆、名字和身份多重转变。《海边》共由三大部分组成，分别为遗迹(Relics)、拉提夫(Latif)、静默(Silence)。这部作品主要讲的是主人公萨利赫·奥马尔(Saleh Omar)及其宿敌之子拉提夫·穆哈茂德(Latif Mahmud)在难民机构工作人员瑞秋(Rachel)的帮助下得以相见，在对过往经历的回忆交流中化解了二人恩怨的故事。

一、异国他乡中的身份困境

　　难民的出走多是由于无法忍受在本国的生存状态，自身的生命受到威胁，唯有选择离开本国抵达别国去追寻自身渴望的安稳生活，然而当难民进入他国的环境中又不得不面临是否能被他国接纳和身份转变等问题。小说《海边》从一开始就交代了主人公萨利赫的身世背景和个人经历。萨利赫出生在海边的小城，因难以忍受在本国生存而想要离开自己的国家，以难民的身份前往英国寻求庇护所。

现实中，跨国难民文化身份的自我想象是以"空间的迁移和流动"为表征，经由"逃亡"和"抵达"等运作机制来实现的。在此，"逃离本国"构成了他们跨国迁移和流动的行动起点，也是他们想象自身文化身份的行动起点，而"抵达他国"，实现"抵达之后文化身份的变革、调适与转换"则是跨国难民想象自身文化身份的行动终点。①

在逃离本国和抵达他国这一过程中，民众的身份发生了转变，由本地人改变为跨国难民。进入收容国以后难民就需要面临自身的身份是否被接纳的问题。主人公萨利赫在进入英国后便遇到这一问题，抵达英国机场后，因缺少入境许可遭到机场人员凯文·埃德尔曼的拒绝。在凯文询问萨利赫前往英国的目的时，萨利赫一直保持静默假装不懂英语。当凯文威胁萨利赫再不开口说话，就安排将他送回出发地，此时，萨利赫承认了自己的难民身份，表明此番来英国的目的是寻找庇护所。"我再次觉得自己是令人讨厌的人，给通情达理的人带来不必要的麻烦和不便。"②可见萨利赫是一位本性善良，懂得站在别人的立场考虑事情并且具有自知之明的人。之所以保持静默是出于自保，为了让自身的难民身份更加真实可信。同时，他在脑海中对凯文的追问予以答复，解释了离开祖国而选择来英国的原因：

我们的政府做了什么比以前犯过的罪恶更糟糕的事？它操纵选举，在国际观察员面前伪造数据，而在此之前，它只是监禁、强奸、杀害或以其他方式贬低其公民。对于这种过失行为，英国政府向任何声称生命处于危险之中的人提供庇护。③

---

① 汪罗：《全球化语境中跨国难民文化身份的自我想象》，《全球传媒学刊》，2020 年第 2 期，第 41 页。
② Abdulrazak Gurnah, *By the Sea*, New York: The New Press, 2001, p. 10.
③ Abdulrazak Gurnah, *By the Sea*, New York: The New Press, 2001, p. 10.

难民们之所以选择来英国避难，是因为在自己的国家受到了不平等的待遇，自己的生命受到了威胁，而英国又"允诺"对那些身处危险中的民众张开怀抱，愿意为他们提供庇护所。但是当萨利赫来到英国后，首先遭到的就是机场人员的拒绝。机场人员凯文·埃德尔曼说道：

像你这样的人涌入这里，没有考虑你们对这里所造成的损害。你并不属于这里，你不重视我们珍视的任何事物，你们几代人也没有为此奉献过。我们不希望你来到这里。你在这里的生活会变得艰难，你会蒙受羞辱，甚至可能遭受暴力。沙班先生，你为什么还想这么做？①

凯文·埃德尔曼不希望萨利赫进入英国，认为像萨利赫这样的老人只会给英国社会带来危害，并多次强调萨利赫不属于英国，与英国人的价值观不同，很难融入英国社会。古尔纳之所以塑造凯文·埃德尔曼这一人物，显然是要告诉读者，尽管英国政府发布宣告，愿意接纳那些在本国生命受到威胁的人们，但机场人员对年纪大的难民还是持拒绝接纳的态度。英国的宣告与实际的做法并不一致。萨利赫尽管实现了身份的转换，但是在踏上英国的土地之初，便因年龄较大遭到收容国的拒绝，从而陷入身份困境之中。

独立的个体都在追寻身份认同，而这种欲望在个体身处异国他乡时会更为强烈。"身份认同具有社会属性。身份认同是社会的产物，一方面社会赋予个体身份的意义，另一方面身份认同需在社会中逐渐建构、完善。"②对于身处异国的萨利赫来说，他渴望得到当地人的接纳和尊重，期待自身能够获得周围人的认同。可现实并非如此，在难民机构的安排下，萨利赫和多个来自不同国家的难民共同生活。这里的管理者是西莉亚（Celia），尽管西莉亚知道萨利赫的名字，但仍多次用"爱卖弄的人"之类的词语称呼萨利赫，以此来讽刺他。居住地的卫生条件差，总是伴有难闻的气味。同时，周围人鉴于萨利赫的黑人身份，认为他不懂得顾及个人卫

---

① Abdulrazak Gurnah, *By the Sea*, New York: The New Press, 2001, p. 12.

② 张淑华、李海莹、刘芳：《身份认同研究综述》，《心理研究》，2012 年第 1 期，第 22 页。

生，便一直要求其保持自身洁净。在这样的环境之下，萨利赫得不到周围人的尊重，没有食物可以果腹，受到的只是旁人的无情冷落和讥讽，身份认同当然荡然无存，又一次陷入身份困境之中。故乡和异国他乡都寻不到生存之地，身为难民，却得不到相应的难民待遇。正如古尔纳的另一部小说《绝妙的静默》中，主人公年轻时从桑给巴尔到英国留学，结识了英国女友，并育有一女。主人公对女友隐瞒自己故乡的真实家庭生活，也对身处故乡的家人隐瞒自己在英国已经组建家庭这一事实。在所有人都得知主人公隐瞒的真相后，家人与他断绝了关系，女友和女儿也都选择离开他。最终，他仍然是孑然一身，与《海边》的主人公萨利赫相同，一样陷入了身份困境的漩涡之中。

难民虽然在空间上离开了自己的国家，但心灵上始终与自身故土相连。萨利赫是一位对过去深怀留恋的人，一直将30年前从一位波斯商人侯赛因（Hussein）那里得来的一份香料带在身边。这种香料所散发出的芳香会让萨利赫感受到爱意和温暖。作品中提到"我偶尔在不经意间会闻到它的香味，就像一个声音的片段，或者我爱人的手臂搭在我脖子上的记忆"①。对于萨利赫来说，香料象征着过往的美好回忆，每当萨利赫闻到香料气味都会想起自己多年前已逝的爱人，想念曾经与爱人在一起的生活。但是，英国机场的工作人员凯文在检查其行李时，无情地夺走了萨利赫的香料，将香料据为己有。显然，作者在这里有意抨击殖民者对殖民地人民的恣意掠夺。

当身份认同无法实现时，难民或移民群体便会因自身的多重身份而陷入身份焦虑。作品中的拉提夫便是时常处于身份焦虑中的一位人物。在东德留学后，拉提夫便以难民的身份进入英国，如今已在伦敦生活了30多年，是大学的英国文学教授。出于自身的黑人身份，他对带有种族主义色彩的词汇极为敏感，厌恶别人称呼他时带有"黑色"这一词汇。拉提夫是一位内心充满愤恨的悲观人物，教授英国文学，但厌恶诗歌。在他看来"诗歌什么都没有揭示，并且导向虚无"②。拉提夫总是习惯性地担心迟到而频繁看手表，经常为时间而感到焦虑，其原因是

---

① Abdulrazak Gurnah, *By the Sea*, New York: The New Press, 2001, p. 14.

② Abdulrazak Gurnah, *By the Sea*, New York: The New Press, 2001, p. 74.

不希望为迟到而向别人道歉。可以看出拉提夫是一位自尊心很强，同时又很谨慎的人。当与家乡断联30多年后的拉提夫得知自己要为自己的同胞做翻译时，内心的所思所想证实了定居异国他乡的拉提夫仍处在本土身份和英国人身份的挣扎的焦虑之中。

> 当我被要求与我的一位同乡见面时，我抑制了我一直感到的恐惧。他们会告诉我，或者心中暗想，我变得多么像英国人，与原本的自己是多么不同，让他们无法与我产生联系……电话答录机上的第二条消息让我松了一口气，毕竟我不必为我的背信弃义而忏悔。①

尽管在年轻时离开自己的祖国以难民的身份来到英国寻求庇护，在英国生活了多年，但拉提夫仍然做不到心安理得地接受自己的英国人身份，时不时会感到愧对于自己的本国身份，觉得自己背叛了身份的本土性。身份认同几乎是所有难民都要面临的问题，而此时拉提夫的身份就处于一种悬置的状态，他想要成为英国的成员之一，融入英国社会，但同时对背叛自己的本土身份深感愧疚。

古尔纳将拉提夫内心的挣扎和冲突展现在了读者面前，然而人物内心的冲突往往离不开自身的经历和成长的环境。这一经历和感受想必古尔纳自身也有。古尔纳在年轻时离开故乡桑给巴尔前往英国寻求政治避难，并在那里定居。在小说中，作者将自身经历和感受融入作品当中，为读者完整而真切地呈现了处于当时社会环境中流散者的真实感受。

二、殖民主义下的心理创伤

有殖民者统治的地方就会存在对殖民地人民的控制和压迫。由于历史原因，非洲作家在进行文学创作时离不开殖民主义这一话题。殖民战争和殖民统治势必给当地民众带来毁灭性的影响。《海边》这部作品展现了内外冲突夹击给当地民众

---

① Abdulrazak Gurnah, *By the Sea*, New York: The New Press, 2001, pp. 73-74.

造成的深重灾难。小说中的外部冲突主要围绕英国殖民者对桑给巴尔全方位的渗透展开，内部冲突则聚焦于萨利赫和拉提夫家人之间的矛盾。

桑给巴尔成为英国的殖民地之后，发生了天翻地覆的变化。"在长期的殖民统治下，殖民者在非洲大力推行殖民教育，推广殖民语言，播撒西方宗教和西式价值观"①。殖民者成为统治阶级，掌管着殖民地的一切事务。从表面上看，无论是殖民地人民接受的教育，还是其工作的环境，都是英国的殖民者提供的。殖民地人民从英国人编写的书中了解本国历史，认为是英国人重新塑造了他们，甚至在日常生活交流和写作中使用的也是殖民语言。英国殖民者主导了桑给巴尔民众生活、学习和工作的方方面面。在受殖者这里，受殖者一方面对于殖民文化与现代文化成就心生羡慕乃至崇拜，同时对于自己的文明则滋生自卑与厌恶感。②殖民地人民在接受殖民者的教育后，对本国人口中的文明和历史感到不自信，反而认为由英国殖民者讲述的本国历史才更加真实可信。这是许多被殖民的人的悲哀。

在强大的殖民者面前，弱小的殖民地人民的利益则会被放在边缘位置，其结果便是弱小者的话语权被剥夺及其利益被忽视。"东非国家逐渐发现，在殖民主义统治下，当地民众的愿望和倡议如今受制于欧洲大国更大的地缘政治和经济利益。"③英国殖民者对当地人民的渗透和欺压在萨利赫的家具店生意中亦有所体现。家具店的顾客一般都是欧洲的游客和英国殖民者。萨利赫的同胞们拒绝购买的原因一是商品价格高昂，二是不具备欧洲人那样强烈的占有欲和征服欲。英国殖民者的做法则更为暴力和直接，当支付不起商品价格时，他们选择自己定价，甚至采取掠夺的野蛮方式。"在写给白人反殖民行动主义者梅布尔·帕尔默的一封信中，莉莉如此写到她的信念：'我们让人们相信，文明与邪恶相伴而来。'"④

---

① 朱振武、袁俊卿：《流散文学的时代表征及其世界意义——以非洲英语文学为例》，《中国社会科学》，2019 年第 7 期，第 144 页。

② 参见罗如春：《后殖民身份认同话语研究》，北京：中国社会科学出版社，2016 年，第 95 页。

③ Simon Gikandi and Evan Mwangi (eds.), *The Columbia Guide to East African Literature in English Since 1945*, New York: Columbia University Press, 2007, pp. 42-43.

④ 佳亚特里·斯皮瓦克：《后殖民理性批判：正在消失的当下的历史》，严蓓雯译，南京：译林出版社，2014 年，第 205 页。

在殖民统治之下，民众内部的矛盾日益增长和激化。作者在这部作品中讲述了入侵者的所作所为及其对本土民众造成的危害。小说中的侯赛因是一位波斯商人，是一位外来侵入者，也是萨利赫和拉提夫及其家人冲突和恩怨的制造者。侯赛因前来萨利赫的家具店购买商品，并借走一笔巨款，还将此前和沙班签订的房屋担保协议文件交给萨利赫作为担保。但此后侯赛因违背了及时还钱的承诺，再也没有出现。此时萨利赫急需资金用来扩大店铺的经营规模，出于无奈，他只能将沙班的房屋所有权已归到自己名下这一事实告诉沙班，并借助法律手段，获得了沙班一家的房子。此后，沙班联合自己的妻子，并仰仗妻子的一个在政府担任要职的情人，共同陷害萨利赫，使其在牢狱中待了整整十一年。出狱后的萨利赫，性情已经得到了磨炼，变得更加坚忍和坚强。在度日如年的牢狱生活中，渴望见到自己的妻子和女儿成为他活下去的希望。然而萨利赫出狱后，从邻居口中得知，他的妻子和女儿在他入狱第一年就离开了人世。得知这一消息之后，萨利赫并没有崩溃，而是选择继续坚强地生活下去。然而就是这样一位从不惹是生非的老实人却不断地遭人欺骗和迫害。作者将这一人物的悲惨经历展现在读者眼前。

尽管经历了种种悲苦，萨利赫的磨难仍然没有结束。哈桑在父亲去世后返回家乡，威胁萨利赫若不还钱，就同父亲沙班一样对待他，让其再度承受牢狱生活。这时，一向坚韧乐观的萨利赫再也无法忍受，进而对本国的法律体系和所谓的公平正义完全丧失了信心。主人公萨利赫便踏上了避难之途。被骗走巨额钱款、家具店生意破败、长达十一年的牢狱之灾、妻子女儿的离世等一系列的灾难性事件给萨利赫造成了常人难以忍受的心理创伤。人的成长经历塑造人物的性格特征。在历经重大的变故之后，人物会遭受巨大的心理创伤，此时，人物性格也会被重塑。与此前健谈的性格不同，萨利赫变得静默无言，总是独自一人处于安静黑暗的环境中，不愿被外界打扰。"尽管惧怕夜晚的黑暗、无边无际和不断变幻的黑影，我依然每天都渴望夜晚的到来。有时我想，居住在废墟般破碎混乱的房子中是我的命运。"[1]夜晚意味着静默的时刻。他认定自己的命运就是要居住在废墟般混乱的房子中，孤身一人，不与外界产生联系。个体心中的伤痛无人诉说，只能

---

[1] Abdulrazak Gurnah, *By the Sea*, New York: The New Press, 2001, p. 1.

埋藏在心底。萨利赫是一位经历了众多苦难的人物，其静默是他对过往苦难经历的一种接纳、尊重和反思。

在创作的过程中，作家个人的成长经历往往会成为作品的素材。古尔纳也不例外。"这些作家主要借鉴他们在东非的童年经历，创作了侧重于家乡、移民和离境等突出主题的文本。这些作品是以该地区的特定国家为背景，是作者意识到自己与出生空间分离而产生的。"①拉提夫便是古尔纳在这部作品中塑造的另一位人物。作品人物以难民身份前往英国时的年龄与作者古尔纳相差无几。拉提夫的父亲是一位普通职员，整日静默寡言，他的懦弱无能使其对妻子的出轨行为熟视无睹，只能借酒浇愁。拉提夫出生并成长于这样的家庭中，得不到父母的关爱和陪伴，整个童年都在缺爱中度过，同时经历了两次重大的家庭变故。家庭变故的缘起都是侯赛因。第一次是侯赛因的出现破坏了拉提夫与哥哥哈桑友好的兄弟关系。对于弟弟来说，哈桑同时扮演着三个角色，分别是"大哥哥""父亲"和"最好的朋友"。但是当这位波斯商人出现后，兄弟二人之间的关系就发生了变化。哈桑开始变得不再与拉提夫进行交流，甚至是厌恶拉提夫，亲兄弟由亲密无间转变为形同陌路。这让还是孩子的拉提夫感到这个世界上再也没有人会真正地爱他，关心他。同时，当侯赛因追求哈桑的事被学校的人知道后，拉提夫整日都承受着同龄人对自己家人的讽刺、谩骂和嘲笑。作为一名孩童，拉提夫本不该忍受这些难以启齿的伤痛，但别无他法，只能默默忍受。第二次变故则是沙班和侯赛因共同投资生意，沙班把仅有的一套房子用作担保。此后，生意失败，侯赛因在沙班不知情的情况下将这份担保协议转交给萨利赫作为借贷担保。拉提夫一家失去了仅有的房子以及房子内部的所有财产，被迫挤在狭窄的房间中居住。家庭变故往往会给年幼的孩子留下严重的心理创伤。由于孩童的心智不够成熟，所经受的挫折、苦难、忽视和嘲讽等都会被放大，严重的甚至会导致人格的扭曲。

拉提夫成长在一个畸形的家庭环境中，是家庭悲剧的亲历者和见证人，从心底痛恨这里的一切人和一切物，因此"离开"一词便在幼年时期拉提夫的心里生

① Simon Gikandi and Evan Mwangi (eds.), *The Columbia Guide to East African Literature in English Since 1945*, New York: Columbia University Press, 2007, p. 19.

了根。终于，一次偶然的留学深造机会为拉提夫的离开提供了契机。在东德完成学业后，拉提夫没有返回桑给巴尔，而是直接以难民的身份前往英国，随后便与家人断了联系。

当个体或群体无法忍受在本国的生存状态时，有些人会离开，前往他国继续自己的人生。萨利赫和拉提夫的做法相同，即在桑给巴尔遭受了巨大的心理创伤之后离开故乡，到英国寻求庇护之地。这与古尔纳本人离开故乡前往英国的选择如出一辙。在抵达他国之后，自身的身份就会转变为难民。那么英国又是如何对待难民的呢？难民的身份是否会得到收容国的接纳呢？

三、国际社会中的难民关怀

个体的命运逃脱不了时代大背景的影响，在古尔纳的多部作品中都提到了这一现象，包括《海边》《天堂》《今世来生》等。任何一个生存在危险之中、生活在不被重视和尊重以及公平正义完全丧失的环境中的人，或许都可能选择逃离自己的伤心之地。

难民是古尔纳在作品创作过程中一直关注的群体，因为古尔纳本人也曾是难民。"有阿拉伯血统的古尔纳决定远走他乡，几经周折后于 1967 年底来到英国，以难民身份居留，并进入东南部坎特伯雷的基督教会学院学习。"[①]作品中难民在异国他乡所遇到的各种问题也许是作者在现实生活中的真实写照。在逃离本国、抵达他国之后，难民首先要面对的是自己的难民身份是否被接纳的问题。难民机构的工作人员瑞秋得知萨利赫隐瞒自己会讲英语这一事实真相后，仍愿意尽心尽力帮助萨利赫寻找合适的住处，合理地安排萨利赫的生活。逃往英国的难民个体或群体，最担心的就是自身的难民身份不被接纳。与凯文对待萨利赫的强硬态度相比，瑞秋的做法更能凸显人道主义。作品中的瑞秋对萨利赫说道：

---

① 石平萍：《非洲裔异乡人在英国：诺贝尔文学奖得主古尔纳其人其作》，《文艺理论与批评》，2021 年第 6 期，第 104 页。

"你不懂英文吗？没关系，等我们送你离开这里，我们就会送你去学校。我觉得你到了一定年龄就很难学了。"她说，考虑到我的年龄，便笑了，"没关系，我们会先带你离开这里。你会喜欢我们要去的地方，那是一个海边小镇。在几天内，我们会为你找到住宿带早餐的旅馆，帮助你解决社会保障等所有问题。"①

瑞秋作为英国难民机构的工作人员，对萨利赫是接纳的态度，而且愿意不辞辛苦地为萨利赫提供帮助。鉴于桑给巴尔的地理位置，瑞秋为萨利赫所寻找的住处也是海边的小城镇，好让他有一种归家之感。扬·阿斯曼认为，"文化记忆首先是对'真的事实'（real facts）的精确回忆，是这些'真的事实'本身。但除此之外，它还是一种解释和证明"②。在《海边》中，瑞秋充当的是萨利赫的"女儿"。原因之一是瑞秋和萨利赫记忆中的女儿年龄相仿。原因之二是瑞秋作为难民机构的人员，在帮助萨利赫时尽心尽力。由于萨利赫性格孤僻，不愿与外界产生联系，瑞秋便想尽办法开导、鼓励萨利赫，不断地尝试与其进行交流沟通。如果说侯赛因是萨利赫和拉提夫一家恩怨的制造者，那么瑞秋无疑就是萨利赫和拉提夫之间沟通交流的连接人。瑞秋所找的这位翻译是拉提夫，正是萨利赫熟悉的人。拉提夫内心充满了对萨利赫的"仇恨"，把他当成家庭财产的掠夺者。因为瑞秋这一人物，萨利赫才得以同拉提夫进行深入交流，进而澄清自己并不是拉提夫一家房子的掠夺者，而是一位无辜者。拉提夫亦是一位不幸的人物，在幼年时期便经历了种种变故。他离开自己的家乡后，再也没有同亲人联系。但是拉提夫的离开只是身体空间上的转移，心理上仍然挂念着自己的亲人和国家。因此，当瑞秋告知拉提夫这位难民的姓名时（其实是拉提夫父亲的名字。萨利赫申请护照时，用的是拉提夫父亲的名字"沙班"），拉提夫一开始是抗拒的心理，但是终究抵不过要一探究竟的好奇心，这才有了两人的见面交谈。接着，往事便在萨利赫和拉提夫的一问一答中展开。

---

① Abdulrazak Gurnah, *By the Sea*, New York: The New Press, 2001, pp. 47-48.
② 赵静蓉：《文化记忆与身份认同》，北京：生活·读书·新知三联书店，2015 年，第 12 页。

拉提夫此时才明白萨利赫是无辜的，他们之间的恩怨均源于侯赛因。这位波斯商人在埋下了苦难的导火索后自己抽身而去，而让萨利赫和沙班陷入家产的无尽争夺和斗争中。侯赛因是后续种种苦难的制造者，而清白无辜的萨利赫却是所有苦难的承受者，这于萨利赫是不公平的。对于萨利赫和拉提夫之间的故事，非洲文学学者石平萍谈道："但两人对往事的回忆落脚于桑给巴尔解放前后的社会动荡，两人均以难民身份先后来到态度一贯不够友好的英国，两人达成和解的基础更多的是共同的历史记忆、家族记忆和远离故土、颠沛流离的创痛。"①拉提夫和萨利赫同为难民，有着相似的历史文化记忆。当身处陌生的国度，两人的思乡情感双双被激发，变得更加强烈。在对过往共同记忆的交流当中，两人强烈的归属感才得到满足。在进行深度交流之后，他们之间的误会得以化解，关系也发生了变化，由敌对者转变为朋友。

萨利赫和拉提夫的父亲之间有着深深的怨恨和羁绊，而萨利赫也因此受尽了本不该承受的磨难。但是，让人感到欣慰的是，在他们交谈的过程中，萨利赫并没有带有仇恨的感情，而是十分客观冷静地在向拉提夫讲述自己过去经历的种种不为人知的苦难以及同拉提夫父母之间的恩怨。萨利赫是一位老者，在讲述过去的悲惨经历时，没有悲伤和痛苦，只有安然和平静，就如同讲故事一样，娓娓道来。在讲述的过程中，萨利赫放下了过去的恩怨，也获得了心灵和灵魂上的救赎。作品中的拉提夫是一位极力排斥自己的过去，下定决心和家人断绝联系的人物，但是他愿意同萨利赫见面交谈，并且愿意倾听这位故人讲述过去所不知的种种事情。这其实也是拉提夫同自己的过去和家人建立联系的一种方式。在和萨利赫交谈时，拉提夫以回忆的方式和自己的过往产生联结，这给予了从小离开家乡、一直生活在异地的拉提夫精神上的慰藉。古尔纳显然是乐观派。在作品中，萨利赫和拉提夫都经历了生命赠予的苦难，但最后在两人的交流回忆中实现了与对方的和解。

在古尔纳的这部作品中，瑞秋作为英国难民机构的工作人员，其所作所为体现了对难民应有的人文关怀，这一做法也为全球的难民收容国提供了借鉴的典范。

---

① 石平萍：《非洲裔异乡人在英国：诺贝尔文学奖得主古尔纳其人其作》，《文艺理论与批评》，2021年第6期，第106页。

与眼中只看重利益的凯文不同，瑞秋对待难民的态度真正体现了人道主义。难民的到来无论是对于难民自身抑或是收容国都是有利的，在抵达收容国后，难民可以作为收容国的劳动力，既能保障自身的温饱，又能促进国家的经济发展。据统计，将近有四分之一的难民可以在 5 年之内重新回到自己的国家。这一数据也说明了一些难民在收容国短时间避难时依然具备一定的劳动能力，而不是单纯依靠收容国政府的贴补，更不是累赘。

在全球化发展迅速的当今，跨国难民的数量在不断增加，涉及的范围也越来越广。庞大的难民群早已成为收容国不可忽视的劳动群体之一。如何合理解决难民在异国他乡的基本生存问题及文化信仰冲突，关乎着收容国自身的社会经济发展。古尔纳也曾身处难民之中，特别能够体会难民的真实处境和真情实感。古尔纳年轻时期前往英国读书，后来在那里定居，最终成了一名大学教授，为英国的教育事业做出了一定的贡献，恰好成为非洲人到欧美淘金的一个缩影。《海边》的人物拉提夫也是如此，来自生活，但又明显高于生活，成为千万个非洲难民在欧美等发达国家和地区的一个缩影。这就是文学，也是古尔纳的成功之处。

结　语

在长期的殖民统治下，桑给巴尔民众受殖民者的影响是方方面面的。殖民者以高压态势将影响渗透到殖民地民众的命运当中。侯赛因这位波斯商人就是一个鲜明的外来侵入者的个体形象。这个外来侵入者对本地民众所造成的毁灭性影响和抹不去的心理创伤，在萨利赫和拉提夫的人生经历当中体现得淋漓尽致。作为个体，萨利赫和拉提夫诠释了难民一生的命运走向，但其个体的背后是数量庞大的难民群。

作为一名年轻时便定居英国的非洲裔移民作家，古尔纳的作品既体现了殖民地人民的生存状况，也揭示了部分非洲民众在政治、宗教、家庭矛盾等因素影响下而选择以难民或移民身份抵达英国后寻找归属感的心路历程。"格尔纳作品中的人物大多会创造一种新身份来适应新的社会环境，却仍旧深陷于现实生活和过去经历的纠葛之中，力求寻找一种平衡感。"①古尔纳在创作中试图寻求本国文化与英国文化之间的契合点。《海边》这部作品便是以难民的视角展开，聚焦于抵达"宗主国"后的主人公的身份认同和种族歧视等问题，展现的是身处异国他乡的难民在现实生活与过往回忆之中的挣扎与焦虑。作品以两位主人公在交流中化解了 30 多年前因误会而引起的仇恨结尾，表现出古尔纳对于难民命运的乐观态度。2021 年古尔纳获得诺贝尔文学奖，获奖理由是"鉴于他对殖民主义的影响，以及对文化与大陆之间的鸿沟中难民的命运的毫不妥协且富有同情心的洞察"②。的确，古尔纳是难民命运的见证者，但他在《海边》这部小说中揭示的不只是难民在内外冲突夹击下的命运和挣扎，更是对世界各地难民群体的生存状态、身份认同和社会地位的关注与接纳，是一个优秀作家所应该表达的对底层人民的深切同情和对美好未来的描摹与期盼。

---

① 姜雪珊、孙妮：《国内外阿卜杜勒拉扎克·格尔纳研究述评与展望》，《合肥工业大学学报》(社会科学版)，2017 年第 3 期，第 66 页。

② Swedish Academy, "Abdulrazak Gurnah—Facts", *The Nobel Prize*, October 7, 2021, https://www.nobelprize.org/prizes/literature/2021/gurnah/facts/.

第三节 《今世来生》作品节选及评析

作品节选

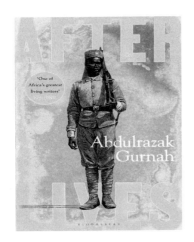

《今世来生》

（*Afterlives*，2020）

He passed shops and kiosks and cafés in the lit-up streets, with people strolling or sitting in small groups, talking or just looking at passers-by. They seemed at peace and content, and he wondered if this was because he was in a different and more prosperous part of town, or if he was walking at a different time of day when people were prone to be in this state, or if they were quiescent because they were simply bored. When he returned to the house he found Khalifa sitting on a mat in the porch, which was now lit. He motioned for Hamza to join him and poured him a small cup of coffee from his flask.

"Have you eaten?" he asked.

He went inside and came out with a dish of cooked green bananas and a jug of water, which Hamza accepted gratefully. When Khalifa's friends arrived, Hamza greeted them and stayed for a few minutes out of politeness before retreating to his store room. He lay in the dark on the bare floor for a long time, unable to sleep, his mind wandering over his earlier time in this town and over all the people he had lost since and the humiliations he had suffered. He had no choice but to accept his share of them. The worst mistakes he made in his earlier life in this town had been the result of his fear of humiliation, through which he lost a friend who was like a brother and the woman he was learning to love. The war crushed those niceties out of him and showed him staggering visions of brutality that

165

taught him humility. These thoughts filled him with sorrow, which he thought was the inescapable fate of man.[①]

他经过灯火通明的街道上的商店、售货亭和咖啡馆，人们有的漫步走着，有的成群结队地坐着，或交谈，或只是看着路人。他们似乎很平静和满足，他想知道这是不是因为他正处在这个城镇一个不同的且更繁荣的地方，或者是因为他正处在一天当中一个不同的时段里，在这个时段中人们更倾向于表现出这种状态，抑或他们只是因为无聊才表现出安静。当他回到房子时，他发现卡利法坐在门廊的垫子上，并且门廊已经亮起了灯。他示意哈姆扎加入进来并从他的瓶里给哈姆扎倒了一小杯咖啡。

"你吃了吗？"他问。

他进了屋，拿了一盘煮熟的青香蕉和一壶水出来，哈姆扎感激地收下了。当卡利法的朋友们到达时，哈姆扎向他们打了个招呼，出于礼貌待了几分钟后就回到了他的储藏室。黑暗中，他躺在光秃秃的地板上，久久不能入睡，脑海中回想着早先在这个小镇上的时光，回想着他后来失去的所有的人和他所遭受的屈辱。他别无选择，只能接受命运的安排。由于害怕受到羞辱，他早先在这个镇上犯下了最严重的错误，他也因此失去了一个像兄弟一样的朋友和那个他正在学着去爱的女人。战争摧毁了他生命中的这些美好过往，让他看到了令人震惊的残酷景象，也让他学会了谦卑。这样的想法使他陷入悲伤，他认为这是人类无法逃避的命运。

（李阳 / 译）

---

① Abdulrazak Gurnah, *Afterlives*, New York: Riverhead Books, 2022, pp. 171-172.

作品评析

《今世来生》中的历史书写

引　言

阿卜杜勒拉扎克·古尔纳既是一名移民作家，也是一名教授后殖民文学的学者，其求学、任教、写作、科研等一系列生活实践活动几乎都围绕着"移民"和"殖民"这两个关键词展开。①

从题材上来看，古尔纳 2020 年的新作《今世来生》(*Afterlives*，2020) 是一部历史小说，聚焦的是 19 世纪末 20 世纪初德国在东非的殖民史。②作为非裔移民作家，古尔纳对殖民历史的书写迥异于西方作家，然而，更引人深思的是，他也并未遵循非洲后殖民作家的惯有立场，例如以阿契贝为代表的第一代非洲英语作家坚持与西方殖民主义者对抗的反殖民主义书写方式和以恩古吉·瓦·提安哥

---

① 国内学者认为：当代英国流散小说集中探讨移民与文化融合这一命题，内容主要涉及三个方面：1. 英国前殖民地的历史与现状；2. 移民英国的旅程及抵达后的经历；3. 出生在英国的移民后代的生存境遇与身份问题。（参见张峰、赵静：《当代英国流散小说研究》，北京：外语教学与研究出版社，2018 年，第 43 页。）若依此论，古尔纳是一个非常典型的移民作家，从 1987 年出版第一部长篇小说开始，古尔纳迄今已出版十部长篇小说，按照地理空间和主题内容，可以划分为两类。一类是移民小说，地理背景均设定在英国，主角通常为从东非移民到英国来的各色人物，主题为在英国的经历和身份认同等问题，包括《朝圣者之路》《多蒂》《绝妙的静默》《海边》《最后的礼物》《砾石之心》这六部小说；另一类是殖民小说，背景均设在东非地区，主题通常为非洲的殖民历史及其后遗症，包括《离别的记忆》《天堂》《遗弃》《今世来生》四部小说。

② 从 19 世纪 70 年代末到 90 年代末这 20 年间，欧洲迅速完成了对非洲的瓜分，除埃塞俄比亚和利比里亚外的整个非洲大陆沦为欧洲的殖民地。1884 年德国在东非殖民，建立德属东非，并于 1886 年、1890 年先后宣布坦嘎尼喀和卢旺达、乌隆迪为其"保护地"。1915 年，德国在"一战"中战败，被迫吐出了在非洲的所有殖民地（参见 Roland Oliver and George. N. Sanderson (eds.), *Cambridge History of Africa (Vol. 6: 1870-1905)*, Cambridge: Cambridge University Press, 1985, pp. 680-766）。

（Ngugi Wa Thiong'O）为首的第二代非洲英语作家提倡通过浪漫化非洲的过去来对抗欧美帝国书写的民族主义书写方式。古尔纳认为，前者是狭隘的，后者又过于理想化。在苏西拉·纳斯塔（Susheila Nasta）的采访中，当被问及他对阿契贝和恩古吉的非洲叙事有何看法时，古尔纳的回答是："这类虚构是粗糙的。在许多情况下，不稳定的社会之间要实现共存必须进行协商，而这些作品显然简化了协商的复杂性和困难。没有什么地方比我长大的东非海岸更复杂的了。"①古尔纳希望通过没被排除在外的相互关联的空间去重新定义"非洲"。②文学对历史的再书写不应只是被用来逆写帝国、澄清事实真相，更应去展现更多非洲当地的社会范式，让叙事重新回归非洲。古尔纳直言："我从不认为自己是穆斯林作家，也不认为自己属于任何其他范畴……我也不认为自己是后殖民主义者。"③在对殖民历史的书写中，古尔纳的立场比较模糊，他会揭示、展现多方的互动、摩擦与协商，却并不做判断。也正因古尔纳的这种不确定性，1994 年出版的《天堂》就曾被布克奖的评委们认为没有"表现出有关欧洲殖民的后殖民故事"④，没有满足读者对后殖民小说的期待，认为它"不够非洲"⑤。

古尔纳看待历史的方式与新历史主义的某些观念十分契合。新历史主义的"新"处之一就在于它包含了历史观念的变化，与传统的历史哲学相比，在历史的过程、历史的叙述、历史的认识这三个层面皆有不同程度的反拨和反驳。古尔纳也相信，在其新作《今世来生》中，历史书写同样体现了这一点。通过三代人的不同选择，《今世来生》讲述了战争对个体和集体生活的影响，展现了东非海岸小镇普通民众平凡又伟大的生存经历，深刻揭示了历史的错综复杂。本文结合新历史主义的观点，从历史的过程、历史的叙述、历史的认识这三个层

---

① Susheila Nasta (ed.), *Writing Across Worlds: Contemporary Writers Talk*, London: Routledge, 2004, p. 360.

② Tina Steiner, "Writing 'Wider Worlds': The Role of Relation in Abdulrazak Gurnah's Fiction", *Research in African Literatures*, 2010, 41 (3), p. 124.

③ Claire Chambers, *British Muslim Fictions: Interviews with Contemporary Writers*, New York: Palgrave Macmillan, 2011, p. 126.

④ David Johnson (ed.), *The Popular and the Canonical: Debating Twentieth Century Literature 1940-2000*, Oxford: Routledge, 2005, p. 336.

⑤ Sally-Ann Murray, "Locating Abdulrazak Gurnah: Margins, Mainstreams, Mobilities", *English Studies in Africa*, 2013, 53 (1), p. 141.

面尝试着去解读《今世来生》中的历史书写。在历史的过程层面，古尔纳注重其特殊性和复杂性，用空间化的历史去映照个体的具体困境；在历史的叙述层面，古尔纳采用"大""小"历史并进的叙述方式，用战争的残酷去反衬群体生存的力量；在历史的认识层面，与欧洲中心主义话语推崇的进步史观不同，《今世来生》的历史书写体现了历史的循环。

一、历史的过程：空间化的历史与个体的身份和选择

在历史的书写和建构中，重要的不仅是时间，还有空间，新历史主义在本质上排斥历史的线性发展，提倡将时间空间化。《今世来生》采用第三人称间接叙述和多重叙事视角的手法，从不同人物的视角去讲述各自的选择和命运，就是把一个个个体置入具体历史地图的坐标中，叙述自己的历史，讲述发生在自己身上的一个个此时此地，力图将历史还原为"本来的状态"。小说的叙述不是被情节所推进，而是以人物和空间为线索。《今世来生》中的人物，时刻都面临着空间位置的移动，"失去"旧的身份。"失去"的常态化使个体身份不再固定，而是随着地理空间的变化而随时发生变化，个体一直处在身份的"失去"和"重塑"的过程中。如古尔纳所言："在我所有的作品中，我一直对人们解决'身份'的问题很感兴趣……我一直在探索人们如何重塑自己、改造自己。"[1]

在《今世来生》中，德国军官也对哈姆扎说："你在这个世界上失去了位置。"[2] 这句话不仅适用于哈姆扎，也适用于小说中的其他人物，他们几乎都是在原本的生活空间里被一次次地"连根拔起"后，又不得不重新在与自我、他人、社会的互动中一次次重塑和改造自己，重新找到并确立自己在这个世界上的空间和位置：卡利法的双亲在遥远的家乡双双病逝，留下他"在世上孤零零的……在一个不是自己家乡的小镇上过着一种无用的生活"[3]，直到娶了阿莎为妻后卡利法

---

① Susheila Nasta (ed.), *Writing Across Worlds: Contemporary Writers Talk*, London: Routledge, 2004, p. 356.

② Abdulrazak Gurnah, *Afterlives*, New York: Riverhead Books, 2022, p. 95.

③ Abdulrazak Gurnah, *Afterlives*, New York: Riverhead Books, 2022, pp. 12-13.

才算重塑了的身份；阿菲娅的哥哥大伊利亚斯小时候离家出走，被德国庄园主养大，后又参军；哈姆扎年幼时被卖掉，还没成年就参加非洲土著兵团，战后孤身一人回到小镇，没有家人也没有朋友，一切都要重新开始；德国军官原本生活在德国一个宁静的小镇上，为了所谓的帝国和"文明的使命"来到非洲，陷入那场"毫无意义的战争"中。

以前的历史观念往往强调历史的单一性和整体性，抵制差异和矛盾，而新历史主义则注重历史过程中的差异性、矛盾性和碎片性，否定单一的历史，肯定历史的丰富和复杂性。古尔纳对历史过程的书写同样拒绝这种单一性和整体性，拒绝给人物贴上简单的标签并进行价值评判。他回到历史发生的空间现场，分析人物做出的历史选择和人生发生转变的机缘，深入人物和历史的具体空间情境中去，详细描绘出人物与他者、社会的互动，也毫不避讳其间可能出现的各种摩擦和错位，呈现出更为真实的人物心理和历史。古尔纳对小说中几个主要人物的刻画都着力体现其错位、矛盾、复杂的地方，尽力还原一种微妙却真实的生存状态。卡利法和阿莎的婚姻一直存在严重的信仰矛盾，"他认为她向神祈祷和引用《古兰经》经文只是一种个人风格习惯，但他后来意识到这对她而言不仅是知识和修养的体现，更是严肃的虔诚"，阿莎则"努力控制自己对卡利法的不耐心"[1]。身为非洲人的大伊利亚斯，却极力拥护德国的殖民统治，认为"德国人有天赋且聪明。他们知道如何组织、如何作战……最重要的是，他们比英国人更友善……德国人可敬又文明，他们来了之后，做了很多好事"[2]。阿菲娅被卡利法和阿莎当作养女，但阿莎却因担心卡利法爱上阿菲娅而对她有很强的戒备心，并采取了严格的管束，所以阿菲娅对阿莎的感情除了感激之外，也有不满和愤怒的成分。她对哈姆扎说："阿莎阿姨有一颗痛苦的心。她痛恨我是一个年轻的女人……她不希望我有魅力又年轻……她内心积攒了太多怨恨，使她变得刻薄。"[3]德国军官和德国路德教传教士，一个代表武力，一个代表精神，按理说最有理由被刻画成反面人物，可在小说中，这两个人也呈现出多面的复杂性。在军营中，德国军官对哈姆扎表现得

① Abdulrazak Gurnah, *Afterlives*, New York: Riverhead Books, 2022, p. 19.

② Abdulrazak Gurnah, *Afterlives*, New York: Riverhead Books, 2022, pp. 46-47.

③ Abdulrazak Gurnah, *Afterlives*, New York: Riverhead Books, 2022, p. 233.

甚是亲近，时时护着他，并且亲自教他学习德语，对待其他非洲士兵和平民却如同对待蝼蚁一般。战火摧毁了无数的非洲村落，残杀了无数的非洲生命，他却视作理所当然。德国牧师医治好了哈姆扎，他的传教堂也保护和救治过不少非洲人，但这些行为是出于一种高高在上的救世主心态，他觉得欧洲人代表进步和文明，而非洲则代表野蛮和落后。小说叙事视角的去中心化让每个人物都有自己的视角，引导读者从他们的视角去审视各人的选择，以及与此紧密相关的过去和未来。

在多维视角空间化的叙述下，古尔纳笔下的人物身份跳出了殖民书写中常见的殖民者与被殖民者、白人与黑人、男性与女性之间简单的二元对立的框架，他仅仅遵从具体的历史语境，去展现东非海岸的城镇社会中矛盾交织的复杂图景，展现每个不同的个体在社会和历史转变的关口面临的各种可能性和做出的各种选择，以及由此带来的不同后果。正如评论家格雷厄姆·哈根（Graham Huggan）所言："作为作家，古尔纳有意采取一种笨拙的阈值立场，为了打破固化的身份假设，他有意识地疏离。他不是完全或一以贯之地融入'后殖民的异国'。相反，为了将自身文化联结的流动轮廓重新书写成模糊非洲、穆斯林和英国等身份标签的内容和叙事模式，他言说缝隙，表达矛盾，制造分裂。"①

二、历史的叙述："大""小"历史的融合

历史是由许多声音、许多力量组成的故事，不仅统治者、强者起作用，被统治者、弱者也在起作用。"新历史主义文论……旨在将首字母大写的单数的'大历史'（History）解构转化为众多小写复数的'小历史'（histories）。"②在《今世来生》的叙述中，古尔纳不仅让众多被湮没的"小历史"发出了声音，更重要的是，他并没有就此否定或推翻"大"历史，而是让个体的"小"历史与官方正统

① Sally-Ann Murray, "Locating Abdulrazak Gurnah: Margins, Mainstreams, Mobilities", *English Studies in Africa*, 2013, 56 (1), p. 152.

② 张峰、赵静：《当代英国流散小说研究》，北京：外语教学与研究出版社，2018 年，第 79 页。

的"大"历史并行，在"大""小"历史的互相映照和相互衬托下，越发凸显战争的残酷和群体生存的力量。

《今世来生》这部小说的时间跨度达 80 多年，全方位、多角度地表现了东非桑给巴尔和坦噶尼喀①从 19 世纪末到 20 世纪 60 年代间的战争景况、社会生活及人情风俗的历史画卷。从 19 世纪末欧洲列强在非洲争夺地盘，德国进军非洲，成立东非德国公司开始，到 20 世纪 60 年代坦噶尼喀共和国成立，小说囊括了这几十年间几乎所有重大历史事件，如马及马及起义②、两次世界大战、坦噶尼喀独立等，几乎是非洲历史上独一无二的一段时期。加纳著名历史学家艾伯特·阿杜·博亨（Albert Adu Boahen）指出："非洲历史上从未像 1880 到 1935 年之间那样发生了如此多的变化，而且如此迅疾。"③因为叙事视角不同，在小说的四部分中，古尔纳切入人物和历史事件的方式也有所不同。以卡利法和大伊利亚斯的视角为中心的第一部分算是主线故事的前传，在人物的客观成长经历和时代历史背景上着墨颇多，叙述语气疏离而平静，就像在讲述一个久远的历史故事。而在第二、三部分中，虽然同样是以第三人称叙述，从故事的两个中心人物哈姆扎和阿菲娅的视角出发，分别讲述了战争前线和战争后方的生活，但古尔纳有意识地转变了叙述风格，加入了更多的人物主观叙述和心理刻画，更加淋漓尽致地体现出战争的荒诞残酷、战争对社会和个体的影响。第四部分又回到客观的非虚构写作模式，哈姆扎和阿菲娅的儿子小伊利亚斯去德国寻找与他同名的舅舅的下落，借阅了很多档案信息，揭秘大伊利亚斯去向之谜。总而言之，古尔纳对事件的历史书写体现出了"大""小"历史交织的特点。

在小说第一部分的叙述中，卡利法个人的成长生活史与历史上的重大事件并行，像是两条平行线。在记述完卡利法生活中具有纪念意义的日子或事情之后，

---

① 桑给巴尔位于东非沿海，由 20 多个小岛组成，与非洲大陆上的坦噶尼喀隔海相望，但与坦噶尼喀并不是一个整体。历史上桑给巴尔长被阿拉伯人统治，而坦噶尼喀则以黑人群体为主。两者于 1964 年合并，组成坦桑尼亚联合共和国。

② 马及马及起义于 1905 年 7 月爆发，非洲当地人因殖民当局要种棉花以供出口而被激怒。"马及"（maji）一词意指一种神水，非洲人认为将它撒在身上就可以抵挡住德国人的子弹。

③ A. Adu Boahen (ed.), *The UNESCO General History of Africa (Vol. VII): Africa Under Colonial Domination 1880-1935*, Berkeley: University of California Press, 1985, p. 1.

古尔纳也会穿插着宣布一些重大历史事件，好几段的开篇都以个人的小事与历史的大事并置的模式开始：

> 他开始学徒的那一年，德国人来到了镇上，跟他一样，待了整整五年。这些年也是布希里起义[①]的时间。[②]
>
> ……
>
> 当卡利法去为阿穆尔·拜尔沙拉工作时，防卫队的非洲土著军团……还不知道马及马及起义将要在南边和西边爆发，这将会是一次可怕的起义，引发德国及德国非洲土著军团们更凶残的杀戮。[③]

这种平静客观的叙述语调就跟博物馆里的资料介绍一样，营造出一种读者与历史的距离感及历史的真实感。这时，小镇上的人仍然生活在战争来临之前的旧秩序中，仅"在传闻中听说了这些事件"。对他们来说，这些只是"骇人的故事"而已。[④]

然而，在第二部分，平行并进的两条线交汇成了一条线，个人的历史完全汇聚到大历史的潮流中，变成了大小历史的合奏。小人物直接参与历史，这跨越了个人历史与官方历史的界限，使二者既相互印证又相互补充。小说最精彩的章节之一，是经由哈姆扎的视角，对战争和死亡的正面描写：

> 英国皇家海军正在向该镇开火，战火摧毁了建筑物并杀死了数不清的居民。事后谁都懒得去数了。德国治疗伤员的医院是皇家海军打击的目标之一，但那只是战争的偶然厄运。当一切都结束，英国人要求停战时，他们的大部分装备都被

---

① 阿尔·布希里·本·萨勒姆·哈特（Al Bashir ibn Salim al-Harthi，亦称 Bushiri bin Salim）是生活在坦噶尼喀的阿拉伯裔商人和庄园主，1889 年，他联合当地的阿拉伯商人和非洲部落，发动了一场针对德国殖民者的起义。在古尔纳的小说中用的是"uprising"（起义）这个词，在其他很多资料中都是"revolt"（叛乱）这个词。在这个地方用的是小说中"起义"一词，史称"布希里起义"。

② Abdulrazak Gurnah, *Afterlives*, New York: Riverhead Books, 2022, pp. 5-6.

③ Abdulrazak Gurnah, *Afterlives*, New York: Riverhead Books, 2022, p. 9.

④ Abdulrazak Gurnah, *Afterlives*, New York: Riverhead Books, 2022, p. 17.

抛在后头，数百名士兵死在路上和镇上的街道上。还有无数搬运工①被杀死或淹死，没有人费心去计算他们的数量，无论是当时还是整个战争期间。②

　　小说中对战争这段历史的再现，是用正面的直接描写完成的。例如，在哈姆扎于前线作战部分中有很大的篇幅详述德军与英军对战的细节：双方军队人员的组成、军人的日常生活、各自占领的地理区域、行军方向、军事实力的对比、战事情况的实时说明等。在哈姆扎跟随德军部队行进的过程中，有士兵扎营和战争场面的具体描写，也有哈姆扎的心理活动变化的描写。哈姆扎主动加入军队的动机是逃脱旧生活，而不是出于对民族和国家的热爱或是对德国殖民者统治的认同，他对战争的认识还相当浅薄。等到他真正见识到战争的残酷，他感到恐惧、沮丧、不安，渐渐到最后的麻木和认命："战争摧毁了他生命中的这些美好过往，让他看到了令人震惊的残酷景象，也让他学会了谦卑。这样的想法使他陷入悲伤，他认为这是人类无法逃避的命运。"③在汹涌奔腾的历史潮流面前，个体别无选择，只能被迫卷进这一洪流，在其中痛苦挣扎，且人生会因此而永远改变。个体的生存和发展，与时代的变化息息相关；个体的选择和命运，也离不开大历史环境的推动和影响。在小说的第三部分，古尔纳叙述的重点转到了人们战后生活的重建，采用了非常现实主义的对普通人物日常生活的描写。战争作为已经发生过的历史，成为故事的背景存在。战争虽已成为过去，但战争的阴影仍在，它彻底改变了哈姆扎的人生，也极大地冲击了小镇和平和富足的生活。哈姆扎回到小镇，此时的小镇刚刚解除封锁，商贸停滞，民生凋敝，治安混乱，身无分文、无依无靠的哈姆扎靠着执着、吃苦和诚实的优点取得了商人纳舍尔（Nassor Biashara）和卡利法的信任，有了工作和住处，并结识了美丽的阿菲娅，建立了自己的家。

　　新历史主义者于是把过去所谓的单数大写的历史（History），分解成众多复数的小写的历史（histories），从而把那个"非叙述、非再现"的历史（history），

---

① 在非洲战场上，很多非洲男性被欧洲军队征召成为搬运工。由于交通不便，机械化运输很少，而德属东非的环境特别不利于役畜的健康，因而非洲男性就被用来作为主要的运输工具。

② Abdulrazak Gurnah, *Afterlives*, New York: Riverhead Books, 2022, p. 99.

③ Abdulrazak Gurnah, *Afterlives*, New York: Riverhead Books, 2022, p. 172.

拆解成一个个由叙述人讲述的故事（his-stories）。[1]故事的内容也从宏大的民族国家、英雄史诗等方面的叙事转向普通小人物的日常生活和社会文化的"小历史"，发现、补充和重构那些被湮没和被边缘化的人物和历史。古尔纳在小说中描绘了战争中和战争后的小镇众生相，巨细靡遗地展现了东非地区的风俗人情、饮食男女、婚丧嫁娶、家长里短等日常生活的小细节。如傍晚时几个人常常会聚在卡利法家的门廊上谈天说地；又如阿菲娅及其两个女性好友从年少时就定期聚会聊天，一起相互陪伴和相互守望着度过最难和最好的岁月。再如，卡利法一家和拜阿沙拉一家既仇视又默默互助的奇怪关系。毋庸置疑，战争带走了很多生命，摧毁了很多美好，对个体和社会都造成了不可磨灭的影响，但凭借着求生的本能，凭借着家人、朋友间的团结互助和爱，生活在小镇上的这群人，有战争的亲历者、存活者，也有战争的见证者，他们团结在一起，扛过了战争的残害杀戮和战后的贫瘠困窘，纵然遭受重创，依然选择了接受过去，创建新生活；在经历失去、错位和重塑自我的过程中，身边都不乏来自家人、朋友，甚至是陌生人的善意和帮助，无论内在自我多么脆弱，外在环境多么恶劣，都能够互相陪伴和扶持，依靠着家庭、友谊和爱，他们能够跟历史的苦难抗衡，支撑着度过艰难岁月，而没有被历史冲进黑暗的沟渠中。这是对人性的肯定，更是对生存的肯定。他们的生活证明了，无论"大"历史如何不堪回首，个体的"小"历史却总包含生存的努力和欲望，而这也证明了无数"小"历史的超历史价值。诚如李泽厚先生所言，所谓"历史本体""只是每个活生生的人（个体）的日常生活本身。但这活生生的个体的人总是出生、生活、生存在一定时空条件的群体之中，总是'活在世上''与他人同在'"[2]，这种"与他人同在"的个体的历史，同时也是一种"小写复数历史"。

---

[1] 参见盛宁：《人文困惑与反思：西方后现代主义思潮批判》，北京：生活·读书·新知三联书店，1997年，第158页。

[2] 李泽厚：《历史本体论》，北京：生活·读书·新知三联书店，2002年，第13页。

三、历史的认识：历史的循环和世界主义

古尔纳的重点不仅仅是殖民战争的历史，更重要的是殖民战争的这段历史对个体和群体的影响。从古尔纳对个体和战争的历史书写中可以得出，小说的标题"今世来生"有以下两个层面的内涵。

一方面是个体历史的延续。小说中的人物有各种各样的延续关系。《今世来生》延续了《天堂》中主角优素福的故事，他在《天堂》的结尾加入了德国在殖民地建立的民兵团，而根据《今世来生》中哈姆扎向卡利法提到的自己的过往可知，他正是从商人家中逃出来去参军的优素福。阿菲娅和哈姆扎给儿子取名"伊利亚斯"，以纪念阿菲娅那自从参战后就杳无音讯的哥哥伊利亚斯，其中延续和重生的含义不言而喻。哈姆扎同时也是德国军官在战争中死去的弟弟赫尔曼的某种延续。哈姆扎受伤后，德国军官不顾行军作战的方向，把他送回了传教所医治，不仅是因为对他有同性之间的喜爱之情，也是因为哈姆扎让他想起了自己在战火中牺牲的弟弟。

另一方面则是群体历史的延续。对以东非地区小镇为代表的非洲人而言，背负着被殖民的历史继续生活下去就是广义上的"来世"。在小说中，女性群体的延续和传承意味特别明显。从阿莎的妈妈到阿莎再到阿菲娅，三代女性虽然都面临女性身份必须承担的相似痛苦和折磨：比如疾病，阿莎的妈妈"总是生病……某种东西从里面吞噬了她"[1]，而阿莎步入老年后也患上了类似的病；比如生育，阿莎嫁给卡利法后，连续流产了三次，阿菲娅婚后也经历了这种痛苦，即使已经万分小心，第一个孩子还是离开了。但即使是在这种命运循环往复的生活中，改变和希望也在悄然中发生，尤其是在阿菲娅身上（Afiya 在斯瓦希里语中的意思是"健康"），相比上两代女性，她更勇敢，更能忍耐，也更懂得什么是爱。在这

---

[1] Abdulrazak Gurnah, *Afterlives*, New York: Riverhead Books, 2022, pp. 15-16.

种群体生命的循环中，体现出了一种生生不息的群体力量。

非洲传统思想中没有那种"历史是朝着一种未来的顶点或世界末日而发展"的观念。非洲人不相信人类行为和成就存在从低级到高级的发展过程的"发展"观念。对于非洲人而言，历史没有终点，而是按照日、月、季节、年的节奏一直循环往复，正如人类出生、结婚、生育、死亡的节奏也没有终点。历史按照自然规律循环往复地发生。①

与历史循环观对立的是历史的进步发展观，在小说中以德国军官和德国牧师为代表。他们秉承的理念是：欧洲是历史的创造者，是进步的，而非洲则是落后的代表。"欧洲人被看做是'历史的创造者'。欧洲永远是先进的、进步的、现代化的。世界其他各地或者进步缓慢，或者停滞不前：属于'传统社会'……这是一种关于文化作为一个整体在世界流传的理论。其流传的趋势是从欧洲部分流出，流向欧洲以外的地方……欧洲永远处于内圈，其他部分永远处于外圈。欧洲是传播的渊源，其他部分是接受者。"②他们来到非洲进行军事殖民和传教活动，自诩要把"三个C"，亦即商业（Commerce）、基督教（Christianity）和文明（Civilization）③带入非洲，理由是"因为我们更强大，所以拥有理应属于我们的东西。我们正在对付落后和野蛮的人"④。在一次散步聊天中，德国路德教传教士指着夕阳下非洲的景色对哈姆扎说："你知道，在这片土地上，从未发生过任何重要的事情……这片土地在人类成就史上无足轻重。你可以从人类历史上撕下这一页，且不会对任何事情产生任何影响。"⑤在"欧洲中心主义"观念的支配下，西方人普遍流行的看法是非洲大陆没有自己的历史。对非洲历史的这种固有偏见贯穿了19世纪，且在20世纪初达到之前从未有过的地步。

① See John S. Mbiti, *African Religions and Philosophy*, New York: Anchor Books, 1990, pp. 29-31.
② J. M. 布劳特：《殖民者的世界模式——地理传播主义和欧洲中心主义史观》，谭荣根译，北京：社会科学文献出版社，2002年，第1页。
③ Barbara Harlow and Mia Carter, *Archives of Empire: Volume II. The Scramble for Africa*, Durhan, North Carolina: Duke University Press, 2003, p. 2.
④ Abdulrazak Gurnah, *Afterlives*, New York: Riverhead Books, 2022, p. 94.
⑤ Abdulrazak Gurnah, *Afterlives*, New York: Riverhead Books, 2022, p. 141.

这位欧洲中心主义的德国传教士对东非桑给巴尔地区 2000 多年的历史，及其在跨区域、跨大陆的商业贸易中的角色一无所知。古尔纳笔下的印度洋世界丰富而多元，是最早体现世界主义的地方之一，不同的信仰和思想观念在这里交汇。在欧洲殖民势力渗透之前，东非地区历史的形成就有早期世界主义的特征。公元 4 世纪时，基督教便传入了埃塞俄比亚，东非有着悠久的基督教历史。几个世纪以来，作为东非海岸国家的另一个重要宗教，伊斯兰教在东非迅速传播，随之而来的是其与阿拉伯文化融合后产生的斯瓦希里文化。①这片地区的历史是多民族、多语言和跨文化的交汇史，它一直对印度洋和东方世界开放，早在公元 10 世纪的时候就吸引了大批亚洲人前往定居，阿拉伯商人们已经在这里进行了好几个世纪的商贸往来了，"从远古时代，阿拉伯半岛和整个印度洋地区——尤其是东非沿岸、桑给巴尔岛和马达加斯加岛（Madagascar）——存在着相当规模的贸易往来"②。《天堂》这部小说就是以阿拉伯商队在非洲的行进为主要题材写就的。在《今世来生》中，古尔纳也多次提及了这片土地上商贸的发达，如夏季季风时，成群结队从海洋对岸来的商人们漂洋过海，贸易一直做到索马里和印度西边，"季风带来了对岸商队的船。他们的目的地是蒙巴萨或桑给巴尔，这些繁荣的小镇有很多商人可以做交易"③。

但在欧洲人的历史和文学书写中，这片区域却被划入无足轻重的地域，被边缘化甚至直接被忽略。在世界史的书写中，处于东线战场的东非并不是"一战"的主战场，因此也鲜有作家以此为题材进行创作，"很少有小说作品探究德国的殖民史"④。正如海洋历史学家迈克尔·皮尔森（Michael Pearson）所言，在英文语境

① Emad Mirmotahari, *Islam in the Eastern African Novel*, New York: Palgrave Macmillan, 2011, p. 28.

② 艾伯特·热拉尔：《撒哈拉以南非洲文学史概略》，泰居莫拉·奥拉尼央、阿托·奎森（主编）：《非洲文学批评史稿（上）》，姚峰、孙晓萌、汪琳等译，上海：华东师范大学出版社，2020 年，第 16—17 页。

③ Abdulrazak Gurnah, *Afterlives*, New York: Riverhead Books, 2022, p. 197.

④ Florian Stadtler, "Review: A Reckoning with East Africa's Colonial Histories-Abdulrazak Gurnah's *Afterlives*", *Africa in Words Guest*, March 30，2021, https://africainwords.com/2021/03/30/review-a-reckoning-with-east-africas-colonial-histories-abdulrazak-gurnahs-afterlives/. 欧美作家中，英国作家威廉·博伊德（William Boyd，1952— ）的《冰激凌战争》（*An Ice-Cream War*，1982）从英国士兵的视角叙述了"一战"前后英德两国在东非的争夺；德国作家乌韦·蒂姆（Uwe Timm，1940— ）包含了大量笔记、书信、档案等史料的类纪实小说《莫兰伽》（*Morenga*，2003），从德国殖民者的视角讲述了德国在西南非洲地区的殖民历史。非洲作家中，同为东非作家的恩古吉·瓦·提安哥的《孩子别哭》（*Weep Not, Child*，1964）和《一粒麦种》（*A Grain of Wheat*，1967) 等早期小说也以审视东非国家尤其是肯尼亚的殖民历史为题材，在西方国家产生了较大的影响。

中，最近才开始对印度洋史的研究，目前还存在巨大的空缺：本土经验在资料中是完全空白的。①印度洋在海洋史上未能得到充分的研究，非洲在这个空间里的参与也完全被抹去。②新历史主义主张向历史的裂隙、废墟处聚光，试图让沉默的历史发声。古尔纳的书写正是在尽力补充历史的遗漏和空白。不同于欧洲中心主义的进步史观，古尔纳极力想要展现的是历史的参差和多元的共存。可以说，古尔纳的作品，是为了"全面表现、承担起那些萦绕至现在，还未被言说、未被代表的过去"③，探究用小说审美无意识而不是历史意识的方式去表现历史中的沉默。正如古尔纳在采访中所言："我研究得越多，就越清楚地发现，人们对世界的理解和他们讲述的故事通过大洋联系起来……似乎海洋缔造了一座座文化之岛，它们漫布在更广阔的列岛之中，通过海路和商业贸易联系在一起。"④古尔纳笔下的这个地理世界既有本土化的风俗，也充满世界主义的元素。桑给巴尔岛，这个印度洋海岸的小岛，在古尔纳的笔下，成为历史上世界主义的最佳样本。

结　语

古尔纳撕开历史上鲜有人书写的德国东非殖民史，既是对被欧洲中心主义话语所忽略和遮蔽的历史进行的撰写和重绘，亦是对欧洲解释历史和世界的进步史观的质疑、挑战和消解。他自觉摆脱了那种迎合西方世界话语的殖民主义或是对抗西方霸权的民族主义写作立场，在多重历史与视野中，呈现出较为丰富的历史图景，构建了多层次、立体的历史，揭示了个体人物和历史事件的复杂、丰富和偶然。他进入历史的具体情境，抓住具有典型意义的历史细节，看到并描绘出了

① See Shanti Moorthy and Ashraf Jamal (eds.), *Indian Ocean Studies: Cultural, Social and Political Perspectives*, London: Routledge, 2010, p. xv.

② See Charné Lavery, "White-washed Minarets and Slimy Gutters: Abdulrazak Gurnah, Narrative Form and Indian Ocean Space", *English Studies in Africa*, 2013, 56 (1), p. 123.

③ Homi Bhabha, *The Location of Culture*, London: Routledge, 1994, p. 12.

④ Claire Chambers, *British Muslim Fictions: Interviews with Contemporary Writers*, New York: Palgrave Macmillan, 2011, p. 129.

被遮蔽的具体个人、事件和地域的故事。古尔纳的历史书写照亮了历史的黑暗和缝隙处，刻画了一群立体真实、丰富可感的小人物在大时代背景下的身份寻求和选择，又在历史的苦难中肯定了群体的力量和生存的可贵。《今世来生》记载的这段被欧洲中心主义忽略的德国在东非国家的殖民史，既是对大历史的补充和重构，同时也是对非洲、欧洲当下需求的回应。

历史不只是既往完成的，而是一个开放的过程，延续至今并影响人们的认知和行为，而当今人们的实践也在发展着历史，阐释着历史，并赋予历史以新的价值和意义。过去即便已经成为历史，却永远不会真正结束，它不仅存在于想象中，也体现在日常生活中，是我们精神生活的一部分。古尔纳认为，对非洲人来说，欧洲殖民主义及其影响是当代事件，重点正在于其当代性，殖民主义构成了许多非洲国家的过去，也形成了它们的当下。

与20世纪欧洲人打着帝国的旗号去殖民非洲相反，当今时代的一个浪潮是非洲人（难民）大量涌入欧洲，大量的人将面临不断失去在这个世界中的位置，又不断地确立自己身份的生活，世界范围内的人口流动是未来的总趋势。"那种在一个地方出生，又在其他地方生活一直是我（创作）的主题，不是作为我经历过的特殊经验，而是作为我们时代的故事之一。"[①]作为时代的故事之一，如何应对殖民主义在非洲留下的后遗症和非洲的难民潮给欧洲甚至是全世界带来的尴尬处境，是历史遗留下来的难题，答案需要通过回溯历史的真相去找寻，回到历史的具体空间和语境中去体察小人物的身份和命运选择，去尽量还原那被欧洲中心主义话语所遮蔽的故事和忽略的地域，用非洲人民古老而有效的生存智慧和历史哲学去挑战西方的进步史观。而这些，应该就是古尔纳创作《今世来生》之时主要的思虑和意图。

[①] Abdulrazak Gurnah, "Writing Place", *World Literature Today*, 2004, 78 (2), p. 27.

第四节　《砾石之心》作品节选及评析

作品节选

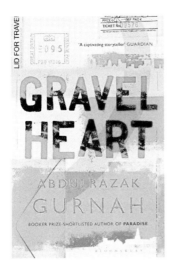

《砾石之心》

（*Gravel Heart*，2017）

It was the last Friday in July when I went to see my father for the final time. He was only forty years old but he looked older, aged. I told him that I was leaving that afternoon, and my father sat very still for a moment and then turned to look at me. It was a long, considering look, towards the end of which I thought I saw something like a gleam in his eyes. What did it mean? Was it amusement? Had he arrived at a new understanding in that long moment? It was unsettling. What was going through the old Baba's mind? It never occurred to me that it could be distress. I had told him about going to London before, but he had not appeared to take any notice. It was when I said, today, this afternoon that he turned that long, considering look on me.

"I'm going to London to live with Uncle Amir and his family," I told him, ignoring the feeling of unease this gave me. "He asked for me and he'll send me to school. They both asked for me to join them. London, can you imagine?"

My father nodded slowly, as if thinking about what I had said or maybe whether he needed to say anything. Our eyes briefly touched as they glided past each other, and I shivered slightly at the intensity of the contact. His eyes looked dejected. "You won't come back," he said. Then he sighed and looked down and spoke firmly but softly, as if to himself. "Listen to me. Open your eyes in the dark and recollect your blessings. Don't fear the dark places in your mind, otherwise rage will blacken your sight."[1]

　　我最后一次与父亲相见是在七月的最后一个星期五。当时他只有 40 岁，但看起来异常衰老。我告诉他自己在当天午后便要离开。父亲静静地坐了一会儿，然后转过身来看着我。那是个漫长而凝重的眼神，目光深处闪烁着光芒。这意味着什么？是欣喜吗？在许久的时光里，他是否又产生了新的想法？这真让人不安。老爸究竟在想什么？我从未思考过这可能是一种苦恼。我曾经向他谈及前往伦敦的计划，但他似乎毫不在意。直到今天我提醒他下午就要启程，他才转向我，久久地注视着我。

　　"我要奔赴伦敦与阿米尔舅舅一家共同生活。"我对他说道，尽力忽略这件事带给我的不安感，"舅舅提出这一建议，承诺将要送我上学读书。他们都希望我能去。伦敦，你能想象吗？"

　　父亲缓慢地点了点头，仿佛在思索我刚刚所言，抑或是在思忖他是否还需再补充些什么。我俩的目光短暂相接，而这种强烈的视线碰撞使我微微震颤。他的眼神中流露出忧伤，对我说道："你不会再回来了。"然后，他长吁了一口气，俯下身子，像是自言自语般温柔且坚定地嘱托我："听我说。在黑夜中睁开你的眼睛，回忆你受到的恩赐。不要畏惧你心中的幽暗之处，否则戾气会蒙蔽你的双眼。"

（程雅乐 / 译）

---

[1] Abdulrazak Gurnah, *Gravel Heart*, London: Bloomsbury, 2017, pp. 50-51.

作品评析

《砾石之心》中流散群体的精神突围

引　言

　　阿卜杜勒拉扎克·古尔纳将地处非洲一隅的坦桑尼亚引入世人视野，也将瑰丽多姿的非洲文学文化推介至全世界。对写作的无限热爱，对理想的执着追求，对难民的深切关怀，使古尔纳投身文学，使其灵魂深处充盈着生命的欢欣。古尔纳共创作了十部长篇小说，《砾石之心》（*Gravel Heart*，2017）是第九部，属于其创作后期的成熟之作。借由这部小说，古尔纳转向了更为深入隐秘的心灵领地，实现了对以往书写的突破和超越。

　　故事发生于非洲桑给巴尔和英国伦敦，主要以男主角萨利姆（Salim）的视角叙述其家族三代的移民过往，刻画桑给巴尔独立前后的风云变幻，深刻揭示殖民统治对非洲人民身心造成的不可逆伤害。桑给巴尔曾经是非洲辉煌文明的象征地，也是作家古尔纳的出生地。但由于殖民、战争等多种因素的影响，桑给巴尔逐渐沦落至政治崩溃、经济下行的失序世界。身处其中的民众在夹缝中挣扎，经历着精神与肉体的双重流浪，渴望实现精神突围却又不得其法。作家古尔纳凭借深厚的笔力对人性进行洞察，敏锐地捕捉到了这份未曾吐露的苦楚，使"心"的元素在小说中反复出现，创作了饱受殖民创伤、拥有"砾石之心"的不幸的人物形象。古尔纳在多年创作生涯中反复思索，试图用自己的文字唤醒民众，希冀非洲人民能够真正摆脱殖民统治的阴影，在文明冲突对峙中走出心灵静默，重掌话语权，进而实现精神突围。

一、心灵创伤：人心果如砾石

文学是人学，与现实紧密联系，承载着与人类相关的社会历史，颂扬人的精神。古尔纳的《砾石之心》便是这样的作品。作家将描写笔触落在萨利姆祖孙三代的漫长生命历程中，通过三代人的聚合离散展现移民的普遍生存面貌，揭示出移民身上难言的心灵创伤。

人物在殖民统治的异化摧残下早已失去自我，精神崩溃，产生了不可磨灭的集体创伤记忆。《砾石之心》的男主人公萨利姆 7 岁时，父亲马苏德（Masud）突然离家出走，同萨利姆的母亲赛达（Saida）分居。不久，赛达就与时任首席礼官的哈基姆（Hakim）结合，诞下一女，取名"穆妮拉"（Munira）。面对一系列的家庭变故，年幼的萨利姆始终被家人隔离在事件之外，对真相一无所知。心灰意冷的他在外交官舅舅阿米尔（Amir）的建议下，决定离开桑给巴尔，留学伦敦。强势的舅舅试图掌控萨利姆的一切，但就专业选择一事与萨利姆产生了激烈矛盾，最终两人走向决裂。此后，萨利姆独自在英漂泊 14 年，直至母亲去世才重返故土。这次复归，萨利姆终于从父亲口中得知当年真相，即萨利姆的母亲赛达不惜牺牲自己的贞洁拯救弟弟，致使萨利姆的父亲马苏德不堪其辱，愤然出走。在这令人震惊的沉重真相中，故事被推至高潮。

同许多优秀的小说家一样，古尔纳也重视文本的互文性。在创作《砾石之心》时，他从莎士比亚戏剧《一报还一报》（*Measure for Measure*）中获得灵感，设置了与该剧相似的人物结构和故事情节。借助互文手法，古尔纳向前辈莎士比亚致敬，对文本意义进行诠释再生产。莎剧《一报还一报》中，克劳狄奥（Claudio）与女友朱丽叶（Juliet）暗结珠胎，被摄政官安哲鲁（Angelo）偶然得知。安哲鲁决意处死克劳狄奥，以惩戒这种不道德的行为，却对前来求情的伊莎贝拉（Isabella，克劳狄奥的姐姐）产生了邪念，遂以克劳狄奥的性命相逼，想玷污伊莎贝拉的清白。安哲鲁得逞后却并不打算兑现自己的承诺，仍要处死克劳狄奥。公爵试图拯救克劳狄奥，选中了监狱中的杀人犯巴那丁（Barnardine）作为克劳狄奥的替死鬼。尽管巴那丁罪孽深重，但他对自己的杀人罪行毫无悔过之意。公爵对巴那丁愤然道："不宜活着也不宜死去，啊，砥石之心！"①古尔纳《砥石之心》的小说标题正源于此。"砥石之心"，在莎剧中不仅指代自甘堕落的巴那丁，同时也指向了自私自利的克劳狄奥。巴那丁和克劳狄奥同属一类人，他们都以利益衡量一切，罔顾人伦，漠视生命。

《砥石之心》中由萨利姆的父亲马苏德阐明事情真相，即赛达为救弟弟委身首席礼官哈基姆，可谓是《一报还一报》的情节复现。当年萨利姆的舅舅阿米尔与副总统女儿阿莎（Asha）的恋情，引发了阿莎哥哥哈基姆的强烈不满。哈基姆抓捕并准备处死阿米尔，却被前来求情的阿米尔的姐姐赛达诱惑，提出要以赛达的肉体换取阿米尔性命的无耻要求。赛达在挣扎之下选择屈从，导致她的丈夫马苏德不堪其辱，痛苦出走，悲剧也就此写下。赛达曾在监狱表达过对弟弟要求其献身的不满与气愤，说出了与莎剧类似的话语："哦，阿米尔，你有颗砥石之心。"②两个故事中，姐弟、强权者与平民女性等多对人物关系惊人地对应，文本间的内在互动联系，使故事意蕴在开放的话语场域中不断地被衍生和深化，产生强烈共振和回声。

较之莎剧中强烈的道德教化意味和福报结局，古尔纳则以非洲思维审视现实问题，对英雄加以反写、解构与重塑。"砥石之心"，顾名思义，指铁石心肠，像砥石一般坚硬的心。而诸如阿米尔这类有着砥石之心的人却能身居高位，成功当选外交官，无疑是作者古尔纳对坦桑尼亚当局和英国殖民统治者的质疑和嘲讽，透露出其对政治的深深失望。"在解放叙事中叙事的主体是'作为自由英雄的人类'，即民众。叙事主体被定位于某一制度、国家、民族、人民和他们的观念及信

---

① 此处为作者自译。莎士比亚原文为"Unfit to live or die. O, gravel heart."见：William Shakespeare, *Measure for Measure*, New York: Washington Square Press, 2005, p. 155. 又见：莎士比亚、贝特、拉斯马森（编）：《一报还一报：莎士比亚全集（英文本）》，北京：外语教学与研究出版社，2014年，第94页。朱生豪译句为"不配活也不配死，他的心肠就像石子一样"。见莎士比亚：《莎士比亚全集》，朱生豪等译，北京：人民文学出版社，2014年，第344页。

② 该处原文为"Oh, Amir, you have a heart of stone."见 Abdulrazak Gurnah, *Gravel Heart*, London: Bloomsbury, 2017, p. 243.

仰的'代言人'这一宏大立场，相信通过知识可以实现人的自由。"①古尔纳笔下的各类人物便是对"作为自由英雄的人类"的反写，解构了主体通过知识的自我解放。在非洲大陆生活的民众仍处于为争取生存权利而苦苦挣扎的边缘，即便接受了文化教育，仍饱受歧视，仍难以真正享受作为人的尊严和自由。古尔纳曾在个人采访中谈及《砾石之心》的创作缘由。他错过了家人的通知电话，因而无法及时赶回坦桑尼亚奔赴母亲的葬礼。在内疚感的驱使下，古尔纳决心创作萨利姆的家族故事，"将你在那个时刻可能感受到的义务感和责任感汇集一处，并试着想象他人和自己对这件事会有何种感受"②。古尔纳将自己的个人经历和心灵创伤一同融入作品，讲述有关"心"的故事。

萨利姆的家族悲剧，究其历史原因，是英国对坦桑尼亚的殖民统治和坦桑尼亚内部的政治斗争。在漫长的殖民统治过程中，非洲人民被迫与亲人分别，远离故土，颠沛流离，命途多舛，甚至丧失生命。他们或许会为减轻殖民创伤，主动地向白人靠拢，削弱自身的非洲特性。弗朗兹·法农在《黑皮肤，白面具》（ *Peau noire, masques blancs* ）中写道："如果白人强行对我歧视，使我成为一个被殖民者，从我这里夺走一切价值、一切独创性，对我说我是世界的寄生虫，我必须尽可能快地遵守白人世界的规矩。"③看得出，这种遵守往往出于无奈。在饱受巨大压迫却无法寻得有效方法挣脱困境时，被殖民者可能会将这种压迫转向其他同胞或自身，成为殖民者的帮凶甚至刽子手，不自觉地生出一种"从属情结"。在这种心理的驱使下，非洲人民的灾难记忆只会愈发深刻，殖民创伤也就愈加难以愈合。创伤记忆，"是从过往的势不可挡的深刻体验中获得的记忆痕迹，这些深刻的记忆痕迹镌刻在受害者的大脑、身体和心灵上"④。在心灵的自我规训下，被殖民者久而久之会陷入一种无意识状态，自觉处于被支配的地位，将殖民者一切恶行合理化，丧失反抗的斗志。

---

① 汪民安（主编）：《文化研究关键词》，南京：江苏人民出版社，2007 年，第 108 页。

② Tina Steiner, "A Conversation with Abdulrazak Gurnah", *English Studies in Africa*, 2013, 56 (1), p. 167.

③ 弗朗兹·法农：《黑皮肤，白面具》，万冰译，南京：译林出版社，2005 年，第 73 页。

④ 彼得·莱文：《创伤与记忆：身体体验疗法如何重塑创伤记忆》，曾旻译，北京：机械工业出版社，2017 年，第 11 页。

抛开外部的殖民环境，坦桑尼亚自身的政治环境也不容乐观。1964年桑给巴尔政变后，人民的生活水深火热，心灵蒙受着巨大的伤痛。在这种情况下，"砾石之心"的形成，即可视作部分个体为适应险恶环境建立起的自我保护机制。孤立无援的个体被时代冲散，心灵千疮百孔，悲痛难以诉说。这种心理层面的无言隐痛，比物理意义的疼痛更具杀伤力且更深远持久。

在时代变化、政权更迭面前，没有一个人能免于伤害，即便是死亡也无法真正解脱。人心本柔软，可在遭遇了诸多苦难后却变为砾石心，这是个人的不幸，更是时代的悲哀。或隐或显的殖民创伤侵袭着非洲民众，造成其自我身份认同障碍和心理疏离等问题。他们开始否定自己的非洲身份，对赖以生存的民族文化产生怀疑。《砾石之心》的人物同样如此，在历经磨难后缺乏直面现实的勇气，转而表现为一种可怕的沉默。人物以这种无声的静默囚禁自身，悲壮地与外界抗争。

二、心灵静默：不言何以自明

个体在遭受巨大冲击时，可能会丧失沟通的欲望，进而转向一种心灵"静默"，即通过内在精神力量的获取寻找自我治愈的可能。"由自我理想这一代理所发出的批判声音也沉默了，客体所做的和所要求的一切都是正确且无可指责的，良心也不再能够约束任何为客体所做的事情。"[1]所以人变为非人，人心沦为砾石之心。失序的外部世界使得个体异化，理性被压制，而保持心灵的静默，则是自我对客体的妥协。这种退让，或许可以缓解一时的心灵伤痛，可一旦走向现实世界，原先的问题仍然存在。不言何以自明，语言对人类的沟通至关重要。而处于失语状态，缺乏沟通，往往会导致谎言与误解。《砾石之心》里的各类人物穿梭交织于人际网格之中，在遭受心灵创伤后，内化显露为不同维度的静默表征。

人与人之间的交流匮乏，在小说中具体表现为一种异化的畸形家庭关系。小

---

[1] 西格蒙德·弗洛伊德：《自我与本我》，周珺译，天津：百花文艺出版社、天津人民出版社，2019年，第114页。

说开篇，主人公萨利姆便直言"我的父亲不想要我"①，认为父亲马苏德不喜欢自己，才始终对自己无言。在萨利姆眼中，父亲"是一个懦弱的失败者，他允许自己沉溺于沉默和疯狂中，抛去了思想和灵魂……他是可耻的，是一具无耻且无用的躯体，使我们双方备感耻辱"②。马苏德用悲伤和沉默为自己筑起坚硬壁垒，屏蔽一切外界的声音与温情，将家人无情推开。他时常认为妻子和她的弟弟阿米尔之间存在着某种他无法介入的特殊的交流方式，使他难以摆脱焦虑和无力。

这种可怕的心灵静默也在不同代际间延续着。受父辈的影响，萨利姆从不轻易发表个人意见，始终缺乏主动表达的欲望。他像是个局外人，旁观着父亲出走、母亲怀孕改嫁等诸多戏剧化事件。"直至我妹妹穆妮拉诞生，即便那时她的身体因怀孕已开始肿胀变硬，我的母亲都未曾提及这个男人的姓名，甚至是告诉我他的存在。"③母亲的隐瞒，或许是出于保护孩子的目的，不愿让萨利姆过早地接触成人世界的残酷。但这也使得萨利姆与父母缺乏沟通，形成敏感多疑的脾性。而他的舅舅阿米尔，强势地逼迫萨利姆研修商学方向，否定其文学梦想。两人之间的对话，实质上只是一种单向度的信息传达，并未实现交流的目的。即便如此，萨利姆依旧如他父亲一般保持沉默，从不在写给母亲的信件中提及舅舅的恶劣行径，也会为了避免母亲担心，将舅舅的形象加以美化。他隐藏内心的真实想法，默默消化着留学海外和寄人篱下产生的孤独和苦闷。

除了家庭中的静默，古尔纳还书写了权力干预下更深层的话语静默。小说中哈基姆作为首席礼官、坦桑尼亚副总统的儿子，以强权者的形象，轻易扯断了马苏德与赛达的婚姻纽带，介入两人乃至他们背后的家族生活中，颠覆了传统的家庭伦理道德。这种介入，实质上是一种权力越界，是以哈基姆为代表的强权者向下层群体的渗透打压。正是权力话语的越界，使萨利姆的父母对过往闭口不谈，几乎丧失了生的希望。内心的耻辱感使他们对性爱，对两性关系，产生了深深的怀疑，最终归于沉默。成长在压抑环境中，萨利姆似乎也丧失了爱与沟通的能力，自觉将静默转换成面对事物的生理反应。当他留学英国初识性事时，他体会到了

① Abdulrazak Gurnah, *Gravel Heart*, London: Bloomsbury, 2017, p. 3.

② Abdulrazak Gurnah, *Gravel Heart*, London: Bloomsbury, 2017, p. 40.

③ Abdulrazak Gurnah, *Gravel Heart*, London: Bloomsbury, 2017, p. 41.

一种无以言喻的快乐。然而激情过后，萨利姆又对性爱感到耻辱，"在我看来，性亲密的想法就像屈服于一种丑陋和羞辱的力量，让我充满了恐惧"[①]。道德的规训，使马苏德、赛达等人都蒙受着沉重的性爱之耻。

小说中强权对平民的肆意凌辱，对从属者身体、心灵等多方面的剥夺和侵犯，实际上也象征着殖民主义对非洲的恶劣行径。非洲曾度过漫长而黑暗的奴隶贸易时期，成为欧洲列强进行资本积累、发展资本主义的远征战场。在这样一片伤痕累累的广袤土地上，政治权力极度膨胀，宰制着民众的理性。作者反复强调哈基姆首席礼官这一带有殖民性的身份，更增强了故事的批判力度。赛达和马苏德夫妇二人是一对命运共同体，哈基姆对赛达的强取豪夺实际上也是对马苏德的羞辱。不同于对赛达肉体的直接占有，哈基姆对马苏德的处置更倾向于一种深层的精神打压和人格侮辱，是出于制服桑给巴尔革命失败者的政治目的。可见，霸权无视性别和身份，直接没收了从属者的一切权力。人心果如砥石，权力加剧了人性之恶，使得赛达、马苏德等无辜个体被吞没得不剩任何渣滓。

博尔赫斯在《达喀尔》一诗中写道："非洲的命运终古常新，那里有业绩、偶像、王国、莽林和刀剑。"[②]曾经古老而辉煌的非洲文明却承受着殖民主义的侵袭，非洲原住民无处藏身，试图联合力量反抗，但在过于强大的力量面前委实显得渺小可笑，不自量力。异化的人、畸形的两性关系映射出如今非洲社会仍然存在的严峻现实。殖民统治对民众的戕害，是对人权的漠视和侮辱，古尔纳借此隐喻英国殖民者的入侵，观照现实。"他们正如英国人所期待的那般颓废"[③]，在性别、民族主义和殖民主义的文化冲突下，非洲人不免陷入殖民主义者设置的圈套，无法回避种族歧视，觉得生存失去了意义，成为无可奈何的"垮掉的一代"。

小说主人公萨利姆漂泊海外，两度错过了父亲和母亲的葬礼，这正象征着文化交融的失衡和不可避免的文化断根。被流放的桑给巴尔文化，被边缘化的非洲文学，同样受制于西方文学文化的影响，处于失声状态。而这种失声，往往是不

---

① Abdulrazak Gurnah, *Gravel Heart*, London: Bloomsbury, 2017, p. 92.

② 豪·路·博尔赫斯：《博尔赫斯全集：诗歌卷（上册）》，林之木、王永年译，杭州：浙江文艺出版社，1999 年，第 66 页。

③ Abdulrazak Gurnah, *Gravel Heart*, London: Bloomsbury, 2017, p. 97.

得已而为之。拥有移民身份的古尔纳清醒地意识到了这一现状，试图通过创作实践从更高层面打破静默。他始终关注非洲难民写作，尽管早已加入英国国籍，但他的视野从未离开非洲。这一点可以说是作者自己的真实写照。古尔纳向世界介绍非洲文学现象，向读者阐释他脑海中的非洲形象，在保留原汁原味的非洲文化的同时，也适当增添了移民流散过程中的异质文化元素。"这种流散性恰是生成于西方文化与非洲文化间的张力之中，正是在这种并非势均力敌的异质文化张力之下，非洲作家的创作才产生了双重效果。"①的确，古尔纳的写作辐射英国与非洲坦桑尼亚，在文化张力中融入个性思考和解读，揭示出那些易被忽视的细枝末节。他以移民流散为主线统摄自己的多部作品，在创作过程中不断深化、发展和完善。

古尔纳并非第一次在作品中谈及"静默"，此前他的多部小说也深入发掘移民深层的心理问题，描摹复杂文化背景下移民们的精神面貌和创伤。在遭受殖民创伤后，移民普遍呈现出一种心灵静默的状态。他们回避曾给他们带来伤害的一切人与事，深忧一旦脱离静默，就会受到二度或再度伤害。在古尔纳第三部长篇小说《多蒂》中，主人公黑人女性多蒂自小在英国出生成长，对自己的出身背景毫不知情。母亲虽深受种族歧视的影响，但对过往的民族历史三缄其口。正是这种心灵静默，使多蒂苦于寻求身份认同，受困于文化失根的尴尬境地。在其后的小说《绝妙的静默》中，故事男主人公在英国早已有同居对象艾玛并生有一女艾梅利亚。20 年后当他回到家乡桑给巴尔时，他却向家人隐瞒自己的婚恋状况，不知如何开口，导致家人为他介绍了 17 岁少女萨菲娅。他周旋在两个家庭、两个女性以及两个地点之间，既向艾玛隐瞒自己的非洲家庭，也未向父母吐露艾玛的存在。小说描绘了在种族主义的影响下，非洲黑人和英国白人互不理解的滑稽画面，凸显了不同种族间交流的艰难和尴尬以及殖民主义的荼毒之深。在《最后的礼物》中，主人公阿巴斯身患糖尿病急重症，即将瘫痪失语。他害怕因为长期的静默在死后被人遗忘，于是决定以录音的方式记录自己在桑给巴尔的童年经历，并将其作为最后的礼物送给家人，留下生命存在的痕迹。

而至 2017 年，古尔纳在《砾石之心》里仍旧讨论"心灵静默"的话题，深

---

① 朱振武（主编）：《非洲英语文学研究》，上海：华东理工大学出版社，2019 年，第 VII 页。

化着此前的思考，执着地为桑给巴尔人民发声。"鉴于他对殖民主义的影响，以及对文化与大陆之间的鸿沟中难民的命运的毫不妥协且富有同情心的洞察"①。英国作为非洲难民的避难所，同时又是使非洲承受深重灾难的罪恶地。这种矛盾的二重性撕裂拉扯着卷入其中的每一个个体。古尔纳在英国肯特大学任教多年，研究殖民主义和后殖民主义等领域。正因此，他对后殖民主义书写充满警惕和反思。作为一名异邦流散作家②，他在小说创作和学术研究中既将批判矛头直指殖民主义和帝国主义，也关注到了非洲各部落间内部的利益争夺，渴望保持自身的独立判断，希望打破西方主流话语的遮蔽，挣脱心灵静默的封闭状态。

值得注意的是，这类心灵静默现象并非偶然，在非洲其他流散作家作品中也有体现。南非殖民流散作家库切的小说《耻》（*Disgrace*，1999），白人女同性恋者露茜（Lucy）在遭到黑人轮奸后，价值观崩塌，对警察和父亲失去了信心。但即便如此，她也只是保持沉默，以自我的无言向外界抗争。库切塑造了一系列遭受暴力创伤却对自己相关经历保持缄默的'他者式'人物，也呈现了他／她们的痛苦、创伤和沉默对旁观者的巨大影响。③而在本土流散作家阿契贝的《荒原蚁丘》（*Anthills of the Savannah*，1987）中，比阿特丽斯（Beatrice）的母亲因未能生育男孩被丈夫鞭打，受制于男性话语，甚至自己也被这种重男轻女的思想同化，默许了丈夫的暴力行径，还试图以沉默的方式为自己赎罪。个体的静默更体现出群体的无意识，饱经沧桑的非洲人民在无声的静默中度过

---

① Swedish Academy, "Abdulrazak Gurnah—Facts", *The Nobel Prize*, October 7, 2021, https://www.nobelprize.org/prizes/literature/2021/gurnah/facts/.

② "异邦流散"是朱振武提出的一个概念，详情可参见朱振武：《非洲英语文学的源与流》，上海：上海人民出版社、学林出版社，2019年，第44—65页。另见朱振武、袁俊卿：《流散文学的时代表征及其世界意义——以非洲英语文学为例》，《中国社会科学》，2019年第7期，第135—158页。作者在著作和文章中聚焦非洲文学特别是非洲英语文学，将纷繁复杂的流散现象及流散文学创作划分为"异邦流散""本土流散""殖民流散"三大类型，并在此基础上，提出了第四种类型——"异邦本土流散"（Been-to）。其中，"异邦流散"，主要指第三世界人民移居到第一世界之中或欠发达地区的人民迁移到发达地区。"本土流散"，主要指身处自己国家未曾徙他国，但又受异质文化影响而导致心灵流亡。"殖民流散"特指前往非洲的殖民者或具有殖民性质的群体及其后代的状态。据此，古尔纳出生非洲桑给巴尔（现为坦桑尼亚），后旅居英国，并在作品中多写具有非洲特质的移民故事，属于"异邦流散"作家。下段提到的库切，出生于南非开普敦，是英国和荷兰移民后裔，属于"殖民流散"作家。而阿契贝是土生土长的尼日利亚人，虽在英国学习、工作过几年，但其主要活动和创作都在尼日利亚本土，为尼日利亚各类社会问题大声疾呼，属于"本土流散"作家。

③ 参见李安山（主编），《中国非洲研究评论（总第八辑）》，北京：社会科学文献出版社，2020年，第333页。

了漫长的岁月。他们自我阉割，被迫承受着来自殖民主义、种族和性别等多方面的奴役和掠夺。他们背负沉重的历史锁链，在沉默中苦熬，割断了社会中个体与个体、种族与种族间的正常文化交往。无辜个体被多重生存困境圈禁，希望之光逐渐黯淡，于是他们努力呼唤心灵的纾困，试图挣脱这重重枷锁，将那未曾言明的历史真相倾吐而出。

三、心灵纾困：精神终能突围

个体由于殖民创伤陷入心灵静默，而后久困于心灵牢笼。伴随时间流逝，心灵创伤逐渐治愈，走向与自我及他者的和解，最终实现精神突围。"人的自由应建立在精神超越的基础上，而精神超越必须建立在由实践活动所带来的人与自然、人与社会、个人与他人、个人与集体诸种关系特别是人内心和谐的基础上。"①实现精神超越，纾解心灵困境，最关键的是语言的力量和自我意识的觉醒。

古尔纳的家乡坦桑尼亚，前身为桑给巴尔。1964 年，桑给巴尔脱离英国的殖民统治后不久，便再次陷入政治危机。历经混乱的党派争斗和权力争夺之后，桑给巴尔最终与坦噶尼喀合并，成立坦桑尼亚联合共和国。然而，新政府大肆屠杀阿拉伯裔和南亚裔居民，迫使拥有阿拉伯血统的古尔纳无法在国内久留，于1967 年年底前往英国寻求政治庇护。

这场政变波及无数非洲民众，是古尔纳极其重要的命运转折点，彻底改变了他此后的人生。而这段经历在他的多部作品中均有体现，《砾石之心》自然不例外。在小说中，这场始料未及的政治风暴，对萨利姆一家的生活产生了深刻影响。萨利姆的外祖父艾哈迈德（Ahmed）因党派之争被杀害，外祖母在过度悲痛中不幸离世，留下萨利姆的母亲和舅舅两人相依为命。而另一边，萨利姆的爷爷马林（Maalim）本来是位受人尊敬的《古兰经》教师，也在这场政治变动中丢失了稳定的工作。反复权衡后，马林决定举家移民迪拜，唯独萨利姆父亲马苏德一人为

---

① 肖四新：《理性观照与神性启示——西方文学精神突围的二维》，《三峡大学学报》（人文社会科学版），2002 年第 6 期，第 39 页。

追求爱情留在桑给巴尔。然而悲剧并未停止上演。马苏德的美满婚姻因为哈基姆的介入而破裂，他既不能保全妻子也无法接受妻子的不忠，内心的痛苦不断被放大，最终选择逃避家庭，进行精神上的自我放逐。而至萨利姆这一代，他同样遭受着巨大的心灵创伤。留学伦敦初期，萨利姆不知如何与父母、与旁人沟通，对周围的人际关系充满了恐惧和不安。

个体的命运与历史纠缠，见证并诠释着历史。在失序世界、不安定的社会环境中，人物往往被迫漂泊，不具选择的权利。"流亡是强加于人的行动，而非开放自愿的选择。流亡的经验被真实地描述为坎坷之途，不仅对于关键的流亡者而言是条畏途，对流亡者的至亲——尤其是孩子——亦是如此。"[1]外部的政治动荡冲击着坦桑尼亚社会的内在秩序，影响着生活在夹缝中的人们。一方面，他们留恋故土，怀有一种恋地情结。

恋地情结（topophilia）是一个杜撰出来的词语，其目的是为了广泛且有效地定义人类对物质环境的所有情感纽带……更为持久和难以表达的情感则是对某个地方的依恋，因为那个地方是他的家园和记忆储藏之地，也是生计的来源。[2]

生活在共同的土地上，无法抛却内心深处的故乡记忆。他们有着共同的语言、观念和信仰；居住在共同的区域，并且有着共同的民族利益和国家利益。而当移民流动至新的文化和社会环境，这种共通性往往会被打破。移民被赋予了新的身份，被打散、插入、汇聚至新的社会文化场域。他们身份两栖，旧的身份秩序被中断，彼此孤立无援，缺乏身份的认同和归属感。著名学者斯图尔特·霍尔（Stuart Hall）曾就身份问题展开论述：

身份绝非根植于对过去的纯粹"恢复"，过去仍等待着发现，而当发现时，就将永久地固定了我们的自我感；过去的叙事以不同方式规定了我们的位置，我

---

[1] 泰居莫拉·奥拉尼央、阿托·奎森（主编）：《非洲文学批评史稿（上）》，姚峰、孙晓萌、汪琳等译，上海：华东师范大学出版社，2020年，第183页。
[2] 段义孚：《恋地情结》，志丞、刘苏译，北京：商务印书馆，2018年，第136页。

们也以不同方式在过去的叙事中给自身规定了位置，身份就是我们给这些不同方式起的名字。①

作为社群中的一员，马苏德无法选择离开。另一方面，他们又要以超人的决心和勇气面对未知的他乡，试着融入当地的文化和社会结构中，身不由己。萨利姆祖孙三代都不可避免地经历了流散，这也体现了古尔纳作品中一贯的移民主题。即便在流散移民中，他们始终对故乡保有深深的眷恋，而这份恋地情结在不同代际间传递，生生不息。"有些流散现象则未必产生地理位置的徙移，而是由于深层文化变迁和主流文化徙移之后产生的身份焦虑、认同困境以及抵抗心理等。"②生存环境发生的巨大改变，势必会对身处其中的人的心灵产生巨大影响。

经历心灵创伤，再转向言语静默，古尔纳小说中的人物似乎都在遵循这种性格发展模式。而其中一些人成功地从殖民主义造就的心灵困境中实现突围，进行了精神的自救及他救。古尔纳采用了一种环形的叙事结构拆解故事，前半段由萨利姆顺叙童年，后半段将叙述权交予萨利姆的父亲马苏德，使视角回溯至萨利姆的童年时期，形成了时间上的短暂闭环。故事最关键的部分"砾石之心"和"父亲出走"在前期被隐藏，而在后半段得解，于是完成了自己叙事使命的马苏德便在小说中退隐。古尔纳曾经这样评价自己的叙事技巧，"随着时间的推移，处理矛盾的叙述对我来说似乎是一个动态的过程，即使就其本质而言，这是一个首先从弱势地位开始的过程"③。萨利姆在父子关系中处于弱势地位，但前期人物形象的塑造几乎靠萨利姆一人的叙述得以完成。

对比可知，父亲马苏德等人物的形象借由马苏德的二次转述发生了惊人的转变。古尔纳有意设置由萨利姆的微妙叙述引导读者形成对其父的最初印象，与后文的父亲形象形成反差——父亲的形象逐渐高大，不再是纯粹的失败者，而是有苦难言、独自消化苦痛的缄默者。在对记忆的转述过程中，主体受制于自身的情

---

① 罗钢、刘象愚（主编）：《文化研究读本》，北京：中国社会科学出版社，2000年，第211页。

② 朱振武、袁俊卿：《流散文学的时代表征及其世界意义——以非洲英语文学为例》，《中国社会科学》，2019年第7期，第140页。

③ Abdulrazak Gurnah, "Writing and Place", *Wasafiri*, 2004, 19 (42), p. 60.

感体验，或许会对其进行不自觉的美化和改写，而双重甚至是多重视角巧妙地规避了这一点，使故事叙事更加客观可靠。不断填入的细节消解了事件的模糊性，人物形象也在这层层迷雾的包围下逐渐立体，对自我重新定义、阐释与发现。萨利姆和父亲马苏德，不仅是叙事工具，也是有性格的回顾性叙述者，他们在参与、引导、建构故事，使文本成为一个开放的空间，在动态变化中不断发展。他们通过叙述和反思破局，拒绝静默，破碎的心被反复揉碎、重塑，在缓慢的叙述中彼此依偎和治愈。

小说中，萨利姆借助写作觅得心灵突围之法，"当我进行写作时，我发现我终于理解了一些东西，并逐渐领悟其中奥秘。振作起来，振作起来"[1]！他以信件和日记的方式记录下自己的日常所思，吐露那些引而不发的心思。即使无法寄出，即使缺乏倾听的观众，萨利姆仍以内在的心灵力量接纳自我，消解苦闷。创作的本质就是一种诉说。在这层意义上，小说之外的作家显然幸运得多，因为萨利姆就是作者古尔纳自我的部分投射。当古尔纳移民英国时，生存环境的改变、种族文化的冲突，让他无所适从。投入写作，是他平衡糟糕现实与不安内心的良方。他将思考打磨成文字，创作了大量作品，还投入教育事业，化身一名英语系教授，努力融入当地的社会结构和人际网格中。古尔纳是少数的幸运者，他本人就是经历国家分裂、政局动荡的移民，但他通过不懈的奋斗，从个体的孤立隔阂状态中逐渐脱离，走向与异域文化的沟通，实现生命的和解。古尔纳笔下萨利姆等一系列人物的流散，遵循着失去、疏远和分裂的现代性主题。个体受各种历史、意识形态的影响，早已是历史矩阵中的一部分。

故事后半程，父亲对萨利姆的真相吐露，是推动萨利姆解开心结、实现精神突围的关键一步。马苏德曾对萨利姆寄语："在黑夜中睁开你的眼睛，回忆你受到的恩赐。不要畏惧你心中的幽暗之处，否则戾气会蒙蔽你的双眼。"[2]沉默了大半辈子的马苏德，终于在父子二人久别重逢之时，主动向萨利姆敞开心扉。至此，萨利姆真正对往事释怀，与自我和解。但这种心灵的治愈并不彻底，萨利姆两度

---

[1] Abdulrazak Gurnah, *Gravel Heart*, London: Bloomsbury, 2017, p. 110.

[2] Abdulrazak Gurnah, *Gravel Heart*, London: Bloomsbury, 2017, pp. 50-51.

错过了父母的葬礼，遗憾连连。直至结尾，他仍未留在非洲故土，而是选择继续在英国漂泊。古尔纳并未在此对以英国为代表的殖民主义的入侵加以美化，也未表达对前殖民时代非洲原始统治的怀恋。他结合自己的亲身经历，抛开外部政治环境的话语渲染，以一种近乎冷静的态度描摹出移民普遍的生存状态，展现他敏感细腻的内心和对非洲广大人民的人文关怀。个体的生存危机和困境，终将借助心灵的力量纾解，实现突围。

心灵治愈并非易事，人的内心伤害尚难痊愈，非洲大陆各个国家间的苦痛同样难以弥合。但是，较之其他作家作品，古尔纳的创作在批判力度上似乎并不那么激烈。他并没有直接书写殖民，而是描写殖民和政变对人们心灵造成的伤害，间接探讨民族和社会矛盾，这样的透视和思考所取得的文学效果应该更胜一筹。的确，古尔纳肯定内在的精神力量，试图借助一种更为理性的力量解决非洲问题，通过语言的沟通和介入，呼唤民族、国家意识的崛起。

结　语

在古尔纳的《砾石之心》中，冲突与融合、希望与绝望、美丽与痛苦，多种元素交织并存。人心如同砾石，是桑给巴尔外部社会环境和内部文化教育破灭的结果，而变为砾石之后，恢复的可能性更是微乎其微。小说充斥着一股淡漠的悲伤，也使得个体的无力感和时代悲剧性愈发浓重。结尾处萨利姆回归后再出走，像是一种希望的破灭，但在虚妄中又存有一丝光明。移民一旦流散异乡，大多都是流于不幸。若是想回归家乡，早年间熟悉的家乡形象已然颠覆，现实的凋敝和故土的陌生，使得移民者再难回到原有的家庭结构和社会中。因此，如何净化受伤心灵，实现精神突围，是作家古尔纳竭力探讨并试图解决的重要问题。越来越多的非洲作家群体关注到了移民的心灵世界，沃莱·索因卡、约翰·马克斯韦尔·库切、恩古吉·瓦·提安哥、钦努阿·阿契贝等名家均在作品中大胆揭露非洲的尖锐社会矛盾和种族冲突，跨过时空界限，勇敢地为非洲发声，力图使非洲文学重新焕发光彩，由边缘迈向中心。

"非洲文学实际上存在相当不同的定义和表达，存在非洲本土文学、西方建构的非洲文学及其他国家和地区了解与理解的非洲文学。"①非洲文学因其尘封的历史，在很长一段时期被学界忽视，也为世界提供了充沛的神秘想象。这一超大体量的文学现象，富有内在的生命力，正逐渐剥开笼罩其中的迷雾，焕发出蓬勃生机，成为国际文学舞台上不可忽视的强大力量。而诺贝尔文学奖、布克奖、龚古尔奖等国际文学奖项近些年来频频青睐非洲作家，2021 年甚至被学界称作"非洲文学年"②，也从另一个方面印证了非洲作家群体书写的价值意义。非洲正脱离殖民状态走向现代，非洲文学作品则是广大读者了解非洲大陆文化的最佳窗口。殖民主义带来的灾难不应被遗忘，非洲民众和移民也应获得应有的尊重和身份认同，重新融入社会。非洲似乎始终处于危机中，而非洲现代文学要想持续稳健地发展，必须立于世界的高度，审视过去和现在的关系，铭记历史缝隙中的苦痛，构建非洲文学自身的话语体系，方能实现流散群体和民族自我的精神突围。

---

① 朱振武：《揭示世界文学多样性 构建中国非洲文学学——从坦桑尼亚作家古尔纳获诺贝尔文学奖说起》，《中国社会科学报》，2021 年 10 月 22 日，第 4 版。

② Damon Galgut, "Accepting the Booker Prize", *The Booker Prizes*, November 3, 2021, https://thebookerprizes. com/the-booker-library/books/the-promise. 2021 年 10 月 7 日，坦桑尼亚作家阿卜杜勒拉扎克·古尔纳获得诺贝尔文学奖，成为第七位获此殊荣的非洲作家。同年 10 月 20 日，诺贝尔文学奖公布不过两周，葡萄牙语文学最高奖项卡蒙斯奖宣布获奖者为莫桑比克作家保利娜·希吉娅尼。10 月 26 日，美国的纽斯塔特国际文学奖颁发给了塞内加尔作家布巴卡尔·鲍里斯·迪奥普。11 月 3 日，英语文学最高奖项布克奖和法语文学最高奖项龚古尔奖同日揭晓，分别由南非作家达蒙·加格特和塞内加尔作家穆罕默德·姆布加尔·萨尔摘得。此外，津巴布韦作家齐齐·丹格仁巴、安哥拉作家若泽·爱德华多·阿瓜卢萨和尼日利亚作家奇玛曼达·恩戈兹·阿迪契等非洲作家也在 2021 年获各类文学奖项。齐齐·丹格仁巴 2021 年获得英国笔会哈罗德·品特奖、德国图书贸易和平奖、国际笔会言论自由奖；若泽·爱德华多·阿瓜卢萨获得 2021 年的葡萄牙语笔会小说奖；奇玛曼达·恩戈兹·阿迪契获得 2021 年美国的赫斯顿 / 赖特基金会北极星奖。

第四章

古尔纳小说的流散共同体

  古尔纳在非洲流散群体的痛苦旅程、心路历程、成长经历和身份认同及其未来命运的深切思考等方面打动了世界各地的读者，给人留下了深刻印象。其实，古尔纳不光是从微观和个案关注移民命运的能手，还是描写非洲流散群体的整体面貌，绘制流散群体未来蓝图的高人。

  本章通过《天堂》来探讨古尔纳对东非贸易图景的书写，通过《遗弃》来探讨非洲流散群体的多种文化无意识，通过《多蒂》来探讨移民伦理和共同体现象，通过《最后的礼物》来探讨其心中的流散共同体愿景，以期透视作者流散群体书写的整体表达和哲思。

第一节 《天堂》作品节选及评析

作品节选

《天堂》

（ *Paradise*，1994 ）

Mohammed Abdalla also taught him about the business they were engaged in. "This is what we're on this earth to do," Mohammed Abdalla said. "To trade. We go to the driest deserts and the darkest forests, and care nothing whether we trade with a king or a savage, or whether we live or die. It's all the same to us. You'll see some of the places we pass, where people have not yet been brought to life by trade, and they live like paralysed insects. There are no people more clever than traders, no calling more noble. It is what gives us life."

Their trade goods were mostly cloth and iron, he explained. Kaniki, marekani, bafta, all kinds of cloth. Any of it was better than the stinking goatskin the savages wore when left to themselves. That is if they wore anything at all, for God made heathens shameless so that the faithful can recognize them and resolve how to deal with them. On this side of the lake the market was flooded with cloth, although there was still demand for iron, especially among the farming people. Their real destination was the other side of the lake, the country of the Manyema, in the very depths of the dark and green mountain country. There, cloth was still the most common item of exchange. The savage did not trade for money. What could he do with money? They also had some clothes, sewing needles, hoe blades and knives, tobacco and a well-hidden supply of powder and shot, which they were taking with them as a special gift to the more difficult sultans. "When all else fails, powder and shot never does," the mnyapara said.

Their direction was to the south-west until the lake, countryside that traders knew well but which was already under the shadow of European power. There were very few of the dogs themselves actually there, so the people still lived as they wished, but they knew that the Europeans would come in any day. " They are without doubt amazing, these Europeans," Mohammed Abdalla said, looking to Uncle Aziz for confirmation.[①]

  领队穆罕默德·阿卜杜拉（Mohammed Abdalla）同时也为优素福讲解了何为贸易。"这就是我们活着要做的事情。"穆罕默德说道，"去贸易。不论沙漠多么干燥，森林多么幽暗，我们总是勇往直前，置生死于度外。我们也丝毫不在乎贸易对象的身份，国王也好，野蛮人也罢，因为他们对于我们来说都一样。在我们即将途经之地，你会看到这样一番景象：贸易还未带去生机之处，一片死气沉沉，人们活得就像断足的蝼蚁。在这世上，没有人比商人更聪明，也没有任何一项事业比贸易更崇高。是贸易，给了我们想要的生活。"

  他们商队的贸易商品主要是布匹和铁器。穆罕默德讲道："我们有卡尼基、马罗坎尼、巴夫塔等各种类型的布料。任何一种都比野蛮人穿的发臭的山羊皮要好。真主让这些异教徒看起来就不知羞耻，如此一来，真正的信徒们就可以一眼认出这些人并知晓如何与他们打交道。在湖的这一边，市场上到处都是布匹，尽管这里的人也有对铁具的需求，特别是一些农民，但这里并非我们真正的贸易之地。我们真正的目的地是湖的另一边，即曼耶玛地区，它位于遥远而葱郁的山林中。在那里，布料仍旧是最主要的交换物，野蛮人并不用金钱来做交易，他们能用金钱做什么呢？"商队的货物里有布匹、针线、锄头、刀具和烟草等，也有一些藏得很好的火药和子弹。当商队遇到一些难缠的酋长时，这些隐藏之物就会被作为特殊礼物献给他们。"当送其他任何货物都无法奏效时，火药和子弹从不会令人失望。"领队穆罕默德如此说道。

  他们一路向西南行进，直至湖边。这里是商人们熟悉的地方，但现在已处于欧洲人的势力范围。目前，这里暂还没有欧洲人的足迹，所以当地人还在按照自己喜欢的方式生活着，但所有人都很确信，欧洲人肯定会涉足这片土地。"毫无疑问，这些欧洲人是令人称奇的。"穆罕默德说道，并将目光投向叔叔阿齐兹以求得认同。

（陈平 / 译）

---

① Abdulrazak Gurnah, *Paradise*, New York: The New Press, 1994, pp. 119-120.

作品评析

《天堂》中的东非贸易图景

引　言

　　阿卜杜勒拉扎克·古尔纳对移民问题始终如一的深切关怀得到了诺贝尔文学奖评委会的高度关注，其实商贸主题也是古尔纳小说中的一个特点。古尔纳出生于桑给巴尔，独立后归属坦桑尼亚，其母语为斯瓦希里语。由于20世纪60年代桑岛政权交替，内部动乱，古尔纳为躲避迫害逃到了英国。此后，古尔纳便在英国学习、工作、定居，一边在大学教书，一边从事文学创作。作为研究者，古尔纳的研究领域为后殖民文学，曾撰有多篇关于奈保尔、恩古吉、索因卡等作家的研究文章。作为小说家，他目前已出版了十部长篇小说，还零散发表了一些短篇作品及随笔。《天堂》（*Paradise*, 1994）是古尔纳的第四部长篇小说，曾获得布克奖提名。这部小说不仅有着引人入胜的情节，更有着丰富深刻的文化意蕴，所营构的文学空间充分体现了古尔纳学者型作家的特点。小说借助斯瓦希里孩童优素福的视角，展示了一段已不为多数人所知的特殊历史。故事发生于原本是阿拉伯人贸易天堂的德属东非海岸，但随着欧洲殖民势力的渗透，阿拉伯商人阿齐兹为开拓贸易空间，采用了一条非常规的路线进入非洲内陆。内陆的大湖地区常出现在欧洲探险者们的游记之中，而阿齐兹所从事的象牙贸易也极易让人联想到一些文学史上的其他经典之作。

一、进入内陆深处的三种文学方式

世之奇伟、瑰怪，非常之观，常在于险远，非洲的内陆深处便是这样一处危险而又诱惑之地。古尔纳的小说《天堂》与康拉德的经典作品《黑暗的心》（*Heart of Darkness*, 1902）均涉此空间，两部作品中的故事人物也同样是从海岸到达内陆，只不过马洛（Marlow）驾驶的蒸汽船自西逆流而来，而阿齐兹的商队则是从东海岸出发，翻山越岭方至。从出版时间来看，两部小说相隔几近百年，但具体的故事发生时间前后不过相差一二十年。康拉德和古尔纳各自在小说中反映了一段欧洲人和阿拉伯人在非洲内陆不甚光彩的贸易历史。因两部小说所涉文学地图有重合之处、"叙事上存在逆转和修订"[1]，故有西方学者认为《天堂》与《黑暗的心》存在互文性关系。当然，这种关联性是一种罗兰·巴特或克里斯蒂娃式的，而非热奈特式的。[2]同样，不只是古尔纳的《天堂》，奈保尔的小说《河湾》（*A Bend in the River*, 1979）也被认为是康拉德经典文本的文学回声或共振。但事实上，这三部小说无论是在创作动机还是文本呈现上都保持着高度的独立性，它们各自营构的是三段分隔却也互补的历史场景。可以说，康拉德、奈保尔、古尔纳是在三个不同的文学路径上抵达了非洲的大陆深处。

既然三者之间缺乏比较文学法国学派所主张的那种事实影响关系，缘何众多读者、批评家们却热衷于将《天堂》与另两部作品相比较呢？[3]原因可能无非就是两点：一是康拉德的文本太过经典，已深入人心；二是内陆深处过于吸引人，而所涉文学又少之又少。因而，《天堂》这类涉及非洲内陆深处的文本一出现便被

---

[1] J.U.Jacobs, "Trading Palaces in Abudulrazak Gurnah's *Paradise*", *English Studies in Africa*, 2009, 52(2), p. 77.

[2] 在小说《天堂》的文本内部，并未出现与《黑暗的心》相关联的直接文本，因而二者是一种广义上的互文性，而非狭义的互文性。

[3] 此类研究如：Fawzia Mustafa, "Gurnah and Naipaul: Intersections of *Paradise* and *A Bend in the River*", *Twentieth-Century Literature*, 2015, 61 (2), pp. 232-263.

自然或不自然地纳入《黑暗的心》所衍生出的文本宇宙中。作品一经产生，其阐发批评的权利便落到了读者、批评家的手中。作为学者型的作家，古尔纳自然深知这一点，他在采访中①也大方承认互文性阅读的愉悦性及有益价值。关联性的阅读不仅不会减损这位诺奖新贵的作品价值，反而可以让研究者更好地理解古尔纳的文学地图及文学地图中的古尔纳这一重要问题。

古尔纳虽与康拉德和奈保尔一样入籍了英国，但统观他目前已出版的十部长篇小说和发表的零散的几部短篇作品，便不难发现，古尔纳笔下的文学地图主要还是东非海岸及桑给巴尔岛周围的斯瓦希里文化区。而这也是古尔纳与康拉德及奈保尔的根本不同之处。古尔纳虽移民英国，并采用英语写作，但从其作品文化层面来看，他仍旧是一名流散的非洲作家。作为一名后殖民文学研究专家，古尔纳自然熟稔《黑暗的心》《河湾》等此类经典文本，面对康拉德、奈保尔这类文学先驱，影响焦虑固然存在，但这种影响在其小说《天堂》中几乎察觉不到。首先从作品时空来看，古尔纳的第四部小说构建的是一个与《黑暗的心》几乎平行的历史空间，一个属于东非海岸阿拉伯、斯瓦希里商人的贸易空间。其次，若论文化互文性，这部小说明显受到的是以《古兰经》为代表的伊斯兰文化的影响，小说主人公优素福的经历便可看作《古兰经》中同名人物的斯瓦希里海岸版本。此外，该小说还同样受到斯瓦希里语作品的影响，如游记、自传等，目前已有国外研究者撰文论述这一影响。②但对于国内研究者来说，若想弄清这一影响关系，难度还较大，因为古尔纳的作品其实是经过了文化转译：他将自己脑海中的斯瓦希里语作品无本自译为英语作品。其作品中夹杂着大量的斯瓦希里语词汇、洋泾浜拼写，因而翻译、研究这类作品难度较大，穿越英语文化后还要面对相对比较陌生的斯瓦希里语文化。再论《天堂》与《河湾》，虽然奈保尔笔下的印度裔主人公萨林姆同样来自东非海岸，也是自东向西来到内陆深处从事商业贸易，但除却两部小说的故事时间分属殖民时期和后殖民时期外，二者最大的不同便是作家的文

---

① See Tina Steiner, "A Conversation with Abdulrazak Gurnah", *English Studies in Africa*, 2013, 56(1), p. 166.

② See Fawzia Mustafa, "Swahili Histories and Texts in Abdulrazak Gurnah's *Paradise*", *English Studies in Africa*, 2015, 58(1), pp. 14-29.

化立场不同。奈保尔这位英国文化的养子更多的是从一名观察者的角度来考量非洲大陆，而当奈保尔痴迷于个人主义时，古尔纳却始终栖居在破碎的集体中。

明晰了古尔纳笔下的文学地图，再跳出来看文学地图中的古尔纳。在其获得诺贝尔文学奖之后，无论是国外还是国内的非洲文学研究者们都面临一个尴尬的问题，即如何在现有的文学版图尤其是非洲文学版图中重新摆放古尔纳的问题。毕竟，他在此前是一个相对透明的存在，确实"不常见于经传"。在通常情况下，非洲往往被看作一个整体，但非洲并非铁板一块，其内部文化千差万别。如果细数非洲著名的英语作家，除了库切这类具有自由主义倾向的作家外，大多数非洲作家其实都是部族集体的代表，如：代表伊博文化的钦努阿·阿契贝，代表约鲁巴文化的沃莱·索因卡，代表基库尤文化的恩古吉·瓦·提安哥，代表白人"殖民流散"①群体的纳丁·戈迪默等。而之前被忽视的古尔纳，其代表的恰是亚非融合的斯瓦希里文化。绝大多数非洲作家置身于大西洋文化圈中，关注的是殖民地与宗主国的历史与现实等诸多问题，而古尔纳试图将读者带入的则是一个更加错综复杂的印度洋文化空间。印度洋既是一个贸易文化的空间，又是一个伊斯兰文化的空间，从这一视域出发，能更好地认识古尔纳，更好地解读和研究《天堂》这部小说。

二、移动性与贸易空间

几千年来，印度洋一直是一片千帆竞发、百舸争流的竞技舞台。冲突于此上演，融合于此上演，而冲突与融合的背后，是围绕贸易空间而展开的力量角逐。蒸汽时代来临之前，在这片大洋上航行的船只还需凭借季风的力量——无论是阿拉伯商贩的单桅帆船，印度商贾的三桅货船，还是中国使臣的旗舰宝船。"使节勤

---

① 这一概念详见：朱振武、袁俊卿：《流散文学的时代表征及其世界意义——以非洲英语文学为例》，《中国社会科学》，2019 年第 7 期，第 135—158 页。

劳恐迟暮，时值南风指归路"①，这句诗说的就是印度洋上的东南季风。因季风每年如约而至，交替分明，故印度洋上的商业航行呈现出一种规律性和时序性。同样，为配合货物出航，路上的商队之旅也具有明显的周期性。非洲的东海岸构成了印度洋的西翼，阿拉伯商人很早就开始在这里择优良港口来建立自己的贸易站点，而随着 19 世纪阿曼势力在东非的恢复与进一步渗透，阿拉伯商人也极大地扩张了他们的贸易空间。当阿曼的赛义德苏丹迁居桑给巴尔岛后，海岸与非洲内陆的贸易便愈发繁荣。阿拉伯商队几乎主导了这一时期的贸易，他们将攫取的黄金、象牙以及奴隶等运抵海岸，进而运往印度洋各地。这种贸易模式一直持续到欧洲殖民者统治时期，后来即便欧洲人叫停了海岸的奴隶贸易，但象牙贸易还在继续进行，《天堂》中的故事便发生在这一历史时期。

移动性是古尔纳小说中人物的一个重要特征，这一特征在《天堂》中体现得尤为明显。主人公优素福是一名"雷哈尼"②（rehani），即债务奴隶。他原本与自己的父母生活在一个叫卡瓦的小镇上，但因其父经营不善，12 岁的他被父亲典当给了阿拉伯商人阿齐兹。随后，他便被阿齐兹带到了海岸的住处，并被安排在商店里工作。但店铺盈利显然不是阿齐兹的主要收入来源，按照小说中的描述，他是那个时代少有的可以不向印度金融家借贷就可以自行组织商队前往内陆的阿拉伯商人，与内陆进行贸易才是阿齐兹的真正事业。因此，稍稍长大的优素福又随阿齐兹及其商队前往了内陆。当然，阿齐兹之所以带上优素福，个中另有隐情。小说的第五章才揭示这一原因：为了使优素福远离女主人。总之，在 12 岁到 18 岁这一段时间，移动是优素福的常态，而当其在小说结尾选择逃离并加入德国雇佣军后，这种空间移动想必还会继续在他的生活中延存。

不只优素福，小说中的众多人物都经历了或多或少的移动，其具体原因虽各不相同，但归根到底，都可以找到一个经济的动因。在一个以贸易为主导的商业社会中，绝大多数商人会因贸易空间的变动而变动。以优素福的父母为例，他们之所以来到卡瓦小镇，是因为看中了德国于此修建铁路的红利。但新的贸易空

---

① 引自马欢的纪行诗，详见：马欢：《瀛涯胜览》，冯承钧校注，北京：华文出版社，2019 年。
② 这一词汇为斯瓦希里语，古尔纳常在其小说中保留斯瓦希里语的特定表述，并进一步用英文加以解释。详见：Abdularazak Gurnah, *Paradise*, New York: The New Press, 1994, p. 47.

间很快萎缩，铁路站点只带来了短暂的繁荣。再比如乞力马扎罗山脚下的哈米德·苏莱曼（Hamid Suleiman）夫妇，他们原本都来自海岸地区，之所以扎根山下小镇，无非是因为那里是来往商队的落脚歇息之地。此外，还有锡克人哈班斯·辛格①（Harbans Singh），一名机械师，一名专业人士，离群索居地生活在山下小镇上，想必无非是为途经此地的火车和商人们提供技术保障。当然，富商阿齐兹，无疑是小说中为探求新的贸易空间而移动的代表性人物。而他的行踪路线，也在一定程度上代表了当时阿拉伯商人的贸易轨迹。可以说，阿齐兹，不是在贸易行进中，就是在贸易筹备中，只有在斋月才尽可能地留在自己的海岸家中。综合优素福及优素福的商店伙伴哈利勒的早先经历，可以大致管窥阿齐兹的贸易活动范围之广。小说开头提到，阿齐兹在优素福家的停歇是短暂且每次相隔很久的，如此规律的来访让年幼的优素福误以为他就是自己的叔叔，因而才称呼他为"阿齐兹叔叔"。但只有优素福叫他"叔叔"，在小说中，与优素福同为债务奴隶的哈利勒以及商队领队穆罕默德·阿卜杜拉等人，都只能毕恭毕敬地称阿齐兹为"赛义德"②。这位赛义德早年也只是一个小商人，往返于桑给巴尔岛与海岸之间，从事着小商品贸易。他被桑给巴尔岛的一位富媚相中后，命运得以改变，变卖了富媚的资产后，才真正有实力染指内陆贸易。

组织一次内陆贸易需要雄厚的财力支撑，并非所有人都像阿齐兹那般幸运，历史上的真实情况其实是：当时的绝大多数阿拉伯商人、斯瓦希里商人在组织内陆商队时都需要向印度金融家借贷。美国历史学家罗伯特·马克森在其著作中指出：

> 印度的商人和银行家以借贷的方式向贸易者提供资金，而斯瓦希里和阿拉伯的商人则组织并率领商队进入内陆地区。商队由许多搬运工组成，他们搬运贸易商品如布料、铜线、玻璃珠以及枪支，以换取内陆的象牙。③

---

① 在小说中，众人都叫他卡拉辛加（Kalasinga），卡拉辛加类似于哈班斯·辛格的外号。Fawzia Mustafa 在其研究文章中指出卡拉辛加在历史上确有其人。而在斯瓦希里语中，人们习惯将东非的锡克教徒称为"卡拉辛加"。

② 赛义德虽为阿拉伯男性的常见姓名，但在小说中，这是人们对阿齐兹的尊称，有主人、雇主之意，古尔纳也借助小说人物哈利勒之口将其解释为"master"。

③ 罗伯特·马克森：《东非简史》，王涛、暴明莹译，北京：世界知识出版社，2012年，第98页。

可见，一次成功的内陆贸易需要多方的合作，印度金融家无疑为当时的内陆之行提供了资金支持。这些印度资本家多来自孟买，于东非海岸及桑给巴尔岛的经济活动中扮演着重要角色，甚至桑给巴尔的苏丹有需要时都向他们借贷。

除去资金支持外，前往内陆的贸易还需要一批职业的搬运工，毕竟这是一项充满危险且极具挑战的工作，一般人难以胜任。事实上，在 19 世纪时，坦噶尼喀就形成了独特的搬运文化。早在阿拉伯人深入内陆之前，尼亚姆韦齐人（Nyamwezi）就已经开始将象牙运输到海岸。之后，他们作为自由劳工被阿拉伯人雇佣。由于纪律性强，能力突出，尼亚姆韦齐人在商队贸易中逐渐成了专业搬运工的代名词。起初，这些尼亚姆韦齐人只是在旱季农闲时才参与搬运工作，后来随着内陆与海岸间贸易的加强，他们为上一个商队运输完又立刻投入下一个商队的工作中，搬运便成为他们的全职工作。根据斯蒂芬·勒克尔的研究，除了坦噶尼喀西部的尼亚姆韦齐人之外，在东部海岸也陆续出现了其他搬运工人：

后者通常是一些来自海岸地区、桑给巴尔岛的奴隶或重获自由的奴隶，他们部分或完全加入了斯瓦希里社会中，尽管他们曾经可能来自东非任何其他社群。他们自称为"绅士"（waungwana[①] or gentlemen），当然有时也被他们的欧洲雇主称为"桑给巴里斯"[②]（Zanzibaris）。

《天堂》中阿齐兹商队的搬运工人就属于后者，他们于海岸被召集，并被称为"绅士"。而在当时，这些搬运工人不只为商人服务，还常为欧洲探险家们所雇佣，理查德·伯顿、约翰·斯皮克以及亨利·斯坦利等人的探险队伍中就存在着大量的搬运工人。东非的职业搬运工人可谓海岸商业社会的标志性群体，他们代表了一种特殊的移动性文化，在贸易空间的开拓中起着重要的支撑作用。

为何如此远距离的货物运输要依靠人力而非畜力呢？事实上，由于欧洲人的到来，19 世纪的东非牛瘟盛行，可供使用的牲畜资源在当时十分稀少。况且，内

---

① 该词为斯瓦希里语词汇，意为先生，但在搬运文化中，这个词汇有着特定意义。

② Stephen Rockel, "Wage Labor and the Culture of Porterage in Nineteenth Century Tanzania: The Central Caravan Routes", *Comparative Studies of South Asia, Africa and the Middle East*, 1995, 15 (2), p. 14.

陆地势复杂，气候湿热，采用人力搬运更具机动性和安全性。不过，在 19 世纪末 20 世纪初的时候，随着铁路的修建，新的交通方式的变革就改变了商队原有的行进方式。从小说《天堂》中不难看出，阿齐兹商队向内陆行进的方式较之以前已经有了巨大改变：商人和搬运工从海岸先坐火车前往内地，之后再下车徒步前行。古尔纳虽未明确交代小说的背景时间，但从铁路修建进度以及英德之间的关系等信息就可大致推断该时期为"一战"前夕。对于地理空间的描写，小说中的许多地点也并非真实，古尔纳采用了真实与虚构相结合的空间构建。但同理，我们依旧可以通过铁路线大致推断小说人物的主要活动空间，只不过，这需要一些专业的交通史知识。德国，早先其实是德属东非公司，在坦噶尼喀共修建了两条铁路：先修建的一条是乌萨姆巴拉铁路（Usambara Railway），之后又沿着当时最重要的商路修建了一条从海岸通内陆的中央铁路（Central Railway）。据优素福与阿齐兹的铁路出行路线可大致推断出优素福父母所在的虚构小镇就处于修建中的中央铁路线周围，而小说中的海岸小镇很可能就是坦喀（Tanka）。铁路作为东非商人的一种新的移动方式，便捷之处自不待言。但凡事都有利有弊，如此高效的交通方式自然会挤压原有的贸易空间，搭乘铁路前来的商人越多，贸易的难度也就变得越大。也正是基于此，阿齐兹才去寻求新的贸易空间，只不过随着欧洲殖民势力的不断渗入，阿拉伯商人的贸易天堂正不断消亡。

三、贸易秩序的构建与维系

20 世纪初的坦噶尼喀，虽已是德属殖民地，但在古尔纳的《天堂》中，德国人的存在感甚至还不如印度人。除了开篇与结尾，德国人只是出现在商客们闲谈时的只言片语中，仿佛一个遥远的存在。小说主要呈现的是一个由阿拉伯人、斯瓦希里人占主导的商业社会，而在这一空间内，无论是英国人，还是德国人，都只是被模糊为欧洲人并作为背景人物提及。其实，古尔纳的这一处理方式既是一种有意为之，又是当时真实历史的一种断面呈现。当时的东非海岸，各方势力错综复杂，德国虽占据了此地，但是根基还不牢，^①所以其殖民统治面临内忧外患。在外，英德之间一直暗中角力，德国强占的海岸原本是桑给巴尔苏丹的主权地，而彼时的桑给巴尔苏丹国又成为英帝国的保护国。在内，各种反抗活动不断，既有海岸阿拉伯人的抵抗活动，又有内陆土著居民此起彼伏的起义破坏。^②古尔纳在这种宏观历史背景下只呈现某一特定社群的书写方式其实在其他非洲作品中也十分常见，如钦努阿·阿契贝的《瓦解》，如恩古吉·瓦·提安哥的《大河两岸》等。恩古吉在其作品中为构建基库尤部族的独立史诗，直接将英国殖民者符号化为"利文斯顿"这一始终未露面人物。而在《天堂》中，古尔纳去欧洲化的书写其实是通过聚焦叙事视角来达成的，尽管那时阿拉伯人的贸易空间已经越来越逼仄，但在一个斯瓦希里男孩眼中，贸易仍是井然有序的。

贸易秩序的构建并非一朝一夕之功，就像罗马城非一日建成一样，阿拉伯人经过几代人几个世纪的经营才才达成这一目标。当然，这种秩序构建的过程势必充斥着暴力与罪恶，而在这套贸易体系之下，不只有普通的商品交易，还曾有奴隶贩卖。众所周知，欧洲人在殖民活动中一手捧着《圣经》，一手执着利剑，这句话也同样适用于阿拉伯人在东非海岸的势力扩张。如果说阿拉伯人在东非海岸打造了一处贸易天堂，那么以《古兰经》为代表的伊斯兰文化无疑稳固并装点了这一天堂。

古尔纳笔下的穆斯林们有着很强的荣辱观念，国外学者古德温·希恩杜（Godwin Siundu）在自己的研究文章中就指出古尔纳小说中的人物凭借荣辱观念来构建自己的族群身份，以达到和其他族群的区分。^③在小说《天堂》中，海岸社会就被商人群体视为"文明"社会，而内陆地区则被看作"野蛮人"的国度。因

---

① 与欧洲其他殖民国家不同，德国在东非的殖民活动早先其实是由民间殖民协会主导，卡尔·彼得斯的殖民活动甚至一度还曾遭到宰相俾斯麦的反对。1885年柏林会议之后，政府层面的德属东非才真正成立。

② 德国控制坦噶尼喀后，在当地强行推广棉花种植，这一行径迅速激化了矛盾，当地民众纷纷起义抵抗。其中，最大规模的一次起义是马及马及起义。

③ See Godwin Siundu, "Honour and Shame in the Construction of Difference in Abdulrazak Gurnah's Novels", *English Studies in Africa*, 2013, 56 (1), pp. 105-116.

此，即便是一名债务奴隶，但生活在海岸的优素福也并不像我们想象的那样悲惨，其周围仍旧是礼貌而秩序的环境。尽管荣誉观念在古尔纳的多部小说中都有所体现，但在这第四部小说中不同的是：这种宗教荣誉观念已与世俗贸易活动紧密结合在一起。"荣耀"（honour）一词，在小说中足足出现了 19 次，况且，这还不包括以此为基础的同义词和衍生词。在当时的社会中，成功的贸易商人是被称颂推崇的，如优素福的父亲就将阿齐兹的到来视为一件蓬荜生辉之事。如此崇商重商的社会，贸易自然也披上了某种神圣的荣光，就像商队领队穆罕默德·阿卜杜拉教育优素福时所言：

这就是我们活着要做的事情……去贸易。不论沙漠多么干燥，森林多么幽暗，我们总是勇往直前，置生死于度外。我们也丝毫不在乎贸易对象的身份，国王也好，野蛮人也罢，因为他们对于我们来说都一样。在我们即将途经之地，你会看到这样一番景象：贸易还未带去生机之处，一片死气沉沉，人们活得就像断足的蝼蚁。在这世上，没有人比商人更聪明，也没有任何一项事业比贸易更崇高。是贸易，给了我们想要的生活。[1]

这段对贸易的诠释几可媲美莎士比亚笔下的哈姆雷特对"人"的赞美。贸易已不仅仅是一种世俗事务，它同时具有了一种文化信仰层面的意义。贸易文化被海岸的社会所信奉，贸易规则被各个社群所遵从。一支前往内陆进行贸易的商队就像一个移动的小型社会，尽管在同一个商队中，商人、领队、引路者、翻译员、搬运工们可能来自不同的社群，操着不同的语言，信仰着不同的宗教，但他们为了一个共同的目标，便暂时舍去了"异"，在人生地不熟之地不得不维持着一种"同"。尽管商队像一个"衣帽间式的共同体"[2]，但每次贸易出行，都至少月余，长期的相处自然也就促进了不同族群的交流。斯瓦希里语是当时使用最普遍的贸

---

[1] Abdularazak Gurnah, *Paradise*, New York: The New Press, 1994, p. 119.

[2] 该概念援引自鲍曼，具体可参见：齐格蒙特·鲍曼：《流动的现代性》，欧阳景根译，上海：上海三联书店，2002 年。

易语言，这一语言随着贸易空间的拓展而得以推广，并最终成为现代坦桑尼亚的官方语言之一。

任何一套秩序都不是悬浮于空中的，必有深厚的社会经济文化根基。古尔纳笔下的海岸是一个典型的以贸易为中心的父权制社会，这一社会最典型的两大特征就是占有与交易。换句话说，就是一切皆可作为商品，一切皆可用来交易。尽管这个社会有着文明礼貌的表层，但冷酷残忍才是它真正的内核。关于这一点，小说中最直接的体现就是人可以作为商品被抵押：优素福、哈利勒、阿米娜（Amina）等债务奴隶在本质上都是商品。在小说第一章中，优素福的父亲前边还在训斥优素福，让他玩耍时远离当地野蛮人以防被拐走卖掉，后边却直接亲自将他给"卖"掉了，可谓讽刺至极。不止如此，女性在他眼中也只是一件有价值的商品，五只山羊加两袋豆子就可以买来一个女人。他曾愤怒地对自己妻子咆哮："如果你出事了，他们会从围栏里再挑一个卖给我。"[1] 原文中"围栏"一词用的是英文单词"pens"，即羊圈之意。儿子、妻子之于父亲/丈夫，就像山羊之于牧民一样，都只是一种财产。优素福的父亲之所以如此冷酷无情，固然是因为他已在贸易上走投无路，但除此之外，古尔纳还设置了一条隐约的暗线原因：血统。从优素福母亲的叙述中可以得知，她只是优素福父亲的第二任妻子，在她之前，优素福的父亲还曾娶过一位阿拉伯女子。尽管这桩婚事遭到女方父母的反对，但他还是凭借朋友的帮助带走了那位女子。当时女方父母之所以阻止，是因为优素福的父亲虽然有着一个荣耀的名字，但肤色略深了一些，即他的阿拉伯血统不够纯正。后来，这段婚姻还是以失败告终，第一任妻子跑回了基尔瓦的父母家中，同时带走了两人的子女。优素福的父亲曾因血统而遭轻视，但这并不影响他继续轻视他的第二任妻子，因为优素福的母亲来自山地部落。在海岸小镇上，小说也多次提到富裕的阿曼家庭会把女儿关在阁楼上，并且只将她们嫁给自己亲戚家的子嗣。毫无疑问，海岸的阿拉伯社会是一个等级社会，血统只是其中的一个侧面体现。在一定程度上，血统其实是与财富挂钩的，血统壁垒的存在也是为了防止家族财富的外流。但在一个商业社会里，总是有人会发迹，贸易财富也可抬高一个

---

[1] 原文为："If anything happens to you, they'll sell me another one like you from their pens." 详见：Abdularazak Gurnah, *Paradise*, New York: The New Press, 1994, p. 13.

人的社会等级。只不过优素福的父亲并不属于这一类人，而阿齐兹，却是这类人中的佼佼者。

占有，是为了更好地交易；交易，则是为了更多地占有。在一个弱肉强食的社会里，交易往往是掠夺性的、不对等的，比如阿拉伯人早期的奴隶贸易。在后奴隶贸易时代，掠夺性的经济行为也依旧是最高效的财富占有方式，而这一点，在阿齐兹身上体现得最为明显。阿齐兹这一形象仿佛就是提普·提卜（Tippu Tip）[①]的文学再现。在古尔纳笔下，阿齐兹被描述为商人中的冠军，自信而稳重，处惊不乱，脸上常挂有微笑，未见其人，便已先闻其浓重的香水味。阿齐兹的外表文明体面，其内心却冷酷贪婪，他通过掠夺性的经济手段让自己的贸易伙伴们对其俯首称臣。一旦他的贸易伙伴们无法偿还他，阿齐兹就会毫不留情地将他们的孩子带走，使其作为债务奴隶为自己工作。由阿齐兹主导的商业秩序并非建立在平等的关系之上，在这种秩序下，所有人都不得不依附于阿齐兹。他曾造成了很多贸易伙伴的破产，在这些家庭走向地狱时，阿齐兹却正攀向天堂。他海岸住处的花园就像天堂中的乐园，女主人、优素福、哈利勒、阿米娜与其说生活于此，不如说被囚禁于此。

四、乱局之下：“优素福”的逃逸

《天堂》可以被视为一部成长小说，因为它展现了一个斯瓦希里少年优素福的成长历程。《天堂》也可以被视为一部冒险小说，因为深入内陆的商业之行跌宕起伏，惊险刺激。同样，《天堂》还可以被视为一部历史小说，因为作家还原构建了一个不为多数人知晓的特殊历史空间。当然，它也可以被看作三者的叠合：一个德属东非斯瓦希里少年的贸易历险记。但《天堂》又不仅仅是这些，古尔纳通过这部小说真正关注并探寻的其实是特殊环境中个体（尤其是弱者）的生存境况。国外的研究者往往喜欢将这部作品与《黑暗的心》和《河湾》并置，进而开展互

---

① 提普·提卜（Tippu Tip, 1832—1905），原名哈米德·本·穆罕默德（Hamid bin Muhammed），东非著名的象牙商人、奴隶贩子。有趣的是，在《天堂》中，阿齐兹还向优素福讲述了提普·提卜的事迹。

文性阐释，但其实，若将这部作品放还回古尔纳自己的小说谱系中，反而能让我们更容易走近它。

在《天堂》之前，是古尔纳的第三部长篇小说，出版于 1990 年的小说《多蒂》，讲的是一个出生于英国的黑人女孩的成长故事。主人公多蒂面临着身份危机，不知自己从哪里来，便试图通过阅读英国经典来重构自我。而《天堂》中的主人公优素福则是知道自己从哪里来，却不知自己能到哪里去。这两部小说就像古尔纳的一个成长对照实验：一个是离开者的后代，一个是于故土被抛弃的少年。古尔纳感兴趣的是他们所处的文化是如何塑造他们的，以及他们又是如何看待自己的。两位主人公又同是弱者，一个是处于种族歧视之下的黑人女孩，是边缘中的边缘；一个是生活在掠夺文化中的美丽男孩，人人都想"得到"优素福。古尔纳的这种实验在其最近的一部小说也就是第十部小说《今世来生》中达到了极致，而这部小说中伊利亚斯的经历又像是《天堂》结尾处优素福追上德国雇佣军后的"故事延续"。

在小说的结尾处，优素福在躲过了阿斯卡利军队抓人后，却又主动去追赶这支德国雇佣军。古尔纳这一"突兀的结尾"一直让读者和研究者们费解，尽管有研究文章从"殖民代理"①的角度来解释这一选择之目的，但对造成这一行为的原因罕有具体分析研究。作为历史后来者，我们当然可以肯定这一选择注定会带来失败，不论他在德国雇佣军中从事什么工作。"一战"后，德国在东非的殖民地很快被英、法等国接管，优素福在乱局中加入的是即将战败的一方。即使他可以一直追随这些战败者回到德国，但《今世来生》中的故事也揭示了这种可能只会以悲剧收尾。但优素福毕竟是生活于当时的历史之中，他做出选择时并不知道历史的走向，优素福只是做出他所认为的最利于自己的选择，尽管这一选择其实是对自己所属族群的一种背叛。

这一选择可以被视为一种冲动性的行为。在小说中，造成优素福这一选择的最直接原因是阿齐兹返家后的兴师问罪。在阿齐兹外出筹资期间，阿齐兹的夫人，即小说中的"女主人"，一直要求优素福进入内室为其祈祷疗伤。这位女主人就是之前桑给巴尔岛的富有孀妇，但婚后的她成了一个阁楼上的疯女人。尽管优素福

---

① See Nina Berman, "Yusuf's Choice: East African Agency During the German Colonial Period in Abdulrazak Gurnah's Novel *Paradise*", *English Studies in Africa*, 2013, 56 (1), pp. 51-64.

的好友哈利勒多番劝阻，并警告他这一行为的危险性，但优素福仍旧执意多次前往房中，因为真正吸引优素福这么做的原因其实是哈利勒的妹妹阿米娜。阿米娜并不是哈利勒的亲妹妹，儿时的她被哈利勒的父亲从人贩子手中解救出来，并作为女儿收养于家中。后来她却跟哈利勒一起成为阿齐兹的债务奴隶。哈利勒负责运营墙外的商铺，阿米娜则在墙内服侍女主人。由于哈利勒的父亲无法偿还债务，阿齐兹后来便按照契约娶了她，永远将其占为己有。优素福明显是爱上了阿米娜，他想带她一起逃走，但是遭到后者拒绝。频繁进入内室的行为最终也给优素福带来了危险，疯癫的女主人试图将其拥入怀中，但优素福挣扎逃脱了。在逃脱中，优素福的衬衫被女主人从后边抓破，而这一点，也最终救了他，因为这足以向阿齐兹证明他的清白。在阿齐兹问罪时，哈利勒用阿拉伯语解释了一番，阿齐兹便相信了优素福。显然，哈利勒引用了《古兰经》中优素福篇的相似情节。[①]在阿齐兹的继续追问下，优素福坦白了真正原因，这一坦诚行为其实可视为优素福向阿齐兹的挑战，连阿齐兹也连连感叹道："你可真是越来越勇敢了！"[②]经历了羞辱性的审问，另加拒绝所带来的打击，一个青春期的少年难免会在乱局中做出冲动性的决定。

这一选择其实是一种深思熟虑的结果。优素福离家时他的母亲告诉他要学会勇敢，在经历了内陆之行后，优素福确实已拥有了这一品质，已不再惧怕"叔叔阿齐兹"，摆脱控制的想法慢慢在他心中扎了根。父亲在儿子的成长中扮演着重要角色，但被自己的父亲抛弃后，优素福与自己的族群文化便存有了间隙。尽管在其成长中，好友哈利勒、商人哈米德，甚至是领队穆罕默德·阿卜杜拉以及阿齐兹都在某种程度上扮演着"父亲"的角色，但这些人其实只起着将优素福束缚在族群文化之下的作用。初到海岸时，哈利勒手把手地教授优素福如何在商铺工作，还给他讲述《古兰经》中的故事，《一千零一夜》中的故事。滞留山下小镇时，哈米德出于道德感更是将其送进专门教授《古兰经》的学校，但清真寺里伊斯兰文化的熏陶远不及商队中弱肉强食文化对他的塑造。无论是在海岸社会中，

[①] 在《古兰经》第十二章"优素福"中，优素福便是因衬衣于后边被撕破而得以自证清白。具体可参见：《古兰经》，马坚译，北京：中国社会科学出版社，2013年，第116页。

[②] Abdularazak Gurnah, *Paradise*, New York: The New Press, 1994, p. 241.

还是在行进的贸易队伍里，一切都由强者主宰。领队穆罕默德·阿卜杜拉代表的是原始野蛮的强大。阿卜杜拉挥舞着藤条，搬运工们都屈服于他的淫威，甚至愿意为他"四脚着地"[①]。小说中曾多次隐晦地提及商队中的同性性行为，阿卜杜拉这样的魔鬼似乎并不是同性恋者，这一行为其实与小说开头卡瓦小镇上男孩们掏出生殖器比大小的举动相似，可以将其理解为一种男性强者气质的极端展示。阿齐兹代表的则是一种更高级的强大，阿齐兹可以只身入险地，仅凭借知识、经验及一身香气。但即便强大如斯，他还是在查图（Chatu）那里遇困，并险些赔上身家性命。是欧洲人的出现，改变了查图小镇的对峙，并解救了阿齐兹一伙。这些欧洲人让优素福认识到：在阿齐兹之外，还有更强大的存在。优素福一直处于族群文化的逃逸线上，移动性的经历让他对他所处的社会有了更本质的认识。当他问哈利勒为什么不离开时，哈利勒称他要为自己父亲耻辱的所为负责，因而他不能抛下自己的妹妹独自离开。但这种表层的道德观念很快便被优素福戳穿，因为在一个依附性的社会中，哈利勒离开阿齐兹便寸步难行。事实也确实如此，哈利勒曾提到在他之前，商铺中就已有一个叫穆罕默德的年轻人在这里工作，穆罕默德常吸食大麻，一次因账目出错被阿齐兹打了一巴掌，之后就不见了。巧合的是，小说第一章中优素福救济的流浪汉也叫穆罕默德，还好心地劝告优素福要远离大麻。这些看似是小说中的闲笔，其实却是伏笔，离开虽然简单，但离开之后又能如何呢？商铺中的人生就像一个循环，当被告知自己的父亲已死，被赎回的希望就彻底破灭了，优素福开始思考自己如何跳出这一循环，如何逃逸这一海岸秩序。就像德勒兹等在其逃逸理论中所言："从某种意义上来说，这些逃逸线是从属性的。"[②] 在当时的社会历史中，能改变的只是从一种依附转为另一种依附。德国雇佣军的到来，无疑让优素福找到了离开后的去处，找到了更强大的依靠。而在逃离的那一刻，优素福也实现了短暂的自我解放。

---

① 同性性行为在商队中较为普遍，一些历史著作如《季风帝国》等都有所提及。另，男性之间的这种性行为在古尔纳的多部小说中都有所涉及，这是一个有意思的话题，相关的研究有：Kate Houlden, " 'It Worked in a Different Way': Male Same-Sex Desire in the Novels of Abdulrazak Gurnah", *English Studies in Africa*, 2013, 56(1), pp. 91-104.

② 德勒兹、加塔利：《资本主义与精神分裂（卷2）：千高原》，姜宇辉译，上海：上海书店出版社，2010年，第75页。

德国人虽只出现在小说的首尾两处，但德国的势力扩张通过铁路线的延展、贸易线的改变等信息得以表现。德国人的到来，无疑改变了东非海岸原有的社会结构，由阿拉伯人主导的贸易秩序遭到了挑战与破坏。阿拉伯商人被德国殖民者打败，"一战"后，德国在坦噶尼喀的殖民地又被英国接管。历史总是由强者来书写，经过德、英两大帝国的历史过滤，阿拉伯人的海岸贸易图景早已黯淡蒙尘，清晰可辨的就是关于他们曾于此从事奴隶贸易的记录。古尔纳并不像大多数非洲作家那样，对历史存有一种怀旧之情。在他的作品中，他也如实反映了东非海岸商业贸易残忍的一面。还原真实的印度洋文化历史，关心曾在那里生存的个体生命，这是诺贝尔文学奖得主古尔纳在《天堂》这部小说中真正的文学诉求。

结　语

天堂，不只是一个宗教词汇，它更有着丰富的文化意蕴。古尔纳以之为小说名称，可以说是一个大胆且冒险的选择。这意味着这部小说一方面要符合读者对天堂的认知，另一方面又要超越读者的认知阈限。在一般西方人眼中，人类的始祖早先生活在天堂中的伊甸园内，由于违背了与上帝的约定，便被驱逐出了乐园。知晓天堂的故事是理解小说的关键。同样，读懂了这部小说也可以更深一步地理解天堂的指代。天堂表层的意思就是宜居的乐园，小说中阿齐兹的花园、乞力马扎罗山上的瀑布都像是伊甸园的人间映射，美不胜收。而这些美景所在的东非海岸对生活于此的人们来说就是真实的天堂：一个贸易的理想之境，一个世界主义者的乐园。天堂还意味着遵守约定，做出承诺后，就要按照规则执行。在贸易活动中，最重要的就是诚信守约，金融家、商人、搬运工都遵守自己的承诺，一个有秩序的贸易天堂才能得以构建和维系。此外，天堂之中还有魔鬼的出没。就像天堂中的魔鬼，阿齐兹以利益引诱贸易伙伴，进而吞噬占有他们，之后又将他们的子女囚禁在自己的身边。如此，天堂便有了囚笼、地狱之意。但最后，古尔纳将天堂落脚为一个故事。当人类的始祖被上帝驱逐后，当阿拉伯人被欧洲人赶走后，他们又该如何向自己的后代讲述昔日的历史？不论他们怎么讲述，这曾经的天堂对他们的后代来说，就仿佛一个故事、一幅图景，遥远而缥缈。

第二节 《遗弃》作品节选及评析

作品节选

《遗弃》

（ *Desertion*，2005 ）

I realised that I did not know very much about England, that all the books I had studied and the maps I had pored over had taught me nothing of how England thought of the world and of people like me. Perhaps I should not say England, as if it was not differentiated and various, although I think in this matter of how the non-European world and its denizens were perceived there was largely a common cause. So I might have made my observation about suppressed hostility in reference to Britain or Europe and its dispersals and still felt that there was some truth in it. Living in our small island, deep in the uproar of our complicated dramas and our self-regarding stories, I had not grasped the significance of those English teachers talking to us about Shakespeare and Keats and the golden mean, had not understood the global magnitude of what seemed only a local phenomenon. There were English teachers everywhere in the subjected world, speaking about Shakespeare and Keats and the golden mean, and what mattered was not what the subjects thought about these writings, but that they were being told about them. The teachers too were not all English, but how could we tell and what difference would it have made if we could? ①

---

① Abdulrazak Gurnah, *Desertion*, New York: Pantheon Books, 2005, pp. 214-215.

我意识到，我对英国的了解并不多，我研究过的所有书籍和翻阅过的地图都没有告诉我英国是如何看待世界和像我这样的人的。也许我不应该评价英国，好像它没有差异化和多样性，尽管我认为在如何看待非欧洲世界及其居民这件事上，基本上有一个共同的原因。因此，我可能已经提出了一些关于英国和欧洲压制敌意及其扩散的观点，并且仍然觉得其中有一定的道理。生活在我们的小岛上，深陷于我们复杂的戏剧和自顾自的故事喧嚣中，我没有理解那些英语教师对我们谈论莎士比亚、济慈和黄金分割线的意义，无法理解全球性规模似乎只是一种地方现象。在这个世界上，到处都有英语教师在谈论莎士比亚、济慈和黄金分割线。然而，重要的不是受众对这些著作的看法，而是他们被动地接触到了这些作品的内容。这些老师也不全是英国人，但我们怎么能知道，如果我们知道的话，又会有什么不同呢？

（李阳 / 译）

作品评析

《遗弃》中的文化无意识

引　言

　　阿卜杜勒拉扎克·古尔纳生于桑给巴尔岛，18 岁那年被迫离开家乡、远赴英国，成为一名流散在异国他乡的难民作家。这位流散作家在创作中结合了自身的难民经历以及作为移民在英国的生活感受，通过《离别的记忆》《朝圣者之路》《多蒂》《海边》和《遗弃》等多部小说展现了苦难叙事背后的文化问题和社会价值。古尔纳的作品大都以殖民前后的东非和英国为背景，围绕身份认同、种族冲突、文化壁垒和性别压迫等历史问题展开，探讨了后殖民时代下人民的生存状况和出路，具有重要的社会现实意义。作为古尔纳的第七部长篇小说，《遗弃》讲述了几代人对于爱情、殖民和信仰等问题的理解和抉择。

　　"文化无意识"（cultural unconscious）并不是文化与无意识二者的简单叠加，而是与弗洛伊德的人格结构理论（即"本我""自我""超我"）和荣格所提出的集体无意识有着共通之处。"文化无意识的逻辑在结构上与语言符号相似"①，二者恰如有意识的能指与无意识的所指一样，可以相互转化，具有动态关系。文化无意识象征着某一人物或某个民族在历史积淀中所生发出的文化产物及其所具有的精神价值。从文学层面来看，包括弗洛伊德在内的众多精神分析学家认为"文学文本隐含

---

① 顾明栋：《文化无意识：跨文化的深层意识形态机制》，《厦门大学学报》（哲学社会科学版），
　2013 年第 4 期，第 3 页。

地表达了作者隐秘的无意识焦虑和欲望"①，即作者通过笔下人物或群体的文化无意识展现了自身的精神诉求。在小说《遗弃》中，弗雷德里克·特纳（Frederick Turner）等殖民流散者身上的帝国无意识，非洲本土流散者在看待英国殖民者时的种族无意识，以哈撒纳里（Hassanali Zakariya）为代表的印度移民对于信仰的无意识，以及两性之间的性别无意识等方面的文化无意识，均展现了古尔纳在苦难叙事背后对于人性和人类生存价值的追问和思考。

一、帝国无意识：殖民流散者的欧洲中心主义

非洲由于地理位置和历史的特殊，存在着多种流散症候，"殖民流散"（colonial diaspora）就是其中具有代表性的流散类型之一，"特指前往非洲的殖民者或具有殖民性质的群体及其后代"②。殖民流散群体对于非洲而言是"他者"，主要是由白人移民及其后代组成。在非洲作家笔下，殖民流散形象多以殖民官员、传教士和探险者等身份出现。《遗弃》中的探险者马丁·皮尔斯（Martin Pearce）、殖民地官员弗雷德里克和庄园经理伯顿（Burton）这三位白人便是典型的殖民流散者。

自文艺复兴以来，非洲人长期被英国殖民者视为充满野蛮气息和缺乏思想意识的民族。"由于非洲人的肤色，欧洲中心主义意识形态中拒绝承认非洲人的属性。"③ 这可以视作英国在最初殖民非洲时所形成的一种认知无意识。无论是殖民扩张高潮迭起时，还是非洲独立之际，欧洲殖民者面对利益的诱惑，对非洲的殖民侵略和帝国无意识都有增无减。包括欧洲中心主义和殖民主义等在内的跨文化

① Ahmed A. S. Adam, "Arevenge Endeavor (And) Unconscious Desire: Psychoanalytic Study on Mustafa Saeed in Tayeb Salih's *Season of Migration to the North*", *European Journal of English Language and Literature Studies*, 2015, 3 (4), p. 97.

② 朱振武、袁俊卿：《流散文学的时代表征及其世界意义——以非洲英语文学为例》，《中国社会科学》，2019 年第 7 期，第 148 页。

③ Linus A. Hoskins, "Eurocentrism vs. Afrocentrism: A Geopolitical Linkage Analysis", *Journal of Black Studies*, 1992, 23 (2), p. 248.

研究理论基本上都受到文化无意识的支配，而流散在非洲的殖民者身上的帝国无意识正是源自欧洲中心主义思想，是非洲人民所遭受到的殖民创伤的直接来源。严歌苓曾在《非洲手记》中提出疑问："为什么美国人在自己的国内就能用自由平等独立要求自己，一到别人的国家就退步呢？"这是对美国在尼日利亚不文明行为的揭示，更是对殖民主义和新殖民主义的双重批判。严歌苓眼中的美国是这样，古尔纳笔下的英国殖民者对非洲也是如此。

在《遗弃》中，殖民流散者的帝国无意识直接造成了瑞哈娜·扎卡里亚（Rehana Zakariya）与马丁·皮尔斯、贾米拉与阿明这祖孙两代人的爱情悲剧。古尔纳明确交代了小说的第一部分，也就是身为穆斯林的瑞哈娜和白人马丁·皮尔斯坠入爱河的时间，提道："现在是 1899 年，而不是《风中奇缘》，那个与野蛮公主之间的浪漫风流可以被描述为冒险的时代。"古尔纳在此提及了电影《风中奇缘》主人公的原型——波卡洪塔斯公主，旨在构成对比，欲说明 1899 年英国殖民势力对肯尼亚当地构成了严重的威胁。如果说《风中奇缘》的时代背景是欧洲中心主义的萌芽和起步阶段，那么到了《遗弃》发生的 1899 年，欧洲中心主义已经趋于系统化，英国在对非洲进行殖民统治时有着绝对的文化话语权。由于帝国主义要在殖民地上保持自己的尊严，自视象征着文明的血统必须保持纯正，不容"有色侵犯"，所以，英国人与非洲当地人之间的爱情是注定不会被社会所接纳的。在这一前提下，瑞哈娜作为一个肯尼亚当地的印度移民后裔，被当地人视为"杂种"，其与白人男子的爱情注定会遭到众人的反对，同时也直接酿成了外孙女贾米拉与阿明的爱情悲剧。古尔纳在故事的第二、三部分中所设置的另一段恋爱线索，即贾米拉与阿明的相爱，目的是通过叙述者引发读者产生"对爱情、种族和帝国本质的严肃探究"。

① 参见顾明栋：《文化无意识：跨文化的深层意识形态机制》，《厦门大学学报》（哲学社会科学版），2013 年第 4 期，第 9 页。

② 严歌苓：《非洲手记》，北京：人民出版社，2016 年，第 156 页。

③ Abdulrazak Gurnah, *Desertion*, New York: Pantheon Books, 2005, pp. 116-117.

④ Alan Cheuse, "Review of *Desertion* by Abdulrazak Gurnah", *World Literature Today*, 2006, 80 (3), p. 20.

从肯尼亚当地的白人殖民官员来看，在以弗雷德里克为代表的殖民流散者身上的帝国无意识非常明显。例如在对待当地印度人的态度上，弗雷德里克眼中的印度瓦基尔人（wakil）是狡猾且贪婪的；当从哈撒纳里家中将马丁·皮尔斯带走时，弗雷德里克质疑哈撒纳里私藏了皮尔斯的财物，甚至事后又回去威胁哈撒纳里一家，实则对方并没有做什么。随后，皮尔斯想要去感谢哈撒纳里一家，弗雷德里却认为这一家人只是想要回报，始终对其心怀敌意，认为非洲人行善是悖论。不仅如此，皮尔斯在拜访了哈撒纳里一家后，与哈撒纳里的姐姐瑞哈娜互生情愫，而后皮尔斯写信给瑞哈娜表明爱意，弗雷德里克见此表示反对，并提醒皮尔斯小心瑞哈娜……可以说，殖民流散者在看待非洲时展现出了根深蒂固的帝国无意识，不仅迫使皮尔斯和瑞哈娜远走他乡，导致了两人的爱情悲剧，也将非洲人的善意直接曲解为带有某种目的性的行为。

帝国无意识必将催生殖民地人民的应激反应。"每当有欧洲人走近时，他们都会这样做，忐忑不安，毕恭毕敬，而弗雷德里克非常理解这一点。"[1]这是非洲人在面对殖民者身上帝国无意识时的表现，弗雷德里克已经将当地人的这种应激表现视作了自然行为，其自身的帝国无意识也充分展现出来。弗雷德里克曾直接扬言道："在我们伟大的时刻，我们应该忠于我们的自由传统，而不是受到专制狂妄的诱惑。"[2]英国对非洲进行野蛮入侵的本源是出自利益和资本统治的诱惑，此番基于自由传统之言论成为帝国主义为掩饰殖民行径的虚假说辞。相较之下，随着时间的推移，当地庄园经理伯顿身上的帝国无意识开始淡化，甚至能够站到辩证的立场上看待这场巨大的殖民杀戮。弗雷德里克则站在伯顿的对立面，打趣伯顿的"失职行为"。更加讽刺的是，弗雷德里克认为伯顿奴役非洲人的想法极其残忍，倾向于采用谋杀等形式让非洲人服从于英国殖民者。这里所体现的英国侵略者的帝国无意识更加肆无忌惮。对此，无论出于怎样的种族态度，伯顿都清楚地意识到了英国殖民者的暴力手段和非洲人民的悲惨处境，并"非常确信英属非洲殖民地未来的景象将是当地人口逐渐减少和消失，且最终由欧洲定居者取代"[3]。

---

① Abdulrazak Gurnah, *Desertion*, New York: Pantheon Books, 2005, p. 40.

② Abdulrazak Gurnah, *Desertion*, New York: Pantheon Books, 2005, p. 97.

③ Abdulrazak Gurnah, *Desertion*, New York: Pantheon Books, 2005, p. 82.

面对弗雷德里克和其背后的日不落帝国，无论是对白人长官十分畏惧的当地人民，还是知恩图报的皮尔斯，甚至是主张不采取极端暴力手段的伯顿，均无法与殖民者强大的帝国无意识相抗衡。

尽管作者在小说中没有对英国殖民者的统治方式和暴力手段进行细致描写，但是通过弗雷德里克在当地人心中的印象及其与伯顿之间的对话等情节的讲述，潜移默化地将非洲人民在殖民统治下的艰难处境展现了出来。当本土居民面对殖民流散者的帝国无意识时，在两段爱情悲剧的背后展现出了带有捍卫文化自信的非洲情结和想要与之进行对抗的种族无意识。

二、种族无意识：本土居民的非洲情结

在古尔纳的笔下，与殖民者的帝国无意识相抗衡的是非洲人民身上的种族无意识，即非洲情结。这种具有民族性和地域性的情结源自非洲人民所遭受的殖民创伤，体现在人的语言、行为模式和思想意识等多个层面，其造成的影响是永恒的。在《遗弃》中，东非当地人民对白人的抗拒和厌恶便是非洲情结的最好展现。

纵观整部小说，我们不难发现，本土居民的非洲情结最先体现在语言层面上，例如当地人称马丁·皮尔斯和弗雷德里克等人为"姆尊古"（mzungu），这在东非英语中表示白人的意思。古尔纳没有用"white man"或"the white race"来表示白人，而是选择用当地英语来进行描述，说明其最先尝试的是通过语言文化来凸显非洲情结的重要性。殖民者不仅侵占非洲土地，控制非洲本土的各项权益，而且还以厌弃和蔑视的态度来对待非洲人民。弗雷德里克怀疑哈撒纳里一家偷了马丁·皮尔斯的财物，否定哈撒纳里的善意，反对皮尔斯与瑞哈娜相爱，严重歧视当地人，倾向于采取残酷手段来统治非洲，这些行为都促成了当地人非洲情结的产生。首先，以瑞哈娜为代表的穆斯林视弗雷德里克为国家的毁灭者，直接抨击了英国殖民者在非洲的残忍暴行。其次，在看待教育的问题上，阿明与拉希德（Rashid）的父亲受过教育，和他们的母亲同为激进主义者，具体表现为夫妻二人敌视西方教育，反对在当地开办殖民学校。在这对本土流散的夫妇眼中，殖民学

校会给人带来负面影响，"他们会让你鄙视你的人民，让你用金属勺子吃饭，把你变成一只用鼻子说话的猴子"①。同古尔纳本人一样，拉希德作为流散者前往英国学习，意味着"携带在母国习得的经验、习俗、语言、观念等文化因子来到一个历史传统、文化背景和社会发展进程迥然相异的国度，必然面临自我身份认同的困境"②。这一点在教育冲突的问题上表现得非常明显，也充分暴露了非洲人的多重文化无意识。

不仅如此，当姐姐法里达（Farida）向阿明谈到情人阿巴斯（Abbas）在蒙巴萨被白人经理赞誉时，阿明认为，"白人的赞美与他们那巧妙的机器和无限的专业知识一样，都是用真金白银铸成的"③。这句话隐含的深意是白人对殖民地人民的肯定和赞美基于一个前提，即对方为白人带去了真实丰厚的利益。更加明显的是，古尔纳以拉希德的口吻直接掀开了桑给巴尔独立的假面具：

> 无论如何，新的选举即将来临，人们知道独立将在年底到来。踩踏事件已经在其他地方发生：法属西非和法属苏丹突然诞生了十几个新的非洲国家。英国带领加纳和尼日利亚走上了通往辉煌未来的漫长道路，而我们自己的邻国坦噶尼喀也突然开始谨慎地走上了同样的道路。非洲机场和伦敦兰开斯特宫之间的航道交通，也就是所有宪法会议（多么可笑！）举行的地方，一定是繁忙且往来不断的。④

作者讽刺了独立政府的伪善，即打着独立的旗号继续沿着帝国主义的道路行进，使人民遭受到二次创伤。可以说，英国殖民流散者的帝国无意识不仅直接导致了非洲情结的产生，也对非洲人民的生活、教育和工作等多个方面产生了影响。

非洲情结不是独立和单一的精神形态，其产生必伴随着种族无意识的发生。人类的爱情本是纯洁之物，却因种族无意识等元素被冠以污秽和罪恶之名。瑞哈娜给自己的女儿，也就是贾米拉的母亲起名为阿斯玛（Asmah），意为"没有罪

---

① Abdulrazak Gurnah, *Desertion*, New York: Pantheon Books, 2005, p. 138.

② 朱振武、袁俊卿：《流散文学的时代表征及其世界意义——以非洲英语文学为例》，《中国社会科学》，2019年第7期，第140页。

③ Abdulrazak Gurnah, *Desertion*, New York: Pantheon Books, 2005, p. 164.

④ Abdulrazak Gurnah, *Desertion*, New York: Pantheon Books, 2005, p. 177.

过的人"，标志着自己与皮尔斯的爱情是纯洁神圣、不违反人类道德伦理的，他们的孩子不应带着罪孽出生。由于当地人心中的种族无意识根深蒂固，难以被撼动，造成瑞哈娜的孙辈贾米拉与阿明的恋爱关系遭到众人的唾弃和曲解。在看到这段"禁忌之恋"时，阿明的弟弟拉希德通过一种滑稽的叙述方式将这种爱情表达出来，即，"爱是一种越轨的、可笑的东西，是一种滑稽，或者充其量是一种剥削"①。爱情因种族无意识等元素被扭曲为一种污秽的情感，究其根本，是种族歧视和人性价值偏离在作祟。

另外，非洲人不仅对英国殖民者心生厌恨，而且对印度人和混血儿也有相似的无意识表现。譬如当地印度人对幼时的瑞哈娜侧目，视她为印度男人和非洲女人的私生子。再如，哈撒纳里救下白人皮尔斯后，引起当地人的误解和不满。人们认为哈撒纳里这样做是由于他骨子里的懦弱，而这种懦弱源自他的印度祖先。这是对印度移民的偏见。哈撒纳里的行为是出自无意识行善，却被误解为是祖先传下来的懦弱，实为一种带有极大偏见的种族无意识。故事中也有关于其他种族无意识的表现。当瑞哈娜和皮尔斯的恋情被发现时，"有人向民政部抱怨皮尔斯的事。这可能是来自高贵的阿曼人，他们喜欢展示自视神圣的、心胸狭隘的顾忌。他们不会直接投诉，以免降低他们的贵族身份"②。在当地人眼中，阿曼人对禁忌和礼节有着强烈的看法。

值得注意的是，主要人物身上的种族无意识其实是一直都存在的，只是意识所呈现的时间不同。瑞哈娜和弟妹玛丽卡（Malika），以及阿明的父母很早就表现出了对白人和白人文化的不满。在遭到英国的殖民侵略后，瑞哈娜等人认为，白人和黑人本就是二元对立的矛盾体，并且白人会给黑人带来伤痛和苦难。当拉希德在英国生活了一段时间后，也开始对种族问题进行深入思考。

很快，同其他人一样，我也开始说黑人和白人，越来越轻松地说出这个谎言，承认我们之间的差异是相同的，服从于一个种族化世界的僵化愿景。因为同

---

① Abdulrazak Gurnah, *Desertion*, New York: Pantheon Books, 2005, p. 208.

② Abdulrazak Gurnah, *Desertion*, New York: Pantheon Books, 2005, p. 238.

意黑－白分明，我们也赞成限制机会的复杂性，承认几个世纪以来服务于并将继续服务于对权力的粗暴渴望和病态的自我肯定的谎言。没关系，我说出了我的谎言，并认为它们是更大的真理，同时在怨恨和反叛的喧闹乐章中找到了一种自我肯定（我更多的是在精神上而不是在声音中）。①

拉希德清楚地意识到承认肤色差异是种谎言，但是桑给巴尔本土居民的种族无意识强有力地摧毁了这一谎言，使之变成了更大的真理。非洲人如此，全人类也是如此。

无论是地缘、政治还是种族，非洲人都无法选择。从沦为英国殖民地的那一刻起，非洲的政治经济和文化教育就意味着要任由殖民者摆布，逐渐使非洲的本土流散者和如拉希德一样的异邦流散者产生非洲情结。殖民者从教育和文化层面出发，通过暴力手段对非洲人民造成了无法磨灭的、至今仍旧存在的无意识创伤。

除了《遗弃》之外，古尔纳的很多作品都有种族无意识的展现。例如《离别的记忆》的主人公哈桑·奥马尔。哈桑对文学专业和非洲文化的厌恶，以及选择逃离家庭和社会的经历印证了难民的困境和种族偏见的无意识。再如，《多蒂》描写了一个具有移民背景的黑人妇女在 20 世纪 50 年代充满种族歧视的英国的恶劣环境中长大，却在英国这个她出生和成长的国家感到漂泊无依的故事。身为异邦流散者的多蒂通过名字的变化来实现身份的重塑，透过文化自信的匮乏和种族身份的自卑展现了非洲移民在西方世界的艰难处境和非洲民族根深蒂固的种族无意识。古尔纳用大量的故事案例说明了难民处境之艰和殖民主义对非洲人民的严重迫害。

三、信仰无意识：印度移民的宗教理念

在《遗弃》中，作者以拉希德的视角展开叙事，借哈撒纳里和阿明两个穆斯林家庭的故事，讲述了生活在非洲的印度移民对于宗教信仰、情感价值和文化冲

---

① Abdulrazak Gurnah, *Desertion*, New York: Pantheon Books, 2005, p. 222.

突的认识。关于信仰和文化无意识之间的关联有两个层面的解读。一方面，在我们的生活中，"许多事情都是在半意识状态下发生的，更多的事情则是完全无意识的"①。人类的宗教信仰就是无意识的一种重要表现，通过秉持信念和遵守习俗等形式得以展现。另一方面，信仰也是很多民族或者国家文化的内核，"文化概念所包含的诸多环节和要素，变化与恒定，构成一种辩证而统一的关系，其中每一个环节，也可能是原因，又可能同时充任结果，既是起点，也是终点"②。文化无意识层面下的信仰无意识也是如此，包含与人类生活密切相关的方方面面，有着多元性、长效性和不确定性。信仰无意识的重心是人对信仰，尤其是宗教信仰的认知和表达方式，认知是信仰无意识形成的基础，究竟如何自发表达出来则是衡量其是否最终成形的标准。在古尔纳的笔下，以《遗弃》为代表的众多小说都涉及宗教信仰，其中以伊斯兰教居多。

印度、肯尼亚和桑给巴尔同属英国的保护国，具有深厚的文化渊源。伊斯兰教在印巴分治前的印度是主要的宗教之一，在包括撒哈拉沙漠以南非洲在内的世界许多地区都具有很强的传播力。由于英国殖民扩张的需求，买卖奴隶和契约劳工的现象在英国各殖民地司空见惯。在英属非洲殖民地上，印度移民数量庞大，呈现出一种世界性的人口迁移现象。直至今日，桑给巴尔岛上信仰伊斯兰教的人数仍占较大比重。古尔纳在创作中塑造了众多生活在非洲的穆斯林形象，展现了文化冲突下的信仰关怀。

《遗弃》的第一部分发生在蒙巴萨北部的一个不知名的小镇上，第二、三部分主要发生在桑给巴尔，两地都有着穆斯林的居住社区。小说中的哈撒纳里一家和后来的阿明一家都信奉伊斯兰教。这与他们的印度移民身份密切相关。散落在非洲的印度穆斯林世世代代传承着伊斯兰教的信仰。关于这一点，故事中有多处细节可以体现。例如，哈撒纳里每天自发到清真寺开门、清洁台阶、祈祷，并将清真寺视作一个邪恶势力无法进入的避难所；瑞哈娜在 10 岁时便已将《古兰经》

---

① C. G. Jung, *The Archetypes and the Collective Unconscious*, Trans. R. F. C. Hull, Gerhard Adler ed., Princeton, N. J.: Princeton University Press, 1980, p. 276.

② 易晓明：《文化无意识：弗莱的批评理论视域》，《首都师范大学学报》（社会科学版），2005 年第 6 期，第 54 页。

从头到尾读过一遍，甚至有些内容可以背下来；阿明为免尝相思之苦选择逃到清真寺去；阿明一家，尤其是阿明的父母在斋月中对于斋戒仪式的高度重视……

从故事的开端处便可看出主要人物身上明显的信仰无意识。哈撒纳里在看到脸上和手臂遍布伤痕、瘫在地上的黑影，即马丁·皮尔斯时，认为他是某种未知的邪恶势力。哈撒纳里虽然因害怕"把影子看成了一个可怕的食尸鬼"①，但并未被心中的恐惧击倒，仍然坚定地将这个"邪恶势力"带回了家中，想要帮其康复。这一系列的行为其实都源自哈撒纳里的信仰无意识。伊斯兰教素有关于诸恶莫作、众善奉行的教义，正是因此，哈撒纳里决定救助皮尔斯，不求任何回报。故事中的第二段爱情悲剧也与人物的信仰无意识相关。当阿明开始意识到自己陷入迷恋贾米拉的圈子中时，为远离情感的烦扰，选择逃到清真寺里去获得片刻的安宁。在阿明的潜意识，甚至包括无意识中，都认为只有在接近真主的地方，才能暂时摒弃杂念。尽管日后贾米拉让阿明魂牵梦绕，但在爱情的种子开始萌芽的时候，阿明首先选择了追随信仰无意识。

而信仰无意识最为直接的表现是伊斯兰教传统文化对人物的影响。古尔纳在小说中明确描述了斋戒的注意事项。斋月的神圣感对于穆斯林家庭不言而喻。身为传统穆斯林家庭的大家长，阿明的父亲在看到拉希德不去清真寺的散漫行为后，称其养成了不良习惯。在当地穆斯林的世界里，前往清真寺思考和祷告是一种无须解释、生来合理的无意识行为，是对信仰最好的馈赠。在他人眼里，阿明成熟懂事，但拉希德经常被冠以各类不好的称号，多数都是由于其散漫自在的性格所引起的。从幼时起，周围人都把阿明当作成年人来对待，希望他做人做事都能保持冷静并担负起责任，而把拉希德一直当成孩子，认为其不切实际，做事冲动。虽然拉希德相较于家庭内的其他人而言显得游手好闲，但这并不意味着他轻视信仰，相反，其内心有着根深蒂固的信仰意识，并以一种自然的无意识行为展现出来。拉希德在目睹了父母因感情问题训斥阿明后，选择前往清真寺进行祷告，其时以自己的口吻表达出下意识的想法，"无论如何，祈祷时环顾四周是不妥当的，因为你说的每一句话和做的每一个动作都是对真主说的，真主不喜欢你在讲话时

---

① Abdulrazak Gurnah, *Desertion*, New York: Pantheon Books, 2005, p. 10.

注意力不集中，把头转过来转过去，不知在想什么。你把双臂交叉在胸前，垂下眼睛，把整个人都交给他"①。拉希德的这种下意识思维源自信仰无意识，即在不能感知自己内心的情况下受到来自外界，也就是家人的影响，产生了无意识的信仰状态。

小说多次提及拉希德的脾气秉性不如阿明稳重，但其身上有着深刻明显的信仰无意识，是虔诚的伊斯兰教教徒。在阿明和拉希德这个移民家庭中，无论各成员有着怎样的性格特点，都对信仰保持着敬畏和虔诚之心，自然表露出他们共同的信仰无意识。值得注意的是，伊斯兰教对于故事中几位主要人物而言并非一种由遗传得来的先天性信念，因为"人的无意识信仰是一种信念，这种信念是由相信它的人赋予自己的，就好像任何信念都是由别人赋予他的一样"②。这样的信念伴随着自主性，构成了哈撒纳里、阿明和拉希德等人物身上的信仰无意识。

可以说，对于小镇上的印度移民家庭来说，清真寺成为他们的信仰寄托。在小说的最后，独立日已经到来，当面对新政府的革命谎言时，阿明的家庭待在清真寺中，来抵挡外界政府的谎言政策和暴力手段。清真寺的庇佑使得当地伊斯兰教教徒内心的恐惧感逐渐消散，获得了一种新的平静。总之，这些印度移民及其后裔的信仰无意识冲破了政治暴力的屏障，真正获得了一种内在的期待和满足。但在信仰无意识的背后，这些印度移民中的女性遭到来自种族和性别方面的双重歧视，成为性别无意识的受害者。

四、性别无意识："跨界"群体的情感纠葛

非洲当地人身上的性别无意识同样是一种重要的文化无意识显现。整部小说从哈撒纳里将马丁·皮尔斯带回家这一故事情节展开，古尔纳透过此事既展现了人物身上的无意识善举，也重点说明了这个家庭以及当地普遍存在的性别无意识

① Abdulrazak Gurnah, *Desertion*, New York: Pantheon Books, 2005, pp. 205-206.

② Arthur W. Collins, "Unconscious Belief", *The Journal of Philosophy*, 1969, 66 (20), p. 671.

观念。在故事的两段爱情悲剧之下，主要人物身上性别无意识的设置不仅推动了故事情节的发展，也使得古尔纳对殖民主义历史遗留问题的质询更加深刻。

作者在故事中塑造了两种类型的"跨界"群体。由于父辈移民的缘故，身为穆斯林的哈撒纳里一家跨越了国家和洲际界限，从印度迁居到非洲。这些穆斯林在英国殖民者的眼中是本地人，在非洲土著的心中却是外来者。而英国殖民者跨越地中海来到非洲，对当地进行殖民统治的行为更是明显跨越了国家和洲际界限。另外一种"跨界"体现在爱情方面，瑞哈娜与皮尔斯、贾米拉与阿明这两对恋人都跨越了种族的界限，选择不顾世俗的眼光，遵从感情的呼唤。无论是从跨越地域的哈撒纳里一家来看，还是从跨越种族界限的两对恋人来看，"跨界"群体身上的性别无意识有着相同的渊源，即殖民主义。殖民主义使得哈撒纳里的父辈从印度迁至非洲，不得不生活于非洲土著和英国殖民者的夹缝之中；殖民主义也使非洲民不聊生，引起了当地人民对白人的厌恨，对外来的印度移民的不友好以及对像瑞哈娜这种"印非混血儿"们的歧视；殖民主义更使印度移民与白人或白人后裔的结合，即故事中的两对恋人既遭到白人和印度人的反对，也受到非洲人的抵制。

在哈撒纳里的家庭中，男权色彩十分明显，尤其是父亲去世后，哈撒纳里成为家庭的主导者。西班牙学者埃斯特·普约拉斯－诺格尔（Esther Pujolràs-Noguer）在《遗弃》的评论文章中曾指出，女性需要承担维护父权制尊严的责任，这使得"性别"在"种族"面前丧失了发言权。[①] 在这个主要由印度移民组成的家庭中，哈撒纳里与妻子玛丽卡的关系极为不对等，身为丈夫的哈撒纳里成为玛丽卡的主人。哈撒纳里清楚地意识到是玛丽卡的出现使原本的家庭变得不同，但依然将夫妻关系发展成了某种趋于畸形的"主仆关系"。《离别的记忆》中哈桑的母亲穷极一生都不配拥有姓名，玛丽卡虽然有名字、有家世，但依旧如同一具男权家庭中的"行尸走肉"。哈撒纳里对待姐姐瑞哈娜的态度也展现了其身上的性别无意识，以及当地关于婚嫁问题的刻板印象和偏见。当印度商人阿扎德对瑞哈娜表达情愫后，哈撒纳里极度希望姐姐回应阿扎德的爱意，主要原因是"她已

---

① See Esther Pujolràs-Noguer, "Desiring/Desired Bodies: Miscegenation and Romance in Abdulrazak Gurnah's *Desertion*", *Critique: Studies in Contemporary Fiction*, 2018, 59 (5), p. 603.

经22岁了，对于一个未婚的女人来说已经老了"①。在遇到皮尔斯之前，瑞哈娜曾两次拒绝他人的求爱，原因都是对方已有妻室，"她不想成为任何人的第二个妻子"②。哈撒纳里却对此表示不解和愤怒，既因为适婚年龄的问题反感瑞哈娜的举动，也难以容忍其不愿跟他人分享自己未来丈夫的行为。哈撒纳里对待家中女性成员的态度和行为源自性别无意识。可以说，无论是妻子还是姐姐，于哈撒纳里而言都是男权社会体系下的附属品。甚至当阿明透过贾米拉之口听闻这些事情时，直接就表现出"不相信任何男性亲属都可以把自己变成监护人，指挥一个女人"③的事实。

从故事中两段爱情的发展走势来看，无论是瑞哈娜与皮尔斯的感情，还是贾米拉与阿明的相爱，都从一开始就注定了不幸。瑞哈娜的父亲是印度人，母亲是肯尼亚土著。父亲在和母亲结婚后遭到了来自印度社群的鄙视和嘲讽，被迫搬离了蒙巴萨，到达小镇后靠开店度日。在这种情况下，瑞哈娜从小就受到周围印度人的议论，并清楚那些所谓的"闲话"是由于自己母亲不是印度裔所引起的。这是生活在桑给巴尔的印度人为了维护种族血统"纯正"的做法，但其主要矛头指向了身为非裔的母亲和混血女孩瑞哈娜，展现了当地印度移民身上普遍存在的性别无意识。当瑞哈娜面临爱情抉择时，这种性别无意识便逐渐被放大。作为印度人和非洲人结合的后代，瑞哈娜不仅在当地备受嘲讽，在选择和皮尔斯相爱后，更是遭到来自肯尼亚土著、当地印度移民和英国殖民者三方的反对，成为众矢之的。无奈之下，这对恋人被迫搬到了蒙巴萨，住在一间公寓里。但是皮尔斯后来离开了瑞哈娜，在那之后，一个来自欧洲的水务工程师搬进了公寓。那间公寓成了这位悲惨女性直到去世一直居住的地方。瑞哈娜所遭遇的这种严重的种族歧视和性别无意识直接影响了外孙女贾米拉的感情和命运。互萌情愫后，贾米拉和阿明遭到众人的反对，而所有的反对意见均指向了贾米拉的身世和血统。由于外祖母特殊的族裔身份和情感经历，以及母亲阿斯玛是黑白混血的事实，贾米拉成了"罪恶的后代"。阿明的父母自然无法接纳贾米拉这样一位血统混杂的女子。最

---

① Abdulrazak Gurnah, *Desertion*, New York: Pantheon Books, 2005, p. 72.

② Abdulrazak Gurnah, *Desertion*, New York: Pantheon Books, 2005, p. 75.

③ Abdulrazak Gurnah, *Desertion*, New York: Pantheon Books, 2005, p. 238.

终，贾米拉因遭遇了袭击而离开当地，并且同瑞哈娜一样，成了被家庭和社会双重遗弃的女性。

可以说，在这部小说中，人物身上的性别无意识看似改变了两对恋人的情感走向，实则造成了两代女性命运的不幸。显然，古尔纳这里似乎在说，是男权社会下的传统性别观和殖民主义所催生的种族歧视摧毁了众多像玛丽卡、瑞哈娜和贾米拉这类女性的情感和生活。同其他几种类型的文化无意识一样，这些"跨界"群体身上的性别无意识也体现了作者对殖民主义遗留问题的思考。在整部小说中，这些文化无意识共同象征着殖民主义对人性和人类生活的负面影响，对于把握古尔纳的难民叙事策略和后殖民时代下人类生存问题具有重要的社会价值和意义。古尔纳在作品中不仅描述了几位人物被家庭、社会和国家等所遗弃的现象，更深层次揭示了殖民主义对人类生存的迫害，使人反思和探寻后殖民时代下的文化壁垒和生存出路。简言之，《遗弃》"不是殖民主义的赞歌，却以相当公允的态度揭示出殖民统治及殖民主义和种族主义意识形态对所有人的影响和伤害"[1]。在整部小说中，人类无意识冰山下潜伏着的殖民主义是一切文化无意识的来源，是非洲人民产生永恒殖民创伤的根源，更是造成"难民出路难寻"的根本原因。

结　语

古尔纳善于借助笔下人物，尤其是难民的经历来展现殖民主义对人性的摧残。《遗弃》中的拉希德在文化冲突的夹缝中受到来自桑给巴尔和英国的双重遗弃，就像《朝圣者之路》中的达乌德和《海边》中的萨利赫·奥马尔一样，是种族主义和殖民主义的受害者。在揭露桑给巴尔独立背后的黑暗之余，《遗弃》也展现了古尔纳对于难民的关怀。小说将殖民流散者的种族中心主义、非洲人的自我保护意识、宗教信仰以及"跨界"群体的性别观念等元素串联起来，整合为几种重要的文化无意识现象，并透过几位主要人物被遗弃的故事，折射出了重要的社会历史

---

[1] 石平萍：《非洲裔异乡人在英国：诺贝尔文学奖得主古尔纳其人其作》，《文艺理论与批评》，2021年第6期，第106页。

问题，即殖民主义对于非洲人民造成的伤害和难民的生存出路。文化无意识是人类在生存过程中所体现出来的精神反应与价值诉求，而文学作品所涉及的人物身上的文化无意识则是作者想要传达给读者的思想观念和情感态度。古尔纳以半自传的形式创作了《遗弃》，展现了殖民主义对于殖民地人民和前往异乡的难民所造成的永久性创伤。殖民主义不仅是非洲被殖民地人民痛苦的根本来源，更是人类在反思殖民统治与暴力行径时最重要的无意识关注点。在古尔纳的文学世界里，欧洲中心主义和殖民主义直接促使了帝国无意识、种族无意识、信仰无意识和性别无意识等多种文化无意识的产生，使非洲人民不得不开始重新正视、界定和思考殖民创伤的来源及其产生的不可逆的影响，为他们勇敢迎接后殖民时代下关于生存问题的种种挑战奠定了坚实的基础。

第三节 《多蒂》作品节选及评析

作品节选

《多蒂》

（*Dottie*，1990）

In any case, there was something shameful about all the killing and chaos that was going on in Africa. She had to admit the people there sounded completely primitive. Some of the stories she had heard, and the bits and pieces she had seen on newsreels, or the newspaper reports that some of the people at work had told her about were disgusting. She thought of them with a shudder. Nuns being raped in the middle of the jungle. Rebels wearing skins and doing crazy dances, eating their own dirt and swearing to kill white people. All the progress that had been made was being completely squandered: churches burned, plantations looted and neglected. And the picture of the man that Dottie showed her confirmed everything. He was an ugly man with a pointed face, as if he had been hacked out of one of those jungle trees.

Dottie understood her sister's superior aversion to her stories about the Congo, and Nigeria and India. She guessed that Sophie's apparent lack of interest was a deliberate rejection of the places her sister was talking about. Not boredom or ignorance, but a refusal to be put in the same camp as those foreigners with their primitive ways. This did not surprise her, for she too had felt that kind of disassociation at first. She had taken up the country's prejudices about those places and held them defensively to herself, not wanting to be taken for one of those ridiculous foreigners. The memory embarrassed her – how ridiculous she would have seemed to anyone who understood what she was doing. Later, her own discovery of how complex the reality of *those places* was had given her more strength. She had found pleasure in learning an abundance of new things about people and times she thought she had already grasped.[①]

    在任何情况下，非洲发生的所有杀戮和混乱都是可耻的。她不得不承认，那里的人们听起来完全是原始的。她听到的一些故事，以及她在新闻片中看到的一些片段，或者工作中的一些人告诉她的报纸报道，都令人感到恶心。她想起这些故事，不禁打了个寒战。修女在丛林中被强奸。叛军穿着皮衣，跳着疯狂的舞蹈，忍受着自身的屈辱，发誓要杀死白人。所有已经取得的进展都被完全挥霍掉了：教堂被烧毁，种植园被掠夺和忽视。而多蒂给她看的那个人的照片证实了一切。他是一个丑陋的人，有一张尖尖的脸，就像从那些丛林中的树上砍下来的一样。

    多蒂理解她妹妹对她关于刚果、尼日利亚和印度的故事的强烈反感。多蒂猜，索菲表现出这么明显的不感兴趣，是因为她故意不想听姐姐谈论的那些地方。不是无聊，也不是无知，而是拒绝与那些有着原始方式的外国人处在同一个阵营中。这并不令她感到惊讶，因为她一开始也经历了那种疏离感。她接受了这个国家对这些地方的偏见，并将其作为自己的防御手段，以防被当成那些可笑的外国人之一。这段记忆让她感到尴尬——对于任何一个明白她在做什么的人来说，都是非常可笑的。后来，她意识到那些地方的现实是如此的复杂，这一发现无疑给了她更多的力量。她学习了不少有关人们和时代的新玩意儿，她认为她了如指掌，因此沾沾自喜。

（李阳 / 译）

---

① Abdulrazak Gurnah, *Dottie*, London: Bloomsbery, 2021, pp. 173-174.

作品评析

《多蒂》中的伦理与共同体想象

引　言

　　现居英国的坦桑尼亚裔作家阿卜杜勒扎克·古尔纳迄今已出版十部长篇小说并发表了一系列文学评论。作为移民作家，古尔纳的小说聚焦身份认同、社会破碎、种族冲突、性别压迫及历史书写等主题，展现后殖民时代"夹心人"的生存现状，具有重要的文学价值和现实意义。1990 年，古尔纳出版了迄今为止唯一一部以女性为主角，也是唯一一部主角出生在英国而非桑给巴尔的小说《多蒂》，讲述了黑人女孩多蒂在英国社会的种族歧视环境中挣扎谋生、寻找自我的故事。相较于古尔纳其他凸现桑给巴尔的男主人公的作品，该小说以出生于英国的底层黑人女性多蒂为核心角色，从阶级、性别与种族等维度为读者描绘了一幅异质多元、混杂流动和协商对话的伦理身份图景，引起了一些文学评论家和研究者的关注。就目前的研究成果而言，学者们较为一致地看到了多蒂形象在古尔纳作品序列中的特殊性，并以此为切入点进一步发掘了小说文本背后的文化内涵。特别是通过梳理多蒂的阅读史，西蒙·刘易斯（Simon Lewis）认为古尔纳是以互文性的叙事策略批判英国的意识形态霸权，即"批判英国文本的种族排他性，并有意识地建构关于渴望与归属的替代性文本"[①]。实际上，多蒂形象的积极意义并非仅限于挑战现有文化秩序的"破"，更在于重构理性秩序的伦理意识的"立"。从工厂女工

[①] Simon Lewis, "Postmodern Materialism in Abdulrazak Gurnah's *Dottie*: Intertextuality as Ideological Critique of Englishness", *English Studies in Africa*, 2013, 56 (1), p. 39.

到打字员，从女儿到长姐和姨母，多蒂经历的伦理身份变化为其打开了另一扇大门，使其一步步融入英国社会的文化空间。准确地说，多蒂的成长过程已不是简单遵循黑白对立的思维逻辑，而是对多元文化语境下的伦理共同体进行了想象和追寻，为少数族裔的心灵归宿与精神栖息提供某种可能性。

一、多元文化与伦理身份建构

在文化与身份的关系问题上，斯图尔特·霍尔曾提出两种关于文化身份的思维范式：其一是"反映共同的历史经验和共有的文化符码"①的集体共享型自我，具有稳定、不变、持续等特点，象征着某种共同体的存在；其二是具有生产性的文化身份，即"认同的时刻，是认同或缝合的不稳定点，而这种认同或缝合是在历史和文化的话语之内进行的"②。显然，古尔纳的《多蒂》更侧重表现的是后者的立场，其同名女主人公及其亲友的伦理身份建构过程是一种持续性的生产活动，正如萨义德所言个体的身份说到底都是一种社会建构。③该小说始终聚焦于"过程之中"的文学主题，并为读者演绎了在 20 世纪 60 年代英国政治动荡背景下的身份变迁过程。尤其是对以多蒂为代表的有色移民群体而言，英国社会多元文化碰撞所产生的不稳定空间，正是其伦理身份生产与更新的伦理语境与文化土壤。

从文学伦理学批评的角度来看，"所有伦理问题的产生往往都同伦理身份相关。伦理身份有多种分类，如以血亲为基础的身份、以伦理关系为基础的身份、以道德规范为基础的身份、以集体和社会关系为基础的身份、以从事的职业为基础的身份等"④。在小说文本中，多蒂在英国多元文化背景下遭遇的一系列危机事件与伦理问题皆是因其独特的伦理身份而起。就社会的大环境而言，无论是从阶级、性别还是种族的维度观照，多蒂作为食品加工厂的黑人女工的职业伦理身

---

① 罗钢、刘象愚（主编）：《文化研究读本》，北京：中国社会科学出版社，2000 年，第 209 页。
② 罗钢、刘象愚（主编）：《文化研究读本》，北京：中国社会科学出版社，2000 年，第 212 页。
③ 爱德华·W. 萨义德：《东方学》，王宇根译，北京：生活·读书·新知三联书店，1999 年，第 426 页。
④ 聂珍钊：《文学伦理学批评导论》，北京：北京大学出版社，2014 年，第 263—264 页。

份，皆说明其处于权力结构的底层，并不具备应对各种重大变故的能力。然而，恰恰是一个社会影响力如此微弱的少女，却需要独自承担起养家糊口的伦理责任，"伦理身份是评价道德行为的前提"①。面对母亲比尔吉苏的缺位，作为家中的大女儿，多蒂始终是家庭伦理结构的主干力量，即承担着一种"长姐如母"的道德定位。多蒂从小便承担起照顾重病的母亲以及年幼的妹妹索菲和弟弟哈德森的伦理责任，尝尽就其年纪本不该有的辛酸与苦楚。尤其是在母亲意外去世之后，三姐弟被迫分散，多蒂通过与霍利夫人多次商谈的方式实现了家庭重组的愿望，表现出异于常人的毅力和勇气。而对于自我伦理身份的认知，多蒂主要是从受洗得来的名字多蒂·布杜尔·法蒂玛·贝尔福中略知一二：布杜尔出自《一千零一夜》的中国公主与波斯王子盖麦尔一见钟情的故事；法蒂玛则是先知穆罕默德的爱女；贝尔福是支持犹太人建国的英国前外交大臣贝尔福，是多蒂的母亲为违抗外祖父帖木儿·可汗的重要象征。实际上，在很长一段时间内，多蒂并不知晓名字背后蕴涵的复杂文化元素。对多蒂而言，这一名字的存在代表着某种幻想的成分，是关于童年在教堂受洗的幸福回忆，更准确地说，是对一位理想父亲的美好想象。

值得注意的是，多蒂的伦理身份并不是孤立存在的，而是需要在社会与家庭的伦理环境中来参照。相比于多蒂的成长历程，妹妹索菲表现出明显的享乐主义倾向，试图在两性关系中获得自我存在的价值，实际是重蹈覆辙——走向了母亲比尔吉苏日渐堕落的老路。母亲去世后，索菲被送到黑斯廷斯的学校，接受严格的宗教规训教育，这对索菲而言无疑是一种成长的酷刑。从房东安迪到杰米再到帕特森等，索菲总是屈从于各种男性的示好，选择依附于他们生活，最终导致自己早孕生子。包括索菲后期染上肺气肿，并将儿子小哈德森全权交予姐姐照顾，而自己享受着所谓的"单身自由"，这些行为向读者复现了比尔吉苏施加在女儿多蒂身上的"爱的剥削"机制。对于自我的堕落，索菲也曾有过精神层面的挣扎："她想做个好女人。每过一天，她都能感觉到自己的生命在白白浪费着。然而，如果她能用剩下的生命做点儿实事，这一切都是值得的。她想要完全奉献自己，在

---

① 聂珍钊：《文学伦理学批评导论》，北京：北京大学出版社，2014年，第264页。

无尽的奉献和无私的爱中找到满足。"①但事实上，索菲的觉醒只是一种口号式的自我教育，根本无力改变自身的困境，亦无法切身实践其对"母亲"乃至"好女人"的伦理诉求。在故事中，妹妹索菲和母亲的相似性，与清醒独立的多蒂形成鲜明的对照，反而成为促使多蒂快速成长的催化剂。进一步说，多蒂选择的是有别于母亲与索菲的女性成长之路，不仅通过大量阅读来充实自我的学识，更重要的是，她没有迷信男性的力量，从而避免自己堕入孤立无援的悲惨局面。由此可见，古尔纳对于解决黑人女性的生存困境问题，更看重的是自我的成长，而非他者的拯救。

至于哈德森的存在，则代表着另一种不切实际的空想主义，同样是寄希望于他者拯救的可能性。哈德森的名字来源于美国的哈德森河，其父亲是"二战"时期被派往英国援助的黑人士兵。由此，在哈德森的想象中，父亲是一位极具影响力的美国人："一个穿着西装、跳着踢踏舞、面带微笑的男人，他开着白色的凯迪拉克，每天往返于酒店和公寓之间，就像电影中的人物一样生活。"②哈德森对美国黑人父亲的幻想，是带有对英国社会黑白对立的种族秩序的批判色彩的。年幼的他大声呵斥两位姐姐的父亲皆为野蛮人，拒绝多蒂的亲近与慰藉，实际是无法认同多蒂的价值观——多蒂"从未想过要反对英国正当的优越性，也从未想过要质疑或挑战其正义性"③。在哈德森看来，多蒂尝试融入英国社会的一切努力皆是屈服现实的"犬儒主义"。但讽刺的是，哈德森为了反抗种族桎梏的诸多实践：逃课、打架、冒险、因受人蛊惑而不幸染上毒瘾，被迫出卖自己的身体……皆在其无意识间迎合了英国白人对黑人移民野蛮、无知、卑劣的种族刻板印象。哈德森最终死于美国哈德森河的结局，证明其向社会斗争和反抗的方式是不可行的，象征着一种空想主义的彻底破灭。面对家庭中的伦理混乱局面，早熟的多蒂十分清楚地知道，那位黑人士兵并非哈德森幻想出来的黑骑士，相反，他才是导致母亲患上性病并最终死亡的罪魁祸首。哈德森是将目光延伸到跨越大洋的美国，而多蒂对伦理身份的认同是在英国社会的文化空间中产生的，是立足当下的

① Abdulrazak Gurnah, *Dottie*, London: Bloomsbury, 2021, p. 263.

② Abdulrazak Gurnah, *Dottie*, London: Bloomsbury, 2021, p. 6.

③ Abdulrazak Gurnah, *Dottie*, London: Bloomsbury, 2021, p. 4.

多元文化背景寻求自我存在的价值。从这个意义上说，哈德森与多蒂价值观念的分歧，以及两者截然不同的结局，证明古尔纳在少数族裔争取合理权益的问题上倾向于一种文化保守主义或改良主义。

二、创伤记忆与伦理选择困境

聂珍钊教授认为："伦理困境指文学文本中由于伦理混乱而给人物带来的难以解决的矛盾与冲突。伦理困境往往是伦理悖论导致的，普遍存在于文学文本中。"[①] 在人们依据两种各自合理但又相互冲突的价值尺度，作为处理某一伦理问题的道德选项时，人物的选择就面临着一种两者皆错的悖论式的困境。在《多蒂》的故事文本中，多蒂的伦理困境明显是其以长姐之名而行母亲之职的伦理混乱局面造成的，她无法协调这两种伦理身份带来的矛盾与冲突，尤其是单靠其个体能力尚且不足以撑起全家的生计之时。更深入地看，多蒂的伦理困境是由过去与现在、个体记忆与家族历史之间的分裂所引发的一种危机事件。作为在英国出生的黑人，再加上家长的缺席，多蒂无从知晓家族与民族背后的历史与文化，她只能通过一些零星的记忆碎片拼凑出一幅相对完整的人生草图。换句话说，古尔纳在建立多蒂的"过去"之时采取的是一种碎片化、零散化、无序性的非线性叙事策略，这样的操作实际更契合个体记忆的发展规律。具体而言，多蒂的记忆碎片主要有两大来源：其一是来自母亲比尔吉苏的叙述，其二是对个人记忆的整理与建构。

母亲比尔吉苏的记忆文本是多蒂获取家族历史与生父背景的唯一线索，但由于其叙述的不可靠，多蒂接收到的信息准确性是大打折扣的。之所以会出现不可靠叙事，一方面是因为比尔吉苏的记忆文本伴随着其前半生的创伤记忆，而创伤记忆的"不可言说性"致使创伤主体无法对外全面叙述自我的痛苦经验；另一方面则是因为比尔吉苏选择堕落的生活方式以及其后期卧病在床的身体状态，皆极

---

① 聂珍钊：《文学伦理学批评导论》，北京：北京大学出版社，2014年，第258页。

大地消解其作为母亲的权威地位。由比尔吉苏的讲述得知，其创伤经历主要来自忤逆父亲帖木儿·可汗的意志，而父女矛盾的核心是关于种族关系的立场分歧。鉴于早年在卡迪夫亲身经历的种族暴乱，帖木儿坚持认为黑人与白人的种族矛盾是先天存在的，且是无法通过文化协商调和的，正如"'东方是东方，西方是西方'，这两者是永远不会相遇的"①。而成长在相对平和的社会氛围中的比尔吉苏，并不能理解父亲对待种族问题的偏执与极端。追溯其离家出走的原因，正是因为比尔吉苏害怕父亲发现自己与白人男孩的恋情，并且借此反抗父亲通过包办婚姻来掌控自己的人生。

在比尔吉苏叙述的创伤故事中，父权的规训构成其最主要的生存焦虑，她只能通过出逃的方式来获取自主的可能。然而，创伤记忆具有"强迫性重复"的特性，哪怕是比尔吉苏早已与父亲天各一方，但仍无法摆脱创伤的阴霾，致使其需要不断通过萎靡的生活方式来麻痹自己。据卡鲁斯（Cathy Caruth）所言，创伤故事的核心是一种双重叙述，即死亡威胁及其相关的生存危机之间的摇摆，"介于一个无法承受的事件本真的故事与其中无法承受的生存的故事之间"②。换言之，创伤患者不仅需要面对幽灵般的苦难过往，同时还需不断承受着幸存的阴霾。由此可见，母亲比尔吉苏的人生悲剧不只是身体层面的疾病折磨，还有精神层面的创伤痛苦，使得多蒂无法真正走进母亲的内心世界，更不用说获取可靠的记忆文本了。多蒂悉心照顾病重的母亲，母亲却在病床上对女儿横加指责，两者的伦理身份实际已经发生错位，即相较于任性堕落的比尔吉苏，坚强独立的多蒂反而更具有母性的伦理权威。在这种情况下，比尔吉苏所讲述的记忆文本，对多蒂而言是不具有参考价值的。

在建构个体记忆之时，多蒂的记忆与遗忘皆是有其选择依据的。我们首先来讨论多蒂的遗忘问题，小说中主要涉及两次关键的事件：其一是遗忘母亲的死亡，

---

① Abdulrazak Gurnah, *Dottie*, London: Bloomsbury, 2021, p. 17.

② Cathy Caruth, *Unclaimed Experience: Trauma, Narrative, and History*, Baltimore and London: Johns Hopkins University Press, 1996, p. 7.

"自从母亲去世后，她就没怎么想过她"①；其二是遗忘失恋的痛苦，"想把和他在一起的那段时间的记忆压碎，粉碎，分散到四面八方"②。从表面上看，多蒂主动选择遗忘痛苦，是一种拒绝面对现实的回避策略。但实际上，这是多蒂从伦理困境中快速抽离出来的自救之道，并由此得以恢复正常的生活。面对失职的母亲，多蒂必须以长姐/女儿之名而行母亲之职，料理家中的诸多事宜。而因其力量实在有限，多蒂既不能减缓母亲的死亡速度，亦无法为妹妹和弟弟提供良好的生活条件，陷入一种"心有余力不足"的无奈局面。对于家庭的诸多矛盾，多蒂选择遗忘母亲的死亡，实质是为了缓解自我的身份焦虑与伦理困境。而对于遗忘与初恋男友肯的相处细节，则是多蒂为了扭转偏离的生活轨道，找回自己一向信奉的处世方式。

不同于揽下一家活计的多蒂，肯对待世事的超脱与潇洒近乎一种"不负责任"的状态。他不仅放下因战争创伤不能自理的兄弟，还在蜜月期间抛下了意外怀孕的新婚妻子戴安娜。肯热爱旅行冒险，曾立志成为一名移民艺术家，表现出鲜明的浪漫主义倾向。这样的生活理念对长期禁锢在家庭琐事中的多蒂而言构成一种前所未有的诱惑，使其不禁开始幻想自己也能卸下生活的重负。巧合的是，多蒂在享受着初恋甜蜜之时，恰好是哈德森受毒枭蛊惑之时，弟弟的离家出走给予了多蒂敢于正视自我欲望的机会。然而，沉湎于享乐并非多蒂真正认同的处世方式，她很快便意识到自己与肯终究不是一类人。甚至因为后来得知同一时期的哈德森经历的诸多痛苦与折磨，多蒂曾陷入一种极度的自责之中。在此问题上，多蒂在精神层面的挣扎主要来自自私与利他的选择。这时，多蒂面临的道德选项是：要么做一个好情人独自享乐，同时抛下家人；要么做一个好姐姐，继续承担养家的重任，同时放弃自己的初恋。这种情节的设置使得多蒂处在典型的伦理选择困境之中。

---

① Abdulrazak Gurnah, *Dottie*, London: Bloomsbury, 2021, p. 32.

② Abdulrazak Gurnah, *Dottie*, London: Bloomsbury, 2021, p. 163.

三、伦理选择、身份重构与共同体想象

伦理选择是文学文本的核心构成要素，并且"往往同解决伦理困境联系在一起"[①]。伦理选择不仅是指伦理主体可以通过选择达到道德成熟和完善，同时指向的是两个及以上的道德选项的选择，强调不同选择最终会引发不同的伦理效果。伦理选择的过程也是身份重构的过程，多蒂伦理困境的内核是在黑人集体共同的民族记忆与英国社会多元的文化记忆之间的挣扎与纠结，也就是在回到传统的黑人身份思维与重新生产新型的文化身份之间做出伦理选择。

尽管面对成长过程中的诸多痛苦，多蒂依然记得自己曾在利兹的圣母玛利亚教堂受洗的童年时光。这段快乐的回忆并非多蒂的错觉，也是比尔吉苏为数不多的幸福时刻。在与贾米尔相恋之时，比尔吉苏感受到一种强烈的爱意。贾米尔不仅给比尔吉苏讲述中国公主的故事，而且其责任感和可靠性足以让比尔吉苏托付终身。这也是为什么多蒂宁愿保留着对与自己非亲非故的贾米尔朦胧的记忆，也不愿意通过母亲比尔吉苏留下的遗物去追寻真正的血缘亲人。对于多蒂而言，贾米尔的存在象征着自己生命曾经有过的一种可能的幸福，对比之下，远在卡迪夫的外祖父帖木儿仅代表一种血缘形式的联系，而非情感上的牵连。由此推断，在黑人集体共同的民族记忆与英国社会多元的文化记忆之间，多蒂肯定会毫不迟疑地选择后者。在此，古尔纳并非要塑造一个数典忘祖的人物形象，相反，这恰恰是出生在英国本土的多蒂最合理的伦理选择。面对破碎的过去，多蒂既不能像母亲比尔吉苏一样困在创伤记忆的阴霾之下，也不能像弟弟哈德森一样幻想一个从未有过的美好未来。多蒂所能做的便是立足当下英国社会的文化现实，逐步从伦理困境之中实现突围。在自我伦理选择的指引下，多蒂一步步融入英国白人的主流文化圈，以其螺旋式上升的成长过程为读者呈现了一个黑人女性实现自立的成功范本。

[①] 聂珍钊：《文学伦理学批评导论》，北京：北京大学出版社，2014年，第268页。

殷企平教授指出，无论是哲学家还是文学家，"他们在倡导/想象共同体时并不仅仅把它看作一个形而上的概念，而是更多地把它看作一种文化实践"①。全球多元文化进程中各种重要事件均已成为当代流散文学创作的主要内容，流散作家们致力于人类命运共同体视域中的跨国移民、文化冲突、生态灾难、性别歧视等主题的写作。在《多蒂》中，古尔纳顺应了这一创作趋向，超越了民族渊源和地域空间的局限，呼吁拥抱文化杂交，寻求多元主体性的伦理共同体形式。古尔纳的伦理共同体建构过程，就是一种找寻伦理身份认同和情感归属的文化实践。从实践层面而言，多蒂在建构伦理共同体问题上的努力主要体现为两件事情：一为买房，在英国拥有属于自己的房子；二为换工作，通过参加秘书课程获得了办公室打字员的职业伦理身份。依此来看，多蒂存钱买房的初衷首先是给小哈德森提供一个健康良好的生存空间，帮其规避与三教九流同流合污的成长风险，"和他们同住一所房子的人，生活对他们而言是如此沉重，以至于他们在堕落中找到了解脱"②。鉴于邻居们各有其苦楚的生活，以及如此糟糕的空间环境，多蒂不得不考虑换掉房子。但是要想实现买房的计划，单靠多蒂姐妹俩的财力是无法实现的。在此问题上，多蒂寻求的外援是财力相对雄厚的帕特森，即小哈德森生父吉米的领养兄弟。帕特森来自黄金海岸的加纳，有注重家庭的非洲人传统，在吉米消失后很快介入多蒂姐妹俩的生活。在其帮助下，多蒂得到英国住房互助会的贷款，最终买下了布里克斯顿的房子。多蒂与帕特森的联合，代表的是英国出生的黑人与非洲大陆的黑人的联合，从物质层面解决了多蒂对于生存空间的焦虑问题。而在故事后期，两者为争夺家宅空间的主导权产生了矛盾，尤其是帕特森试图借助男性的性别优势彻底控制多蒂的生活，正如希利斯·米勒（J. Hillis Miller）所说："共同体错位，意味着联系纽带和关节断离，无法维持原有的结合状态。"③帕特森前后的强烈反差，说明多蒂的自足成长并不能完全迷信黑人集体的文化意识，仍需吸收一些他者的伦理智慧。

---

① 殷企平：《西方文论关键词：共同体》，《外国文学》，2016 年第 2 期，第 76 页。

② Abdulrazak Gurnah, *Dottie*, London: Bloomsbury, 2021, p. 228.

③ J. 希利斯·米勒：《共同体的焚毁：奥斯维辛前后的小说》，陈旭译，南京：南京大学出版社，2019 年，第 8 页。

共同体在个人身份建构过程中起着不可估量的作用，而女性的身份建构往往与共同体内女性长辈长期的影响和熏陶密切相连。①多蒂选择参加莫利学院（Morley College）的秘书课程，不仅是为了提升自我的生存技能，更重要的是为了与英国白人的主流文化圈产生联结，进一步谋求少数族裔的话语权。通过秘书课程，多蒂意外与犹太白人艾斯黛拉·霍格斯建立深厚的友谊。在艾斯黛拉成功的背后，同样潜藏着一个暴虐的父亲马赛尔与受虐的母亲乔治娅的悲惨故事，但不同的是，乔治娅最终选择枪杀丈夫，表现出反抗夫权压迫的决绝态度，意外点燃了女儿独立的精神火种。并且，这一火种亦借由艾斯黛拉影响到多蒂的成长，及时给予其反抗帕特森强权的精神力量。与此同时，在多蒂女性意识觉醒的表层故事之下，暗含着黑人与白人达成合作的联动机制。值得注意的是，艾斯黛拉作为犹太人的少数族裔身份，是伦理共同体得以成立的关键要素。斐迪南·滕尼斯（Ferdinand Tönnies）指出，关系本身即结合，或者被理解为现实的和有机的生命，这构成共同体的本质。简言之，"共同体本身应该被理解为一种生机勃勃的有机体"②，而非一种机械的聚合和人工制品。同样是英国的白人，初恋男友肯并不认可多蒂的黑人身份，潜意识将其归为白人社会的"外国人"；相比之下，艾斯黛拉不会向多蒂展现其白人的优越感，而是邀请多蒂共享其生活方式，比如观看戏剧，领略美食。由此可见，艾斯黛拉与多蒂有机和谐的姐妹情谊，进一步为实现少数族裔的伦理共同体提供了可能。

在小说结尾，古尔纳还为多蒂提供了另一种可能的方案：与英国黑人移民后裔迈克尔·曼恩合作。为了解外祖父默里医生的生平，迈克尔主动联系多蒂寻求更多的线索。通过迈克尔的讲述，母亲与外祖父的矛盾重新摆在多蒂面前。在迈克尔与多蒂之间的情感联结——除了共同的种族身份，还有共同的家族历史伤痛：他俩的母亲皆为了反抗父权的压迫而离家出走，但不同的是，比尔吉苏走向了依附男人的堕落之路，而迈克尔的母亲自食其力，并与白人组建了美满的家庭。迈克尔家族的故事，在一定程度上解释了比尔吉苏与帖木儿矛盾的来源，即移民

---

① 参见张峰、赵静：《当代英国流散小说研究》，北京：外语教学与研究出版社，2018年，第207页。
② 斐迪南·滕尼斯：《共同体与社会》，林荣远译，北京：商务印书馆，1999年，第54页。

后代试图在英国多元文化碰撞的不稳定空间中找寻出路，势必需要破除传统文化思维的禁锢。对此问题，作为移民后代的迈克尔宁可花费巨大的精力和成本，也要获悉家族悲剧的细节，而相比于"过去"的诸多往事，多蒂的伦理选择更着眼于"现在"的时间维度，即："如何生活，才更重要。我知道这只是重要的一部分，还有其他的，但这是我现在生活的一部分。"[①] 迈克尔与多蒂不同的伦理选择，再一次证明少数族裔伦理身份的多样性、差异性与丰富性，这是与英国社会乃至全球化时代的多元文化背景相契合的。正所谓"和而不同，美美与共"，古尔纳所想象的伦理共同体是一种不同伦理主体在多元文化背景下和谐共处的有机生命体。对古尔纳来说，伦理共同体就是这样一种认同伦理身份多样性的文化实践，是遭遇后殖民与全球化时代冲击的族裔流散群体走出生存困境的解决之道，是强调人与人之间情感与相互关怀的精神追求。

结　语

古尔纳喜欢在小说创作中探讨身份问题，不断探索人物是如何重塑自我的成长历程。从工厂女工到打字员，从女儿到长姐和姨母，最后成为一名新生代的独立女性，多蒂的伦理身份转变过程整体呈现出一个"螺旋式上升"的发展历程。[②] 在英国社会多元文化的背景下，多蒂经历多次自我伦理身份的生产时刻，不断确认自我意识的存在。面对破碎的历史往事，多蒂在记忆与遗忘之间寻求一种平衡，试图从伦理困境之中实现突围。最终，多蒂通过与不同族裔文化背景的伦理主体建立联结，拒绝简单接受黑白对立的线性思维，对多元文化语境下的伦理共同体进行了想象，并为少数族裔寻求心灵归宿与精神栖息地提供某种可能性。可以说，在面对汇聚了不同肤色、不同语言、不同文化的英国社会的身份政治所带来的歧视与不平等时，多蒂用自己独立的人格、自由的精神与不懈的努力打破了族群空

---

① Abdulrazak Gurnah, *Dottie*, London: Bloomsbury, 2021, p. 395.

② See Susheila Nasta (ed.), *Writing Across Worlds: Contemporary Writers Talk*, London: Routledge, 2004, p. 356.

间为黑人女性设立的规范与限制，为移民及其后代在英国的生存与融入树立了榜样。简而言之，《多蒂》的文本展现了古尔纳对"共同体"的创作冲动，即"憧憬未来的美好社会，一种超越亲缘和地域的、有机生成的、具有活力和凝聚力的共同体形式"①。当代流散作家因其特殊的生命体验，都有比较强烈的边缘文化意识和身份危机感，"他们作品中的主人公们所感受到的文化身份困惑和因此而产生的痛苦迷惘，其实就是这些作家双重或多重文化意识的一种表征"②。作为当代流散文学的代表性作家，古尔纳传达的重构身份和理性社会秩序的伦理意识及伦理共同体想象不仅是对生命本真意义的追寻，而且是对一个多种族、多元文化融合共生的新时代的期盼。

---

① 殷企平：《西方文论关键词：共同体》，《外国文学》，2016年第2期，第78页。
② 张平功：《全球化与文化身份认同》，广州：暨南大学出版社，2013年，第99页。

第四节 《最后的礼物》作品节选及评析

作品节选

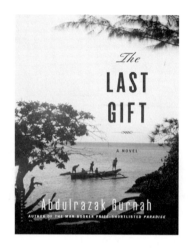

《最后的礼物》

(*The Last Gift*, 2011)

Anna wrote: Will we really go to Zanzibar? Or will it remain a nice story, a pleasing possibility, a happy myth? When I think about it sometimes I feel anxious, as if I'm approaching new disappointments and possibilities of rejection. It's not because I feel I belong there or that I'm owed a welcome, but since knowing these things, I feel myself suspended between a real place, in which I live, and another imagined place, which is also real but in a disturbing way. Maybe suspended is too dramatic, tugged then, tugged in a direction that I sometimes find myself trying to resist. I am looking at a picture of an Eritrean woman holding her daughter in her arms, maybe two or three years old, and behind them a shelter made of tin and old rubbish. They are both wearing rags, but the woman's hair is carefully coiled as if she had prepared herself for this photograph. She very nearly manages a smile for the photographer. It was in one of Nick's magazines, which had fallen behind the desk. The woman is frowning, and looks weary and worn out, a beautiful woman whose body has been cut and slashed by hunger and custom. Almost certainly her genitals and her daughter's genitals have been mutilated, and both she and her daughter are hungry. My mind is crowded with my little thoughts when our world is full of so many unspeakable anguishes. Sometimes knowing about such things makes me feel ashamed to be well. xxx.

Jamal wrote: She makes me think of Ma's women at the refuge. It's not all hopeless. Talking of Ma, here's the latest: she is thinking of buying an exercise machine. These are critical times. Do you think she's met someone? Of course we'll go to Zanzibar. I want to see that tree where our father was shelling groundnuts while the great world was churning just out of eyeshot. I'm writing a short story. Another father story. Such a predictable immigrant subject. I am going to call it *The Monkey from Africa*![1]

安娜写道："我们真的要去桑给巴尔岛吗？还是仍将它作为一个美好的故事，一种令人愉快的可能性，一个快乐的神话？当我想到这个问题时，有时我会感到焦虑，就好像我正在接近新的失望，接近着被拒绝的可能。这并不是因为我觉得自己属于那里，或者我认为我应该受到欢迎，但自从知道了这些事情后，我觉得自己被悬置在一个真实之地和另一个想象空间中。我生活于前者之中，但后者同样也是真实的，只是以一种令人不安的方式。也许'悬置'有点儿太戏剧化了，那么就改为'拉扯'吧，朝着一个我有时会发现自己试图抵抗的方向拉扯着。我正在看一张照片，图里一个厄立特里亚妇女抱着她大概两三岁的女儿，在她们身后是一个用铁皮和旧垃圾做成的住所。她们都穿着破旧的衣服，但是那个女人的头发被小心翼翼地盘了起来，好像她已经为拍摄这张照片做好了准备，她几乎要为摄影师挤出一个微笑了。这张照片是在尼克的杂志里看到的，它遗落在了桌子后面。照片上的女人皱着眉头，看起来疲惫不堪，这位美丽女人的身体因为饥饿和习俗而伤痕累累。几乎可以肯定的是，她和她女儿的生殖器都被毁坏了，而她和她的女儿都很饿。当我们的世界充斥着这么多难以言说的痛苦时，我的脑子里挤满了各种琐碎的想法。有时候知道这些事情，会让我为自己的健康感到羞愧。xxx。"

贾马尔写道："她让我想起像妈妈一样避难的那些女性，但她们也并非毫无希望的。说到妈妈，我有一条关于她的最新消息：她正在考虑购入一台健身器材。如此关键的时刻，你觉得她是遇到什么人了吗？我们当然会去桑给巴尔岛。我想见见那棵树，父亲在那儿剥落花生壳时，伟大的世界就在眼前翻腾。我还在写一篇短篇小说，关于一个可预测的移民主题，另一个父亲的故事。我打算把它叫作《来自非洲的猴子》！"

（游铭悦 / 译）

---

[1] Abdulrazak Gurnah, *The Last Gift*, London: Bloomsbury, 2012, pp. 278-279.

作品评析

《最后的礼物》中的流散共同体

引　言

　　随着近现代文学对于个人内部书写的转向，对自我的叩问、追寻，与自我的和解成为文学的关注点，身份问题不可避免地被写入文本。近代，移民及后殖民地人民的个人述说逐渐从失声困境中解放，他们的身份认同问题亦日渐进入大众视野。"身份"是社会中个体与社会关系互动的综合展现，"认同"（identity）则意指"人或物在所有时间及所有场合与自身等同"①。曼纽尔·卡斯特（Manuel Castells）认为，认同是人们获得其生活意义和经验的来源，它是个人对自我身份、地位、利益和归属的一致性体验。②故归根结底即为"我是谁"和"我归属于哪种群体"的问题。经历过殖民浪潮的非洲，正深深陷入自我寻找和重新确立的漩涡之中。当下，作家们对于边缘人身份的解构及重构做出了多样的假设与尝试，其中不仅有知识分子振聋发聩的疑问，更有普通小市民的低迷与寻找。阿卜杜勒拉扎克·古尔纳的第八本小说《最后的礼物》（*The Last Gift*，2011）书写了一个生活在英国的移民家庭故事，展示了现代移民及其后代所面对的复杂文化环境。作者将沉默的移民者、探寻自我价值的寻找者、在非洲身份与英国假面中切

---

① 方文：《群体资格：社会认同事件的新路径》，《中国农业大学学报》（社会科学版），2008年第1期，第90页。

② 参见曼纽尔·卡斯特：《认同的力量》，夏铸九、黄丽玲等译，北京：社会科学文献出版社，2003年，第4页。

换的伪装者和拥有双文化心智的适应者，都放置在家庭群体的框架中，故事以父亲阿巴斯中风这一突如其来的苦难事件为导火索，引导人物在回忆和压抑里重新确立身份。通过成员个体间关系的动态调整，探索他们之间从微妙平衡到矛盾迭起再到回归平静的过程，借以揭示移民者及边缘女性所面临的身份认同问题，探究他们重建个人身份认同的路径。古尔纳在作品中更借隐喻将关注范围辐射至超越家庭的社会群体，他将笔触指向了生活在边缘的身份错位人群，书写出"一种集体危机的文学"①，彰显出作者对于文化共同体中普遍性问题的反思。

一、异邦的精神苦难与认同困境

20 世纪，欧洲对非洲的殖民为其带去了全新的语言和社会体系，致使其新的文化生产无可避免烙印上了欧洲的殖民标志。在这段历史时期，非洲学者不得不面对传统文化和殖民文化间的巨大裂隙。现实的要求驱使非洲学者的书写主题转向"非洲人与殖民者的碰撞中遭受的社会和心理伤痛"②。在后殖民时代，与殖民影响和人口流动相伴而来的是部分非洲人民严重的身份认同问题。"当认知验证的不同过程、他者的承认（recognition）、日常经验的确证（corroboration）以及过去知识的共鸣，三者之间产生冲突时，人们有选择性地根据当下的情境调整他们的身份认同。"③因而移民者在社会文化和生活困境的挤压下呈现出了不同的形态，或是回避、冲突，又或是融合、伪装。其变形与异化的根源在于流散者及后殖民地人民在面对多种社会文化时，个人身份认同的动摇与矛盾。非洲作者捕捉住他者文化下的这一小片阴影，并执笔书写、探究着不同人群对身份认同的重建。古尔纳在《最后的礼物》里，展示出了他对于流散非洲人、边缘女性及其后代重建身份认同的探究轨迹。

---

① 蒋晖：《论非洲现代文学是天然的左翼文学》，《文艺理论与批评》，2016 年第 2 期，第 23 页。

② 泰居莫拉·奥拉尼央、阿托·奎森（主编）：《非洲文学批评史稿（上）》，姚峰、孙晓萌、汪琳等译，上海：华东师范大学出版社，2020 年，第 29 页。

③ 韩晓燕、田晓丽：《制度、文化与日常确证——外来移民及其子女的情景性身份认同》，《清华大学学报》（哲学社会科学版），2016 年第 6 期，第 175 页。

小说将故事锁定在阿巴斯一家的生活体验和思想发展上，为读者刻画了移民两代人在记忆和语言交换下的家庭生活图景，呈现出两代人在面对异国社会及文化时展现的不同身份认同困境。

父亲阿巴斯是家中唯一一位真正来自非洲的人。他因难言之隐从家乡桑给巴尔乘船出逃，成为海员。十几年中，他隐瞒过去在世界不同海域辗转。行至埃克塞特时，阿巴斯邂逅了玛利亚姆并果断地携她私奔，于诺维奇定居。长久的英国生活并没有带给阿巴斯心灵和身份的安定感。在英国，他是无法融入的"异邦流散者"。当"流散者携带在母国习得的经验、习俗、语言、观念等文化因子来到一个历史传统、文化背景和社会发展进程迥然相异的国度，必然面临自我身份认同的困境"①。因而面对着错位的文化空间，街道、天气或者是陌生语言，阿巴斯都难以适应。小说第一章从阿巴斯回家途中突发中风写起。"他下了公车走进二月的空气中，这是一个突然变得寒冷的日子。"②面对气温的骤降，阿巴斯并未穿上合适的衣物。文中关于他衣着的描写多次出现："他穿得不合适""他穿着一年中大多数月份都穿的大衣"③。而与他的颤抖和冷汗相对应的是路人暖和舒适的衣物："周围的人穿着厚厚的羊毛大衣，戴着手套和围巾。"④文本中对于衣物展开的多次对比使其性质出现了转化，轻巧但不适合当下生活的衣服本质上是阿巴斯个人过去的生活习惯和个人思想的综合结果，是他在英国街道中展示出的别扭身份。在阿巴斯眼中，穿着轻薄是因为"他的烦躁不安，一个陌生人不适应周围环境的心理习惯"⑤。始终存在的陌生感促使阿巴斯对于英国的一切都采取了谨慎和防备的态度。"这种陌生感加剧了被生活抛弃的感受。"⑥在这段归家途中，阿巴斯本可以坐在人行道边等待着身体的恶感消散，但他选择了向家里走去。在他病弱的眼里，人来人往熙熙攘攘的街道皆是"荒野"（wilderness），

---

① 朱振武、袁俊卿：《流散文学的时代表征及其世界意义——以非洲英语文学为例》，《中国社会科学》，2019 年第 7 期，第 140 页。

② Abdulrazak Gurnah, *The Last Gift*, London: Bloomsbury, 2012, p. 3.

③ Abdulrazak Gurnah, *The Last Gift*, London: Bloomsbury, 2012, p. 3.

④ Abdulrazak Gurnah, *The Last Gift*, London: Bloomsbury, 2012, p. 3.

⑤ Abdulrazak Gurnah, *The Last Gift*, London: Bloomsbury, 2012, p. 4.

⑥ Abdulrazak Gurnah, *The Last Gift*, London: Bloomsbury, 2012, p. 27.

如果不在力气耗尽之前抵达家中，"他的身体就会被撕成碎片，散落一地"①。对于流散者阿巴斯而言，英国始终是冷酷的异邦，是他不得不蜷缩之处。阿巴斯不止一次谈论过他所居住的"陌生的地方"（a strange land），而"在这里的日子是虚度徒劳的生活"（a life as useless as a life could be）②。在过去平淡的日子里，轻薄衣物代表的脆弱假面为阿巴斯提供了在英国生存的掩体，但当生活的苦难横亘在阿巴斯面前时，他身份的不适感被放大到了极致。

著名学者埃里克·艾里克森（Erik Erikson）讨论自我同一性的"渐成性"（epigenetic model）模型时提出，社会语境镶嵌在个体的自我和人格之中。阿巴斯的肤色、出生等原生性（primordial）特征奠定了他的元认同（meta-identity）基础，而童年体验和青年生活大部分打下了他一生的身份基调。阿巴斯从桑给巴尔的出逃在本质上宣告着他将长期在不合适的国境中戍守着自己的过去，以绝对沉默的姿态承受着时间对他的鞭笞。"宏大的社会结构、社会制度和社会历史语境，因为自我同一性，而与现实的个体及其活生生的社会行动发生关联。"③阿巴斯的沉默明示着他在尽量避免与英国生活产生更深一步"关联"，他的身份问题本质是社会与个人的关系出现了部分断裂。阿巴斯及现实生活中的"阿巴斯们"盘踞于回忆和家园之中，导致在流散发生后，他们无法构建新的自我同一性，造成了同一性的混乱或危机，进一步导致了身份认知障碍。英国于阿巴斯而言宛如一支拥有倒刺的树干，数十年的生活也无法磨平其尖锐，他的流散苦难亦伴随了他漫长的一生。

阿巴斯的妻子玛利亚姆则可以被缩写为一位不断寻找个人幸福和个人价值的女性"寻找者"。她在出生时遭到抛弃，幼年辗转于多个寄养家庭，命运曲折坎坷。寒冷、黑暗、拥挤、贫穷、被歧视成为她在前几个寄养家庭的共同记忆。在玛利亚姆的回忆中，居住的地方"是一栋很冷的房子"④，"厨房靠着炒菜和烧洗

---

① Abdulrazak Gurnah, *The Last Gift*, London: Bloomsbury, 2012, p. 4.

② Abdulrazak Gurnah, *The Last Gift*, London: Bloomsbury, 2012, p. 9.

③ 方文：《群体资格：社会认同事件的新路径》，《中国农业大学学报》（社会科学版），2008年第1期，第91页。

④ Abdulrazak Gurnah, *The Last Gift*, London: Bloomsbury, 2012, p. 21.

澡水保持它的温暖"①。在学校中，同龄人针对玛利亚姆的霸凌则愈演愈烈。玛利亚姆童年的生活残酷且动荡。年幼的她像一件物品被不同的家庭接纳又丢弃。她对个人的认知等同于收养家庭对她的个人态度，"无价值"②成为她给自己贴上的标签纸。换言之，出生的卑微与幼年的辗转使玛利亚姆对自我身份认同具有主体间性特点。拉康提出，主体由其自身存在结构中的"他性"所界定，此概念发展至社会学领域，为霍耐特所补充和阐释。他接受了黑格尔"为承认而斗争"的社会冲突模型，即"自我意识是为承认而斗争的结果，它只有在主体间相互承认的基础上才可能产生；自我认同也必须以主体间的相互承认为基础，它只有通过自我承认与承认我的他者的认同，才是可能的"③。霍耐特在此基础上提出个人身份的圆满依靠主体之间的相互承认，并将主体间的承认模式设定为"爱、法律与团结"，结合玛利亚姆的经历，这些"主体间承认"便是她生活中所缺失的"情感依附、权利赋予或共有的价值取向"④。所以爱和幸福一直是玛利亚姆内心的期盼。在她听说自己被捡到的故事时，她幻想啼哭的婴儿被一条乳白披肩包裹，乳白色的织物于玛利亚姆而言象征着安宁与幸福之感。这是她幼年时无法确认的记忆，也是她之后一生的追求。

　　残酷的生活曾不断地锤击着年幼的玛利亚姆，直到她进入最后一个寄养家庭。在第五对寄养父母维贾伊和费鲁兹家中，玛利亚姆感受到与之前不同的关注和包容。作为回报，她开始为家中做一些繁杂的家务以证明自己的价值，这种微小的价值自证也勾画出了她之后的工作轨迹。在维贾伊家里，玛利亚姆虽然得到了短暂的安定，但好景不长，原有的家庭秩序被突然出现的表哥所打破。于玛利亚姆而言，表哥拥有着超越自己的血缘关系，原生家庭认同必然压制了养父母对自己的爱。表哥先是借住在家中沙发上，后以学习的借口侵占了玛利亚姆的房间，且逐渐变本加厉，开始猥亵并污蔑玛利亚姆。霍耐特认为："这些形式的肉体伤害的特殊之处在于……它们所引起的并非纯粹是肉体的痛苦，而是一种与在他人的淫威之下感到孤独无助、无法自卫相联系的痛苦，以致个人在现实中感到

---

① Abdulrazak Gurnah, *The Last Gift*, London: Bloomsbury, 2012, p. 22.

② Abdulrazak Gurnah, *The Last Gift*, London: Bloomsbury, 2012, p. 26.

③ 王凤才：《霍耐特承认理论思想渊源探析》，《哲学动态》，2006 年第 4 期，第 57 页。

④ 阿克塞尔·霍耐特：《为承认而斗争》，胡继华译，上海：上海人民出版社，2005 年，第 102 页。

失去了自我。"①表哥从空间到身体再到言语上的侵犯，让玛利亚姆在这个家庭中彻底成为沉默的一分子，她失去了自己的声音，生活和个人身份认同重新陷入一片混乱。所以她再次逃离，重新走上那条寻找个人价值、获得身份认同的长路。

家庭中的女儿汉娜和儿子贾马尔则是生活在西方社会的流散家庭二代的代表。"移民后代会通过调整自己的身份认同，使自己在成长过程中避免遭受歧视造成的心理落差。影响移民身份认同的因素包括家庭、学校教育、居住环境等。"②出生在英国却缺失民族感与国家认同感的安娜和贾马尔必须面对着父母的沉默，应对着父母对英国文化的过度反应。他们以个人经验叙述着边缘化的生活，展示出不同的身份和个人态度。

安娜是英国社会中的"伪装者"。在大部分时间中，她不断地借用自己的"英国身份"来掩饰自己最初的"非洲身份"，即"将自尊作为中介变量。即通过标榜自己'当地人'的身份，可获得较高的自尊，以回避移入国居民对于外族的隔离和排斥③。在母亲玛利亚姆眼中，安娜"好像在故意把自己从一个她不喜欢的人身上改造出来"④。她将自己的名字从汉娜改为"Anna"，因为这让她听起来更贴近英国，她的声音、眼神的移动和穿着方式，都在不断地变化，她"放弃了一种声音而采用了另一种声音"⑤。安娜的努力本质上是为了获得后致的群体资格，以此使困扰她已久的"非洲身份"龟缩到心灵的深处。活跃于社会活动的安娜开始重构与个人发展平行的社会认同，她享受着英国身份带给她的自信和自由。但这种装扮严实的英国身份在遇到本土白人审视和质疑时，安娜就会转向沉默，落入完全被动的态度。在英国人眼里，安娜仍然是被贴上标签的流散移民，是来自非洲的女性，她的个人展示只是流于俗套的文化模仿。安娜的认同危机宛如伊各尼·巴雷特（Igoni Barrett，1979— ）在《黑腔》里描写的主人公黑人弗洛。他在一觉醒来后成为白人，只剩下黑色的屁股不断在提醒着他自己的黑人身份。黑

---

① 阿克塞尔·霍耐特：《为承认而斗争》，胡继华译，上海：上海人民出版社，2005 年，第 141 页。
② 李蔓莉：《移民二代歧视感知与社会融入研究》，《青年探索》，2018 年第 4 期，第 102 页。
③ 李蔓莉：《移民二代歧视感知与社会融入研究》，《青年探索》，2018 年第 4 期，第 102 页。
④ Abdulrazak Gurnah, *The Last Gift*, London: Bloomsbury, 2012, p. 31.
⑤ Abdulrazak Gurnah, *The Last Gift*, London: Bloomsbury, 2012, p. 31.

与白，种族与权利之间的冲突使安娜在夹缝中感受到了极大的痛苦。"他们（父母）没有找到另一个合适的地方让我们生活。不是因为其他地方没有残酷和谎言，而是为了摆脱这么多丢人现眼的伪装。我们不用再假装自己和那些自视甚高的人没什么不同。"①对于安娜而言，英国实际是她出生与生长的地方，但她带有的原生特性，使她被纳入了相关的地域群体之中，被迫接受他人的审视。她不得不借用伪装的身份发声，这种生活状态使她的表面和内心陷入了深深的拉扯。

儿子贾马尔在家中的学历最高，亦是欧洲生活与身份的"适应者"。他进修博士学位，并将研究重点放于流散者群体。这种学习过程表面上使贾马尔在一定程度上摆脱了父辈身份问题的阴影，他坦然承认自己的复杂身份，学会跳脱出个人的束缚思考其他的社会事件。面对家人，贾马尔成为父母生活历史经验的聆听者，以独有的个人姿态反思和勾勒着这一群体的未来；面对其他的黑人流散者，贾马尔会下意识地施加以个人同情。但于他自己而言，贾马尔与非洲本土的距离似乎通过书面和研究的内容愈发遥远。似有似无的沟壑，渐行渐远的距离，对于模糊的家乡，贾马尔不断地徘徊在"流散"本质之外。虽无严重的个人身份认知焦虑，但人文学者的身份不断催促着他重寻自己失落的非洲身份，构建起跨民族、跨文化的双文化身份认同。

故事中四人面临着不同类型的身份认同危机。父辈怀念自己的童年、家人和故土，即"流散者在本土文化与异域文化间的张力下流离、徘徊、焦灼、无望，既有对新世界的向往，又有对故乡的留恋"②。这是一种介于爱与恨之间的稀疏熟悉感，逃离的选择将第一代移民带到全新的环境，同样给他们之后的岁月带来了生活与情感上的复杂交错。而二代流散者面对父母的身份困境和独有的沉默，不禁会陷入新的迷惘和困惑之中。他们在异邦或是新的故乡，以何种姿态面对新的文化，如何解构并重构个人身份，如何在家庭中保持微妙的平衡，是《最后的礼物》中所探寻和挖掘的根本。

---

① Abdulrazak Gurnah, *The Last Gift*, London: Bloomsbury, 2012, p. 46.
② 朱振武、袁俊卿：《流散文学的时代表征及其世界意义——以非洲英语文学为例》，《中国社会科学》，2019 年第 7 期，第 155 页。

二、认同困境下的家庭失衡与身份重构

文本中的四位主角就像四个不合适的楔子，处于一个名为家庭的小型木器中。古尔纳将他们收束于一起，展示出身份认同困境者在相同文化集体中的相处矛盾。前期，他们相互忍耐磨合，每个人的回忆、隐瞒和有限的交流，在一定程度上避免了家庭内的冲突，使这个家庭卡进了微妙但稳定的生活轨道。《最后的礼物》关注了四人的生活互动与心灵动态体验，也挖掘出在个体面临着个人认同困难时，如何维持文化群体中短暂稳定的方式。古尔纳将其归为两个原因：长辈无意识美化回忆，对后辈选择性讲述。

《最后的礼物》依托阿巴斯与玛利亚姆的回忆和叙述大量展示了他们往昔的生活，并揭示出他们身份认同危机的最主要原因。"由于其本国或本民族的文化根基难以动摇，他们又很难与自己所定居并生活在其中的民族国家的文化和社会习俗相融合，因而不得不在痛苦之余把那些埋藏在心灵深处的记忆召唤出来，使之游离于作品的字里行间。"[1]因而在阿巴斯患病的前期，玛利亚姆常会想起过去："他回头看了看她，又看了看，笑了。这让她感觉很好。"[2]玛利亚姆脑海中飞旋起的回忆只有他们在埃克塞特预言般的相遇，关于"boots"的小玩笑和最后逃离的约定"Yallah[3]，让我们离开这里"[4]。在回忆时，她无意识地潜藏起了自己年幼时生活的一片混乱，而只是用"生活变得艰难了"[5]指代了一切。面对尖锐的身份认同问题，阿巴斯和玛利亚姆选择沉入记忆深海，借过去以获得心灵治愈，而当下生活的不适本质被回忆和曾经冲动的爱情渲染上了朦胧的幸福。

---

① 王宁：《流散文学与文化身份认同》，《社会科学》，2006 年第 11 期，第 174 页。

② Abdulrazak Gurnah, *The Last Gift*, London: Bloomsbury, 2012, p. 14.

③ 阿拉伯语，一般译为"走吧"或用作纯语气词。

④ Abdulrazak Gurnah, *The Last Gift*, London: Bloomsbury, 2012, p. 18.

⑤ Abdulrazak Gurnah, *The Last Gift*, London: Bloomsbury, 2012, p. 14.

除了回想往昔，阿巴斯和玛利亚姆面对子女的询问一致采用了选择性讲述，即叙述中的"扣留信息"。对于书中儿女和书外读者，阿巴斯和玛利亚姆是典型的不可靠叙述者，他们只选取浪漫和非生活的故事告诉孩子，隐瞒痛苦换取平日的幸福和平静。关于出逃的原因，孩子们只获知了"维贾伊和费鲁兹并不喜欢他（阿巴斯），所以他们逃走了"①，"Yallah，让我们离开这里，这是他所说的话。这就是他们的爱情故事"②。在玛利亚姆的隐藏下，这次私奔成为年轻人为爱冲动的正当选择。阿巴斯在平日则有意回避个人话题，选择和孩子们讲述不同的童话和节日庆典。在他描绘的故事中，阿巴斯作为冒险的主人公，总是可以从大象、鲨鱼或鬣狗的威胁下逃生。讲述节日时，阿巴斯描述的往往也是家人团聚和欢声笑语。在贾马尔看来，阿巴斯"有一些时间里毫无防备，仿佛在遐想中说话"③。在这些口述故事里，所有结局都完满幸福。

父母诉说的故事充斥着纯洁、虚幻和美好，使孩子忽视了阿巴斯缄口不言的黑暗过去。而父母的选择性叙述实质是对个人身份危机的下意识回避。阿巴斯不提过往出逃的经历，遮盖英国生活的错位，玛利亚姆美化幼年的生活体验，隐瞒个人价值被打压的过程。亨利·詹姆士（Henry James）提出："小说中的一切叙述细节必须通过这个'意识中心'人物思想的过滤，而这种过滤行为本身能更好地揭示这个人物心灵。"④这种选择性讲述使长辈的创伤更赤裸地展现在读者面前。在重述中，昔日的行为得到了新的阐释，记忆得到了更合理的安置。家庭痛苦的内核被日常琐碎淹没，个人矛盾退居到心灵深处，以此获得家庭生活中痛苦与幸福的平衡。

但美好的故事总有失去其效用的一天。父母叙述的选择性和父亲长久的回避，让安娜和贾马尔屡次感受到个人回忆的"被剥夺感"。对于流散二代而言，诞生的创伤，先赋的社会群体分类已经明示着成长时他们会遭受的挫折。在异国，家庭是帮助流散二代构建个人身份的基本途径。想要完成二代移民的个人身份重构，需要先完成对原生身份的解构。但安娜与贾马尔从未拥有对遥远故乡的知情

---

① Abdulrazak Gurnah, *The Last Gift*, London: Bloomsbury, 2012, p. 27.

② Abdulrazak Gurnah, *The Last Gift*, London: Bloomsbury, 2012, p. 27.

③ Abdulrazak Gurnah, *The Last Gift*, London: Bloomsbury, 2012, p. 43.

④ 赵毅衡：《当说者被说的时候：比较叙述学导论》，成都：四川文艺出版社，2013 年，第 127 页。

权。对于个人身份认知的残缺导致在此基础上搭建的新身份总是摇摇欲坠，难以融入当代社会。阿巴斯病倒后，短暂地失去了语言能力。贾马尔与安娜第一次面对父亲再也无法诉说的恐惧。当生活缺少了故事性的掩盖时，前期建立的微妙平衡逐渐坍塌。突如其来的家庭危机与精神困境促使家庭中的四人不得不正视之前生活中的种种漏洞和混乱的叙述。古尔纳在文本中呈现出了四人不同的求索，描绘出群体间的个体互动及对个人身份的和解与重构。

疾病使阿巴斯从主动沉默转向了无法发声的状态。他于病榻上不断回想过去，长期陷入低沉的自我反思中，"即使在恍惚中，他也明白自己已经把事情搁置得太久了，就像他多年来一直知道的那样"①。长时间的缄默和恢复缓慢的身体状态让阿巴斯叙述的冲动日益增长。"在黎明前的那几个小时里，当世界在他周围寂静无声时，他躺在床上，感觉到身体的内部正在腐烂。他用手抚摸着支撑着一切的骨骼，想着有一天它很快就会坍塌在他体内融化的腐烂中。"②最终在黑暗里，阿巴斯艰难地开口和玛利亚姆述说了故乡和逃离的婚姻。"'记忆'是人类建构并确立自我身份的重要手段"③，长久以来，阿巴斯第一次将个人经验转变为语言叙述，在药物、疾病的混乱之中，他用冷静的语言展示了隐藏已久的个人记忆，同样在这种叙述中回顾了在异国文化中被挤压和侵犯的个人身份，与自己达成了无奈的和解。

阿巴斯的回忆与自述强烈地刺激了妻子玛利亚姆。在不断的纠结和反复中，玛利亚姆决定按照"将苦难常态化"的个人准则，向子女述说自己在寄养家庭中被打压和猥亵的时日。玛利亚姆认为，面对苦难，语言和信息的交换，"可以把她的震惊降到更为普通的程度，把所发生的事情纳入熟悉的剧情"④，"她听取她朋友们的讲述，她们之间把悲剧变成了可以容忍的事情。把她们所描述的不幸归咎于医生、命运，甚至是不幸本身"⑤。玛利亚姆对于创伤的叙述，"可以建立叙事、自我和身份之间的联系，并有助于受创者在社会环境中形成对自我和身份的认

---

① Abdulrazak Gurnah, *The Last Gift*, London: Bloomsbury, 2012, p. 9.

② Abdulrazak Gurnah, *The Last Gift*, London: Bloomsbury, 2012, p. 126.

③ 尚必武：《创伤·记忆·叙述疗法——评莫里森新作〈慈悲〉》，《国外文学》，2011年第3期，第87页。

④ Abdulrazak Gurnah, *The Last Gift*, London: Bloomsbury, 2012, p. 12.

⑤ Abdulrazak Gurnah, *The Last Gift*, London: Bloomsbury, 2012, p. 12.

识"①，这意味着玛利亚姆在内心选择不再与过去的苦痛做无意义的斗争。苦难的吐露促使她拔去了记忆中的锐刺，得以重构个人身份认同。玛利亚姆变得更为坦诚。她剪发，从医院辞职，来到难民中心工作。她的改变得到了丈夫和儿女的支持，并在家人的认同中寻得了新的情感自洽。"尽管古尔纳文本中的人物经常面临着不对称的定位，但当个体角色通过融洽、同理心或爱的体验认识到他们彼此之间的联系，自由的时刻就会出现在古尔纳的文本中。"②在家庭的互动和个人的发展中，玛利亚姆跳脱出悲剧的桎梏，开始更为主动地寻找个人价值。

父母的诉说在本质上为这个本身死水一潭的家庭带来了集体的精神解脱。安娜逐渐意识到，她前期的伪饰并没有在白人男友家庭中获得"认同"。随着男友尼克在工作上的成功，他的本土优越性愈发显现。尼克开始无意识地默认自己掌握了更大的话语权。两人交谈时他多次打断安娜的叙述，也不再对自己的言论加以解释。霍耐特将强暴、权利剥夺和侮辱列为蔑视的三种类型，对于殖民者而言，我们所辨别的三种蔑视中的其中两种形式就深深根植于历史发展过程当中……这种蔑视经验也不可能简单地随着历史时间或文化构架而发生变化。③男友家庭对于安娜的蔑视，促使安娜的"反应性民族认同"（reactive ethnicity）被激发显现，即"当移民在移入社会里受到歧视的时候，因为感受到威胁与排挤，反而会加强对原有种族身份的认同"④。安娜对于英国的想象和梦幻在现实的击打下变得粉碎，她的非洲身份随着欧洲身份的退让逐渐显现出来。男友最后的越轨行为促使着安娜与自己的双重身份真正和解。"28岁，一个美好的年纪，她的生活再次开始了，她应该感到充满活力和希望。"⑤作为"适应者"的贾马尔开始尝试自己触摸历史，触摸自己最初的身份。他加入了大学中的伊斯兰阅读社团（Islam Reading

---

① 曾艳钰：《后"9·11"美国小说创伤叙事的功能及政治指向》，《当代外国文学》，2014年第2期，第10页。

② Tina Steiner, "Writing 'Wider Worlds': The Role of Relation in Abdulrazak Gurnah's Fiction", *Research in African Literatures*, 2010, 41 (3), p. 128.

③ 参见阿克塞尔·霍耐特：《为承认而斗争》，胡继华译，上海：上海人民出版社，2005年，第142页。

④ 韩晓燕、田晓丽：《制度、文化与日常确证——外来移民及其子女的情景性身份认同》，《清华大学学报》（哲学社会科学版），2016年第6期，第176页。

⑤ Abdulrazak Gurnah, *The Last Gift*, London: Bloomsbury, 2012, p. 237.

Group），弥补对个人信仰了解甚少的局限。"9·11"事件后，宗教与种族的冲突和平衡问题被放大横置在每个人面前。社会和生活两线体验的交叉，使贾马尔一面处于民族群体和外部世界的冲突，一面在生活中更加贴近流散人群，倾听他们的声音。邻居叙述的平行记忆、家庭封尘记忆的解锁都使贾马尔更加理解流散的本质。他对于故乡的追寻开始逐步突破思想层面，展现在行动中。

生活的混乱在阿巴斯去世后得到了平息，家园和生活中真相的剥离让留下的人重新审视了自己的生活。《最后的礼物》中的个人探寻历程都呈现出了完满的"和—分—和"特点。故事从疾病和沉默开始，以和解和团圆结束。阿巴斯用自己的回忆作为引子，引导剩下的三个楔子回到了自己合适的凹槽：玛利亚姆与旧日的养父母家庭团圆，在爱与当下幸福中确保个人的主体性；安娜在与家人和情人的拉扯中脱下身份面具，拥抱自我；贾马尔建构起与英国身份平行的非洲身份，与流散群体更加贴近。在古尔纳长期的创作里，他书写创伤均是为了尝试为不同人物的身份认同危机探索合适的自我和解道路：从《朝圣者之路》中达乌德踏入教堂的选择，到《绝妙的静默》中逐渐显露的个人声音，再到《最后的礼物》中家庭对苦难的接纳，对自我的解码。小说中的四人通过个人尝试与互动使名为"家庭"的文化群体渐归平衡。古尔纳在书写后殖民问题时，将"关系性身份"取代了"根源性身份"，使流散者在异国重构了自我身份认同。

三、文化群体中的普遍困境与共同出路

诺贝尔奖颁奖词提出，"鉴于他对殖民主义的影响，以及对文化与大陆之间的鸿沟中难民的命运的毫不妥协且富有同情心的洞察"。他不仅书写个人，更关注群体中人物的相互影响与动态发展，并以俯瞰的形式概括整个群体的普遍性身份认同危机。"古尔纳的后殖民立场不是狭隘的民族主义，而是一种彰显非洲本位的世界主义立场。"① 这种书写特点扎根于古尔纳作为流散移民者的个人经验中。

---

① 石平萍：《非洲裔异乡人在英国：诺贝尔文学奖得主古尔纳其人其作》，《文艺理论与批评》，2021年第6期，第108页。

1963 年，桑给巴尔脱离了英国的殖民统治，但紧随而来的是阿比德·卡鲁米总统对于国内阿拉伯裔的迫害与屠杀。古尔纳作为阿拉伯裔受害者不得不以难民身份逃往英国。青年时期的流散经历使他长期对难民和移民群体的叙事保有着高度的文学关注度。在作品中，古尔纳往往以小见大，用某个行动的开始、某个地点的转换展示主人公面对新社会环境和社会群体时的个人选择，并借隐喻将主人公作为某个群体的代表，挖掘其身份认同发展。《最后的礼物》同样如此，古尔纳将移民者地理的迁移缩小至"搬家"的行为里，通过小范围地理位置的变换，描绘了"家庭"这一文化群体中人物的心理发展。在第二章"搬迁"里，古尔纳展示了阿巴斯夫妇、贾马尔和安娜三次搬家的场景。每次搬家的过程，都昭示着人物在异国空间的走向。古尔纳书写三组人物搬家的过程与心理变化，刻画他们在面对新空间时潜意识里的个人态度，展示出身份认同困难者面对社会文化的初始状态。并借文本中四位角色的搬家行为，为读者勾画出在"家庭"文化共同体中，不同成员在面对异邦文化时的普遍性矛盾。古尔纳以家庭为出发点，辐射了整个后殖民时代中拥有平行经验的文化共同体，他以高度的知识分子自觉，为这些边缘人物群体与自我身份和解提出了自己的想象。

阿巴斯夫妇的搬家是出于家庭的需求，正如他们不得不逃离故乡。搬家时，阿巴斯提出"应该租一辆手推车，从租来的公寓带着他们仅有的几件东西走"[1]。而进入新空间时，他对房屋做出了一系列的主动改变，从修缮到种植再到建造："他裱糊墙纸，重新铺好浴室的瓷砖，把需要修理的地方都修好了""他成了一个不知疲倦的园丁，种了蔬菜、花和一棵李子树……"[2]下意识携带旧物、对新空间无意识改造都彰显着阿巴斯作为流散者始终是携带着最初的身份面对社会。当下，众多移民面临着相似的"阿巴斯困境"，南非作家艾捷凯尔·姆赫雷雷（Ezekiel Mphahlele，1919—2008）[3]袒露，辗转于不同国家之间，却从未有过在家之感。面对流动的异国文化，阿巴斯这类异邦流散者生存的矛盾本质是个人的经历创伤与对异国文化的抗拒。他们以回避为抗争，从边缘化逐渐

① Abdulrazak Gurnah, *The Last Gift*, London: Bloomsbury, 2012, p. 83.

② Abdulrazak Gurnah, *The Last Gift*, London: Bloomsbury, 2012, p. 83.

③ 后更名为艾斯基亚·姆赫雷雷（Es'kia Mphalele）。

沦为他者。且他们长期坚持着自己的生活方式，主动将生活环境改造成适合自己生存的舒适区。这类西方文化的"他者"通过回忆和旧物为自己建立起一个与家乡平行的空间，以取得精神的慰藉和生活的平衡。同时，他们自认为流落在异邦陌生的荒原中，不断放大着自己的文化不适感，强硬地拒斥西方的文化与价值观念，成为文化与思想的保守主义者。玛利亚姆在前期搬家时几乎未能体现能动性，展示出强烈的依附特质。她虽不属于难民群体，但她的种族、阶级、个人经历逼迫她长期退居于边缘。与玛利亚姆有相似经验的女性群体长期囿于充满创伤的回忆，难以建构个人身份认同。虽然在文本中，玛利亚姆终获得了儿女和丈夫给予她的"身份承认"中重要的爱与团结感，得到了真正的精神解脱，但在现实社会，处于种族、阶级、文化间隙的女性依旧面临着难以发声的困境。她们背负生活中的多重压力，在他者的话语下徘徊寻觅，建立自我的身份认同。

作品中的二代流散者接受着欧洲国家教育，但家庭对欧洲社会的拒斥和社会环境的不友好促使他们不断审视和反思个人与社会的关系，进而产生了焦虑、抗拒、自卑等无所归依的情感。他们的当下困境如奈保尔所言："我们被剥夺了很多东西。我们没有背景，没有过去。对我们许多人来说，过去已在祖父母那一代结束了，除此之外就是一片空白。倘若你能从天空俯瞰我们，会看到我们居住在大海和丛林间狭小的房屋里；那就是我们的真实写照，我们被移送到那个地方。我们就只是在那里，飘浮着。"①流散二代失去了更多前期选择的机会，他们从出生就面对着多种文化势力的拉扯。古尔纳借安娜和贾马尔两者的搬家特点和不同的生活轨迹，展示了第二代流散群体重建个人身份认同的艰难历程。

女儿安娜是陷于解构与重构身份矛盾的代表。搬家时，她依靠自己对旧物的部分选用和新物的部分接纳获得个人的平衡。在搬动自己的物品时，她往往会发现其中部分遭受了损坏，或许是一株植物，或许是一把旧椅子。旧物的损坏暗示着安娜最初的非洲身份在数次的移动中逐渐被新空间所侵占。最后一次搬家时，安娜为了尼克而放弃了自己的职业。他们这次搬家获得了专业机构的帮助，但安娜心中想的是："当人们完全可以自己移动物品的时候，却让他们（搬家公司）

---

① V. S. Naipaul, *A Way in the World: A Sequence*, London: Heinemann, 1994, p. 80.

在自己的东西周围忙忙碌碌，这是很令人沮丧的""为什么他们要搬所有的东西呢？拿那张破床有什么用？"①在此之前，安娜对生活和情感拥有个人选择权。通过对表面事物的掩盖，安娜一直将自己设定在"英国主人"的身份中。但在本质上，安娜总是无意识流露出自己的"他者"特征。这次搬家的被动性昭显安娜逐渐踏入无声之境。面对欧洲文化和社会的强势话语，安娜最终背道而行。对于流散二代而言，"一个文化范畴内的个体或群体往往有着天然的文化归属感与文化认同，尽管受到外来文化影响，但是文化的主体性认同是不变的"②。长期的生活共同体奠定了她们内心对于非洲主体文化认同的趋向。此外，在整体社会环境中，"当社会认同令人不满的时候,个体会力图离开其所属群体"③。在古尔纳的笔下，类似于安娜这样的文化"夹心人"在种族、阶级和多样的社会矛盾里摸爬滚打，饱受创伤，最后依靠个人觉醒完成对于自己身份的重构。作品中的女性形象发展同样映射出当代一部分边缘女性、流散女性的心灵进步与个人调整。玛利亚姆对于过去的探寻和安娜对于自我身份认识的重构都寄托了作者对于边缘女性寻找个人幸福的强烈期盼。

贾马尔是两代人中最具有"英国特征"的人物。他搬入公寓时，环境整洁有序，且贾马尔没有携带自己的任何家具，一切都由房东准备就绪，他表现出了对新空间的完全接纳。在新公寓中，他与不同人种和谐相处。前期的贾马尔认为流散者的搬家是"毁灭和失败的时刻，是一个无法再避免的失败，是一个绝望的逃亡，是每况愈下。从家到无家可归，从公民到难民，从可以忍受甚至满足的生活到卑劣的恐怖"④。但贾马尔当下的居住空间并不如他所言，他的个人经验也不再与流散者的经验重合。在他的眼里，搬家后所有植物是亮色和带有活力的，他与新空间的有序融合展示出了一部分流散者对于他乡的接纳与个人的被同化。贾马尔通过教育与社会活动的逐步成长，可以使读者窥见一部分流散者如何成为新国

---

① Abdulrazak Gurnah, *The Last Gift*, London: Bloomsbury, 2012, p. 75.

② 朱振武、袁俊卿:《流散文学的时代表征及其世界意义——以非洲英语文学为例》,《中国社会科学》, 2019 年第 7 期, 第 143 页。

③ 王莹:《身份认同与身份建构研究评析》,《河南师范大学学报》(哲学社会科学版), 2008 年第 1 期, 第 52 页。

④ Abdulrazak Gurnah, *The Last Gift*, London: Bloomsbury, 2012, p. 73.

家中文化共同体的成员。他们将自己作为一个悦纳文化与差异的容器，把他国的社会文化、他者语言都逐渐内化为他们个人的表达方式，而导致"其结果，不存在凝固的文化实体"①。这类人在最后取得了双文化或多文化的心智，他们对于不同的文化展示出高度的包容态度，并且可以进行一定的文化框架转换。凭借个人对于社会的接纳与适应，"贾马尔们"更为坦诚和直接地面对个人经历与文化冲突，亦能更轻松地完成对于个人身份认同的重构。这位年轻的知识分子的形象在一定程度上也是古尔纳个人经验的言说者。

不同身份人物在搬家时的行为昭示着当下非洲流散者和二代流散个体在面对新社会、新文化时的不同态度。文中四人虽为一个简单完整的家庭群体，但面对的身份认同问题并非完全复写和重合的。反观他们的心灵探索路径，古尔纳为读者揭示了流散群体面对的社会知识体系拥有不连贯与不平行特征，他们受到多种动态社会力量的影响，在不同文化环境中施以个人努力，以面对身份认同问题。古尔纳以个人流散经验为基础，敏锐关注并书写了以家庭为单位的文化群体中既存在差异又具有共通性质的经历，使文本逐渐从"一家之言"上升至整个后殖民流散文化共同体。

结　语

"身份认同问题犹如蝉蜕之变，历久而弥新。"②古尔纳个人的生活经历使他的创作指向了对"归属、断裂、错位"③的书写，"深入研究了那些不那么幸运的移民的经历，他们由于经济、政治或情感原因移民，但未能达到自己和家人对自己

---

① 方文：《群体资格：社会认同事件的新路径》，《中国农业大学学报》（社会科学版），2008 年第 1 期，第 101 页。

② 陶家俊：《身份认同导论》，《外国文学》，2004 年第 2 期，第 44 页。

③ Anupama Mohan and Sreya M. Datta, " 'Arriving at Writing': A Conversation with Abdulrazak Gurnah", *Postcolonial Text*, 2019, 14 (3&4), p. 4.

的期望"①。在《最后的礼物》中，古尔纳勾画的四位边缘人时刻处于不同文化力量的动态交流下，展示出文化夹缝下的张力。古尔纳不仅只是让人物走向"寻根"的结局，更重要的是书写出其身份重构的过程，探寻他们的生活走向与心灵救赎，为流散者个体在重建个人身份认同时做出了乐观的尝试。

阿巴斯家庭的故事或许到小说的结尾就已结束，但与文中人物拥有相似身份问题的人群依旧在世界的夹缝里调整着生活的姿态。面对后殖民时代的失声群体，古尔纳书写个体，更将个人的关注点扩展至不同文化共同体中人民的身份认同困境。他发展了石黑一雄关于"国际主义写作"的尝试，文中"包含了对于世界上各种不同文化背景的人们都具有重要意义的生活景象"②。古尔纳不仅书写流散的非洲人民，更将社会中的固执的、失声的、混乱的"他者"放置在整个人类文化共同体下展开思考，去描绘更广阔的世界。"他的根状叙事联系使读者得以认同不同的事物，以发现共同的人性"③，以探寻当下被异化者身份认同的共同出路。同样，古尔纳亦展示了在他者他境下，文学创作者对美好未来的期盼。"最后的礼物"不只是阿巴斯在病后为家庭带去的最后引导，更是古尔纳在作品中，为后殖民流散文化共同体带去的一份满怀希望的礼物。

---

① Jonathan P. A. Sell (ed.), *Metaphor and Diaspora in Contemporary Writing*, London: Palgrave Macmillan, 2012, p. 39.

② 石黑一雄：《无可慰藉》，郭国良、李杨译，上海：上海译文出版社，2013 年，第 608 页。

③ Tina Steiner, "Writing 'Wider World': The Role of Relation in Abdulrazak Gurnah's Fiction", *Research in African Literatures*, 2010, 41 (3), p. 134.

余 论

古尔纳获奖的背后及非洲作家的诺奖之路

2021 年，世界各大文学奖项几乎都被非洲或非洲裔作家收入囊中，被称作"非洲文学年"，令人不禁发出疑问，为何今年的文学奖项会如此青睐非洲作家？这些作品究竟呈现了何种独特魅力？这些来自非洲各国的作家为何会不约而同地强调获奖是整个非洲大陆的荣耀？这些作家作品中是否存在某种让非洲成为时代共鸣的要素？仔细思忖琢磨，一个不太为人熟知的词萦绕在我们的脑际，那就是"非洲性"（Africanness）。是的，这些疑问或许可以从非洲文学的"非洲性"中去寻求答案。"非洲性"，简单说来，是非洲及非裔人民对源自非洲大陆的历史文化的深层认同，不论认同之人的肤色、国籍如何。非洲文学的"非洲性"正是基于这种文化共同体认同的书写表征。然而，"非洲性"并非一个固有的本质性概念，而是"各种文化符号和历史经验的产物，且在不断变化中"①。

---

① T. D. Harper-Shipman, "Creolizing Development in Postcolonial Africa", *Philosophy and Global Affairs*, 2021, 1 (2), p. 352.

一、非洲文学年的出现及其时代意义

"对于非洲写作而言，今年是不平凡的一年。"[①] 2021 年 10 月 7 日，阿卜杜勒拉扎克·古尔纳获得诺贝尔文学奖，成为第七位获此殊荣的非洲作家[②]，并由此引发 2021 年的非洲文学获奖潮。10 月 20 日，诺贝尔文学奖公布不过两周，葡萄牙语文学最高奖项卡蒙斯奖（Prémio Camões）宣布获奖者为莫桑比克作家保利娜·希吉娅尼（Paulina Chiziane，1955— ）。紧接着，10 月 26 日，美国的纽斯塔特国际文学奖（the Neustadt International Prize for Literature）颁发给了塞内加尔作家布巴卡尔·鲍里斯·迪奥普（Boubacar Boris Diop，1946— ）。11 月 3 日，英语文学最高奖项布克奖和法语文学最高奖项龚古尔奖同日揭晓，分别由南非作家达蒙·加格特（Damon Galgut，1963— ）和塞内加尔作家穆罕默德·姆布加尔·萨尔（Mohamed Mbougar Sarr，1990— ）摘得。此外，津巴布韦作家齐齐·丹格仁巴（Tsitsi Dangarembga，1959— ）、安哥拉作家若泽·爱德华多·阿瓜卢萨（José

[①] Damon Galgut, "Accepting the Booker Prize", *The Booker Prizes*, November 3, 2021, https://thebookerprizes.com/the-booker-library/books/the-promise.

[②] 非洲有几位诺贝尔文学奖作家在区域归属问题上存在一定争议。根据非洲文学杂志《脆纸》（*Brittle Paper*）报道（Ainehi Edoro, "103 African Writers Respond to Abdulrazak Gurnah's Nobel Prize Win", *Brittle Paper*, October 12, 2021, https://brittlepaper.com/2021/10/103-african-writers-respond-to-abdulrazak-gurnahs-nobel-prize-win/.），古尔纳获奖之前的六位获得诺贝尔文学奖的非洲作家依次是阿尔贝·加缪（Albert Camus, 1913—1960）、尼日利亚作家沃莱·索因卡（Wole Soyinka, 1934— ）、埃及作家纳吉布·马哈福兹（Naguib Mahfouz, 1911—2006）、南非作家纳丁·戈迪默（Nadine Gordimer, 1923—2014）、南非作家约翰·马克斯韦尔·库切（J. M. Coetzee, 1940— ）和作家多丽丝·莱辛（Doris Lessing, 1919—2013），分别于 1957 年、1986 年、1988 年、1991 年、2003 年和 2007 年获奖。其中，加缪和莱辛通常被视作是法国作家和英国作家。实际上，加缪出生并成长于法属阿尔及利亚，其诺贝尔授奖词中所提及的《局外人》（*L'Étranger*, 1942）和《鼠疫》（*La Peste*, 1947）都是以阿尔及利亚为背景，另有《阿尔及利亚编年史》（*Chroniquesalgériennes*, 1958）和《流放与王国》（*L'Exil et le Royaume*, 1957）等相关作品，其创作的重要灵感来源就是他在北非的生活，因而从严格意义上来说是非洲作家；同样地，莱辛也是非洲哺育成长起来的作家，从 1925 到 1949 年一直在英属殖民地南罗德西亚也就是现在的津巴布韦生活，其影响力最大的作品《野草在歌唱》（*The Grass Is Singing*, 1950）和《金色笔记》（*The Golden Notebook*, 1962）讲述的都是非洲故事，另有《这是一个老酋长的国度》（*This Was the Old Chief's Country*, 1951）和《非洲故事》（*African Stories*, 1964）等多部有关非洲的作品，所以从严格意义来讲也是非洲作家。

Eduardo Agualusa, 1960—)和尼日利亚作家奇玛曼达·恩戈兹·阿迪契等非洲作家也在同年荣获各类文学奖项。①

"非洲英语文学已经成为世界文化中的特殊现象,引起了各国文化界和文学界的广泛关注。"②古尔纳获奖后,我国国内的相关研究立即呈现井喷之势,这一方面说明诺贝尔文学奖的影响之大;另一方面也说明我们有时较多地跟风西方学界,还没能完全摆脱唯人马首是瞻的局面。因此,我们仍需增强文化自信和批评自觉。古尔纳虽身在英国,其作品却始终聚焦故土,讲述非洲故事,反映非洲问题,但其写作用语又是英语。这种在"天堂"与"地狱"间的状态,正是这类流散作家的共性,一如南非作家约翰·马克斯韦尔·库切和纳丁·戈迪默,以及与古尔纳同为东非作家的恩古吉·瓦·提安哥,还有尼日利亚的沃莱·索因卡(Wole Soyinka, 1934—)等一众非洲作家,都不约而同用隐喻揭露殖民创伤,从深层揭橥非洲人民的身心磨难。作为异邦流散和异邦本土流散作家的代表,古尔纳等非洲作家独特的隐喻叙事和创伤书写拓宽了非洲文学的宽度和深度,其包容性和丰富性也成为世界文学多样性的重要因素。我们关注古尔纳的文学创作,不是因为他获得了诺贝尔文学奖,不是因为他得到了西方文学界的高度认可,而是因为他的创作关注了世界上被多数人忽略了的那个人群,是因为他揭示了人类社会和社会文明发展到今天还不能摒弃的战争、歧视和伤害,还不能放弃种族间、民族间的成见,还不能放弃站在"文明顶端"的高傲的俯视的态度,还不能持有悲悯之心、宽容之心、谦卑之心和大爱情怀。古尔纳站在了一个新的高地,取得了文学所企图达到的新的高度。

在得知古尔纳获诺奖消息后,非洲文学界一片欢腾,100 多位作家纷纷向古尔纳送上祝贺。作为 1986 年的诺奖得主,也是第一个获得诺奖的非洲本

---

① 齐齐·丹格仁巴 2021 年获得英国笔会哈罗德·品特奖(PEN Pinter Prize)、德国图书贸易和平奖(Friedenspreis des Deutschen Buchhandels)、国际笔会言论自由奖(PEN International Award for Freedom of Expression);若泽·爱德华多·阿瓜卢萨获得 2021 年的葡萄牙语笔会小说奖(Prémio PEN Clube Português de Narrativas);奇玛曼达·恩戈兹·阿迪契获得 2021 年美国的赫斯顿/赖特基金会北极星奖(Hurston / Wright Foundation's North Star Award)。

② 朱振武、袁俊卿:《流散文学的时代表征及其世界意义——以非洲英语文学为例》,《中国社会科学》,2019 年第 7 期,第 158 页。

土作家，索因卡评论说："诺贝尔奖回家了。"[1]非洲文学属于"非主流"文学[2]，看似不显山不露水，实则在沉默中爆发出了蓬勃的力量。诺贝尔文学奖得主历来多集中在欧美国家，且以英语作家居多，这无疑使大众质疑其初衷和权威，而索因卡说的"诺贝尔奖回家了"，正是指诺贝尔奖正视了非洲这片广袤大陆上的文人墨客，开始检视和思考非洲文学的特有魅力和特殊价值。

2021 年的非洲文学年，集中展现了"非洲性"在当代非洲书写中的新型多样文化内涵，即具有去殖民性、流散性和混杂性的对话性共同体意识。非洲文学的去殖民性源于其历史根基，指的是非洲作家承继文化传统，不忘殖民历史，打破西方话语桎梏，在去殖民过程中还原对非洲本来多样面貌的历时性沉思；非洲文学的流散性源于现实语境，指的是非洲作家立足非洲现实，弘扬民族精神，胸怀家国天下，呼唤世界意识，在流散书写中呈现非洲文化多样性的共时性展望；非洲文学的混杂性源于历史和现实的内在对话，指的是非洲文学的包容性、丰富性、开放性和前瞻性，及其与世界其他地区文学在历时和共时两个维度上的互动张力和对话意愿。去殖民性、流散性和混杂性的有机交融和互动使非洲文学和其他非主流文学得以跨越时代隔阂、地域差异和种族间隙成为可能，使得在"百年未有之大变局"下人类摒弃成见和偏见，尊重自然、尊重生命、尊重彼此、尊重差异，以及让共生共栖、一起向未来的人类文明新形态的生成、发展与繁荣成为可能。

"真正的文学多样性被所谓的西方主流文化或者说是强势文化压制和遮蔽了。因此，许多非西方文化无法进入世界各国和各地区的关注视野。"[3]非洲文学的遭遇在这一点上与中国文学的遭遇颇为相似。试想，没有占世界六分之一人口的中国文学和占全球陆地面积五分之一、人口超过 14 亿的非洲文学的参与，世界文学怎么可能具有世界性？而作为"非主流"文学的非洲文学，其最本质的

---

[1] Ainehi Edoro, "103 African Writers Respond to Abdulrazak Gurnah's Nobel Prize Win", *Brittle Paper*, October 12, 2021, https://brittlepaper.com/2021/10/103-african-writers-respond-to-abdulrazak-gurnahs-nobel-prize-win/.

[2] "非主流"英语文学主要指除英国和美国以外的国家和地区的英语文学。关于"非主流"英语文学这一概念，请参见朱振武：《中国"非主流"英语文学研究的现状与走势》，《外国文学动态》，2012 年第 6 期，第 45 页。

[3] 朱振武：《揭示世界文学多样性 构建中国非洲文学学——从坦桑尼亚作家古尔纳获诺贝尔文学奖说起》，《中国社会科学报》，2021 年 10 月 22 日，第 4 版。

特征就是流散。在殖民历史文化各种因素的交织影响下，非洲文学逐渐表现出身份认同、边缘化处境、种族歧视、性别压迫和家园找寻等鲜明的流散症候。这一点在非洲获得诺贝尔文学奖的七个作家的创作中表现得更加明显。非洲的七位诺贝尔文学奖得主依次是阿尔贝·加缪、尼日利亚作家沃莱·索因卡、埃及作家纳吉布·马哈福兹、南非作家纳丁·戈迪默、南非作家约翰·马克斯韦尔·库切、作家多丽丝·莱辛和坦桑尼亚作家古尔纳，分别于 1957、1986、1988、1991、2003、2007 和 2021 年获奖。非洲作家总体来说可分为三大类，即本土流散作家、异邦流散作家和殖民流散作家①，而这七位诺奖得主正是这三类非洲作家的杰出代表。

二、本土流散中的诺奖得主

那些身处自己的国家，但因文化失根、语言被同化、心灵处于流浪状态，却未曾迁徙他国的作家就是本土流散作家。1986 年和 1988 年先后获得诺贝尔文学奖的尼日利亚的索因卡和埃及的马哈福兹就是这类。本土流散作家并未产生地理位置上的徙移，直接面对的是异质文化的侵袭而造成的精神流散，这种流散在他们的创作中主要表现为其对待异邦文化的态度和处理方法。

当瑞典文学院将 1986 年的诺贝尔文学奖授予沃莱·索因卡时，其意义远不只是表彰一位抒写了黑人理想的文学巨人，更在某种程度上说明非洲文学引起了关注，逐渐进入了大众视野。索因卡因 "广博的文化视野创作了富有诗意的关于人生的戏剧"② 而获奖。1934 年，索因卡出生在尼日利亚西部阿贝奥库塔约鲁巴族一个督学的家庭，1952 至 1954 年就读于伊巴丹大学（University of Ibadan），毕

---

① 详见朱振武、袁俊卿：《流散文学的时代表征及其世界意义——以非洲英语文学为例》，《中国社会科学》，2019 年第 7 期，第 135—158 页。作者在这篇文章中将非洲文学特别是非洲英语文学分为异邦流散（实现了地理位置徙移的尤其是到了发达国家留学、生活、工作的非洲作家）、本土流散（未曾徙移但处于异质文化的包围而心灵在本土流浪的非洲本土作家）和殖民流散（特指在非洲安居下来的白人及其后代作家）三大类型，并从文学的发生、发展、表征、影响和意义等方面进行多维论述。在这 "三大流散" 理论的基础上，作者还可发现一种常见于非洲归国青年文学的异邦本土流散。

② Swedish Academy, "The Nobel Prize in Literature 1986", *The Nobel Prize*, Accessed February 27, 2022, https://www.nobelprize.org/prizes/literature/1986/summary/.

业后前往英国利兹大学研读文学，同时开始计划出版一部名为《凯菲的生日凶兆》（*Keffi's Birthday Threat*，1954）的短篇广播剧，在英国学习工作了近 6 年后返回祖国。索因卡长期参与尼日利亚政治，大胆直言，以文字为武器针砭时弊，虽因此饱受迫害，但也赢得了声誉。

身为本土流散作家，民族自豪感以及约鲁巴传统文化认同问题是索因卡作品关注的重心。《雄狮与宝石》（*The Lion and the Jewel*，1959）讲述了非洲部落之间的冲突，描述了一个黑人青年面对来自西方世界的压力而产生的焦虑感和孤独感。在《巴阿布国王》（*King Baabu*，1983）、《巨人的游戏》（*A Play of Giants*，1984）和《未来学家安魂曲》（*Requiem for a Futurologist*，1983）等作品中，索因卡着重关注后殖民时代非洲新生独立国家独裁政府的种种恶行，探讨殖民创伤，对本民族历史传统进行反思与重构，以唤醒非洲人的文化认同感。索因卡创作的主要题材是约鲁巴文化中的神秘意象和神话传说，但吸收融合了现代派文学等西方文学思潮。正是本土文化与异质文化的交流碰撞造就了他。《森林之舞》（*A Dance of the Forests*，1960）创造了譬如"乌龟夫人"等具有隐晦象征含义的半神形象，将丛林中的人神聚会和庆祝仪式化为 1960 年尼日利亚独立大选的缩影，达到历史与现实一体化的效果。《痴心与浊水》（*The Interpreters*，1965）更是与爱尔兰作家詹姆斯·乔伊斯的《尤利西斯》（*Ulysse*，1922）有异曲同工之妙，具有西方现代派文学的特征。

索因卡在作品中展示的是一个与异邦文化融合的国度，而不是被异邦文化所奴役的非洲，从中能看出其对待外来文化的态度。面对异邦文化，索因卡选择树立约鲁巴人的文化尊严，以包容的姿态吸收外来文化中的积极元素，促进异邦文化与本土文化的融合。"索因卡的成功再次表现了：立足于民族传统文化，同时又具有开放的、广阔的文化视野，乃是当代世界各民族文学发展的大方向。"①没错，要有开放的、广阔的文化视野，同时还要有包容的、隐忍的人文精神。这是索因卡、马哈福兹以及其他非洲诺贝尔文学奖得主的共同之处，也是非洲文学的共有特点。

继索因卡后，1988 年的诺贝尔文学奖由埃及的马哈福兹折桂。马哈福兹"通

---

① 亓华、王向远：《论渥莱·索因卡创作的文化构成》，《北京师范大学学报》（社会科学版），1993 年第 5 期，第 28 页。

过大量刻画入微的作品洞察一切的现实主义，唤起人们树立雄心，形成了全人类所欣赏的阿拉伯语言艺术"①。马哈福兹在 1930 年完成中等教育后，进入开罗大学学习哲学。1936 年，他决定暂停学业，当职业作家，并于 1939 年出版了他的第一部小说《命运的嘲弄》（Fate Mess，1939）。《命运的嘲弄》通过回顾埃及古老而辉煌的文化，强调了埃及人的民族认同感。此后，马哈福兹的创作更加转向现实关怀。在《海市蜃楼》（The Mirage，1948）之后，马哈福兹凭借"开罗三部曲"——《宫间街》（Palace Walk，1956）、《甘露街》（Sugar Street，1956）和《思宫街》（Palace of Desire，1956）成为埃及最杰出的作家之一，也因此获得了埃及国家文学奖（Egyptian National Literature Award）②。马哈福兹是土生土长的埃及人，属于本土流散作家，从创作之始到封笔之作，无一不讲述着埃及故事和阿拉伯文化。

马哈福兹的作品"是现实主义、现代主义及本民族传统文学融会在一起，共同孕育的产物。因此，它既有民族性，又有世界性，最能体现当代世界文学的风采"③。在著名的"开罗三部曲"中，马哈福兹描述了埃及商人家族三代人的命运，以及埃及社会在 20 世纪上半叶与西方接触的历程和现代化过程中的变化。故事以引人入胜的情节、朴实幽默的风格以及非凡的洞察力吸引着读者，反映了 1917 年至 1944 年埃及的社会动荡。作品以小见大，通过一个家庭的故事映射了一幅现代埃及的风俗画卷，以锋利的笔触批判了旧社会的陋习。《千夜之夜》（Arabian Nights and Days，1982）则以魔幻的笔法将十三个关于死亡、欲望和人性的故事娓娓道来，从不同角度揭示了埃及社会诸如黑暗和暴力的问题，充满政治寓言色彩，记录了马哈福兹在中东战争失败后对萨达特执政时期的种种弊端所进行的反思。《我们街区的孩子们》（Children of the Alley，1959）运用独特的象征手法和空间叙事来叙述杰巴拉维街区几代人的救世故事，以此象征人类历史

---

① Swedish Academy, "The Nobel Prize in Literature 1988", *The Nobel Prize*, Accessed February 27, 2022, https://www.nobelprize.org/prizes/literature/1988/summary/.

② 这是埃及国家级文学奖项。马哈福兹在阿拉伯世界声名远播，20 世纪 50 年代至 60 年代已在阿拉伯文坛占有举足轻重的地位，多次获得埃及国家文学一等奖、共和国一级勋章和法（国）阿（拉伯）团结协会文学奖等，被誉为"阿拉伯小说之父"和"埃及的狄更斯"等。

③ 张洪仪、谢杨（主编）：《大爱无边——埃及作家纳吉布·马哈福兹研究》，银川：宁夏人民出版社，2008 年，第 82—83 页。

的进程。《海市蜃楼》是马哈福兹另一部明显运用了西方叙事艺术而写成的小说，具有显著的心理分析特征，通过带有悲怆色彩的叙事展示现实世界的不可靠性。

"由于殖民者推广殖民语言、传播基督教、侵吞土地、实行种族隔离和分而治之的殖民政策，非洲原住民在自己的国土上被迫进入一种'流散'的文化语境。"①许多非洲作家并没有经历空间上的位移，但仍然呈现出一种心理上、精神上的无所适从，成为本土流散者。面对这种困境，索因卡和马哈福兹这两位获得诺贝尔文学奖的非洲本土流散作家做出的选择都是积极面对，反对故步自封。殖民主义对非洲文化和社会生活的控制不但没有削弱非洲本土的语言文化特色，反而使作家的作品在呈现出鲜明的流散表征的同时彰显出强烈的民族色彩和鲜明的民族特性。

三、殖民流散中的诺奖得主

在遭到殖民入侵后，非洲大陆上逐渐积聚起一个特殊的流散群体——"殖民流散"群体。"'殖民流散'特指前往非洲的殖民者或具有殖民性质的群体及其后代，由于其殖民书写和殖民地瓦解之后对帝国往昔的复杂情结而表现出与第三世界的流散相似又相异的文化和心理。"②在非洲，"殖民流散"主要是指白人移民及其后裔，加缪、戈迪默、库切和莱辛都是殖民流散作家的代表。殖民流散作家的创作与非洲本土作家的创作存在差异，显露出与之不同的价值认同和审美差异，但其无根漂泊之感与本土流散作家非常相似。

非洲大陆第一位获诺贝尔文学奖的作家是法籍阿尔及利亚作家阿尔贝·加缪。1957年，加缪因"他的重要文学作品透彻认真地阐明了当代人的良心所面临的问题"③而问鼎诺奖。

---

① 朱振武、袁俊卿：《流散文学的时代表征及其世界意义——以非洲英语文学为例》，《中国社会科学》，2019 年第 7 期，第 144 页。

② 朱振武、袁俊卿：《流散文学的时代表征及其世界意义——以非洲英语文学为例》，《中国社会科学》，2019 年第 7 期，第 148 页。

③ Swedish Academy, "The Nobel Prize in Literature 1957", *The Nobel Prize*, Accessed February 27, 2022, https://www.nobelprize.org/prizes/literature/1957/summary.

阿尔贝·加缪生于阿尔及利亚的蒙多维（Mondovi），父母都是法国人。1914 年，加缪刚刚 1 岁，父亲就在马恩河战场上饮弹而亡，这使加缪的童年充满艰辛。母亲不得不带着加缪移居阿尔及尔贫民区的外祖母家，靠做佣人勉强维持生计，后来他连小学都上不起。早年的艰苦生活使得加缪对非洲人民在殖民高压下的生存境况产生深深的同情，难怪其多部作品的故事背景都在阿尔及利亚。儿时的加缪连小学学业都差点儿中断，幸亏一个名叫路易·热尔曼的老师发现了他的天分，并极力劝说其家人。在热尔曼老师的影响下，加缪一路从小学读到中学又到大学，并于 1936 年在阿尔及尔大学获得哲学学士学位。加缪早期对基督教哲学家产生了浓厚的兴趣，且吸收了尼采、叔本华等人的悲观主义和无神论思想，这些在其后来的文学创作中都有体现。这期间，加缪负责编辑的《阿尔及尔共和报》（Alger républicain）遭封后，他于 1940 年来到巴黎，担任新的主编工作，同时期完成了小说《局外人》（L'Étranger，1942）、《西西弗神话》（Le Mythe de Sisyphe，1942）和剧本《卡里古拉》（Caligula，1944）的创作。"二战"期间和"二战"之后，加缪与当时的妻子福尔几次往返于阿尔及利亚和法国，并在这期间完成了小说《鼠疫》（La Peste，1947）、戏剧《误解》（Le Malentendu，1943）和随笔集《反叛者》（L'Homme révolté，1951）等名作。1960 年 1 月 4 日，加缪在森斯附近的维勒布尔文小镇因车祸离世，车祸现场还散落着他以自己在阿尔及利亚的童年为背景的《第一人》（Le premier homme，1994）的手稿。加缪一生倾情创作，1957 年的诺奖授予他是当时对他的最大肯定。加缪的主要作品还有小说《堕落》（La Chute，1956）以及短篇小说集《流放与王国》（L'exil et le Royaume，1956）等。获得 1949 年诺贝尔文学奖的美国作家威廉·福克纳在为加缪写的悼词中这样说："当那扇门在他身后关上时，他已经在门的这边写出了与他一起生活过、对死亡有着共同的预感与憎恨的每一个艺术家所希望做的事，即：我曾在世界上生活过。"①

加缪是典型的存在主义作家，其作品主要表现现实世界的荒诞；他又是典型的殖民流散作家，其存在主义作品又表现出与萨特等法国本土作家的不同特征。

---

① 威廉·福克纳：《福克纳随笔》，詹姆斯·B. 梅里韦瑟编，李文俊译，上海：上海译文出版社，2008 年，第 155 页。

一方面，加缪与北非阿尔及利亚的传统阿拉伯文化格格不入；另一方面，在殖民群体中，加缪又以边缘人的群体自居。加缪在创作过程中不断突破传统，用荒诞手法表现现实世界，《鼠疫》便是其对生活荒诞性的一次大胆探索。作品中的里厄（Rieux）医生身为边缘人，漂泊在疫病成灾的城市奥兰之中，积极救治他人，却不知自己的妻子已悄然离世。文化背景截然不同的阿尔及利亚与法国的生活经历为加缪带来了丰富的想象和灵感，使其从不同角度出发去看待社会问题并表达对荒诞的态度。《局外人》则以一句令人讶异的话开篇，将世界的荒诞本质与人的无能为力娓娓道来，其中满含加缪知其不可而为之的存在主义哲思。福克纳将其精彩传奇的一生进行了总结，说他"就是不愿沿着一条仅仅通向死亡的路走下去"[①]。

纳丁·戈迪默是第四位获得诺贝尔文学奖的非洲作家，也是首位获得诺奖的非洲女性作家，更是一位典型的殖民流散作家。1991年瑞典文学院授奖时称赞她"以强烈而直接的笔触，描写周围复杂的人际与社会关系，其史诗般壮丽的作品，对人类大有裨益"[②]。戈迪默1923年生于南非乡间矿山小镇斯普林斯（Springs），其创作素材和灵感便来源于那里得天独厚的自然环境。南非的种族隔离制度及其带来的种种恶果构成戈迪默作品的重要主题。虽然出身于一个富裕的犹太白人家庭，但戈迪默一直致力于反对南非的种族隔离制度，并于1962年为南非国父、反种族隔离斗士纳尔逊·罗利赫拉赫拉·曼德拉起草了著名的演讲词《为理想我愿献出生命》（I Am Prepared to Die for an Ideal）。

纳丁·戈迪默的作品对"复杂的社会和人际关系"观察入微，真实记录了政治对个人生活的影响，以及一个南非白人妇女在种族隔离制度兴衰期间的感受和想象。在《伯格的女儿》（Burger's Daughter，1979）中，她着重表现了父辈革命者与罗莎（Rosa）等年轻一代革命人之间的复杂社会关系。在创作《无人伴随我》（None to Accompany Me，1994）时，戈迪默坚定地站在人道主义立场上支持黑人解放运动，反抗种族压迫。这位殖民流散女作家在写作中善于利用多方位的

---

① 威廉·福克纳：《福克纳随笔》，詹姆斯·B.梅里韦瑟编，李文俊译，上海：上海译文出版社，2008年，第155页。

② Swedish Academy, "The Nobel Prize in Literature 1991", *The Nobel Prize*, Accessed February 27, 2022, https://www.nobelprize.org/prizes/literature/1991/summary/.

叙事视角来刻画人物并揭示事件的发展脉络，善于运用隐喻的手法折射现实世界。戈迪默对南非种族隔离制度的弊病有着深刻理解，她认为这种制度不仅给黑人带来伤害，同时也为白人带来了困境。《七月的人民》（*July's People*，1981）、《六英尺土地》（*Six Feet of the Country*，1956）等作品，透露了普通白人民众在非洲进退两难的境地。

约翰·马克斯韦尔·库切曾分别于 1983 年、1999 年凭借作品《迈克尔·K.的生活和时代》（*Life and Times of Michael K.*，1983）与《耻》（*Disgrace*，1999）两度获得布克奖，且于 2003 年获得诺贝尔文学奖。诺奖评审委员会指出，库切"精准地刻画了众多虚伪面具下的人性本质"[1]。库切于 1940 年出生于南非开普敦，是英国和荷兰移民的后裔，成长于南非种族隔离政策逐渐成形并盛行的年代。在南非开普敦大学就读期间，库切就已经开始了写作生涯。受成长环境，即种族隔离制度的影响，其创作与社会矛盾和冲突紧密相连。1974 年发表了第一部小说《幽暗之地》（*Dusk Lands*，1974）后，库切开始创作《国之中心》（*In the Heart of the Country*，1976），并于 1980 年凭借小说《等待野蛮人》（*Waiting for the Barbarians*，1980）进入国际文坛。直至 2006 年，库切才成为澳大利亚公民并在阿德莱德大学任教。

库切用独到的文字功底展现了后殖民时代下南非殖民流散者的边缘化处境。小说《耻》中的人物卢里（Lurie）的经历旨在说明南非人民心中的殖民创伤的不可治愈，以卢里为代表的非洲殖民流散者在南非的流散之感被展现得淋漓尽致。库切身为生活在非洲的白人，以亲身经历积极讨论流散问题，展现了深切的人文关怀。在自传体作品《青春》（*Youth*，2002）中，库切以温和的口吻讲述了一个名叫约翰（John）的年轻人在寻找自我的道路上进行斗争的故事。库切也善于将创作主题锁定于个人伦理障碍之中，即文化冲突给人带来的边缘化处境。《夏日》（*Summertime*，2009）也隐隐透露着白人在非洲无法扎根的无助和迷惘。由于种族血统和成长环境的特殊性，库切在创作中还具备了双重文化视野，特殊的童年经历和文化背景使他"具备了用第三只眼睛来审视和剖析当代南非生活的优越和

---

[1] Swedish Academy, "The Nobel Prize in Literature 2003", *The Nobel Prize*, Accessed February 27, 2022, https://www.nobelprize.org/prizes/literature/2003/summary/.

从容……从而使他的作品具有一种特殊的品格"①。《幽暗之地》便是这样一部作品，以讽刺的笔调阐明早期非洲白人殖民者的傲慢姿态和残忍的殖民手段。

在非洲生活、学习工作了20多年的多丽丝·莱辛是第六位获得诺奖的非洲作家②，授奖时已年近90，"以怀疑主义、激情和想象力审视一个分裂的文明，登上了这方面女性体验的史诗巅峰"③。颁奖词称其作品《金色笔记》（*The Golden Notebook*，1962）为"一部先锋作品，是20世纪审视男女关系的巅峰之作"④。莱辛的父母亲都是英国人，但其童年时期和青少年时期均是在非洲度过的，是典型的殖民流散作家。莱辛出生在伊朗克曼沙（Kermanshah），1925年随作为殖民官员的父母移居到罗得西亚（Rhodesia）南部（即今津巴布韦）。莱辛13岁时因眼疾辍学，结束了正规教育，后来依靠自学开始写作。狄更斯、司汤达、托尔斯泰、陀思妥耶夫斯基等作家的作品都是莱辛这期间的重要精神食粮。在非洲生活、工作了20多年后，1949年莱辛才携幼子移居英国。除了名作《金色笔记》，莱辛还创作了《野草在歌唱》（*The Grass is Singing*，1950）、《特别的猫》（*Particularly Cats*，1967）和《幸存者回忆录》（*Memoirs of a Survivor*，1974）等一系列作品。

莱辛的作品充盈着非洲的自然风光和人文情怀，特别是女性体验和种族冲突，很多作品都与非洲有关，《金色笔记》中的"黑色笔记"、《非洲故事集》（*African Stories*，1976）和《野草在歌唱》都尽情展示非洲元素。莱辛曾说："我的脑海中充满了关于非洲的灿烂记忆，只要我想，我就可以自由重温和观看。"⑤莱辛笔下的非洲不仅是一块陆地，更是一种意象。这样的非洲也并不是种族冲突的舞台，而是人类自我不断尝试适应的环境。在《野草在歌唱》中，莱

---

① 朱振武、刘略昌：《中国非英美国家英语文学研究导论》，上海：上海译文出版社，2013年，第120页。

② 多丽丝·莱辛是英国籍作家，但其主要作品《金色笔记》《野草在歌唱》《蚁冢》等背景都是非洲，存在大量非洲元素，都涉及作家本人在非洲的经历，以及非洲的殖民主义和种族主义问题，因此本文将莱辛归为非洲作家。

③ Swedish Academy, "The Nobel Prize in Literature 2007", *The Nobel Prize*, Accessed February 27, 2022, https://www.nobelprize.org/prizes/literature/2007/summary/.

④ Swedish Academy, "The Nobel Prize in Literature 2007", *The Nobel Prize*, Accessed February 27, 2022, https://www.nobelprize.org/prizes/literature/2007/summary/.

⑤ Doris Lessing, "On Not Winning the Nobel Prize", *Publications of the Modern Language Association of America*, 2008, 123 (3), p. 784.

辛描绘的非洲就是一个充满矛盾、彻底失衡的空间。非洲大陆上的殖民主义一方面压迫了黑人，另一方面也对白人造成了不可磨灭的精神创伤。这也是非洲的白人之所以成为流散一族的重要原因。莱辛在《蚁冢》（The Antheap，1965）中讲述了白人男孩托米（Tommy）在一个黑烟滚滚、令人窒息的非洲偏远矿场中成长的故事，展现了白人的边缘处境和流散之感，用独特的写作风格和叙述视角揭露了殖民话语的实质，"这也使她的作品在白人统治时期的南非等地一直受到排斥，她本人多年来也被禁止进入当时的津巴布韦和南非等国家"①。

殖民流散作家大多拥有西方文化视野，善于从外部观察非洲人民的生存状态，在作品中展现对非洲风土人情和社会制度的独特考量。这些作家在创作中呈现出一种多元融合的特征，既带有西方特征，又有浓郁的本土意识和民族精神，表达了对于非洲历史文化传统的尊重及对非洲人民现实境遇的同情。无论是对白人殖民者及其后代在非洲被边缘化的关注，还是对身份认同、精神出路等问题的探索，殖民流散作家都透过作品展现了对人性的质询和对身份困境的关怀。

四、异邦流散中的诺奖得主

2021年10月，坦桑尼亚作家阿卜杜勒拉扎克·古尔纳获得诺贝尔文学奖，成为第七位获得诺贝尔文学奖的非洲作家。古尔纳的小说创作坚持书写移民经历、难民记忆和殖民创伤，体现出典型的异邦流散症候。

古尔纳的异邦流散记忆来自他作为难民移居英国以后的种种经历。1948年，古尔纳出生于桑给巴尔（现为坦桑尼亚），并在此长大。古尔纳具有阿拉伯血统，以斯瓦希里语为母语，家中伊斯兰文化氛围浓厚，父亲和叔叔都是从也门移民到非洲的商人。年幼的古尔纳接触并阅读了大量的阿拉伯和波斯诗歌，从《古兰经》《一千零一夜》等作品中获得了最初的文学启蒙。1964年，桑给巴尔岛发生革命，

---

① Julie Carnie, "Rhodesian Children and the Lessons of White Supremacy: Doris Lessings's 'The Antheap' ", *The Journal of Commonwealth Literature*, 2008, 43 (2), p. 150.

当地政府对国内的阿拉伯裔与南亚裔展开屠杀。身为阿拉伯裔的古尔纳为了躲避迫害，于1968年以难民身份来到英国求学，同时开启他的创作生涯。最初，古尔纳在坎特伯雷基督教堂大学研读，后因他对非洲、印度以及加勒比地区的难民生存现状有着浓厚兴趣，在1980年至1983年期间任尼日利亚巴耶罗大学（Bayero University）讲师与肯特大学英语系教授，并于1982年获肯特大学哲学博士学位。这位殖民流散作家善于将自身的流散经历融入创作中，并把视角置于身份认同、种族冲突、性别压迫及历史书写之上，"展现后殖民时代'夹心人'的生存现状以及欧洲殖民对于桑给巴尔社会的影响，具有重要的社会现实意义"①。

作为典型的异邦流散作家，古尔纳在小说中通过对主人公命运的描述反映出了当时非洲的社会意识形态。古尔纳善于综合运用各种艺术方式来刻画人物性格，他在作品中创造了一系列人物，他们虽然力求适应新环境，直面冲突，但无法挣脱社会现实和过去的枷锁，只能挣扎着保持平衡。古尔纳在创作中透过一种冷静的目光观察生活，从不刻意去塑造一个完美的形象，而是通过细腻的笔触，揭示人类生存的困境。

古尔纳既是难民命运的见证者与承载者，也是难民记忆的拥有者和叙述者，在创作中更是紧紧围绕难民主题展开创作。胡恩苏（Hunsu Folasade）认为古尔纳为21世纪非洲文学做出了两个重要的贡献："首先，他表明移民应该被理解为定义非洲人身份的一个重要因素。其次，他将移民因素上升到有利于构建和理解家族和社区历史的高度。"②古尔纳的小说《海边》（*By the Sea*，2001）揭示了难民萨利赫到达英国后，在内外冲突和两种文化夹击下的命运；《最后的礼物》（*The Last Gift*，2011）中同样叙述了移民主题，讲述了移民经历给移民及其后代造成的影响，利用细腻的笔触揭露了种族主义下移民的身份认同危机，真实展示了移民游荡至异国后的苦难体验；在代表作《天堂》（*Paradise*，1994）中，古尔纳则通过去中心化的视角，改用西方成长小说的形式来塑造非裔移民，探讨

---

① Folasade Hunsu, "Autobiography and the Fictionalization of Africa in the Twenty-First Century: Abdulrazak Gurnah's Art in *Desertion*", *Brno Studies in English*, 2014, 40 (2), p. 84.

② Folasade Hunsu, "Autobiography and the Fictionalization of Africa in the Twenty-First Century: Abdulrazak Gurnah's Art in *Desertion*", *Brno Studies in English*, 2014, 40 (2), p. 88.

非裔移民的边缘化处境及其与社会环境之间的关系。《天堂》曾入围布克奖和惠特布莱德奖的提名，是古尔纳创作走向成熟的标志，它延续了作家一贯的创作风格，大量运用隐含叙事，进一步聚焦优素福的遭遇，为难民发声，更加深入地探讨了难民的去向问题。古尔纳笔下的移民、难民描写与他本人的流散经历密切相关。作为异邦流散作家的古尔纳在创作的过程中不断寻求本国文化与英国文化之间的融合，结合难民问题探索殖民主义对人类生存的影响。"古尔纳将小说设置在殖民主义和民族主义的背景之下，结合关系空间，尝试重新定义'非洲'，这种关系空间不再受排除异己的错位政治和因民族主义及种族主义产生的暴力所束缚。"[1]

同古尔纳相似的是，索因卡于1954年20岁时到英国利兹大学求学，毕业后在那里工作，1960年才回到尼日利亚，因此其作品也有较为明显的流散症候。在一定程度上说，索因卡也是异邦流散作家，或更准确地名之曰"异邦本土流散作家"。留学期间的所见所闻为索因卡的创作带来了深刻启发，帮助其利用外部视角来观察和反思非洲文化。早在英国求学时，索因卡就开始钻研文学创作，"他认为不仅要对非洲主题予以创作，也不能停留在非洲意象的简单化用，那仅仅是机械化的模仿"[2]。索因卡主张现代文学创作的目的是寻求对传统美学的理解，而不是为了取悦外国观众而抛弃最本真的传统艺术价值。小说《反常的季节》（*Seasons of Anomy*，1973）以乌托邦理想的方式描绘了非洲部落埃耶罗（Aiyero），并吸取希腊神话的故事模式和神话原型来隐喻非洲的现实情况与人物形象。索因卡赋予这部作品中的循环模式以象征意义，在西方现代派文艺思潮、希腊神话与非洲传统文化之间建立联系。对当时非洲政府的腐败进行了尖锐而有力的批判，字里行间流露出作者对西方无政府主义和个人主义的批判。索因卡在英国的求学和工作经历使他在回国后拥有了第三只眼，能够看到本土流散作家看不到的问题，从而使他的作品拥有了立体感。

---

[1] Tina Steiner, "Writing 'Wider World': The Role of Relation in Abdulrazak Gurnah's Fiction", *Research in African Literatures*, 2010, 41 (3), p. 125.

[2] Robert W. July, "The Artist's Credo: The Political Philosophy of Wole Soyinka", *The Journal of Modern African Studies*, 1981, 19 (3), p. 488.

"'流散'之所以成为'流散'不仅仅是'地理位置的徙移',也不仅仅是职业、身份、原因等方面的改变,它更重要的是异质文化上的冲突以及由此而来的对流散者灵肉方面的影响。"① 不错,异邦流散作家的流散症候即来源于此。边缘化处境、身份找寻的迷失感成为这类作家作品的基调,而移民往往成为故事讲述的主要角色,这样就使得异质文化的交融与碰撞在其创作中得到直接凸显。在非洲,这类异邦流散作家有很多,尼日利亚的奇玛曼达·恩戈兹·阿迪契、来自南非的艾捷凯尔·姆赫雷雷,以及埃塞俄比亚裔加拿大作家奈加·梅兹莱基亚(Nega Mezlekia,1958—)等都是代表性作家。异邦流散作家因长期漂泊异乡,通常在创作中流露出对故土的眷恋之情。然而,这种眷恋之情受异国现实境况的束缚,在文学作品中多体现为审视非洲传统文化与殖民文化之间的冲突,尝试重新建立非洲的民族自信和文化自信。异邦流散作家以此为基调书写非洲故事,与本土流散作家和殖民流散作家共同绘制着非洲文学的版图。

结　语

当下的世界文学"是西方人建构出来的以西方几个大国为主、兼顾其他国家和地区某个文学侧面的所谓'世界文学'"②。非洲文学也是如此。在相当长的时间里,我们所看到的非洲文学同其他外国文学一样,都是经过西方学者过滤后的非洲文学,相对缺少中国学者自己的判断和筛选。这有历史的原因,也有心理距离的原因,更有主体性的原因。非洲文学是一个不断流动和不断变化的文学体系,而不是一成不变的静态文本。古尔纳获在 2021 年 10 月获得诺贝尔文学奖之前,其主要作品都没有中译本,只有译林出版社的《非洲短篇小说选集》收录了他的《博西》("Bossy")和《囚笼》("Cages")两篇短篇小说。但获奖后,古尔纳旋

---

① 朱振武、袁俊卿:《流散文学的时代表征及其世界意义——以非洲英语文学为例》,《中国社会科学》,2019 年第 7 期,第 153 页。

② 朱振武:《揭示世界文学多样性 构建中国非洲文学学——从坦桑尼亚作家古尔纳获诺贝尔文学奖说起》,《中国社会科学报》,2021 年 10 月 22 日,第 4 版。

即成为中国文化界、创作界和文学研究领域关注的焦点，上海译文出版社更是雷厉风行，在短时间内签下了古尔纳全部长篇小说的翻译版权，相关报道铺天盖地，相关评论也接踵而至。这一方面说明诺贝尔文学奖的巨大影响力，另一方面也说明我们仍然缺少自我判断和批评自觉。因此，中国学者研究非洲文学，还是应该从非洲本土视野和文化出发，挖掘名副其实的非洲文学，而不是拾人牙慧，不能总是唯人马首是瞻，为他人作嫁衣裳。非洲文学以其宽宥的心态面对殖民历史，并从中汲取自身发展的养分，展现出独特性、包容性和前瞻性，这是值得关注和学习的。"流散症候"作为非洲文学的独特表征，对于正确认识世界各地的文学现象、创作发生和文化成因，揭示其复杂的源流嬗变和深层的世界文学文化意义，具有重要价值。七位问鼎诺贝尔文学奖的非洲作家，无一不是身处历史洪流中，怀着去中心化、去殖民化、打破世界文学僵化和单一局面的动机进行文学创作的，为非洲文学走向世界做出了重要贡献，为文化多样性和世界文学新格局的真正形成做出了重要贡献。

参考文献

英文著作

1. Abiola, F. and Simon Gikandi (eds.). *The Cambridge History of African and Caribbean Literature*. Cambridge: Cambridge University Press, 2004.

2. Alden, Patricia. *Social Mobility in the English Bildungsroman: Gissing, Hardy, Bennett, and Lawrence*. Michigan: UMI Research Press, 1986.

3. Alexander, Jeffrey C., et al. (eds.). *Cultural Trauma and Collective Identity*. Berkeley: University of California Press, 2004.

4. Bhabha, Homi. *The Location of Culture*. London: Routledge, 1994.

5. Bhabha, Homi. *The Location of Culture*. NewYork: Routledge, 2004.

6. Boahen, A. Adu (ed.). *The UNESCO General History of Africa (Vol. VII): Africa Under Colonial Domination 1880-1935*. Berkeley: University of California Press, 1985.

7. Boparai, Mohineet Kaur. *The Fiction of Abdulrazak Gurnah*. Newcastle: Cambridge Scholars Publishing, 2021.

8. Caruth, Cathy. *Unclaimed Experience: Trauma, Narrative, and History*. Baltimore and London: Johns Hopkins University Press, 1996.

9. Chambers, Claire. *British Muslim Fictions: Interviews with Contemporary Writers*. Basingstoke: Palgrave Macmillan, 2011.

10. Coetzee, J. *Doubling the Point: Essays and Interviews*. Cambridge: Harvard University Press, 1992.

11. Crampton, Jeremy and Stuart, Elden. *Space, Knowledge and Power: Foucault and Geography*.

London: Ashgate, 2007.

12. Davies, Carole Boyce. *Encyclopedia of the African Diaspora: Origins, Experiences, and Culture.* Santa Barbara: ABC—CLIO, 2008.

13. Dickens, Charles. *David Copperfield.* London: Penguin Classics, 2004.

14. Felman, Shoshana and Dori Laub, M.D. *Testimony: Crises of Witness in Literature, Psychoanalysis, and History.* New York: Routledge, 1992.

15. Gibson, G. *Eleven Canadian Novelists.* Toronto: Anansi Press, 1973.

16. Gikandi, Simon. *Encyclopedia of African literature.* London and New York: Routledge, 2003.

17. Gikandi, Simon and Evan, Mwangi. *The Columbia Guide to East African Literature in English Since 1945.* New York: Columbia University Press, 2007.

18. Gomia, Victor N. and Gilbert, Shang, Ndi. *Re-writing Pasts, Imagining Futures: Critical Explorations of Contemporary African Fiction and Theater.* Denver: Spears Media Press, 2018.

19. Gurnah, Abdulrazak. *Admiring Silence.* New York: The New Press, 1996.

20. Gurnah, Abdulrazak. *Afterlives.* New York: Riverhead Books, 2022.

21. Gurnah, Abdulrazak. *By the Sea.* New York: The New Press, 2001.

22. Gurnah, Abdulrazak. *Desertion.* New York: Anchor Books, 2006.

23. Gurnah, Abdulrazak. *Desertion.* New York: Pantheon Books, 2005.

24. Gurnah, Abdulrazak. *Dottie.* London: Bloomsbery, 2021.

25. Gurnah, Abdulrazak. *Fear and Loathing.* Special Report: Refugees in Britain, 2001.

26. Gurnah, Abdulrazak. *Gravel Heart.* London: Bloomsbury, 2017.

27. Gurnah, Abdulrazak. *Memory of Departure.* New York: Grove Press, 1987.

28. Gurnah, Abdulrazak. *Paradise.* London: Penguin Books, 1994.

29. Gurnah, Abdulrazak. *Paradise.* New York: The New Press, 1994.

30. Gurnah, Abdulrazak. *Pilgrims Way.* London: Bloomsbury, 2016.

31. Gurnah, Abdulrazak. *The Last Gift.* London: Bloomsbury, 2012.

32. Gurnah, Abdulrazak. *The Last Gift.* New York: Bloomsbury, 2014.

33. Harlow, Barbara and Mia Carter. *Archives of Empire: Volume II. The Scramble for Africa.* Durhan, North Carolina: Duke University Press, 2003.

34. Johnson, David (ed.). *The Popular and the Canonical: Debating Twentieth Century Literature 1940-2000*. Oxford: Routledge, 2005.

35. Jung, C. G. *The Archetypes and the Collective Unconscious*. Trans. R. F. C. Hull, Gerhard Adler ed., Princeton, N. J.: Princeton University Press, 1980.

36. Kaplan, E. Ann. *Trauma Culture: The Politics of Terror and Loss in Media and Literature*. New Brunswick, New Jersey, and London: Rutgers University Press, 2005.

37. Manning, Patrick. *The African Diaspora: A History Through Culture*. New York Columbia University Press, 2009.

38. Marcus, Laura and Peter, Nicholls (eds.). *The Cambridge History of Twentieth-Century English Literature*. Cambridge: Cambridge University Press, 2004.

39. Mbiti, John S.. *African Religions and Philosophy*. New York: Anchor Books, 1990.

40. Mirmotahari, Emad. *Islam in the Eastern African Novel*. New York: Palgrave Macmillan, 2011.

41. Moorthy, Shanti and Ashraf, Jamal (eds.). *Indian Ocean Studies: Cultural, Social and Political Perspectives*. London: Routledge, 2010.

42. Naipaul, V.S.. *A Way in the World: A Sequence*. London: Heinemann, 1994.

43. Nasta, Susheila (ed.). *Writing Across Worlds: Contemporary Writers Talk*. London: Routledge, 2004.

44. Oliver, Roland and George. N. Sanderson (eds.). *Cambridge History of Africa (Vol. 6: 1870-1905)*. Cambridge: Cambridge University Press, 1985.

45. Rousselot, Elodie (ed.). *Exoticizing the Past in Contemporary Neo-Historical Fiction*. London: Palgrave Macmillan, 2014.

46. Sell, Jonathan P. A. (ed.). *Metaphor and Diaspora in Contemporary Writing*. London: Palgrave Macmillan, 2012.

47. Shakespeare, William. *Measure for Measure*. New York: Washington Square Press, 2005.

48. Stanley, Henry·M. *Through the Dark Continent*. London: Sampson Low, 1878.

49. Stout, Janis P.. *The Journey Narrative in American Literature*. Westport: Greenwood Press, 1983.

50. Zeleza, Paul Tiyambe and Dickson Eyoh (eds.). *Encyclopedia of Twentieth-Century African History*. London and New York: Routledge, 2003.

英文期刊

1.Adam, A.S. Ahmed. "Arevenge Endeavor (and) Unconscious Desire: Psychoanalytic Study on Mustafa Saeed in Tayeb Salih's *Season of Migration to the North*". *European Journal of English Language and Literature Studies*, 2015, 3 (4), pp. 95-102.

2.Banerjee, Debayan. "Nation as Setback: Re-reading Abdulrazak Gurnah's *Memory of Departure*". *International Journal of Research and Analytical Reviews*, 2018, 5 (3), pp. 874-878.

3.Berman, Nina. "Yusuf's Choice: East African Agency During the German Colonial Period in Abudulrazak Gurnah's Novel *Paradise*". *English Studies in Africa*, 2013, 56 (1), pp. 51-64.

4.Bungaro, Monica. "Abudulrazak Gurnah's *Dottie*: A Narrative of (Un) Belonging". *Ariel*, 2005, 36 (2), pp. 25-42.

5.Callahan, David. "Exchange, Bullies and Abuse in Abdularazak Gurnah's *Paradise*". *World Literature Written in English*, 2000, 38 (2), pp. 55-69.

6.Carnie, Julie. "Rhodesian Children and the Lessons of White Supremacy: Doris Lessings's *The Antheap*". *The Journal of Commonwealth Literature*, 2008, 43 (2), pp.145-156.

7.Cheuse, Alan. "Review of *Desertion* by Abdulrazak Gurnah". *World Literature Today*, 2006, 80 (3), p. 20.

8.Collins, Arthur W.. "Unconscious Belief". *The Journal of Philosophy*, 1969, 66 (20), pp. 667-680.

9.Culbertson, Roberta. "Embodied Memory, Transcendence, and Telling: Recounting Trauma, Re-Establishing the Self". *New Literary History*, 1995, 26 (1), pp. 169-195.

10.Dasi, Eleanor Anneh. "Gender Identities and the Search for New Spaces: Abudulrazak Gurnah's *Paradise*". *International Journal of English and Literature*, 2017, 8 (9), pp. 115-123.

11.Grant, Thomas M. "The Curious Houses That Mark Built: Twain's Architectural Imagination". *Mark Twain Journal*, 1981, 20 (4), pp. 1-11.

12.Gurnah, Abdulrazak. "Writing and Place". *Wasafiri*, 2004, 19 (42), pp. 58-60.

13.Gurnah, Abdulrazak. "Writing Place". *World Literature Today*, 2004, 78 (2), pp. 26-28.

14.Hand, Felicity. "Searching for New Scripts: Gender Roles in *Memory of Departure*". *Critique: Studies in Contemporary Fiction*, 2015, 56 (2), pp. 223-240.

15.Harper-Shipman, T. D.. "Creolizing Development in Postcolonial Africa". *Philosophy and Global*

Affairs, 2021, 1 (2), pp. 351-359.

16. Hasley, William. "Signity(cant) Correspondences". *Black American Literature Forum*, 1988, 22 (2), pp. 257-261.

17. Helff, Sissy. "Illegal Diasporas and African Refugees in Abdulrazak Gurnah's *By the Sea*". *Journal of Commonwealth Literature*, 2009, 44 (1), pp. 67-80.

18. Hirsch, Marianne. "The Generation of Postmemory". *Poetics Today* , 2008, 29 (1), pp.103-128.

19. Hoskins, Linus A.. "Eurocentrism vs. Afrocentrism: A Geopolitical Linkage Analysis". *Journal of Black Studies*, 1992, 23 (2), pp. 247-257.

20. Houlden, Kate. " 'It Worked in a Different Way': Male Same-Sex Desire in the Novels of AbudulrazakGurnah". *English Studies in Africa*, 2013, 56 (1), pp. 91-104.

21. Hunsu, Folasade. "Autobiography and the Fictionalization of Africa in the Twenty-First Century: Abdulrazak Gurnah's Art in *Desertion*". *Brno Studies in English*, 2014, 40 (2), pp. 77-89.

22. Jacobs, J U. "Trading Palaces in Abudulrazak Gurnah's *Paradise*". *English Studies in Africa,* 2009, 52 (2), pp. 77-88.

23. James, Bosman Sean. " 'A Fiction to Mock the Cuckold': Reinvigorating the Cliché Figure of the Cuckold in Abdulrazak Gurnah's *By the Sea* (2001) and *Gravel Heart* (2017) ". *Eastern African Literary and Cultural Studies*, 2021, 7 (3), pp. 176-188.

24. July, Robert W. "The Artist's Credo: The Political Philosophy of Wole Soyinka". *The Journal of Modern African Studies*, 1981, 19 (3), pp. 477-498.

25. Killian, Bernadeta. "The State and Identity Politics in Zanzibar: Challenges to Democratic Consolidation in Tanzania". *African Identities*, 2008, 6 (2), pp. 99-125.

26. Kohler, Sophy. " 'The Spice of Life': Trade, Storytelling and Movement in *Paradise* and *By the Sea* by Abudulrazak Gurnah". *Social Dynamics*, 2017, 43 (2), pp. 274-285.

27. Lavery, Charné. "White-washed Minarets and Slimy Gutters: Abdulrazak Gurnah, Narrative Form and Indian Ocean Space". *English Studies in Africa*, 2013, 56 (1), pp. 117-127.

28. Lessing, Doris. "On Not Winning the Nobel Prize". *Publications of the Modern Language Association of America*, 2008, 123 (3), pp. 780-787.

29. Lewis, Simon. "Postmodern Materialism in Abdulrazak Gurnah's *Dottie*: Intertextuality as

Ideological Critique of Englishness". *English Studies in Africa*, 2013, 56 (1), pp. 39-50.

30. Lodhi, Abdulaziz Yusuf. "The Arabs in Zanzibar: from Sultanate to Peoples' Republic". *Institute of Muslim Minority Affairs Journal*, 1986, VII (2), pp. 404-418.

31. Mohan, Anupama and Sreya, M.Datta. "Arriving at Writing: A Conversation with Abdulrazak Gurnah". *Postcolonial Text*, 2019, 14 (3 & 4), pp. 1-6.

32. Murray, Sally-Ann. "Locating Abdulrazak Gurnah: Margins, Mainstreams, Mobilities". *English Studies in Africa*, 2013, 56 (1), pp. 141-156.

33. Mustafa, Fawzia. "Gurnah and Naipaul: Intersections of *Paradise* and *A Bend in the River*". *Twentieth-Century Literature*, 2015, 61 (2), pp. 232-263.

34. Mustafa, Fawzia. "Swahili Histories and Texts in Abudulrazak Gurnah's *Paradise*". *English Studies in Africa*, 2015, 58 (1), pp. 14-29.

35. Ndlovu-Gatsheni, Sabelo J. "Genealogies of Coloniality and Implications for Africa's Development". *Africa Development/ Afrique et Développement*, 2015, 40 (3), pp. 13-40.

36. Ocita, James. "Travel, Marginality and Migrant Subjectivities in Abdulrazak Gurnah's *By the Sea* and Caryl Phillips's *The Atlantic Sound*". *Social Dynamics*, 2017, 43 (2), pp. 298-311.

37. Pujolràs-Noguer, Esther. "Desiring/Desired Bodies: Miscegenation and Romance in Abdulrazak Gurnah's *Desertion*". *Critique: Studies in Contemporary Fiction*, 2018, 59 (5), pp. 596-608.

38. Rickel, Jennifer. "The Refugee and the Reader in Abdulrazak Gurnah's *By the Sea* and Edwidge Danticat's *The Dew Breaker*". *Literature Interpretation Theory*, 2018, 29 (2), pp. 97-113.

39. Rockel, Stephen. "Wage Labor and the Culture of Porterage in Nineteenth Century Tanzania: The Central Caravan Routes". *Comparative Studies of South Asia Africa and the Middle East*. 1995, 15(2), pp. 14-24.

40. Samuelson, Meg. "Abdulrazak Gurnah's Fictions of the Swahili Coast: Littoral Locations and Amphibian Aesthetics". *Social Dynamics*, 2012, 38 (3), pp. 499-515.

41. Siundu, Godwin. "Honour and Shame in the Construction of Difference in Abdulrazak Gurnah's Novels". *English Studies in Africa*, 2013, 56 (1), pp. 105-116.

42. Sophie, Elmhirst. "The Books Interview: Ben Okri". *New Statesman*, 2012, 5099 (141), pp. 41-45.

43. Steiner, Tina. "A Conversation with Abdulrazak Gurnah". *English Studies in Africa*, 2013, 56 (1), pp. 157-167.

44. Steiner, Tina. "Mimicry or Translation? Storytelling and Migrant Identity in Abdulrazak Gurnah's Novels *Admiring Silence* and *By the Sea*". *The Translator*, 2006, 12 (2), pp. 301-322.

45. Steiner, Tina. "Writing 'Wider Worlds': The Role of Relation in Abdulrazak Gurnah's Fiction". *Research in African Literatures*, 2010, 41 (3), pp. 124-135.

46. Sunseri, Thaddeus. " 'Dispersing the Fields': Railway Labor and Rural Change in Early Colonial Tanzania". *Canadian Journal of African Studies*, 1998, 32 (3), pp. 558-583.

中文著作

1. 阿克塞特·霍耐特：《为承认而斗争》，胡继华译，上海：上海人民出版社，2005 年。

2. 阿莱达·阿斯曼：《回忆空间：文化记忆的形式和变迁》，潘璐译，北京：北京大学出版社，2016 年。

3. 爱德华·W. 萨义德：《东方学》，王宇根译，北京：生活·读书·新知三联书店，1999 年。

4. 爱德华·W. 萨义德：《文化与帝国主义》，李琨译，北京：生活·读书·新知三联书店，2003 年。

5. 爱德华·W. 萨义德：《知识分子论》，单德兴译，北京：生活·读书·新知三联书店，2002 年。

6. 爱德华·W. 赛义德：《赛义德自选集》，谢少波、韩刚等译，北京：中国社会科学出版社，1999 年。

7. 艾勒克·博埃默：《殖民与后殖民文学》，盛宁、韩敏中译，沈阳：辽宁教育出版社，1998 年。

8. 包亚明：《后现代性与地理学的政治》，上海：上海教育出版社，2001 年。

9. 彼得·莱文：《创伤与记忆：身体体验疗法如何重塑创伤记忆》，曾旻译，北京：机械工业出版社，2017 年。

10. 查尔斯·狄更斯：《大卫·科波菲尔》，刘华译，成都：四川文艺出版社，2019 年。

11. 德勒兹、加塔利：《资本主义与精神分裂：千高原》，姜宇辉译，上海：上海书店出版社，2010 年。

12. 段义孚：《恋地情结》，志丞、刘苏译，北京：商务印书馆，2018 年。

13. 段义孚：《逃避主义》，周尚意、张春梅译，石家庄：河北教育出版社，2005 年。

14. 弗朗兹·法农：《黑皮肤，白面具》，万冰译，南京：译林出版社，2005 年。

15. 斐迪南·滕尼斯：《共同体与社会》，林荣远译，北京：商务印书馆，1999 年。

16. 弗洛伊德：《精神分析引论》，高觉敷译，北京：商务印书馆，1986 年。

17. 高文惠：《依附与剥离：后殖民文化语境中的黑非洲英语写作》，北京：中国社会科学出版社，2015 年。

18. 《古兰经》，马坚译，北京：中国社会科学出版社，2013 年。

19. 豪·路·博尔赫斯：《博尔赫斯全集：诗歌卷（上册）》，林之木、王永年译，杭州：浙江文艺出版社，1999 年。

20. J. M. 布劳特：《殖民者的世界模式——地理传播主义和欧洲中心主义史观》，谭荣根译，北京：社会科学文献出版社，2002 年。

21. 加斯东·巴什拉：《空间的诗学》，张逸婧译，上海：上海译文出版社，2009 年。

22. 佳亚特里·斯皮瓦克：《后殖民理性批判：正在消失的当下的历史》，严蓓雯译，南京：译林出版社，2014 年。

23. 卡尔·古斯塔夫·荣格：《原型与集体无意识》，徐德林译，北京：国际文化出版公司，2011 年。

24. 凯法·M.奥蒂索：《坦桑尼亚的风俗与文化》，高华琼等译，北京：民主与建设出版社，2018 年。

25. 孔颖达等撰：《尚书·太甲（中）》，北京：中华书局，1998 年。

26. 李安山（主编），《中国非洲研究评论（总第八辑）》，北京：社会科学文献出版社，2020 年。

27. 李泽厚：《历史本体论》，北京：生活·读书·新知三联书店，2002 年。

28. 刘鸿武、暴明莹：《蔚蓝色的非洲：东非斯瓦希里文化研究》，昆明：云南大学出版社，2008 年。

29. 罗伯特·马克森：《东非简史》，王涛、暴明莹译，北京：世界知识出版社，2012 年。

30. 罗钢、刘象愚（主编）：《文化研究读本》，北京：中国社会科学出版社，2000 年。

31. 罗如春：《后殖民身份认同话语研究》，北京：中国社会科学出版社，2016 年。

32. 马欢：《瀛涯胜览》，冯承钧校注，北京：华文出版社，2019 年。

33. 曼纽尔·卡斯特：《认同的力量》，夏铸九、黄丽玲等译，北京：社会科学文献出版社，2003 年。

34. 莫里斯·哈布瓦赫：《论集体记忆》，毕然、郭金华译，上海：上海人民出版社，2002 年。

35. 聂珍钊：《文学伦理学批评导论》，北京：北京大学出版社，2014 年。

36. 齐格蒙特·鲍曼：《流动的现代性》，欧阳景根译，上海：上海三联书店，2002 年。

37. 奇玛曼达·阿迪契：《紫木槿》，文静译，北京：人民文学出版社，2016 年。

38. 钱超英：《流散文学：本土与海外》，深圳：海天出版社，2007 年。

39. 塞缪尔·亨廷顿：《文明的冲突与世界秩序的重建》，周琪等译，北京：新华出版社，2009 年。

40. 莎士比亚：《量罪记》，朱生豪译、朱尚刚审订，北京：中国青年出版社，2013 年。

41. 申丹：《叙述学与小说文体学研究》，北京：北京大学出版社，1998 年。

42. 盛宁：《人文困惑与反思：西方后现代主义思潮批判》，北京：生活·读书·新知三联书店，1997 年。

43. 石黑一雄：《无可慰藉》，郭国良、李杨译，上海：上海译文出版社，2013 年。

44. 孙胜忠：《西方成长小说史》，北京：商务印书馆，2020 年。

45. 泰居莫拉·奥拉尼央、阿托·奎森（主编）：《非洲文学批评史稿（上）》，姚峰、孙晓萌、汪琳等译，上海：华东师范大学出版社，2020 年。

46. 童庆炳（主编）：《现代心理美学》，北京：中国社会科学出版社，1993 年。

47. 汪民安（主编）：《文化研究关键词》，南京：江苏人民出版社，2007 年。

48. 王卓：《投射在文本中的成长丽影：美国女性成长小说研究》，北京：中国书籍出版社，2008 年。

49. 威廉·福克纳：《福克纳随笔》，詹姆斯·B.梅里韦瑟编，李文俊译，上海：上海译文出版社，2008 年。

50. 吴晓东：《从卡夫卡到昆德拉：20 世纪的小说和小说家》，北京：生活·读书·新知三联书店，2003 年。

51. 西格蒙德·弗洛伊德：《自我与本我》，周珺译，天津：百花文艺出版社、天津人民出版社，2019 年。

52. J. 希利斯·米勒：《共同体的焚毁：奥斯维辛前后的小说》，陈旭译，南京：南京大学出版社，2019 年。

53. 严歌苓：《非洲手记》，北京：人民出版社，2016 年。

54. 扬·阿斯曼：《文化记忆：早期高级文化中的文字、回忆和政治身份》，金寿福、黄晓晨译，北京：北京大学出版社，2015 年。

55. 杨中举：《流散诗学研究》，北京：人民出版社，2021 年。

56. 乐黛云、张辉（主编）：《文化传递与文学形象》，北京：北京大学出版社，1999 年。

57. 约翰·弥尔顿：《失乐园》，朱维之译，北京：人民文学出版社，2019 年。

58. 詹姆斯·费伦、彼得·J. 拉比诺维茨（主编）：《当代叙事理论指南》，申丹等译，北京：北京大学出版社，2007 年。

59. 张峰、赵静：《当代英国流散小说研究》，北京：外语教学与研究出版社，2018 年。

60. 张洪仪、谢杨（主编）：《大爱无边——埃及作家纳吉布·马哈福兹研究》，银川：宁夏人民出版社，2008 年。

61. 张京媛（主编）：《后殖民理论与文化批评》，北京：北京大学出版社，1999 年。

62. 张平功：《全球化与文化身份认同》，广州：暨南大学出版社，2013 年。

63. 张其学：《文化殖民的主体性反思：对文化殖民主义的批判》，北京：北京师范大学出版社，2017 年。

64. 赵静蓉：《文化记忆与身份认同》，北京：生活·读书·新知三联书店，2015 年。

65. 赵一凡、张中载、李德恩（主编）：《西方文论关键词》，北京：外语教学与研究出版社，2006 年。

66. 赵毅衡：《当说者被说的时候：比较叙述学导论》，成都：四川文艺出版社，2013 年。

67. 朱迪斯·赫尔曼：《创伤与复原》，施宏达、陈文琪译，北京：机械工业出版社，2015 年。

68. 朱立华：《拉斐尔前派诗歌的唯美主义诗学特征研究》，天津：南开大学出版社，2013 年。

69. 朱莉娅·克里斯特娃：《符号学：符义分析探索集》，史忠义等译，上海：复旦大学出版社，2015 年。

70. 朱立元：《接受美学》，上海：上海人民出版社，1989 年。

71. 朱振武：《非洲英语文学的源与流》，上海：上海人民出版社、学林出版社，2019 年。

72. 朱振武（主编）：《非洲英语文学研究》，上海：华东理工大学出版社，2019 年。

73. 朱振武、刘略昌：《中国非英美国家英语文学研究导论》，上海：上海译文出版社，2013 年。

中文期刊

1. 陈曙光、李娟仙：《西方国家如何通过文化殖民掌控他国》，《红旗文稿》，2017 年第 17 期，第 23—25 页。

2. 储殷、唐恬波、高远：《欧洲穆斯林问题的三个维度：阶级、身份与宗教》，《欧洲研究》，2015 年第 1 期，第 1—20 页。

3. 丛郁：《后殖民主义·东方主义·文学批评——关于若干后殖民批评语汇的思考》，《当代外国文学》，1995 年第 1 期，第 147—151 页。

4. 方文：《群体资格：社会认同事件的新路径》，《中国农业大学学报》（社会科学版），2008 年第 1 期，第 89—108 页。

5. 傅修延，《论聆察》，《文艺理论研究》，2016 年第 1 期，第 26—34 页。

6. 傅修延：《听觉叙事初探》，《江西社会科学》，2013 年第 33 期，第 220—231 页。

7. 傅修延、刘碧珍：《论叙述声音》，《江西师范大学学报》（哲学社会科学版），2017 年第 3 期，第 110—119 页。

8. 顾明栋：《文化无意识：跨文化的深层意识形态机制》，《厦门大学学报》（哲学社会科学版），2013 年第 4 期，第 1—10 页。

9. 韩晓燕、田晓丽：《制度、文化与日常确证——外来移民及其子女的情景性身份认同》，《清华大学学报》（哲学社会科学版），2016 年第 6 期，第 175—182 页。

10. 黄坚、张嘉培：《归属与认同——〈明日此时〉的后殖民主义解读》，《当代戏剧》，2021 年第 3 期，第 36—39 页。

11. 蒋晖：《论非洲现代文学是天然的左翼文学》，《文艺理论与批评》，2016 年第 2 期，第 20—26 页。

12. 姜雪珊、孙妮：《国内外阿卜杜勒拉扎克·格尔纳研究述评与展望》，《合肥工业大学学报》（社会科学版），2017 年第 3 期，第 66—69 页。

13. 李丹：《非洲英语文学在西方的生成和他者化建构》，《外国文学研究》，2021 年第 4 期，第 164—176 页。

14. 李贵苍、闫姗：《卡夫卡小说〈城堡〉的空间解读》，《江西社会科学》，2015 年第 11 期，第 87—92 页。

15. 李蔓莉：《移民二代歧视感知与社会融入研究》，《青年探索》，2018 年第 4 期，100—112 页。

16. 刘海静：《全球化的文化内涵与文化殖民主义》，《理论导刊》，2006 年第 2 期，第 77—80 页。

17. 陆扬：《创伤与文学》，《文艺研究》，2019 年第 5 期，第 15—21+2 页。

18. 潘蓓英：《非洲难民问题难解之源》，《西亚非洲》，2000 年第 1 期，第 33—37 页。

19. 亓华、王向远：《论渥莱·索因卡创作的文化构成》，《北京师范大学学报》（社会科学版），1993 年第 5 期，第 20—28 页。

20. 钱超英：《身份概念与身份意识》，《深圳大学学报》（人文社会科学版），2000 年第 2 期，第 89—94 页。

21. 瞿欣、邓晓芒：《论现象学视野下的悲剧性》，《人文杂志》，2021 年第 5 期，第 71—79 页。

22. S. P. 亨廷顿：《文明的冲突》，张林宏译，《国外社会科学》，1993 年第 10 期，第 18—23 页。

23. 尚必武：《创伤·记忆·叙述疗法——评莫里森新作〈慈悲〉》，《国外文学》，2011 年第 3 期，第 84—93 页。

24. 石平萍：《非洲裔异乡人在英国：诺贝尔文学奖得主古尔纳其人其作》，《文艺理论与批评》，2021 年第 6 期，第 103—109 页。

25. 束定芳：《论隐喻产生的认知、心理和语言原因》，《外语学刊》，2000 年第 2 期，第 23—33 页。

26. 孙宏、王凯：《从〈一报还一报〉看莎翁剧作与〈圣经〉之联系》，《西北大学学报》（哲学社会科学版），2001 年第 1 期，第 148—152 页。

27. 陶家俊：《创伤》，《外国文学》，2011 年第 4 期，第 117—125+159—160 页。

28. 陶家俊：《身份认同导论》，《外国文学》，2004 年第 2 期，第 37—44 页。

29. 王凤才：《霍耐特承认理论思想渊源探析》，《哲学动态》，2006 年第 4 期，第 57—62 页。

30. 汪罗：《全球化语境中跨国难民文化身份的自我想象》，《全球传媒学刊》，2020 年第 2 期，第 35—48 页。

31. 王娜：《论品特剧作的人物姓名与身份建构》，《湖北大学学报》（哲学社会科学版），2013 年第 6 期，第 88—92 页。

32. 王宁：《流散文学与文化身份认同》，《社会科学》，2006 年第 11 期，第 170—176 页。

33. 王涛、朱子毅：《桑给巴尔分离主义运动与坦桑尼亚联合政府的有效治理》，《世界民族》，2021 年第 6 期，第 28—42 页。

34. 王义桅：《欧美种族主义何去何从》，《人民论坛》，2018 年第 5 期，第 22—24 页。

35. 王莹：《身份认同与身份建构研究评析》，《河南师范大学学报》（哲学社会科学版），2008 年第 1 期，第 50—53 页。

36. 王云芳：《民族化世界主义：理论、现实与未来》，《国际政治研究》，2018 年第 6 期，第 72—91 页。

37. 肖四新：《理性观照与神性启示——西方文学精神突围的二维》，《三峡大学学报》（人文社会科学版），2002 年第 6 期，第 33—39 页。

38. 徐蕾：《身体符号的限度：拜厄特与当代激进身体话语》，《当代外国文学》，2015 年第 2 期，第 62—71 页。

39. 杨建玫、常雪梅：《努鲁丁·法拉赫〈地图〉中的身份认同危机》，《广东外语外贸大学学报》，2020 年第 6 期，第 31—40+69 页。

40. 杨中举：《跨界流散写作：比较文学研究的"重镇"》，《东方丛刊》，2007 年第 2 期，第 164—176 页。

41. 杨中举：《帕克的"边缘人"理论及其当代价值》，《山东师范大学学报》（人文社会科学版），2019 年第 4 期，第 129—137 页。

42. 易晓明：《文化无意识：弗莱的批评理论视域》，《首都师范大学学报》（社会科学版），2005 年第 6 期，第 51—58 页。

43. 殷企平：《谈"互文性"》，《外国文学评论》，1994 年第 2 期，第 39—46 页。

44. 殷企平：《西方文论关键词：共同体》，《外国文学》，2016 年第 2 期，第 70—79 页。

45. 袁俊卿：《东非文学的前夜：〈面向肯尼亚山〉叙事的发生》，《外国文学评论》，2020 年第 4 期，第 102—121 页。

46. 曾艳钰：《后"9·11"美国小说创伤叙事的功能及政治指向》，《当代外国文学》，2014 年第 2 期，第 5—13 页。

47. 张德明：《从〈福〉看后殖民文学的表述困境》，《当代外国文学》，2010 年第 4 期，第 66—74 页。

48. 张峰：《游走在中心和边缘之间——阿卜杜勒拉扎克·格尔纳的流散写作概观》，《外国文学动态》，2012 年第 3 期，第 13—15 页。

49. 张劲松：《文化身份的内涵与要素》，《天津社会科学》，2015 年第 5 期，第 51—57 页。

50. 张淑华、李海莹、刘芳：《身份认同研究综述》，《心理研究》，2012 年第 1 期，第 21—27 页。

51. 赵姗妮：《论电影中的跨种族爱情与种族主义问题》，《电影艺术》，2020 年第 5 期，第 44—49 页。

52. 赵雪梅：《文学创伤理论评述 —— 历史、现状与反思》，《文艺理论研究》，2019 年第 1 期，第 201—211 页。

53. 郑晴云：《朝圣与旅游：一种人类学透析》，《旅游学刊》，2008 年第 11 期，第 81—86 页。

54. 周和军：《国外关于阿卜杜勒 - 拉扎克·古尔纳〈天堂〉的研究述评》，《天津外国语大学学报》，2022 年第 1 期，第 96—101 页。

55. 朱振武：《论福克纳家族母题小说中的自主情结》，《上海大学学报》，2002 年第 5 期，第 16—20 页。

56. 朱振武：《中国"非主流"英语文学研究的现状与走势》，《外国文学动态》，2012 年第 6 期，第 45—46 页。

57. 朱振武、袁俊卿：《流散文学的时代表征及其世界意义——以非洲英语文学为例》，《中国社会科学》，2019 年第 7 期，第 135—158+207 页。

学位论文

1. Kagai, E K. "Encountering Strange Lands: Migrant Texture in Abdulrazak Gurnah's Fiction". Ph. D Diss., Stellenbosch University, 2014.

2. Omwenga, Alfred Oyaro. "Silence as a Strategy for Trauma Enunciation in Selected Fiction of Abdulrazak Gurnah: Paradise (1994) and Desertion (2005)". MA. Thesis, Kenyatta University, 2017.

3. 罗爱玲：《国际移民的经济与政治影响》，上海社会科学院博士学位论文，2013 年。

4. 钱一平：《提普·提卜与东非奴隶贸易》，华东师范大学硕士学位论文，2021 年。

5. 张燕：《19 世纪晚期英国对东非殖民政策研究》，广西师范大学硕士学位论文，2016 年。

6. 张勇：《话语、性别、身体：库切的后殖民创作研究》，山东大学博士学位论文，2013 年。

报纸

1. Flood, Alison. "Nobel Winner Abdulrazak Gurnah Says 'Writing Cannot be Just about Polemics' ". *The Guardian*, December 8, 2021.

2. Foden, Giles. "*The Last Gift* by Abdulrazak Gurnah-Review". *The Guardian*, May 21, 2011.

3. Gurnah, Abdulrazak. "Special Report: Refugees in Britain". *The Guardian*, May 21, 2001.

4. Jopi, Nyman. "Migration and Melancholia in Abdulrazak Gurnah's *Pilgrims Way*". *Displacement, Memory, and Travel in Contemporary Migrant Writing*, March 16, 2017.

5. Mengiste, Maaza. "*Afterlives* by Abdulrazak Gurnal Review: Living Through Colonialism". *The Guardian*, September 30, 2020.

6. Shilling, Jane. "*Afterlives* by Abdularzarak Gurnah: Entracing Storytelling and Exquisite Emotional Precision". *Evening Standard*, September 10, 2020.

7. 陆建德：《殖民·难民·移民：关于古尔纳的关键词》，《中国社会科学报》，2021 年 11 月 11 日，第 6 版。

8. 习近平：《在联合国生物多样性峰会上的讲话》，《人民日报》，2020 年 10 月 1 日，第 3 版。

9. 袁俊卿：《带你走进非洲流散者的困境》，《明报月刊》，2021 年第 11 月号。

10. 郑周明：《融合作家与评论家身份，反思殖民历史与移民问题》，《文学报》，2021 年 10 月 14 日，第 5 版。

11. 朱振武：《揭示世界文学多样性 构建中国非洲文学学——从坦桑尼亚作家古尔纳获诺贝尔文学奖说起》，《中国社会科学报》，2021 年 10 月 22 日，第 4 版。

网页

1. Alloo, Fatma. "Abdulrazak Gurnah: A Maestro". *Ziff Jour*, 2006, Accessed December 2, 2022, http://www.swahiliweb.net/ziff_journal_3_files/ziff2006-11.pdf.

2. Bugeja, Norbert. "The 2021 Nobel Prize in Literature: Abdulrazak Gurnah, His Writing — And Malta's Very Own Story". *Newspoint*, October 15, 2021, https://www.um.edu.mt/newspoint/news/2021/10/the-2021-nobel-prize-inliterature-abdul-razak-gurnah-his-writing-and-maltas-very-own-story.

3.Edoro, Ainehi. "103 African Writers Respond to Abdulrazak Gurnah's Nobel Prize Win". *Brittle Paper*, October 12, 2021, https://brittlepaper.com/2021/10/103-african-writers-respond-to-abdulrazak-gurnahs-nobel-prize-win/.

4.Galgut, Damon. "Accepting the Booker Prize". *The Booker Prizes*, November 3, 2021, https://thebookerprizes.com/the-booker-library/books/the-promise.

5.Gurnah, Abdulrazak. "Abdulrazak Gurnah is Awarded the Nobel Prize in Literature". *The New York Times*, October 7, 2021, https://www.nytimes.com/2021/10/07/books/nobel-prize-literature-abdulrazak-gurnah.html.

6.Gurnah, Abdulrazak. "Writing". *The Nobel Prize*, December 12, 2021, https://www.Nobelprize.org/prizes/literature/2021/gurnah/lecture/.

7.Stadtler, Florian. "Review: A Reckoning with East Africa's Colonial Histories–Abdulrazak Gurnah's Afterlives". *Africa in Words Guest*, March 30, 2021, https://africainwords.com/2021/03/30/review-a-reckoning-with-east-africas-colonial-histories-abdulrazak-gurnahs-afterlives/.

8.Swedish Academy. "Abdulrazak Gurnah—Facts". *The Nobel Prize*, Accessed February 27, 2022, https://www.nobelprize.org/prizes/literature/2021/gurnah/facts/.

9.Swedish Academy. "Nobel Prize Lessons–Literature Prize 2021". *The Nobel Prize*, Accessed December 7, 2021, https://www.nobelprize.org/nobel-prize-lessons-literature-2021/.

10.Swedish Academy. "The Nobel Prize in Literature 1957". *The Nobel Prize*, Accessed February 27, 2022, https://www.nobelprize.org/prizes/literature/1957/summary/.

11.Swedish Academy. "The Nobel Prize in Literature 1986".*The Nobel Prize*, Accessed February 27, 2022, https://www.nobelprize.org/prizes/literature/1986/summary/.

12.Swedish Academy. "The Nobel Prize in Literature 1988". *The Nobel Prize*, Accessed February 27, 2022, https://www.nobelprize.org/prizes/literature/1988/summary/.

13.Swedish Academy. "The Nobel Prize in Literature 1991".*The Nobel Prize*, Accessed February 27, 2022, https://www.nobelprize.org/prizes/literature/1991/summary/.

14.Swedish Academy. "The Nobel Prize in Literature 2003". *The Nobel Prize*, Accessed February 27, 2022, https://www.nobelprize.org/prizes/literature/2003/summary/.

15.Swedish Academy. "The Nobel Prize in Literature 2007". *The Nobel Prize*, Accessed February 27,

2022, https://www.nobelprize.org/prizes/literature/2007/summary/.

16.Swedish Academy. "The Nobel Prize in Literature 2021". *The Nobel Prize*, Accessed February 27, 2022, https://www.nobelprize.org/prizes/literature/2021/summary/.

17.Swinburne, Algernon Charles. "A Forsaken Garden". *Poetry Foundation*, June 6, 2022, https://www.poetryfoundation.org/poems/45287/a-forsaken-garden.

18. 巴赫：《巴赫在开幕式上的致辞》，《冬奥会刊》，2022 年 2 月 5 日，第 3 版，https://www.bjd.com.cn/zt/2022/huikan/images/20220205/3_00.jpg.

19. 蔡奇：《蔡奇在开幕式上的致辞》，《冬奥会刊》，2022 年 2 月 5 日，第 3 版，https://www.bjd.com.cn/zt/2022/huikan/images/20220205/3_00.jpg.

20. 卢敏、周煜超：《古尔纳〈多蒂〉："中国公主布杜尔"的文化深意》，中国作家网，2021 年 11 月 12 日，http://www.chinawriter.com.cn/n1/2021/1112/c404092-32280522.html.

附 录

附录一：古尔纳生平创作年表

阿卜杜勒拉扎克·古尔纳（Abdulrazak Gurnah，1948— ）

1948 年

12 月 20 日出生于非洲桑给巴尔岛，阿拉伯裔。

1964 年

桑给巴尔推翻君主制，与坦噶尼喀合并，成立坦桑尼亚共和国。此后阿拉伯裔被大肆屠杀迫害。

1966 年

中学毕业。坦桑尼亚在全国范围内开展国民建设运动，古尔纳被派往乡下一所学校担任助教。

1967 年末

为躲避国内动乱，古尔纳以难民身份前往英国求学，投奔在伦敦大学求学的表弟。后就读于英国坎特伯雷的基督教堂大学，由伦敦大学授予其教育学士学位，并在肯特郡多佛市的阿斯特中学授课。

1980—1982 年

回到非洲，在尼日利亚巴耶罗大学卡诺分校任教，后前往英格兰肯特大学深造。

1982 年

以《西非小说批评标准》（"Criteria in the Criticism of West African Fiction"）论文顺利取得博士学位。

1984 年

古尔纳重返坦桑尼亚，看望病危的父亲。

短篇小说《博西》（"Bossy"）和《囚笼》（"Cages"），被收录在钦努阿·阿契贝（Chinua Achebe）和 C. L. 英尼斯（C. L. Innes）编著的《非洲短篇小说选集》（*African Short Stories*）中。

1985 年

被聘为英国肯特大学英语系教授，主要研究非洲、加勒比海、印度殖民主义与后殖民写作，直至 2017 年以英语和后殖民文学荣誉教授的身份退休。

1987 年

第一部长篇小说《离别的记忆》（*Memory of Departure*）问世，担任杂志《旅行者》（*Wasafiri*）的特约编辑和顾问委员会成员。

1988 年

《朝圣者之路》（*Pilgrims Way*），第二部长篇小说问世。

1989 年

《恩古吉笔下配着枪的基督式人物》（*Ngugi's Christ with a Gun*）发表在《禁查目录》（*Index on Censorship*）杂志第 18 卷第 9 期。

1990 年

《多蒂》（*Dottie*），第三部长篇小说问世。

1991 年

评论性文章《马蒂加里：反叛之路》（"Matigari: A Tract of Resistance"），发表在《非洲文学研究》（*Research in African Literatures*）第 22 卷第 4 期。

1993 年

《非洲文学论文集：再回眸》（*Essays on African Writing: A re-evaluation*）出版。

《普洛斯彼罗^①的梦魇》（"Prospero's Nightmare"），刊登在《泰晤士报文学增刊》（*Times Literary Supplement*）第 4691 期。

《嘉年华三部曲——哈里斯》（"The 'Carnival Trilogy' — Harris"）和《空间的聚合》（"A Confluence of Spaces"）均发表在《泰晤士报文学增刊》（*Times Literary Supplement*）第 4728 期。

1994 年

《天堂》（*Paradise*），第四部长篇小说，入围 1994 年度布克奖短名单和惠特布莱德奖。

《伊西奥洛之隔》（"Isolated in Isiolo"）刊登在《泰晤士报文学增刊》（*Times Literary Supplement*）第 4752 期。

研究非洲作家沃莱·索因卡，文学评论《论沃莱·索因卡小说》（"The Fiction of Wole Soyinka"）被收录在阿德瓦勒·马杰皮尔斯（Adewale Maja-Pearce）编著的《沃莱·索因卡评论》（*Wole Soyinka: An Appraisal*）中。

会议论文《尼日利亚的愤怒与政治选择：对索因卡〈疯子和专家〉〈人已死〉和〈反常的季节〉的思考》（"Outrage and Political Choice in Nigeria: A Consideration of Soyinka's Madmen and Specialists, *The Man Died*, and *Season of Anomy*"），由南非金山大学（University of the Witwatersrand）出版发行。

1995 年

《非洲文学论文集卷二：现代文学》（*Essays on African Writing 2:Contemporary Literature*）出版。

《杀戮战场》（"Killing Fields"）刊登在《泰晤士报文学增刊》（*Times Literary Supplement*）第 4819 期。

《〈抵达之谜〉和〈撒旦诗篇〉中的置换与转变》（"Displacement and Transformation in *The Enigma of Arrival* and *The Satanic Verses*"）被收录于 A. 罗伯特·李（A. Robert Lee）的《英国剪影：现代多元文化小说》（*Other Britain, Other British: Contemporary Multicultural Fiction*）。

---

① 普洛斯彼罗（Prospero），莎士比亚《暴风雨》（*The Tempest*）中的人物。

1996 年

《绝妙的静默》(*Admiring Silence*)，第五部长篇小说问世。

《护送者》("Escort")发表在《旅行者》(*Wasafiri*)杂志上第 11 卷第 23 期。

《膨胀城市》("Swollen City")刊登于《泰晤士报文学增刊》(*Times Literary Supplement*)第 4848 期。

1997 年

《少数幸运者》("The Very Lucky Few")与《克里森·G 的〈从逃亡的奴隶化身为公民沙得拉·明金斯〉》("Shadrach Minkins, from Fugitive Slave to Citizen-Collison, G")共同刊登在《泰晤士报文学增刊》(*Times Literary Supplement*)第 4914 期。

1998 年

《圭亚那的本土英雄》("Guyana's Local Hero")在《泰晤士报文学增刊》(*Times Literary Supplement*)第 4955 期发表。

2000 年

《想象中的后殖民作家》("Imagining the Postcolonial Writer")，被收录在苏斯海拉·纳斯塔（Susheila Nasta）和 D. S. 布鲁尔（D. S. Brewer）主编的《解读后殖民时代的"新"文学》(*Reading the 'New' Literatures in a Postcolonial Era*)中。

2001 年

《海边》(*By the Sea*)，第六部长篇小说，入围 2001 年度的布克奖长名单和《洛杉矶时报》图书奖。

《月亮森林》("The Wood of the Moon")发表于《变幻》(*Transition*)杂志第 88 期。

5 月 22 日，《恐惧与厌恶》("Fear and Loathing")一文被《卫报》(*The Guardian*)转载。

2002 年

担任凯恩非洲文学奖评委。

4 月 24 日，在英国利兹大学开展题为"往昔遐思"("An Idea of the Past")的年度非洲研究讲座，并刊登在 2003 年 3 月第 65 期《利兹非洲研究快报》(*Leeds African Studies Bulletin*)上。

2004 年

《写作与位置》（"Writing and Place"）刊登在《旅行者》（*Wasafiri*）杂志第 19 卷第 2 期。

发表《阿卜杜勒拉扎克·古尔纳故事集》（*The Collected Stories of Abdulrazak Gurnah*）。

2005 年

《遗弃》（*Desertion*），第七部长篇小说，入选 2006 年度英联邦文学奖短名单（欧亚大陆地区最佳图书）。

2006 年

被选为英国皇家文学学会会员，出版短篇小说集《我母亲在非洲住过农场》（*My Mother Lived on a Farm in Africa*）。

2007 年

主编《剑桥萨尔曼·拉什迪研究指南》（*The Cambridge Companion to Salman Rushdie*），并收录《〈午夜中的孩子〉的主题与结构》（"Themes and Structures in Midnight's Children"）一文。

2011 年

《最后的礼物》（*The Last Gift*），第八部长篇小说问世。

《晨曦月光》（"Mid Morning Moon"）在《旅行者》（*Wasafiri*）杂志第 26 卷第 2 期上刊登。

《欲望无处不在：威科姆和世界主义》（"The Urge to Nowhere: Wicomb and Cosmopolitanism"）发表于《萨丰迪》（*Safundi*）杂志第 12 卷第 3—4 期。

2012 年

《王子的照片》（"The Photograph of the Prince"），被收录在玛丽·莫里斯（Mary Morris）《路的故事：展览之路启示下的新写作》（*Road Stories: New Writing Inspired by Exhibition Road*）一书中。

为恩古吉·瓦·提安哥（Ngugi Wa Thiong'O）的《一粒麦种》（*A Grain of Wheat*）撰写前言。

2015 年

《学会阅读》（"Learning to Read"）刊登在《马塔图》（*Matatu*）杂志第 46 卷。

2016 年

担任布克奖评委。

《抵达者的故事：正如阿卜杜勒拉扎克·古尔纳所言》（"The Arriver's Tale: As Told to Abdulrazak Gurnah"）被收录在大卫·赫德（David Herd）和安娜·平卡斯（Anna Pincus）编撰的《难民故事》（*Refugee Tales*）中。

2017 年

《砾石之心》（*Gravel Heart*），第九部长篇小说问世。

2019 年

担任英国皇家文学学会（RSL）文学事务奖评审主席。

短篇小说《无国籍者的故事》（"The Stateless Person's Tale"）被收录在大卫·赫德（David Herd）和安娜·平卡斯（Anna Pincus）撰写的《难民故事卷三》（*Refugee Tales* Ⅲ）中。

2020 年

《今世来生》（*Afterlives*），第十部长篇小说问世。

2021 年

10 月 7 日获得诺贝尔文学奖。

附录二：本书作者接受的相关专访及媒体刊文

（文一）董子琪访谈朱振武

学者朱振武谈诺贝尔文学奖百年变迁：
"许多作家陶醉旧事不问世事，能获诺奖？"

界面新闻，2022 年 02 月 15 日
https://www.jiemian.com/article/7099712.html

"很多人说诺贝尔文学奖都很公正的，我认为也很公正，但是不是彻底的公正呢？"在 2 月 13 日上海图书馆的讲座中，上海师范大学人文学院教授朱振武以数据向听众阐明诺奖的国籍与语种分布情况。

从文学奖最初开始颁发至 2017 年，共有 33 位英语作家获奖，其中正好是英国 11 位、美国 11 位，以及其他国家的英语作家 11 位。到 2021 年，33 位变成了 35 位，在诺奖的 118 位得主中约占三分之一，而英国、美国与其他国家又大致平均分配了这 35 个席位。朱振武由此认为，瑞典文学院的评奖也许并非完全没有目的，不是任何方向都没有的分配。

明白了语种分布的规则，就能大致推断奖项的走向。2021 年坦桑尼亚小说家

阿卜杜勒拉扎克·古尔纳获奖标志着诺奖又轮到了其他语种。朱振武说："在莫言获奖之后，许多人猜测下一个是谁，是贾平凹还是王安忆？我说都不可能，不可能接着给中国颁奖了。而石黑一雄获奖了，（对日本文学来说）那就是不给村上春树的一个交代。"

理想主义的不同解释

要预测谁能够获得下一届诺贝尔文学奖，就应当厘清文学奖设立的初衷。诺贝尔文学奖最初设立是为了奖励"具有理想主义倾向的最出色的作品"（the most outstanding work in an ideal direction），而这一"理想主义"的标准又随着时代不断发生变化。

朱振武将诺奖标准的变迁分为六个阶段。最初是保守阶段，获奖作品要维护20世纪初的理想主义，符合传统文学风范，所以托尔斯泰和易卜生当时不能入选，当然其中还有政治和意识形态因素。之后是人道主义阶段，对理想主义的解释变成了对人类的深刻同情和广泛的博爱主义，这一阶段的获奖作家普遍探讨人性的本质，对人类困境表现出同情和关怀，法国作家阿纳托尔·法朗士的授奖词中就出现了"怜悯的人道主义同情"的说法。第三阶段看重文学的开拓精神，现代主义文学更能体现时代的特征，描绘了人类的生存价值和困境，这一时期福克纳、海明威、加缪和贝克特获奖——授奖词称加缪表现出了"自由与责任交错产生的苦闷、种种道德困境"，贝克特的授奖词则表彰了他的创新与实验主义。第四阶段是异质文化阶段，这一时期评委开始重视民族的、区域的、非主流的文学，以及其中蕴含的民族特色和传统。

紧接着就是流散文学阶段，该时期的获奖者包括库切、奈保尔、莱辛、石黑一雄，一直到最近的一位获奖者古尔纳。从古尔纳出发，朱振武介绍道，非洲的英语文学表现出了三大流散表征：异邦流散，指的是非洲人到发达国家后发现难以容身，被歧视与被侮辱；本土流散，非洲本土作家很难接受殖民文化与统治，要表达苦闷与向往；殖民流散，欧洲白人到非洲成为非洲本地人，但并不被接纳，在价值观、文化认同、艺术特色方面与当地存在隔膜。

他认为，流散文学是 20 世纪末世界文学的重要话题。一些没有获奖的流散文学作者也都非常受欢迎，比如纳博科夫与哈金。流散文学对世界文学多样性与文明互鉴作用很大。例如哈金的英语虽然不能与当地美国作家相比，但也令人耳目一新。"我问过美国人，他们说觉得哈金的英语'简单但有意思'（simple but intersting），他的创作不是赢在语言上，而是异质和新鲜性。"朱振武说。哈金的故事背景都在中国，尽管有些是虚构的，他也尝试过写美国故事，但就没有那么多读者，还是得回来写中国故事。

这之后就是回归传统的时期：中国作家莫言、加拿大作家门罗、美国的鲍勃·迪伦及英国作家石黑一雄都属于这个阶段。朱振武说，迪伦符合诗歌的音乐传统；莫言擅长讲故事，是个故事家；门罗将自己作为闺蜜的、厨房里的东西写出来，是如此细致。"如果你听莫言做报告，你发现莫言从不讲理论，是一个故事接着一个故事，讲完故事他走了，大家想你到底要说什么，之后冷静一思考才发现他讲了一个很深的道理，是一个故事家。"这一点也让莫言与中国其他作家不同。"有一次贾平凹问我，你觉得我和莫言的小说比怎么样？我说从译者的角度来说，莫言是在讲故事，你是在玩文化。讲故事好翻，玩文化不好翻，《秦腔》《古炉》中的陕西文化怎么译，如果完全从可读性角度翻，那就不是贾平凹的作品了。"朱振武在活动上讲道。

获奖与否都有争议

作家的获奖与不获奖都会引起争议。朱振武以鲍勃·迪伦获奖引发争议为例，人们只看到他是个歌手，可是他的歌词也可以看作诗歌，最早的诗歌本来就是可以唱的。莫言获奖也曾引发争议，批评者怀疑莫言的写作属于"体制内、歌功颂德之作"，朱振武并不赞同这一批评，"莫言的作品诸如《天堂蒜薹之歌》和《蛙》对社会问题的描写和揭露已经入木三分"。还有人怀疑莫言学习西方作家福克纳与马尔克斯，对此他回应认为，莫言出生于山东高密，小时候家里穷也没有书，多是听书，"向山东快书学习的东西都比西方作家多"。此外，也有人将获奖说成是翻译者葛浩文的成就，因为葛浩文在给莫言的一封信里提出翻译《牛鬼蛇神》时"有几个词能不能不翻"及"故事的顺序能不能改成顺叙"，在他看来，葛浩文的翻译做到了真正地重视原文，翻译牛鬼蛇神就是"Ox-demons and snake-siprits"，经莫言的信件正体现了其严谨的翻译态度。

朱振武也提到了"村上春树为何总是陪跑"的问题。他听说村上译者之一林少华著文称"村上春树诺奖早晚必得"，认为这篇文章可能恰恰起到了相反的作用。"这篇文章的影响越大，村上就越不可能获奖，因为诺奖从不听令任何一个人，也不会因为谁是热点颁给谁，更有可能是从来都没有听过的作家，像赫塔·米勒获奖前在中国就是零翻译的情况。"

总的来说，瑞典文学院始终在寻求突破，突破地方主义局限，不断扩展关注的版图。前十三届文学奖都颁给了欧洲作家，直到1913年，印度的泰戈尔才成为欧洲之外的第一位获奖作家。20世纪70年代以后，文学奖国际化趋势越来越明显，三位拉美作家——聂鲁达、马尔克斯以及略萨——获奖。诺奖也为世界上不同区域文学提供了展示的舞台。"奖项是授予对改善人文有所贡献的人，而不是奖励国家的自尊自大。"朱振武说。当然也有一些超一流的作家没有获奖，与诺奖同时期的托尔斯泰、易卜生、哈代、乔伊斯、契诃夫都没有获奖，由许多原因导致，因此也不需要将诺奖"圣化"。

对于中国作家能否再获诺奖垂青这一永恒追问，朱振武还是分享了自己的观察："许多作家陶醉于国外几十年前的写法不能自拔，陶醉于自己的陈年旧事，不能真正写出共有的人性，不闻不问世事，凭空想象，有的恶搞历史，有的拼贴名作，有的戏说经典，有的调戏传统，能获奖吗？"

（文二）姜斯佳访谈朱振武

诺奖得主古尔纳：多元文化视野中的他者叙事（节选）

现代快报·读品周刊，2021 年 10 月 19 日

https://mp.weixin.qq.com/s/y2UeBQq9E8A3nYHGtFDY6w

瑞典斯德哥尔摩当地时间 2021 年 10 月 7 日 13 点，瑞典文学院将 2021 年度诺贝尔文学奖颁给了阿卜杜勒拉扎克·古尔纳。

这位作家对中国读者乃至世界读者来说都算是"冷门"。2014 年译林出版社出版的《非洲短篇小说选集》中，曾收录古尔纳 1987 年的短篇小说《博西》和《囚笼》。他还有一篇《我母亲在非洲住过农场》，收录于武汉大学出版社《中国英语教师教育研究》一书。目前，中国引入古尔纳的作品仅此 3 篇。作为客居英伦的移民作家，古尔纳在英国虽然小有名气，但也远远不及"移民三杰"石黑一雄、奈保尔和拉什迪。

……

陌生而广阔的非洲文学土壤

多年以前，作家索因卡获奖后接受法国《晨报》记者采访时说过："这不是对我个人的奖赏，而是对非洲大陆集体的嘉奖，是对非洲文化和传统的承认。"这句话用来描述此次古尔纳获诺奖也很恰当。

作为国家社科基金重大项目"非洲英语文学史"的首席专家，朱振武教授并不觉得古尔纳获诺奖是"爆冷"："我一直觉得也该有非洲本土作家获奖了，上一次还是1986年的沃勒·索因卡，像库切和多丽丝·莱辛他们都是白人，实际上他们并不能真正代表非洲。"

"英语文学在相当一段时间里被看作英美文学，非洲基本被视为文学的不毛之地。实际上，在非洲这块3000多万平方公里、人口约14亿的大陆发生的文学现象不容忽视，而作为非洲文学重要组成部分，并且在国际上声名鹊起的非洲英语文学，应该成为业内关注和研究的要点之一。"

朱振武介绍，"非洲英语文学史"项目一反过去以英美为中心、亚非拉作为点缀的所谓"世界文学"体系，从中国本土的视角出发，重新发现、梳理，并自主建构出了一套新的分类方法，将非洲英语文学分为异邦流散、本土流散和殖民流散三类。这种分类法也有助于打破西方文学奖项的话语霸权，让读者了解到更多此前不受重视的非洲作家。

"异邦流散者"指的是迁移到发达国家的非洲原住民，古尔纳就属于这一类别。尼日利亚作家奇玛曼达·恩戈兹·阿迪契在《美国佬》中塑造的伊菲麦露和奥宾仔是典型的异邦流散者。他们在英国和美国为获得"合法"的身份吃尽了苦头。没有身份就不会得到他人和寄居国的认同，不被认同就被视为"非法"或"异类"而遭到歧视、排挤和驱逐。

另外一些非洲原住民虽然没有在第一世界移民的经历，但由于各种原因，他们失去了自己的精神家园，被归类为"本土流散者"。肯尼亚作家恩古吉·瓦·提安哥在《大河两岸》中详细地描述了这一情形："白人的到来给人带来一种令人捉摸不定的、难以言喻的东西，这种东西朝着整个山区长驱直入，现在已进入心脏地带，不断地扩大着它的影响……表面上人们保持沉默，但实际上在多数人的心里，虔诚和背叛两种意识却在激烈地相互斗争。"

"殖民流散者"特指前往非洲的殖民者群体及其后代。库切在第一部小说《幽暗之地》中描写了早期殖民流散者的总体特征。小说的第一叙述者雅各·库切，站在文明世界代言人的立场，优越傲慢，自视为万物之主、摧毁蛮荒的神。这种无所不能的自信以及豪迈之情正是当年荷兰国力强盛时期的表征，也是殖民者开疆拓土时期的普遍心理。

古尔纳的获奖是一个契机，让人们开始关注非洲文学，以及历史上被殖民、被凌辱、被忽略国家的作品。每个民族、每个国家和地区都有自己的精彩故事，都有讲述自己国家故事的能力和方式。世界文学的庞杂丰富，绝非几个知名的西方文学奖项能够囊括，其他"宝藏"，正静待广大读者发掘。

（文三）施晨露访谈朱振武

又爆冷！这位诺贝尔文学奖得主，
为什么他的作品几乎无人看过？

上观新闻，2021 年 10 月 7 日

https://mp.weixin.qq.com/s/XkFWVvFCVUHQDzicWZJANQ

"在非洲作家中，这是一位有鲜明文化自觉的写作者。"

国家哲学社会科学基金重大项目"非洲英语文学史"首席专家、上海师范大学教授朱振武接受解放日报·上观新闻记者采访时如此评价今年的新晋诺奖得主阿卜杜勒拉扎克·古尔纳。

朱振武介绍，古尔纳的写作在反殖民主题上走得比较深入，他曾入围布克奖，这说明国际文坛看到了他的创作势头。可以说，古尔纳毫无疑问是坦桑尼亚成就最高的作家之一，他有十部具有较大影响的长篇小说，亦有中短篇小说和随笔问世，创作立体，成果丰硕。"作为非洲一流作家的代表，从年龄上来说，也到了收获的季节。"

古尔纳写殖民主题，但与站在西方人立场上的殖民小说不同，他不是用"另

一只眼"看这片大陆，而是深入非洲文化的肌理，带有很强的反思和非洲人骨子里的反殖民意识。朱振武认为，从类型上来说，古尔纳与这几年一直是诺奖热门人选的肯尼亚作家恩古吉·瓦·提安哥比较接近。

"非洲有一批这样的作家，他们的作品受到马克思主义的影响，古尔纳的作品中甚至融入了马克思主义文艺观。这一方面与马克思主义在他们的成长地长期盛行有关；另一方面，流散到欧洲各地的非洲作家直接接受了马克思主义影响，天然地接受了这种思想。"

"英语文学在相当一段时间里被看作英美文学，非洲基本被视为文学的不毛之地。其实，非洲文学有它独特的文化意蕴和美学表征，具有重要研究价值和借鉴意义。"朱振武认为，在非洲这块拥有3000多万平方公里、人口约14亿的大陆发生的文学现象不容忽视，而作为非洲文学重要组成部分并且在国际上声名鹊起的非洲英语文学，应该成为业内关注和研究的要点之一。

"非洲英语文学已经成为世界文化中的特殊现象，引起了各国文化界和文学界的广泛关注，我国应该尽快填补这块空缺。"朱振武呼吁。非洲英语文学虽受英美文学传统影响深远，但在主题探究、行文风格、叙事方式和美学观念等方面展示出异质性和差异性，呈现与英美文学交相辉映的景象，因此具有世界文学意义。非洲英语文学是一面透视非洲国家历史文化原貌和当下及未来进程的镜子，研究非洲英语文学并为之作史，对深入了解非洲国家的政治、历史和文化等都具有深远意义。

"世界文学文化丰富多彩，但几十年甚至更多年的欧洲中心和美国标准使我们的眼前呈现出单一文学文化景象，使我们的研究重心、价值判断和研究方法都趋于单向和单一，使我们自己处于他者窘境。我们有时有意无意地忽略了文学存在的多元化和多样性这个事实。"在上海，从2018年起，全国非洲英语文学专题研讨会已连续举办多届。与会专家认为，非洲文学研究与中国文学走向世界的意义一样，都是为了打破单一和固化的刻板状态，重新绘制世界文学版图和全方位呈现世界文学的真实样貌；非洲英语文学研究应该避免跟风西方话语和套用文学理论，而要从本土视角出发，以期为中国文学提供启示。

（文四）《明报月刊》约稿袁俊卿

诺奖新宠古尔纳，带你走进非洲流散者的困境

袁俊卿

2021 年 10 月 7 日晚，诺贝尔文学奖授予 73 岁的坦桑尼亚小说家阿卜杜勒拉扎克·古尔纳，一时轰动，但读过这位作家作品的人寥寥无几。其实，博林格林州立大学的凯法·M. 奥蒂索（Kefa M. Otiso）教授曾在《坦桑尼亚的风俗与文化》（*Culture and Customs of Tanzania*，2013）中指出，阿卜杜勒拉扎克·古尔纳很可能是坦桑尼亚最有成就的英语文学作家。[①] 非洲文学专家西蒙·吉坎迪（Simon Gikandi，1960—　）称其为"20 世纪 90 年代东非写作领域最多产、最令人耳目一新的人物之一"[②]。从非洲本土来看，古尔纳的流散经历、与坦桑尼亚文学甚至是东非文学的关系问题是一大批非洲作家共同面临的问题，颇值得探讨。

[①] 凯法·M. 奥蒂索：《坦桑尼亚的风俗与文化》，高华琼等译，北京：民主与建设出版社，2018 年，第 125 页。

[②] Simon Gikandi, *Encyclopedia of African Literature*, London and New York: Routledge, 2003, p. 295.

非洲流散者的身份迷失

阿卜杜勒拉扎克·古尔纳是典型的非洲流散作家。他出生于桑给巴尔，后于1968 年以难民身份抵达英国。他的《离别的记忆》和《朝圣者之路》、《多蒂》、《令人羡慕的宁静》(又译《绝妙的静默》)、《海边》和《最后的礼物》等多部作品从不同角度呈现出非洲流散者的人生际遇。

瑞典文学院授予他的诺贝尔文学奖颁奖词是："鉴于他对殖民主义的影响，以及对文化与大陆之间的鸿沟中难民的命运的毫不妥协且富有同情心的洞察。"[①]"那些夹杂在文化和地缘裂隙间难民的命运"就是非洲流散者的命运。在非洲本土文化与异国文化间的张力下徘徊、挣扎仿佛是非洲流散者摆脱不掉的历史宿命。

在《朝圣者之路》中，主人公达乌德于 20 世纪 70 年代从坦桑尼亚移民到英国，却遭到种族歧视和虐待，心目中曾经的"神圣"之地与残酷的现实产生强烈反差。他对护士凯瑟琳·梅森产生了爱恋之情。他讲述自己悲惨的成长经历，以及坦桑尼亚的动荡带给他的心灵创伤，在对非洲的回忆中寻求安慰。评论家约皮·尼曼（Jopi Nyman）认为，《朝圣者之路》就像古尔纳的小说《海边》和《遗弃》一样，表明了"人们对移民和流放所产生的情感结构的兴趣"[②]。

《最后的礼物》是古尔纳的第八部小说，同样涉及流散的主题。故事围绕阿巴斯展开，他是来自东非的移民，在英国生活，但是多年来他对他来到英国前的经历闭口不提。小说开始，阿巴斯由糖尿病引起中风，担心自己时日不久，便把自己的秘密告诉家人。在回忆中，阿巴斯过去的生活和自我都得到了更充分的揭示。

---

① Swedish Academy, "The Nobel Prize in Literature 2021", *The Nobel Prize*, Accessed February 27, 2022, https://www.nobelprize.org/prizes/literature/2021/summary/.

② Nyman Jopi, "Migration and Melancholia in Abdulrazak Gurnah's *Pilgrims Way*", *Displacement, Memory, and Travel in Contemporary Migrant Writing*, March 16, 2017.

他开始追寻自己的身份和故乡，但故乡又变得不可捉摸，融入不了新世界，"寻根"而不得是流散者普遍的身份困境。"我对桑给巴尔岛已经一无所知了。它对我来说已经不再是一个真实的地方了……"①曾经的故乡变成了一个虚无缥缈之地。在全书的最后三分之一，阿巴斯的妻子玛利亚姆回到了埃克塞特，开始调查她自己的模糊的身份，因为她是一个弃儿，被她的养父母收养。

在古尔纳的文学世界里，一切都在变化——记忆、名字、身份，他一直在写关于流离失所的事情。在流散的语境下，一切都是变动不居的。正如评论家卢卡·普鲁诺（Luca Prono）所言，"无论是从东非到欧洲，还是在非洲内部，移民和流离失所是古尔纳所有小说的核心"②。

这类作家在非洲是比较普遍的，他们在作品中描述了类型各异的流散者群像。比如尼日利亚作家奇玛曼达·恩戈兹·阿迪契《美国佬》中的伊菲麦露，伊各尼·巴雷特《黑腔》中的弗洛，南非作家约翰·马克斯韦尔·库切《夏日》中的马丁与约翰·库切，肯尼亚作家恩古吉·瓦·提安哥《孩子，你别哭》中的恩约罗格、《大河两岸》中的瓦伊亚吉和《暗中相会》中的约翰，等等。他们都在或曾在"我是谁"或"我应该是谁"这一问题上迷茫徘徊、纠结无措，在精神的暗深处陷于"流散"的境地。

"流散"（diaspora）一词来源于希腊词 diaspeirō，意为"我播撒"（I scatter），"我传播"（I spread about）。以往，大写的 Diaspora 就专门指称犹太人的流散。到了 20 世纪，"流散"的含义逐渐扩散，用以描述亚美尼亚人和非洲后裔的非自愿流散。直到 20 世纪 60 年代，diaspora 才作为对非洲移民的一种描述而被广泛使用。现在，它是描述在大西洋世界被奴役的非洲人和他们的后代的标准术语。非洲流散研究专家乔治·谢泼森（George Shepperson）和约瑟夫·E. 哈里斯（Joseph E. Harris）认为，"流散"被用来描述非洲人的经历，是在 1965 年坦桑尼亚达累斯萨拉姆大学举行的非洲历史国际会议上使用的，也可能是在那次会议上

---

① Giles Foden, "*The Last Gift* by Abdulrazak Gurnah-Review", *The Guardian*, May 21, 2011.

② Luca Prono, *Abdulrazak Gurnah – Literature*, British Council. Archived from the original on 3 August 2019, Retrieved 7 October 2021, https://literature.britishcouncil.org/writer/abdulrazak-gurnah.

创造的。① 可以说，"非洲流散"一词的现代用法是 20 世纪 50 年代和 60 年代学术和政治运动的产物。

值得关注的是，20 世纪 80 年代以来，非洲出现了一种"新非洲流散"（New African Diaspora），这种流散类型与非洲其他流散的不同之处在于，原本的非洲流散一般是指他们在目标国（异国）流散，"新非洲流散"可以自由地在目标国和祖国之间来去复返，不受牵绊。"新非洲流散"者的主体性彰显出更加自由的成分。到 20 世纪 90 年代，非洲人的流散意识已经足够广泛，以至于"非洲流散"一词开始在学术界和黑人社区得到更广泛的使用。

萨义德在《文化与帝国主义》中谈到流亡者时指出，后殖民化时代和帝国主义斗争的副产品之一就是产生了大量的难民、移民、无家可归者和流亡者。这些人无法融入新的权力结构之中，被既定的秩序排除在外，流离于旧帝国与新国家的夹缝中。② 古尔纳笔下的许多人物就是这种夹缝中的流放者。

非洲流散者的文化定位

古尔纳虽然出生在坦桑尼亚，但他大部分时间在英国生活与写作。这种身份和经历的双重性使得他既可以进入英国文学的坐标系，也可以被纳入坦桑尼亚甚至东非英语文学的脉络之中。那么，古尔纳的文学创作在坦桑尼亚或东非英语文学发展中处于什么位置？坦桑尼亚或者东非英语文学的概况又是如何？

东非有着悠久的口述文学传统和本土语言书写传统。以本土语言文学为例，东非就有肯尼亚和坦桑尼亚的斯瓦希里语文学，索马里的索马里语文学和埃塞俄比亚的阿姆哈拉语文学，这些本土语言文学对非洲英语文学的诞生与发展产生了不可估量的影响。

---

① Patrick Manning, *The African Diaspora: A History Through Culture*, New York: Columbia University Press, 2009, p. 3.

② 参见爱德华·W. 萨义德：《文化与帝国主义》，李琨译，北京：生活·读书·新知三联书店，2003 年，第 472 页。

坦桑尼亚独立以后，宣布斯瓦希里语为国语，进一步促进了斯瓦希里语文学的发展。凯法·M.奥蒂索指出，坦桑尼亚的文坛深受尼雷尔 1967 年《阿鲁沙宣言》的影响，该宣言是坦桑尼亚政府的官方政策，指导坦桑尼亚的政治和文化生活，并享有使用斯瓦希里语的特权，推动了斯瓦希里语文学迅速发展。当然，这在一定程度上抑制了英语文学的发展。故而，与斯瓦希里语文学相比，坦桑尼亚的英语文学显得较为薄弱。

与南部非洲和西部非洲的英语文学相比，东部非洲的英语文学起步较晚。"东非民族主义之父"乔莫·肯雅塔（Jomo Kenyatta，1893—1978）的《面向肯尼亚山》（*Facing Mount Kenya*，1938）可以视为东非想象性写作（imaginative writing）或创造性写作（creative writing）出现前夜最具代表性的作品，它集文学性、抵抗性和自传性于一身，对之后东非英语文学的发展产生了重要影响。[①]1964 年，东非诞生了第一部英语小说，即肯尼亚作家恩古吉·瓦·提安哥的《孩子，你别哭》（*Weep Not, Child*）。

1968 年，坦桑尼亚作家彼得·帕朗约（Peter K. Palangyo，1939—1993）出版了《在阳光下死去》（*Dying in the Sun*），主要讲述尼塔娅在过去与未来，在传统文化与外来文化之间的矛盾与冲突。这部作品被称为坦桑尼亚首部后殖民时代的英文小说。

在肯尼亚、坦桑尼亚和乌干达，英语文学首先生根。也就是说，20 世纪 60 年代，东非英语文学逐步形成。对于埃塞俄比亚和索马里来说，20 世纪 60 年代之前没有英语写作。自 20 世纪 60 年代以来，东非英语文学从其最初在肯尼亚、乌干达和坦桑尼亚扩展到埃塞俄比亚和索马里。东非各国实现独立以后，不同的国家朝着不同的政治方向发展，早在东非共同体崩溃之前，各国的文化政策深刻影响着该地区的文学创作。

在坦桑尼亚，朱利叶斯·尼雷尔于 20 世纪 60 年代开始实施的社会主义运动，斯瓦希里语称为"乌贾马"，力图在全国范围内建立自给自足的社会主义乡村，但事与愿违，到了 70 年代末，坦桑尼亚几乎陷入绝境。加布里埃尔·鲁休姆比卡

---

① 袁俊卿：《东非文学的前夜：〈面向肯尼亚山〉叙事的发生》，《外国文学评论》，2020 年第 4 期，第 102 页。

（Gabriel Ruhumbika，1938— ）的《乌胡鲁的村庄》（*Village in Uhuru*，1969）就描述了这段历史时期的政治气候。在东非其他国家，比如乌干达、索马里、埃塞俄比亚，军事联盟和独裁统治的出现大大限制了文学的发展。这段时期出现了以"政治幻灭"（politics of disillusionment）为主题的文学作品。

西蒙·吉坎迪（Simon Gikandi）和埃文·姆万吉（Evan Mwangi）指出，20 世纪 80 至 90 年代，东非英语流散文学引人注目，这也是东非英语文学发展中一个意想不到的现象——该地区的政治压迫和文化危机致使许多作家离开祖国，在异国他乡创作出一批优秀的文学作品。从东非本土视角来看，恩古吉·瓦·提安哥、彼得·帕朗约和加布里埃尔·鲁休姆比卡自成一条发展主线，古尔纳的第一部长篇小说出版于 1987 年，显然属于东非流散文学行列。也就是说，东非英语文学的发展是由本土和海外两部分构成的。那么，如何看待非洲流散文学与非洲本土文学之间的关系，如何对待非洲英语文学与英国文学及英语文学之间的关系，非洲流散文学在多大程度上代表非洲文学，或者是非洲文学必然包含非洲流散文学，都是值得我们进一步探讨的问题。阿卜杜勒拉扎克·古尔纳此次斩获诺奖为我们关注研究这些问题提供了新的契机。

国家社科基金重大项目"非洲英语文学史"首席专家、上海师范大学朱振武教授指出，"英语文学在相当一段时间里被看作英美文学，非洲基本被视为文学的不毛之地。其实，非洲文学有它独特的文化蕴含和美学表征，具有重要研究价值和借鉴意义"。是时候改变对非洲文学的僵化印象了！古尔纳获得诺贝尔文学奖，让世人的目光再次聚焦非洲文学，这也从另一个方面折射出依旧具有广泛影响力的诺奖效应。同时，我们应该看到，尽管古尔纳是坦桑尼亚作家，对国内读者来说看似"小众""非主流"和"冷门"，但他毕竟是在英国，用英语写作，英语在世界语言中的地位无须赘言。在非洲，还有众多用非洲本土语言创作的非常优秀的作家，但由于语言的阻隔，尚无法被更多的读者阅读，这需要外国文学研究者的进一步努力。

本书分工说明

全书策划、出题、主撰及审校　　　　　　　　　　　　朱振武

相关工作助理　　　　　　　　　　　　　　袁俊卿　李　阳

序　　　　　　　　　　　　　　　　　　　　　　　　朱振武

1.《离别的记忆》中无法告别的记忆　　　　　朱振武　谢玉琴

2.《遗弃》中殖民者的四重遗弃　　　　　　　朱振武　卢贞宇

3.《今世来生》中的逃离和坚守　　　　　　　朱振武　田金梅

4.《海边》中的身份建构　　　　　　　　　　黄　夏　黄　晖

5.《最后的礼物》中的静默叙事　　　　　　　　　　　袁俊卿

6.《绝妙的静默》中的叙述声音　　　　　　　朱振武　贡建初

7.《天堂》中的隐喻叙事和殖民创伤　　　　　朱振武　郑　涛

8.《多蒂》中的改写和重构　　　　　　　　　朱振武　苏文雅

9.《朝圣者之路》中流散群体的身份建构　　　朱振武　杨芷江

10.《海边》中流散群体的命运关怀　　　　　　朱振武　陈亚洁

11.《今世来生》中的历史书写　　　　　　　　　　　　余静远

12.《砥石之心》中流散群体的精神突围　　　　朱振武　程雅乐

13.《天堂》中的东非贸易图景　　　　　　　　朱振武　陈　平

14.《遗弃》中的文化无意识　　　　　　　　　李　阳　朱振武

15.《多蒂》中的伦理与共同体想象　　　　　　　　　　黄　晖

16.《最后的礼物》中的流散共同体　　　　　　朱振武　游铭悦

余论　　　　　　　　　　　　　　　　　　　朱振武　黄玲雅

古尔纳生平创作年表　　　　　　　　　　　　　　　　程雅乐